정의와 미소

正義と微笑

# 정의와 미소

다자이 오사무 지음 ― 최혜수 옮김

도서출판 b

| 일러두기 |

1. 이 전집은 저본으로서 『太宰治全集』(ちくま文庫치쿠마문고, 1994, 全10卷)과 『決定版 太宰治全集』(筑摩書房치쿠마서방, 1999, 全13卷)을 기초로 하고, 新潮文庫신초문고, 岩波文庫이와나미문고 등 가장 널리 읽히는 판본을 참조하여 번역했으며, 전 10권으로 구성했다.

2. 이 전집은 다자이 오사무의 모든 소설 작품을 발표 시기 순서에 따라 수록했다. 단, 에세이는 마지막 권에 따로 수록했다.

3. 제5권에는 1942년 1월부터 1943년 10월에 걸쳐 발표된 소설 열다섯 편을 실었다. 수록 순서는 발표 시기 순을 원칙으로 했으나, 「귀거래」, 「고향」 / 「오손 선생 언행록」, 「꽃보라」, 「수상한 암자」에 한해서는 추정되는 집필 시기 및 작품 간의 연관성을 고려하여 발표순서와 무관하게 함께 묶어 배치했다.

# | 차 례 |

## 정의와 미소

5

恥
부끄러움

太宰治

## 「부끄러움」

1942년 1월 『부인화보婦人畵報』에 발표되었다.

픽션을 지어내는 창작자로서의 자신을 도다 씨라는 인물로 설정함으로써, 작가가 독자 편에 서서 작가를 비난하는 교묘한 구조로 되어 있다. 다자이의 작가정신을 엿볼 수 있는 작품이다.

기쿠코 씨. 창피한 일이 있었어요. 정말 창피했지요. 얼굴이 달아올랐다는 말로는 다 표현할 수 없을 정도입니다. 풀밭을 데굴데굴 구르며, 아악 하고 소리를 지른다 해도 기분이 다 풀리지는 않을 것 같습니다. 사무엘기 하권에 이런 말이 있습니다. '타마르는 머리에 재를 뒤집어쓰고, 자기가 입고 있던 긴 겉옷을 찢었다. 머리에 손을 올린 채 울부짖으며 계속 걸었다.'[1] 가엾은 여자 타마르. 젊은 여자들은, 창피해서 몸 둘 바를 모를 때면 정말로 머리에 재라도 뒤집어쓰고 울고 싶어지기 마련이지요. 타마르의 기분도 이해가 돼요.

기쿠코 씨. 역시 당신 말대로였어요. 소설가들은 인간쓰레기입니다. 아니, 도깨비예요. 끔찍합니다. 저 정말, 너무 창피한 일을 당했어요. 기쿠코 씨. 이제까지 당신께 비밀로 해왔는데, 실은 소설가 도다 씨에게 몰래 편지를 보내고 있었어요. 그러다가 한 번 만나게 되었는데, 그때 말도 못 하게 창피한 일이 있었어요. 어이가 없었지요.

처음부터 다 말씀드릴게요. 9월 초에, 저는 도다 씨에게 이런 편지를

---

1_ 구약성서 사무엘 하권 13장 19절.

보냈습니다. 꽤나 점잔을 빼며 쓴 편지지요.

 '죄송합니다. 몰상식한 행동인 줄은 알면서도 편지를 띄웁니다. 아마
도 귀하의 소설을 읽는 여성독자는 이제껏 단 한 명도 없었을 테지요.
여자들은 광고를 많이 하는 책만 읽으니까요. 여자들한테는 자기 취향이
라는 것이 없어요. 사람들이 읽으니까 자기도 읽어야겠다는 식의 허영심
때문에 책을 읽지요. 박식한 척하는 사람을 무턱대고 존경한답니다.
별것도 아닌 논리를 과대평가하지요. 실례지만 귀하는, 논리라는 것을
눈곱만큼도 모릅니다. 학문적 자질도 없어 보이고요. 저는 귀하의 소설
을 작년 여름부터 읽기 시작했는데, 거의 모든 작품을 읽었을 것입니다.
그러다 보니, 귀하를 만난 적이 없는데도 귀하의 신변에 관련된 사정이나
용모, 풍채, 이런 것들을 모조리 다 알고 있습니다. 귀하의 독자 가운데
여성이 단 한 사람도 없다는 것은 거의 확실해 보입니다. 귀하는 자신의
가난이나 인색한 성격, 시시콜콜한 부부싸움, 낯부끄러운 병, 심지어는
얼굴이 몹시 못생겼다는 점이나 차림새가 너저분하다는 것, 문어발
같은 걸 씹으면서 소주를 마시고 날뛰다가 땅바닥에 널브러져 잠든다는
점, 빚더미에 올라앉았다는 것, 그 밖에도 온갖 불명예와 추접스런
일들을 한 치의 꾸밈도 없이 있는 그대로 털어놓으시잖아요. 그래서는
안 됩니다. 여자들은 본능적으로 청결함을 중요하게 여깁니다. 귀하의
소설을 읽으면서 조금은 귀하가 딱하다는 생각을 하다가도, 정수리가
벗겨지기 시작했다거나 이가 듬성듬성 빠지고 있다고 쓰여 있는 걸
보면, 이건 너무하다 싶어 쓴웃음만 나옵니다. 죄송합니다. 경멸하는
마음이 드는걸요. 게다가 귀하는 가끔 입 밖으로 꺼내기도 불결한 곳에
있는 여자들을 만나러 나가시잖아요? 그게 결정적입니다. 저 같은 사람
마저도 코를 막고 읽은 적도 있어요. 여자라면 예외 없이, 귀하를 경멸하

며 눈살을 찌푸리는 것도 당연한 일입니다. 저는 귀하의 소설을 친구들 몰래 숨어서 읽었습니다. 만약 제가 귀하의 소설을 읽는다는 사실이 친구들에게 알려진다면, 저도 비웃음거리가 될 것이고, 다들 저의 인격을 의심하면서 절교를 선언하겠지요. 제발 귀하도 좀 스스로 반성을 하세요. 저는 귀하의 무식함과 귀하의 형편없는 문장력, 인격이 비열하고 생각이 모자라며 머리도 나쁘다는 점 등 귀하의 무수한 결점들을 인정하지만, 그 근저에는 하나같이 쓸쓸함이 흐르고 있다는 사실을 깨달았어요. 저는, 그 쓸쓸함이 애석할 따름입니다. 다른 여자들은 모를 거예요. 앞서 말씀드렸듯이, 여자들은 허영심으로 책을 읽기 때문에 겉으로만 고상해 보이는 피서지에서의 사랑 얘기나 사상을 다룬 소설 같은 걸 좋아합니다. 하지만 저는 그뿐만 아니라, 귀하의 소설 근저에 깔려 있는 일종의 쓸쓸함도 고귀한 것이라고 생각합니다. 부디 자신의 못생긴 얼굴이나 과거에 저지른 악행, 혹은 형편없는 문장력 같은 것에 절망하지 마시고, 귀하만이 가지고 있는 쓸쓸함을 소중히 여기시기 바랍니다. 더불어 건강에도 유념하시고, 철학이나 어학 공부를 더 하셔서, 깊이 있는 사상을 지니시게 되길 바랍니다. 만약에 앞으로 귀하의 쓸쓸함이 철학적으로 정리되기만 한다면, 귀하의 소설도 지금처럼 비웃음을 사지는 않을 것이고, 귀하의 인격도 완성될 것이라 믿습니다. 귀하의 인격이 완성되는 날이 온다면 저도 복면을 벗고 저의 주소와 이름을 밝힌 뒤 귀하를 만나고 싶습니다만, 지금은 멀리서 응원을 하는 것으로 만족하고 싶습니다. 혹시나 해서 드리는 말씀이지만, 이건 팬레터가 아닙니다. 부인께 보여드리면서 내게도 여성 팬이 생겼다며 천박하게 시시덕거리지는 마시기 바랍니다. 제겐 자존심이 있습니다.'

기쿠코 씨. 저는 대강 이런 내용의 편지를 보냈어요. 귀하, 귀하하고 부르는 것도 영 불편했지만, 그렇다고 '당신'이라고 부르기에는 도다 씨와 저는 나이 차가 너무 많이 나는 데다, '당신'이라는 호칭은 너무 친근하게 느껴져서 싫어요. 도다 씨가 나잇값도 못 하고 우쭐해져서는 이상한 마음이라도 먹으면 곤란하니까요. '선생님'이라고 부를 정도로 존경하는 것도 아니고, 도다 씨에게 학문적 소양이 있는 것도 아니니까, '선생님'이라고 부르기도 부자연스럽다고 생각했고요. 그래서 귀하라고 부르기로 했는데, '귀하'도 좀 이상하긴 하네요. 하지만 저는 이 편지를 보내고 나서 양심의 가책을 느끼지는 않았어요. 좋은 일을 했다고 생각했지요. 딱한 사람에게 조금이라도 힘이 되어 주는 건 기분 좋은 일이잖아요. 그래도 저는 이 편지에 주소도, 이름도 쓰지 않았어요. 무서우니까요. 지저분한 차림으로 술에 취해서 우리 집에 찾아오기라도 하면 엄마가 얼마나 놀라겠어요. 돈 좀 빌려달라면서 협박할지도 모르고, 아무튼 고약한 버릇이 있는 사람이니, 어떤 무서운 짓을 할지 모르죠. 저는 영원히 익명의 여성으로 남고 싶었어요. 그랬는데 기쿠코 씨, 그게 실패했어요. 엄청난 일이 일어났지요. 그 뒤 한 달이 채 되기 전에, 또다시 도다 씨에게 편지를 써야만 하는 일이 생겼어요. 게다가 이번에는 주소와 이름을 분명히 밝히게 되었고요.

기쿠코 씨, 저는 정말 불쌍한 아이예요. 그때 제가 쓴 편지 내용을 알려드리면 대강 어떤 사정이 있었는지 알게 되실 테니, 일단 편지 내용을 소개할게요. 웃지 마시고 읽어주세요.

'도다 씨. 정말 놀랐습니다. 제 정체를 어떻게 알아내신 건가요? 그렇습니다. 제 이름은 진짜로, 마사코입니다. 교수의 딸이고, 스물세 살입니다. 완전히 다 들통 나버렸네요. 이번 달 『문학세계』에 실린 신작을 읽고, 저는 어안이 벙벙했습니다. 정말이지, 진짜로, 소설가라는 사람들한테는 마음을 놓을 수가 없네요. 어떻게 아신 거죠? 심지어 제 마음까지 훤히 꿰뚫어 보시고, '음탕한 공상까지 하게 되었습니다'라고 신랄한 일침을 놓으신 부분을 보고, 귀하의 경이로운 진보를 느낄 수 있었습니다. 제가 보낸 익명의 편지가 그 즉시 귀하의 창작욕을 일깨웠다는 것은, 제게도 참으로 기쁜 일이었습니다. 한 여성의 지지가 작가로 하여금 글을 쓰게 할 만큼 큰 자극이 되리라고는 생각지도 못했습니다. 어디서 들은 얘긴데, 위고나 발자크 같은 대가들도 모두 여성의 보호와 위로 덕분에 수많은 걸작들을 쓸 수 있었다고 합니다. 저도 미흡하게나마 귀하를 돕기로 마음먹었습니다. 부디 정신을 바짝 차리고 사세요. 가끔 편지 드리겠습니다. 귀하가 이번 소설에서 조금이나마 여자의 심리를 분석하고 있다는 점은, 분명 귀하의 발전된 면입니다. 군데군데 무척 잘 쓴 부분이 있어서 감탄하기도 했지만, 아직 부족한 부분도 있었습니다. 저는 젊은 여자니까, 앞으로 여자들의 다양한 심리를 알려드리겠습니다. 귀하는 전도유망한 분입니다. 작품도 점점 더 좋아질 거라고 생각합니다. 아무쪼록 더 많은 책을 읽으며 철학적 교양을 쌓아나가시기 바랍니다. 교양이 부족하면 위대한 소설가가 될 수 없습니다. 괴로운 일이 생기면 주저 마시고 편지주세요. 이미 제가 누군지 알아채셨으니, 다 털어놓지요. 제 주소와 이름은 여기 적혀 있는 대로입니다. 가명이 아니니까 안심하세요. 언젠가 귀하가 완전한 인격을 지니시게 될 무렵에는 꼭 한번 뵙고 싶지만, 그때까지는 편지만 주고받기로 해요. 정말이지, 이번 일로 깜짝 놀랐습니다. 제 이름까지 정확히 알고 계셨으니까요. 아마 귀하는 제 편지를 읽고 흥분해서는 친구들에게 보여주며 소란을 피웠을 테고, 편지에 찍힌 소인을 실마리로 신문사 친구들에게 부탁한 끝에 제 이름을 찾으셨을 것 같은데, 맞나요? 남자분들은 여자한테서 편지가 오면 그걸 바로 떠들어대니까, 정말 싫어요. 제 이름과 제가 스물세 살이라는 걸 어떻게 아셨는지, 편지로 알려주세요. 앞으로도 오래오래 서로 편지 주고받기로 해요. 다음부터는 더 상냥한 내용이 담긴 편지를 보내드리지요. 몸 건강히 안녕히 계세요.'

기쿠코 씨, 저는 지금 이 편지를 옮겨 적으면서 몇 번이나 울상을 지었는지 모릅니다. 온몸에 식은땀이 배어나오는 기분. 제 마음을 헤아려 주세요. 제가 잘못 짚은 거였어요. 제 이야기 같은 걸 쓴 게 아니었어요. 애당초 문제 삼지도 않았고. 아아, 부끄러워, 부끄러워 죽겠네. 기쿠코 씨, 저를 가엾이 여겨주세요. 끝까지 얘기해 드릴게요.

도다 씨가 이번 달 『문학세계』에 발표한 「나나쿠사七草」,[2]라는 단편소설을 읽어보셨나요? 스물세 살 난 여인이 사랑을 너무나 두려워한 나머지 그 황홀한 느낌을 증오하다가, 결국 돈 많은 예순 살 할아버지와 결혼을 해버렸는데, 그러고 나서도 사는 게 싫어져서 자살을 한다는 내용의 소설입니다. 약간 노골적이고 어두운 분위기의 소설이지만, 도다 씨의 개성은 잘 드러나 있었지요. 저는 이 소설을 읽고, 저를 모델로 삼은 소설이라고 제멋대로 단정 지었어요. 두세 줄 읽은 순간, 저는 그런 생각이 들어 낯빛이 창백해졌습니다. 그도 그럴 것이, 그 여자의 이름이 제 이름과 같은 마사코였으니까요. 나이도 똑같이 스물셋이고. 아버지가 대학교수라는 것까지 똑같잖아요. 나머지는 제 신상과 전혀 다르기는 하지만, 그래도 이건 제 편지에서 힌트를 얻어서 쓴 게 분명하다고, 혼자 그렇게 확신해버렸던 거예요. 너무나 부끄러운 일은 그렇게 시작되었습니다.

· ·
2_ 나나쿠사노셋쿠七草の節句의 준말로, 나나쿠사노셋쿠는 정월 7일에 일곱 가지 풀이 들어간 죽을 쑤어먹고 그해의 건강을 기원하는 명절이다.

네댓새가 지났을 무렵 도다 씨에게서 엽서가 왔는데, 거기에는 이렇게 쓰여 있었습니다.

'안녕하십니까. 편지 잘 받았습니다. 관심 가져주셔서 감사합니다. 지난번 편지도 잘 읽어보았습니다. 저는 이제까지 제 편지를 집사람에게 보여주면서 웃는 실례를 범한 적은 없습니다. 친구들에게 보여주며 소란을 떤 적도 없습니다. 그 점에 있어서는 걱정하지 않으셔도 됩니다. 아울러, 제가 완성된 인격을 지니게 된 뒤에 만나주신다고 하셨는데, 인간이란 과연 스스로를 완성시킬 수 있는 존재일까요? 이만 실례합니다.'

소설가라는 사람들은 역시 말솜씨가 좋다는 생각이 들더군요. 한 방 먹었다는 생각에 분했습니다. 저는 멍한 상태로 하루를 보냈고, 이튿날 아침 갑자기 도다 씨를 만나고 싶어졌습니다. 꼭 만나러 가야 한다. 그 사람은 지금 괴로워하고 있다. 내가 당장 만나주지 않으면 타락해버릴지도 모른다. 그 사람은 내가 오기를 기다리고 있다. 만나러 가자. 저는 우선, 몸단장을 시작했습니다. 기쿠코 씨, 다세대 주택에 사는 가난뱅이 작가를 찾아가는데 화려한 옷차림으로 갈 수 있다고 생각하세요? 그건 절대 안 될 일이지요. 어떤 부인단체의 간사들이 여우목도리를 하고 빈민굴 시찰을 갔다가 문제가 됐던 적도 있잖아요? 조심해야 해요. 소설 내용에 따르면, 도다 씨는 입을 기모노도 없어서 솜이 삐져나온 도테라³ 한 벌만 걸치고 있다고 합니다. 다다미도 모두 헐어서, 방 전체에 신문지를 가득 깔고 그 위에서 살고 있다고 하고요. 그렇게 누추한 집에 제가 얼마 전에 새로 장만한 핑크색 원피스를

3_ 솜을 넣어 누빈 큼직하고 소매가 넓은 겉옷.

입고 간다면, 도다 씨네 가족분들이 그걸 보고 괜히 더 쓸쓸하고 주눅이 들 테니, 그건 실례라는 생각이 들었습니다. 저는 여학교 때 입던 너덜너덜한 스커트에, 오래전 스키를 탈 때 입었던 노란 재킷을 입었습니다. 이 재킷은 너무 작아져서 소매가 팔꿈치까지 껑충 올라옵니다. 소매 끝이 헤져서 실밥이 주렁주렁 달려 있는, 말도 못 하게 누추한 옷이었어요. 도다 씨가 매년 가을이면 각기병이 도져서 고생을 한다는 것도 소설에 나와 있어서 알고 있었기 때문에, 제 침대에 있던 담요 한 장을 보자기에 싸서 가져가기로 했습니다. 다리를 담요로 감싸고 작업하시라고 하려고요. 저는 엄마 몰래 뒷문으로 살그머니 빠져나왔습니다. 기쿠코 씨도 아시겠지만, 저는 앞니 하나가 의치義齒여서 뺐다 끼웠다 할 수 있어요. 전차 안에서 그걸 스윽 빼서는 일부러 못생겨 보이게끔 했습니다. 도다 씨의 이는 듬성듬성 빠져 있다고 하던데, 도다 씨가 부끄러워하지 않고 안심하실 수 있도록 제 못생긴 이를 보여드릴 작정이었습니다. 머리도 부스스하게 흐트러뜨리고 나니, 영락없이 가난하고 못생긴 여자가 되었어요. 나약하고 무지한 가난뱅이들을 위로하기 위해서는, 무척이나 세심한 마음 씀씀이가 필요한 법이지요.

도다 씨네 집은 교외에 있었습니다. 열차에서 내려서 파출소에 물어봤더니, 의외로 쉽게 찾을 수 있었습니다. 기쿠코 씨, 도다 씨 집은 다세대 주택이 아니었습니다. 작기는 해도 깔끔한 분위기가 나는, 어엿한 단독 주택이었습니다. 뜰도 예쁘게 손질되어 있었고, 가을장미가 한가득 피어 있었습니다. 모든 것이 다 뜻밖이었어요. 현관문을 여니 신발장 위에 국화꽃을 띄운 수반水盤이 놓여 있었습니다. 차분한 느낌의 기품 있는 부인이 나와서 제게 인사를 했습니다. 저는 집을 잘못 찾아온 게 아닌가 싶었습니다. 저는 조심스럽게 물었습니다.

"저, 혹시, 여기가 소설 쓰시는 도다 씨 댁인가요?"

"그런데요." 상냥하게 대답하며 웃는 부인의 얼굴은 눈부실 만큼 아름다웠어요.

"선생님은……" 저도 모르게 선생님이라는 말이 튀어나왔습니다. "선생님은 댁에 계신가요?"

부인은 저를 선생님의 서재로 안내해주었습니다. 성실해 보이는 남자가 책상 앞에 꼿꼿한 자세로 앉아 있었습니다. 입은 옷은 도테라가 아니었습니다. 뭐라고 하는 천인지는 몰라도, 짙은 남색에 두툼한 천으로 된 기모노를 입고, 검은 바탕에 하얀 줄무늬 한 줄이 그어진 허리띠를 매고 있었습니다. 서재는 다실茶室 같은 분위기였습니다. 도코노마4에는 한시漢詩가 적힌 족자가 있었는데, 저는 한 글자도 읽을 수 없었습니다. 담쟁이가 아름답게 장식된 대나무 소쿠리도 있었습니다. 책상 옆에는 엄청난 양의 책들이 산더미처럼 쌓여 있었지요.

달라도 너무 달랐어요. 이도 안 빠졌습니다. 대머리도 아닙니다. 야무진 느낌이 나는 얼굴이었습니다. 구질구질한 느낌이라고는 찾아볼 수가 없었습니다. 이 사람이 소주를 마시고 땅바닥에 널브러져 잔다니, 믿기지가 않았습니다.

"직접 만나보니, 소설에 그려진 느낌과는 전혀 다르시네요." 마음을 추스른 제가 말했습니다.

"그래요?" 가볍게 대답하더군요. 제게 그다지 관심이 없어 보였습니다.

"저에 대해 어떻게 아셨나요? 그걸 여쭤보러 왔습니다." 저는 그렇게

4_ 전통 일본식 방 안쪽, 단을 조금 높게 한 공간에 꽃병이나 족자 등을 장식하는 곳.

말하면서 체면을 차려보려고 했습니다.

"무슨 소립니까?" 반응이 조금도 없었습니다.

"제 이름과 주소를 숨겼는데도 선생님께선 저라는 걸 알아채셨잖아요. 지난번에 편지를 띄웠을 때 그걸 제일 먼저 여쭤봤는데 말이죠."

"저는 당신 같은 사람 모릅니다. 이상하네요." 그는 맑은 눈으로 제 얼굴을 똑바로 쳐다보며 희미하게 웃었습니다.

"어머!" 저는 당황하기 시작했습니다. "아니, 그러면, 제가 지난번에 보낸 편지가 무슨 뜻인지 전혀 모르셨을 텐데, 답장도 없이 그냥 가만히 계셨다니 너무 하시네요. 저를 바보라고 생각하셨겠네요?"

저는 울고 싶어졌습니다. 저는 왜 그런 말도 안 되는 지레짐작을 했던 걸까요? 정말, 최악이었어요. 기쿠코 씨. 얼굴이 달아올랐다는 말로는 다 표현할 수 없을 정도입니다. 풀밭을 데굴데굴 구르며, 아악 하고 소리를 질러도 기분이 다 풀리지 않을 것 같은 심정이었습니다.

"그럼, 그 편지 돌려주세요. 창피해서 견딜 수가 없네요. 돌려주세요."

도다 씨는 진지한 표정으로 고개를 끄덕였습니다. 화를 내고 있던 것일지도 모릅니다. 뭐 이런 녀석이 다 있나 싶어 기가 막혔겠지요.

"찾아보지요. 매일같이 오는 편지를 일일이 신경 써서 보관해두고 있는 것도 아니니까 벌써 없어졌을지도 모르지만, 나중에 집사람한테 찾아보라고 하겠습니다. 만약에 찾으면 보내드리지요. 두 통입니까?"

"두 통이에요." 참담한 기분.

"보아하니 제 소설 내용이 당신의 상황과 비슷했던 모양인데, 제 소설에 모델 같은 건 절대 없습니다. 전부 픽션이지요. 애초에 당신이 처음으로 보냈던 편지부터가." 그는 갑자기 입을 다물더니 고개를 숙였습니다.

"실례했습니다." 나는 이가 빠진, 볼품없는 거지 소녀다. 꽉 끼는 재킷의 소매 끝은 다 해졌다. 감색 스커트는 온통 너덜너덜 기워져 있다. 나는 머리꼭대기부터 발끝까지 무시당하고 있다. 소설가는 악마다! 거짓말쟁이다! 가난뱅이도 아니면서 가난에 허덕이는 척한다. 얼굴도 멋있게 생겼으면서, 사람들한테는 못생겼다고 하면서 동정을 산다. 억척스럽게 공부하고 있으면서, 아는 것 하나 없다고 시치미를 뗀다. 부인을 사랑하면서, 매일 부부싸움을 한다는 얘기를 퍼뜨리고 다닌다. 괴롭지도 않으면서 고통스러운 표정을 짓고 다닌다. 나는, 속았다. 말없이 인사를 하고 일어서면서,

"아프신 건 좀 어떠세요? 각기병이시라면서요."

"저는 건강합니다."

나는 이 사람을 위해서 담요까지 가지고 왔는데. 그냥 다시 가져가자. 기쿠코 씨, 저는 담요 보따리를 껴안고 집으로 돌아오면서, 어찌나 창피하던지 엉엉 울어버렸어요. 담요 보따리에 얼굴을 파묻고 울었어요. 그러고 있던 제게 자동차 운전수가, 멍청아! 앞 좀 보고 다녀! 하고 소리를 질렀습니다.

이삼일 지나, 제 편지 두 통이 담긴 커다란 봉투가 등기우편으로 왔습니다. 그때도 제게는 희미한 희망 한 자락이 남아 있었습니다. 혹시 선생님이 나의 부끄러움을 씻어줄 좋은 말을 써서 보내지 않았을까? 이 큰 봉투 안에, 내가 보낸 편지 두 통 말고도, 상냥한 위로의 말이 담긴 선생님의 편지도 함께 들어 있는 건 아닐까? 저는 봉투를 품에 안고 그러기를 빌면서 열어보았지만, 봉투는 텅 비어 있었습니다. 제가 쓴 편지 두 통 말고는, 아무것도 없었습니다. 혹시나 제가 보낸 편지지 뒷면에 낙서처럼 짤막한 감상이라도 적어놓으시지 않았을까 하고, 한

장 한 장, 편지지 앞뒷면을 꼼꼼히 살펴보았지만, 아무것도 없었습니다.
그 부끄러움. 당신은 아실까요? 머리에 재라도 뒤집어쓰고 싶은 기분.
십 년은 늙어버린 기분이었습니다. 소설가 따위, 시답지 않은 사람들이
지요. 다들 인간쓰레기예요. 거짓말만 써대고. 로맨틱한 구석이라고는
눈곱만큼도 없다니까요. 평범한 집에서 안락하게 살면서, 더러운 차림새
의 이 빠진 소녀를 경멸하면서 차갑게 대하고, 배웅도 안 해주고, 자기는
영원히 모르는 일이라는 식으로 살려고 하다니, 너무하지 않아요? 그런
걸 두고, 사기라고 하는 거 아닐까 몰라.

新郎
신랑

大宰治

「신랑」

1942년 1월 『신조新潮』에 발표되었다.
전쟁에 대한 다자이의 심경이 드러난 작품. 전쟁이 시작된 '감동'
과 새로운 생활에 대한 다짐 등, '일본 국민' 다자이의 모습이
그려져 있다.

하루하루를 충실하게 살아가는 수밖에 없다. 내일 일을 걱정하지 말라. 내일은 내일이니 구태여 걱정하지 말라. 하루하루를 즐기며 노력하고, 다른 사람을 상냥하게 대하며 살고 싶다. 요즘은 푸른 하늘도 너무나 아름답다. 배를 띄우고 싶을 정도로 아름답다. 애기동백 꽃잎은 분홍 조개. 소리를 내며 지고 있다. 이렇게 멋있는 꽃잎이었나 싶어서 올해 들어 처음으로 놀라고 있다. 모든 게 정답다. 담배 한 대 피우는데도, 눈물이 날 정도로 감사하는 마음으로 피우고 있다. 설마하니 진짜로 운다는 얘기는 아니다. 무심코 미소를 짓는다는 정도의 의미다.

가족들에게도 부쩍 상냥해졌다. 예전에는 옆방에서 아이가 울어도 모른 척했지만, 요즘은 일어나 옆방으로 가서 어설프게 아이를 안고 가볍게 쓰다듬어 주기도 한다. 밤에 아이가 자는 얼굴을 잊지 않도록, 물끄러미 바라보고 있을 때도 있다. 설마하니 마지막이라 생각하며 봐둔다는 의미는 아니다. 하지만 그런 기분과 비슷한 것 같기도 하다. 이 아이는 반드시, 튼튼하게 자랄 것이다. 나는, 그렇게 믿는다. 왠지 그런 기분이 들어서 내게는 미련이 없다. 밖에 나가도, 되도록이면 빨리 집으로 들어가서 저녁은 집에서 먹는다. 식탁 위에는 아무것도 없다. 내게는, 그게 낙이다. 아무것도 없는 게 낙이다. 지금 상황이 어떤지 절실히 느껴지기 때문이다. 집사람은 면목이 없다는 듯한 표정이다. 죄송해요, 하고 사과를 한다. 하지만 나는 반찬을 마구 칭찬한다. 맛있다고 말한다. 집사람은 쓸쓸한 듯 웃고 있다.

"조림요리. 나쁘지 않네. 새우조림이잖아. 어떻게 잘 샀네?"

"잡은 지 좀 오래된 거라서요." 집사람은 자신이 없다.

"오래되었어도 새우는 새우야. 내가 제일 좋아하는 거야. 새우수염엔, 칼슘이 들어 있어." 아무렇게나 막 던지는 말이다.

식탁에는 조림요리와 배추절임, 오징어 조림, 그것뿐이다. 나는 그냥 무턱대고 칭찬한다.

"배추절임, 맛있다. 맛이 딱 좋은 시기야. 나는 어릴 때부터 배추절임을 제일 좋아했지. 배추절임만 있으면 다른 반찬은 먹고 싶지가 않았어. 아삭아삭해서, 이 씹는 맛이 너무 좋아."

"소금도 요즘 가게에 없어서요," 집사람은 여전히 자신이 없다. 시무룩한 얼굴로 있다. "절임요리를 할 때도 소금을 마음껏 쓸 수 없게 됐어요. 소금을 더 쓰면 맛있어질 텐데 말이죠."

"아니, 이 정도가 딱 좋아. 난 짠 건 싫어." 막무가내로 우긴다. 맛없는 것을 칭찬하는 것은 기분 좋은 일이다.

하지만 가끔 실패할 때가 있다.

"오늘 저녁 반찬은 뭐지? 음, 아무것도 없나? 이런 저녁도 또 나름 재미가 있지. 가만있자. 그렇지, 김을 넣고 찻물을 부어서 먹자. 세련된 음식이지. 김을 내와." 가장 간단한 반찬이라는 생각으로 김을 가져오라고 했는데, 실수였다.

"없어요." 집사람은 겸연쩍다는 표정을 지어 보인다. "요즘 김은 어느 가게에 가도 없어요. 이상하게도 말이죠. 제가 장을 보는 게 서투른 편은 아닌데, 요즘은 고기나 생선 모두 살 수가 없어서, 시장에서 장바구니만 들고 서서 울상을 짓곤 해요." 심하게 풀이 죽은 모습이다.

나는 내 실수가 부끄러웠다. 김이 없을 줄은 몰랐다. 조심스럽게 이렇게 물었다.

"매실장아찌는 있어?"

"있어요."

둘 다, 안심했다.

"참아야지. 아무 문제없잖아. 쌀과 야채만 있으면, 인간은 충분히 살아갈 수 있어. 일본은, 이제 좋아질 거야. 점점 좋아질 거야. 지금, 우리가 가만히 꾹 참기만 하면, 일본은 반드시 성공할 거야. 나는 믿어. 신문에 나와 있는 대신大臣들의 말을, 전부 고스란히 믿어. 그 사람들 계획대로 밀어붙였으면 좋겠어. 지금이 중요한 때래. 참아야 돼." 매실장아찌를 입에 한가득 물고 누구나 다 아는 그런 말을 진지하게 하고 있자니, 어쩐지 너무나 통쾌하다.

어느 날 밤, 다른 집에서 저녁을 먹는데 산해진미가 가득 있어서 놀라웠다. 기분이 이상했다. 부끄러움을 무릅쓰고 하녀에게 슬그머니 부탁해서, 소고기 스테이크 하나를 챙겼다. 하녀는, 여기서 드시는 건 상관없는데 가져가시는 건 규칙에 어긋나는 거라면서 당혹스럽다는 표정을 지었다. 미지근한 소고기 스테이크 봉지를 들고 집으로 갔다. 이 즐거움도, 올해 처음으로 알게 됐다. 나는 이제까지 선물 같은 것을 사가지고 집에 들어간 적이 한 번도 없었다. 정말 불결하고 단정치 못한 일이라고 생각했었다.

"하녀한테 세 번이나 고개 숙여 인사했어. 아주 힘들게 가져온 거야.

오랜만이지? 소고기야.” 나는 순수하게 내가 한 일을 뽐냈다.

“약 같기도 하고 뭔가 다른 것 같다는 기분이 들어서.” 집 사람은 머뭇머뭇 젓가락을 대며 그런 말을 했다. “식욕이 전혀 안 돋아요.”

“자, 먹어봐. 맛있지? 모두 먹어봐. 나는 많이 먹고 왔어.”

“체면이 걸린 문제예요, 이건.” 집사람은 작은 목소리로 의외의 말을 했다. “전 이런 거 그렇게까지 먹고 싶지 않으니까, 앞으로는 하녀에게 머리를 숙이는 일 같은 건 하지 마세요.”

그 말을 듣고 나는 좀 거북했지만, 그 거북함 이상으로 마음이 놓였다. 정말 마음이 놓였다. 괜찮다. 이제 집 음식 같은 건, 아무것도 걱정하지 말자. ‘소고기야’라니, 추잡하게시리. 음식뿐만 아니라 집사람의 미래에 대해서도 그냥 마음을 놓자. 집사람은, 아이와 함께 틀림없이 건강하게 살아갈 것이다. 감사한 일이라고 생각했다.

이젠 가족에 대해서는 조금도 걱정하지 않기 때문에, 나는 항상 마음이 가볍다. 푸른 하늘을 바라보며 즐기고, 담배를 피우고, 세상 사람들에게도 애써 상냥하게 대하고 있다.

미타카에 있는 우리 집에는 대학생들이 많이 놀러 온다. 머리가 좋은 사람도 있는가 하면, 나쁜 사람도 있다. 하지만 다들 정의파다. 이제까지 내게 돈을 빌려달라고 한 학생은 한 명도 없다. 오히려 내게, 돈을 빌려주려고 하는 학생도 있다. 아무런 타산 없이, 그저 나와 얘기를 나누고 싶어서 놀러 오는 것이다. 나는 아직 한 번도 이 젊은 친구들의 방문을 거절한 적이 없다. 일이 아무리 바빠도 들어오라고 한다. 하지만 이제까지 했던 ‘들어와’라는 말은 다분히 소극적인 ‘들어와’였다는 것도 부정할 수는 없다. 다시 말해, 마음이 약해져서 할 수 없이 ‘들어와. 내 일 같은 건 어찌 되든 상관없어.’라고 쓸쓸하게 웃으며 말했던 적도,

분명 있었다. 내 일은 방문객을 단호하게 내쫓을 정도로 대단한 게 아니다. 방문객의 고뇌와 내 고뇌 중에 어느 쪽이 더 깊을지, 그건 모른다. 그나마 내 마음이 더 편할지도 모른다. '뭐야, 저건. 예수놀이 같은 취미에 빠져서는, 심각한 척 역겨운 말만 늘어놓으면서, 사실은 그저 좀 잘난 척하는 에고이스트잖아.' 이런 말을 들을까봐, 내 일이 아무리 절박한 상황이더라도 하던 일을 멈추고 일어나서 학생들을 맞이하는 경향이 없지도 않았다. 그렇게 성의를 다해 맞이하지는 않았던 것 같다. 비열한 자기방어다. 아무런 책임감도 없었다. 학생들을 화나게 하지 않으면 그것으로 충분했다. 나는 학생들의 얘기를 들으며 딴 생각만 했었다. 별 탈이 없을 것 같은 대답만 짧게 하고, 애매하게 웃어 넘겼다. 내 입장만 계산하고 있었던 것이다. 학생들은 나를 수줍음 많은 호인이라고 생각했을지도 모른다. 하지만 나는 요즘 부쩍 상냥해져서, 내 생각을 있는 그대로 말하게 되었다. 통상적인 상냥함과는 약간 다르다. 나의 상냥함은, 학생들에게 내 속을 가감 없이 보여준다는 데 있다. 나는, 책임감을 느낀다. 우리 집에 오는 사람 중에 단 한 명이라도 나 때문에 타락해서는 안 된다고 생각한다. 내가 최후의 심판대에 섰을 때, 단 한마디, '하지만 저는, 저와 친하게 지낸 사람 중에 단 한 명도 타락시키지 않았습니다.'라고 딱 잘라 말할 수 있다면 얼마나 기쁠까? 나는 요즘 학생들에게, 실컷 쓴 소리를 퍼붓는다. 호통을 칠 때도 있다. 그것이 나의 상냥함이다. 그럴 때 나는 이 학생이 나를 죽여도 괜찮다고 생각한다. 나를 죽이는 학생은 영원한 바보다.

　　—정말 미안하지만, 삼십 분 정도로 얘기를 끝내주지 않겠는가? 이번 달에 좀 열심히 해야 할 일이 있어. 용서해주게. 다자이 오사무.
—

현관 장지문에 이런 종이를 붙인 적도 있다. 허울뿐인 친절로 대강 만나는 건 좋지 않다고 생각했기 때문이다. 내 일도 중요하게 여기자는 생각이 들었기 때문이다. 나를 위해. 학생들을 위해. 하루의 생활은, 중요하다.

우리 집에 찾아오는 학생들은 점점 줄었다. 그러는 편이 낫겠지 싶다. 학생들은 나를 떠나 성실하게 노력하고 있겠지.

하루하루 시간이 흐르는 게 아쉽다. 나는 되도록 오늘 하루를 충실하게 보내고 싶다. 나는 학생들뿐만 아니라, 세상 사람들 모두를 최대한 정직한 마음으로 대하기 시작했다.

이런 내용의 왕복엽서가 왔다.

──「여자의 결투」, 「유다의 고백」. 결국, 저는 선생님의 작품을 특이한 소설이라고 생각할 수밖에 없습니다. 선생님께 가르침을 받고 싶습니다. 설명 하나 해주세요. 단적으로. 다다이즘이란 결국, 무엇을 의미합니까? 부탁드립니다. 촌구석의 국민학교[1] 교사 올림. ──

나는 답장을 보냈다.

──답장드립니다. 편지 잘 읽었습니다. 남에게 질문을 할 때는, 글을 조금 더 정중하게 씁시다. 소국민[2]의 교육을 담당하시는 분이 이러시면 안 됩니다.

질문에, 진지하게 답변을 드리지요. 저는 지금까지 다다이즘을 자칭한 적이 한 번도 없었습니다. 저는 저 스스로가, 글을 잘 못 쓰는 작가라고

----

1_ 1941년 국민학교령에 기초하여 설립된 것으로, 6년의 초등과와 2년의 고등과로 이루어진 학교. 소국민을 육성하는 목적으로 기존의 학교 체제가 개편된 것이었다.

2_ 小國民. 만주사변 이후부터 제2차 대전 당시까지 전쟁 후방에 배치된 어린이라는 뜻으로 쓰인 말.

생각합니다. 제 가슴속 생각을 남들이 어떻게든 이해해주었으면 해서, 이런저런 스타일을 시도해보고 있지만, 그게 성공하고 있는 것 같지도 않습니다. 서툴지만 노력하는 거지요. 제 말은 농담이 아닙니다. 이만 실례하겠습니다.—

이 국민학교 선생님이 화가 나서 우리 집까지 쫓아올 것을 각오하며 썼는데, 네댓새 후에 다음과 같은, 약간 긴 편지가 왔다.

—11월 28일. 어젯밤에는 너무 피곤했기 때문에 오늘 아침에는 일곱 시 시보를 들어도 쉽사리 일어날 수가 없었다. 판화 교재로 쓰려고 그린 조릿대 수묵화를 보며, 입영(×월 ×일), 문학, 꽃바구니 등등에 대해 막연히 이런저런 생각을 했다. ××현 지도와 조릿대 그림이 하얀 숙직실 벽에 어쩐지 썰렁하게 붙어 있는 것이, 나 자신을 암시하고 있는 듯한 기분이 들어 견딜 수가 없다. 이런 기분이 들 때면, 꼭 무슨 실수를 한다. 문득, 사범 기숙사에서 모닥불을 피워 혼난 일이 생각나서 찡그린 얼굴로 슬리퍼를 신고, 뒷문 밖에 있는 우물가로 나갔다. 나른하다. 머리가 무겁다. 나는 손바닥으로 목덜미를 두드려보았다. 바깥에는 비가 억수같이 쏟아지고 있었다.

삿갓을 쓰고 세숫대야를 가지러 욕실로 갔다.

"선생님 안녕하세요."

학교 근처 마을에 사는 아이 두 명이 우물가에서 발을 씻고 있었다.

2교시 수업을 끝내고, 직원실에서 따뜻한 물을 마시다가 문득 창밖을 보니, 검은 비옷을 입은 집배원이 자전거를 타고 억수같이 쏟아지는 빗속을 헤치며 힘겹게 오고 있는 게 보였다. 나는 바로 우편을 받으러 나갔다. 제가 받은 것은 생각지도 못한 사람으로부터 온 답장이었습니다. 선생님, 그때 저는, 너무 진부한 말이지만, (중략)

정말 감사드립니다. 저는 항상 후회스럽습니다. 이유 없는 불손한 태도. 저는 항상 이 때문에 첫인상이 안 좋습니다. 그러면 안 되는데. 알면서도, 깜빡하고 무심코 또 그럽니다.

교장 선생님께도 엽서를 보여드렸습니다. 교장 선생님은 말씀하셨습니다. "정말 이건, 자네가 깊이 생각하고 반성해야 하는 점이야." 저도 그렇게 생각했습니다.

(중략)

선생님께 부탁드립니다.

제가 부끄러워하고 있다는 것을 믿어 주세요. 저는 나쁜 남자가 아닙니다.

(중략)

저는 지금 펜을 놓고, 이 학교에 하나밖에 없는 작은 오르간을 치며 '그 불 끄지 말라'라는 노래[3]를 부르려고 합니다. 이만 실례합니다.—

내가 멋대로 중간 중간 생략했지만, 이상이 그 국민학교 교사의 편지 내용이다. 기뻤다. 이번엔 내가, 고마운 마음에 답장을 썼다. 입영을 하시든 안 하시든, 하루하루의 의무를 다하기 위해 노력해주세요, 라는 말도 덧붙였다.

정말 이제는, 하루의 의무가 평생의 의무라고 생각하며 엄숙한 마음으로 노력하지 않으면 안 된다. 적당히 때우면 안 되는 것이다. 좋아하는 사람에게는 한시라도 빨리 진실 어린 마음을 꾸밈없이 털어놓는 편이 좋다. 지저분한 타산은 하지 않는 편이 좋다. 솔직한 행동에는 후회가 없다. 나머지는 하늘의 뜻에 맡기는 수밖에 없다.

..
3_ 1937년 발표된, 시인 기타하라 하쿠슈가 작사한 육해군 예식가禮式歌.

얼마 전에도 나는, 이모님으로부터 긴 편지를 받고 다음과 같은 답장을 썼다. 그 편지는 어떤 신문의 문예란에 그대로 발표되었다.

─이모님. 오늘 아침에는, 긴 편지를 받았습니다. 제 건강상태와 앞으로의 생활에 대해 여러모로 걱정해주셔서 감사합니다. 하지만, 저는 요즘 앞으로의 생활에 대해서 아무런 계획도 세우지 않습니다. 허무해서 그러는 게 아닙니다. 포기한 것도, 아닙니다. 어설픈 예상 같은 것을 해서 오른쪽으로 가야 하나 왼쪽으로 가야 하나, 저울에 달아 신중하게 재고 있다가는 오히려 꼴사나운 실수를 저지르겠지요.

내일 일을 생각하지 말라고, 그 사람도 말했습니다. 아침에 눈을 뜨면 오늘 하루를 알차게 보내는 것, 저는 요즘 그것만 신경 씁니다. 저는 요즘 들어 거짓말을 하지 않습니다. 허영과 타산이 아닌 공부를, 조금씩 할 수 있게 되었습니다. 내일을 믿고 그 자리를 대강 때우는 일도 이제는, 하지 않습니다. 하루하루가, 무척 소중해졌습니다.

결코 허무해서 그러는 게 아닙니다. 지금 제게는, 하루하루의 노력이 평생의 노력입니다. 전쟁터에 있는 사람들도 아마 같은 기분일 것입니다. 이모님도 앞으로 사재기 같은 건 하지 마세요. 의심해서 실패하는 것만큼 추한 것도 없습니다. 우리는, 믿습니다. 한 치 크기 벌레에게도 다섯 푼의 진심이 있습니다.[4] 쓴웃음을 지으시면 안 됩니다. 천진난만하게 믿는 자만이 태평할 것입니다. 저는 문학을 그만두지 않을 겁니다. 저는 믿고 성공하겠습니다. 안심하세요.

요즘 나는 매일 아침 수염을 깎는다. 이도 깨끗하게 닦는다. 발톱도, 손톱도, 잘 자르고 있다. 매일 목욕을 하고, 머리를 감고, 귓속을 깔끔하게

4_ 아무리 보잘것없는 존재라도 그 나름의 마음이 있다는 뜻의 관용어.

청소한다. 코털 같은 건, 조금도 길게 내버려 두지 않는다. 눈이 좀 피곤할 때는 안약 한 방울을 떨어뜨려서 눈을 촉촉하게 한다.

배에서 가슴까지 새하얀 무명 한 벌 감을 둘둘 말고 있다. 언제나 새하얗다. 속옷도, 새하얀 옥양목이다. 이것도 항상 새하얗다. 그리고 밤에는 홀로 새하얀 시트에서 잠든다.

서재에는 언제나 제철을 맞은 꽃이 생기 있게 피어 있다. 오늘 아침에 는 거실 항아리에 수선화를 던져 넣었다. 아아, 일본은 아름다운 나라다. 빵이 없고 술이 부족해도, 꽃만은, 꽃만큼은, 어느 화원 앞에 가도, 가득, 가득, 앞을 다투듯 피어서는 빨강, 노랑, 하양, 보라색을 뽐내고 있지 않은가. 일본이여, 이 아름다움을 세계에 뽐내라!

나는 요즘 찢어진 솜옷 같은 건 입지 않는다. 아침에 일어났을 때부터 때 묻지 않은, 선명한 줄무늬 기모노를 입고 허리띠를 꽉 졸라매고 있다. 근처 친구 집에 슬쩍 들를 때도, 꼭 제대로 된 정장을 차려입는다. 주머니에는 빤 지 얼마 안 된 손수건이 반듯하게 두 번 접힌 상태로 들어 있다.

나는 요즘 어째서인지, 가문의 문장紋章이 수 놓인 옷을 입고 걸어 다니고 싶어서 견딜 수가 없다.

오늘 아침에 꽃을 사고 집에 오는 길에, 미카타역 앞 광장에 고풍스런 마차가 손님을 기다리는 것을 봤다. 메이지시대 로쿠메이칸[5] 분위기가 풍겼다. 나는 옛 정취가 너무나 정겹게 느껴져서, 마부에게 물어봤다.

"이 마차는 어디로 가는 건가요?"

"어디든 갑니다." 나이 든 마부는 붙임성 있게 대답했다. "택시나

---

5_ 鹿鳴館. 관영의 국제사교장으로 1883년에 설립됨. 일본의 개화기 구화歐化주의 정책의 상징.

다름 없수다."

"긴자로 가주시겠어요?"

"긴자는 멀어요." 웃음을 터뜨리며 말했다. "전철로 가세요."

나는 이 마차를 타고 긴자 거리를 천천히 걸어보고 싶었다. 학이 새겨진 (우리 집 문장紋章은, 학이다) 기모노를 입고 센다이히라[6]로 된 하의를 입고, 흰 다비를 신고서 느긋하게 이 마차를 타고서 긴자 거리를 누비고 싶다. 아아, 요즘 나는 매일, 신랑의 마음으로 살고 있다.

> 쇼와 16년[1941년] 12월 8일 이 글을 씀.
> 이날 아침, 영미와의 전쟁이 시작되었다는 소식을 들음.
> (『신조新潮』 쇼와 17년[1942년] 1월호)

---

6_ 仙台平. 센다이 특산의 하카마(일본식 정장)감으로 쓰는 정교하게 짠 극상품의 견직물.

太宰治

十二月八日

십이월 팔일

## 「십이월 팔일」

1942년 2월 『부인공론婦人公論』에 발표되었다.

「신랑」과 마찬가지로 전쟁을 다룬 작품으로, '일본국민' 다자이 오사무가 전쟁에 대해 어떠한 입장을 취하고 있었는지 알 수 있다.

전쟁에 협조적이었던 작가에 대해 안 좋은 시선이 많아서인지, 다자이는 전쟁이 끝나자 전쟁 중에 쓴 이 작품이나 다른 전쟁 관련 작품을 다른 간행물에 다시 수록하지 않았다고 한다. 전쟁 중에 쓰인 이러한 작품은 국가적으로 시행되고 있던 검열 문제 등, 쓰고 싶은 작품을 자유로이 쓸 수 없었던 당시 상황과도 관련이 있다. 다자이의 본심이 어땠을지는 모르지만 이 작품에 대한 평가를 보면 다자이가 전쟁을 비판한 작가인가, 아니면 전쟁 분위기에 영합한 작가인가를 두고 논쟁이 뜨겁다. 일본의 전쟁을 강렬하게 지지하는 마음이 있었다거나 나름대로의 저항을 꾀했다는 식의 이중 잣대로 이 작품을 평가하는 것이 타당한 일인지는 의문이지만, 작품 중에는 일본인 다자이의 면모가 분명하게 드러난다.

오늘 일기는 특별히 더 정성스럽게 써둬야지. 쇼와 16년[1941년] 12월 8일에 일본의 가난한 가정주부가 어떤 하루를 보냈는지, 짧게나마 써둬야겠다. 머지않아 백 년 정도 후에 일본이 기원[紀元][1] 2700년을 기념하는 아름다운 축제를 할 무렵, 내 일기장이 흙벽으로 된 광 한구석에서 발견되어, 백 년 전 중요한 날에 우리 일본의 주부는 이런 생활을 하고 있었다는 것을 알게 된다면 역사적으로 약간은 참고가 될지도 모른다. 그러니까 글솜씨는 형편없지만, 거짓말은 쓰지 않도록 조심해야지. 어쨌든 기원 2700년을 고려해가며 쓰지 않으면 안 되니까, 어렵다. 하지만 너무 딱딱하게 쓰지는 말아야지. 남편의 말에 따르면, 내가 쓴 편지나 일기는 그냥 성실해 보이기만 할 뿐 너무 둔탁한 감각을 지닌 것처럼 느껴진다고 한다. 센티멘트라고 할 만한 게 하나도 없어서, 문장이 하나도 아름답지 않다고 한다. 나는 정말로, 어릴 때부터 예의에만 신경 쓰느라, 마음은 그렇게 예의 바르지도 않지만 어쩐지 어색해서, 해맑게 떠들어대거나 어리광을 피우지도 못하고 손해만 보며 살았다.

1_ 진무[神武] 천황 즉위 기원의 준말. 진무 천황이 즉위한 해는 서력으로 기원전 660년이다.

욕심이 너무 많은 탓인지도 모른다. 더욱 반성하는 마음을 가져야지.

기원 2700년이라고 하면, 바로 떠오르는 일이 있다. 왠지 바보 같고 우스운 일이지만 지난번에, 남편 친구인 이마 씨가 오랜만에 놀러 오셨는데 그때, 남편과 이마 씨가 응접실에서 하는 얘기를 옆방에서 듣고 웃음을 터뜨렸다.

"정말이지 기원 2700년 축제 때엔 시치백년이라고 할지, 나나백년이라고 할지[2] 그게 걱정이야. 너무 궁금해. 고민돼. 자네는 궁금하지 않은가?"

이마 씨가 물었다.

"으음." 남편은 진지하게 생각하더니 말했다. "듣고 보니 정말 궁금하네."

"그렇지?" 이마 씨도 몹시 진지했다. "아무래도 말이지, 나나백년일 것 같아. 어쩐지 그런 기분이 들어. 하지만 내 희망 사항을 말하자면, 시치백년이라고 해줬으면 좋겠어. 나나백년이라고 하는 건 정말 싫어. 기분 나쁘지 않아? 전화번호도 아닌데, 제대로 읽어줬으면 좋겠어. 무슨 일이 있더라도 그건 시치백년이라고 해줬으면 좋겠는데 말이지."

이마 씨는 진심으로 걱정스럽다는 투로 말했다.

"그런데 말이지," 남편은 무척 거드름을 피우며 의견을 말했다. "백년 후에는 시치백도 아니고 나나백도 아닌, 전혀 다른 말이 생길지도 몰라. 예를 들면, 누누백, 같은……."

나는 웃음을 터뜨렸다. 정말 어처구니없다. 남편은 항상, 이처럼 어떻게 되든 상관없는 일에 대해 진지한 태도로 손님과 얘기를 나눈다.

••
2_ 일본어에서 숫자 7은 시치, 혹은 나나라고 읽는데(각각 음독, 훈독에 해당) 뒤에 한자어가 붙을 때는 시치라고 음독하고, 전화번호 같은 것을 말할 때는 보통 나나라고 훈독한다.

센티멘탈한 분은 남다른 법이다. 내 남편은 소설을 써서 돈을 번다. 게으름만 피우기 때문에 수입도 시원치 않고, 하루 벌어 하루 먹고 사는 꼴이다. 나는 남편이 쓴 소설은 일부러 안 읽기 때문에 어떤 글을 쓸지, 상상도 안 간다. 그렇게 잘 쓰지는 못하는 것 같다.

어머, 얘기가 딴 데로 샜다. 이렇게 엉망진창이래서야, 기원 2700년까지 남을 좋은 글은 절대 쓸 수 없겠지. 새로운 마음으로 다시 시작해야겠다.

12월 8일. 이른 아침, 이불 속에서 아침을 준비할 생각에 조바심을 내면서, 소노코(올해 6월에 태어난 여자아이)에게 젖을 물리고 있는데, 어디선가 라디오 소리가 또렷하게 들려왔다.

"대본영大本營[3] 육해군부 발표. 제국 육해군은 8일 새벽 서태평양에서 미영군米英軍과 전투상태 돌입."

꼭 닫아놓은 덧문 틈을 통해, 그 소리는 빛처럼 강렬하고 산뜻하게 들려왔다. 낭랑한 목소리로 두 번 반복되었다. 그걸 가만히 들으며, 나는 다른 사람이 되어 갔다. 강한 빛에 쬐여 온몸이 투명해지는 느낌. 혹은, 성령의 숨결을 받아 가슴속에 차가운 꽃잎 한 장을 품은 듯한 느낌. 일본도 오늘 아침부터, 다른 일본이 된 것이다.

옆방의 남편에게 알리려고 여보, 하고 남편을 불렀더니 바로,

"알아. 알아."

라는 대답이 들려왔다. 말투가 거친 걸 보니, 남편도 긴장되는 모양이다. 항상 늦잠을 자는 사람이 오늘 아침에는 이렇게 일찍 일어나 있는 것도 이상하다. 예술가는 직감력이 뛰어난 법이라니까, 어쩐지 불길한

---

3_ 청일전쟁부터 제2차 세계대전에 이르기까지 전쟁 시에 설치되었던 '대일본제국육군 및 해군'의 최고 지휘 기관.

예감이라고 할 법한 게 있었는지도 모른다. 조금 감탄했다. 하지만, 그러고 나서 너무 깨는 말을 해서 마이너스가 되었다.

"서태평양이라는 게, 어디쯤이지? 샌프란시스코야?"

나는 맥이 풀렸다. 남편은 왜 그런지 몰라도 지리에 대한 지식이 전혀 없다. 서쪽 동쪽도 구분하지 못하는 게 아닌가 싶을 때도 있다. 최근까지도 남극이 가장 덥고 북극이 가장 춥다고 생각했다고 한다. 그 얘기를 들었을 때, 나는 남편의 인격이 의심스럽기까지 했다. 작년에 사도[4]를 여행했는데 그때 여행 얘기를 하면서, 기선에서 사도의 뒤쪽을 바라보고 만주라고 생각했다고 하니, 정말 엉터리다. 저런 사람이 대학 같은 곳에는 잘도 들어갔다. 그저, 어이가 없을 뿐이다.

"서태평양이라면, 일본 쪽에 있는 태평양이겠지요."

하고 내가 말하니,

"그런가?" 하고 불쾌하다는 듯 대꾸하고는 잠시 생각에 잠기는 듯했다. "하지만 그 얘기는 처음 들어봤어. 미국이 동쪽이고 일본이 서쪽이라는 건 기분 나쁜 일이잖아. 일본은 해가 뜨는 나라라고 불리고, 또 동아東亞라는 말로 불리기도 했어. 나는 태양이 일본에서만 뜨는 거라고만 생각했었는데, 그러면 안 돼. 일본이 동아東亞가 아니었다니 불쾌하네. 어떻게든 손을 써서 일본을 동쪽으로 하고 미국을 서쪽으로 할 방법 없나?"

하는 말이 다 이상하다. 남편의 애국심은 너무 극단적이다. 얼마 전에도, 양놈이 아무리 설쳐댄다 한들 이 가다랑어 젓갈은 못 먹는데, 나는 어떤 서양식 요리든 다 먹을 수 있다는 이상한 자랑을 했었다.

4_ 니가타 현(동해 쪽)에 위치한 섬.

남편의 이상한 혼잣말을 마냥 들어주고 앉아 있을 수는 없어서, 재빨리 일어나 덧문을 열었다. 날씨가 좋다. 하지만 살을 엘 정도로 추운 날씨. 지난밤에 처마 끝에 널어놓은 기저귀도 얼고, 정원에는 서리가 내렸다. 애기동백이 의연히 피어 있다. 고요하다. 태평양에서 지금 전쟁이 시작되고 있는데 여기는 이렇게 고요하다니, 싶어서 기분이 이상했다. 일본이라는 나라에 대한 감사의 마음이 가슴에 사무쳤다.

우물가에 나가 세수를 한 뒤 소노코의 기저귀를 빨고 있는데 옆집 아주머니가 나오셨다. 아침 인사를 하고 나서 내가 말했다.

"앞으로 힘들어지겠네요."

전쟁 얘기를 한 것이었는데 옆집 아주머니는 최근에 지역반장[5]이 되셨기 때문에 그 얘기라고 생각했는지,

"네, 할 줄 아는 게 아무것도 없어서 말이죠."

라고 부끄러운 듯 말씀하셔서 좀 민망했다.

옆집 아주머니도 전쟁에 대한 생각을 안 하지는 않겠지만, 그보다 지역 반장의 무거운 책임 때문에 분명 긴장하고 있을 터이다. 어쩐지 옆집 아주머니께 미안한 마음이 들었다. 정말 앞으로는, 지역반장을 하기도 힘들 것이다. 연습할 때와는 다르니까, 진짜 공습이 시작됐을 때는 지역반장의 지휘 책임이 중요하다. 나는 소노코를 업고 시골로 피난을 가야할지도 모른다. 그러면 남편이 홀로 남아 집을 볼 텐데, 아무것도 못 하는 사람이라 마음이 안 놓인다. 아무런 도움이 안 될지도 모른다. 오래전부터 내가 그렇게 준비하라고 했는데도, 남편은 국민복[6]

5_ 지역반地域班이란 1940년 국민 통제를 위해 도입된 지역주민조직. 전쟁 중 배급, 공출, 동원 등을 담당하는 최말단 조직이었다.
6_ 제2차 세계대전 중 일본에 널리 보급되었던 군복과 비슷한 남자 옷.

도 그렇고 아무런 준비도 해두지 않았다. 여차하면 곤란한 상황이 생기지 않을까? 게으른 분이니까 내가 몰래 마련해둔다면, 이게 뭐냐고 하면서도 속으로는 안심하고 입어주시겠지만, 치수가 특대라 기성품을 사와도 안 맞을 것이다. 어떻게 하면 좋을지 모르겠다.

남편도 오늘 아침에는 일곱 시쯤 일어나서 밥을 일찍 먹고 바로 일을 한다. 이번 달에는 자잘한 일들이 많다고 한다. 아침을 먹다가,

"일본은 정말 괜찮을까요?"

라고 무심코 물었더니,

"괜찮으니까 한 거 아니겠어? 꼭 이길 겁니다."

라고, 격식을 차린 말투로 대답했다. 남편은 언제나 거짓말만 해서 전혀 믿음이 안 가지만, 진지하게 말한 이 말 한마디만큼은, 굳게 믿어야겠다고 생각했다.

부엌에서 뒷정리를 하며 이런저런 생각을 했다. 눈동자 색과 털 색깔이 다르다는 게 이렇게까지 적개심을 일으키는 것일까? 인정사정 봐줄 것 없이 패버리고 싶다. 중국을 상대로 싸웠을 때와는 전혀 다른 기분이다. 세상에, 짐승같이 둔감한 미국 병사들이 아름답고 정다운 이 일본 땅에 어슬렁거리다니, 생각만 해도 참을 수가 없다. 신성한 이 땅에 한 발짝이라도 들여놓는다면 당신들 발이 썩을 겁니다. 당신들에게는 그럴 자격이 없어요. 일본의 아름다운 군인 아저씨, 부디 저들을 인정사정 볼 것 없이 혼내주세요. 앞으로는 물건이 부족해서 저희 집 살림도 많이 힘들어지겠지만, 걱정하실 필요는 없어요. 저희는 아무렇지도 않습니다. 짜증스럽다는 생각은 요만큼도 안 든다. 어째서 이렇게 힘든 시절에 태어났나 싶어서 분하다는 생각도 안 든다. 오히려 이런 세상에 태어난 덕분에 사는 보람이 느껴질 정도다. 이런 세상에 태어나서

다행이라고 생각한다. 아아, 누군가와 함께 실컷 전쟁 이야기를 하고 싶다. 해냈네요, 드디어 시작됐네요, 이런 얘기.

라디오에서는 오늘 아침부터 계속해서 군가가 나온다. 열심이다. 계속해서 다양한 군가를 방송하다가 결국 틀어줄 노래가 없어졌는지, 적이 몇 만 명 있다고 하더라도, 라는 가사의 옛날 군가까지 튀어나올 지경이라, 홀로 웃음을 터뜨렸다. 방송국의 순진함에 호감을 가지게 됐다. 우리 집은 남편이 라디오를 너무 싫어하기 때문에 집에 라디오를 들인 적이 한 번도 없다. 나도 지금까지는 그렇게까지 라디오를 갖고 싶다고 생각한 적은 없지만, 그래도 이럴 때는 라디오가 있었으면 좋겠다. 뉴스를 실컷, 정말 마음껏 듣고 싶다. 남편과 상의해봐야겠다. 사주실 것 같은 느낌이 든다.

점심때가 다 될 때까지 계속 중대 뉴스가 나와서 가만히 있을 수가 없던 나는, 소노코를 안고 밖으로 나가 단풍나무 아래에 서서 옆집 라디오에 귀를 기울였다. 말레이 반도에 기습 상륙, 홍콩 공격, 선전宣戰의 조칙詔勅, 소노코를 안고 있는데 눈물이 나와서 혼났다. 집에 들어가서 일에 한창 몰두해 있는 남편에게 방금 듣고 온 뉴스를 모두 전한다. 남편은 전부 듣고 나서,

"그렇구나."

라고 하고는 웃었다. 그러고 나서 일어서더니, 다시 앉았다. 마음이 가라앉지를 않는 모양이다.

점심때가 조금 지났을 때 남편은 일 하나를 끝냈는지, 그 원고를 가지고 서둘러 집을 나섰다. 잡지사에 원고를 전해주러 가는데 그렇게 갔으니, 오늘도 귀가가 늦어질지도 모른다. 어쩐지 그렇게 허둥지둥 도망가듯 나갔을 때는 대체로 귀가가 늦어지는 것 같다. 나는 아무리

늦어도 외박만 안 하면 괜찮지만 말이다.

남편을 배웅하고서, 말린 정어리를 구워 간단히 점심 식사를 마치고 소노코를 업고 역으로 장을 보러 나갔다. 도중에 가메이 씨 댁에 들렀다. 남편 고향에서 잔뜩 보내온 사과를 조금 덜어 귀여운 다섯 살 아가씨 유노에게 가져다주기 위해서 들른 것이다. 문 앞에 유노가 서 있었다. 나를 보더니 바로 허둥지둥 현관으로 뛰어 들어가서, 소노코가 왔어, 엄마, 하고 사모님을 불러줬다. 내게 업혀 있던 소노코가 사모님과 가메이 씨를 향해 방긋 웃은 모양이다. 사모님은 너무 귀엽다며 소노코를 예뻐해주셨다. 가메이 씨는 점퍼를 입고 어딘가 용감한 모습으로 현관 밖으로 나오셨는데 그때까지 마루 밑에 멍석을 깔고 앉아 계셨다고 한다.

"정말이지, 마루 밑을 기어 다니는 건 적이 진을 치고 있는 곳에 몰래 숨어드는 것 못지않게 힘들어요. 이런 더러운 꼴로 뵙게 되어 죄송합니다."

라고 하신다. 마루 밑에 멍석 같은 걸 깔고 대체 뭘 하시는 걸까? 공습이라도 시작되면 기어들어 가시려는 걸까? 이상하다.

하지만 가메이 씨는 우리 남편과는 달리 정말 가정을 사랑하시니 부럽다. 전에는 더 사랑하셨다는데, 우리가 근처로 이사 오고 나서 남편에게 술을 배우는 바람에 약간 변했다고 한다. 사모님도 아마 우리 남편을 원망하고 계시겠지. 미안하게 생각한다.

가메이 씨네 문 앞에는 불 끄는 도구도 있고, 뭔지는 모르지만 이상한 갈퀴 같은 것도 가지런히 준비되어 있다. 우리 집에는 아무것도 없다. 남편이 게으르니 어쩔 수가 없다.

"정말 준비가 철저하시네요."

내가 이렇게 말하자 가메이 씨가

"네. 어쨌든 지역반장이니까요."

라고 활기차게 말씀하신다.

사모님이 옆에서 작은 목소리로, 원래는 부반장인데 반장인 분이 연세가 많아서 반장 일을 대신하는 거예요, 하고 덧붙이신다. 가메이 씨는 정말 성실해서, 우리 남편과는 하늘과 땅 차이다.

과자를 대접받고 나서 현관 앞에서 인사를 하고 나왔다.

그 후 우체국에 가서 『신조新潮』 원고료 육십사 엔을 받아 시장에 가보았다. 물건은 여전히 신통치가 않았다. 오늘도 오징어와 말린 정어리를 또 사는 수밖에 없었다. 오징어는 두 마리, 사십 전. 말린 정어리는 이십 전. 시장에서 또다시 라디오를 들었다.

중대 뉴스가 연이어 흘러나오고 있었다. 필리핀, 괌 공습. 하와이 대폭격. 미군 함대 전멸. 제국정부 성명. 온몸이 떨려서 부끄러울 정도였다. 모두에게 감사의 인사를 하고 싶었다. 내가 시장 라디오 앞에서 가만히 서 있었더니 여자 두세 명이 듣고 가자면서 내 주위로 몰려들었다. 두세 명이 네다섯 명이 되더니, 어느덧 열 명 가까이 되었다.

시장을 나선 뒤 남편의 담배를 사러 역 매점에 들렀다. 거리의 모습은 조금도 다르지 않았다. 단지, 과일가게 앞에 라디오 뉴스를 받아 적은 종이가 붙었을 뿐이었다. 가게 앞의 모습도, 사람들의 대화도, 평소와 그렇게 다르지는 않았다. 이런 정숙함이 믿음직스러운 법이다. 오늘은 돈도 좀 있으니, 큰맘 먹고 내 신발을 샀다. 이번 달부터 이런 물건에도 삼 엔 이상 2할의 세금이 붙는다는 건 전혀 몰랐다. 지난달 말에 샀으면 좋았을 텐데. 하지만 사재기는 한심한 일이라 싫다. 신발, 육 엔 육십 전. 그 외엔 크림, 삼십오 전. 봉투, 삼십일 전. 이런 것들을 사들고서 집으로 돌아왔다.

집에 온 지 얼마 안 되어 와세다대학에 다니는 사토 씨가 이번에 졸업과 동시에 입영하게 됐다며 인사차 오셨는데, 공교롭게도 남편이 없어서 미안했다. 나는, 부디 건강하세요, 하고 마음속 깊은 곳에서 우러나는 인사를 했다. 사토 씨가 돌아가고 나서는, 곧바로 제국대[7]의 쓰쓰미 씨도 오셨다. 쓰쓰미 씨도 훌륭한 성적으로 졸업하고 징병검사를 받으셨다는데, 제3을[8]이 나와서 아쉬웠다고 한다. 사토 씨도 그렇고 쓰쓰미 씨도, 전에는 수염을 길게 기르고 계셨었는데 이젠 머리까지 깔끔하게 미셨다. 학생분들도 정말 힘들겠다는 생각에, 감개무량했다.

저녁에는 곤 씨도 지팡이를 짚고 오랜만에 와주셨는데 남편이 없어서 참으로 안타까웠다. 미타카의 이런 구석진 곳까지 일부러 찾아와주셨는데, 남편이 없어서 아무런 소득 없이 되돌아가셔야 했다. 집으로 가시는 길에 얼마나 불쾌하실까? 그런 생각을 하면, 내가 다 우울하다.

저녁 준비를 하고 있는데, 옆집 아주머니가 오셨다. 12월분 청주淸酒 배급권이 왔는데, 아홉 세대에 할당된 한 되짜리 배급권이 여섯 장뿐인데 어떻게 하겠느냐고 물으셨다. 순번으로 하면 어떨까 싶었는데, 아홉 세대 모두 필요하다고 해서 결국 여섯 되를 아홉 등분하기로 했다. 바로 병을 모아 이세모토로 술을 사러 갔는데 나는 밥을 올려놓은 상태였기 때문에 일단 빠지기로 했다. 저녁 준비를 어느 정도 마친 뒤에 소노코를 업고 뒤따라가다가 제각기 술병 한두 병씩을 안고 동네로 돌아오고 계신 지역반장 일행을 만났다. 나도 한 병을 받아들고 함께

<hr />

7_ 당시 최고등 교육기관으로 현재의 도쿄대학교, 교토대학교 등의 전신.

8_ 第三乙: 갑종甲種을 받은 현역병의 수가 부족할 경우 추첨을 통해 현역 입대하고, 추첨에서 탈락한 자는 보충 병역으로 편입되었음.

동네로 돌아와, 옆집 반장님 댁 현관에서 술을 아홉 등분했다. 한 되짜리 병 아홉 병을 주욱 늘어놓고 꼼꼼히 분량을 비교하여, 같은 높이로 나눴다. 여섯 되를 아홉 등분 하는 것은 꽤 어려운 일이다.

석간신문이 왔다. 흔치 않은 네 페이지짜리였다. '제국·미영米英에 선전을 포고하다'라는 글씨가 커다랗게 쓰여 있었다. 대체로, 오늘 들은 라디오 뉴스 내용이 그대로 실려 있었다. 하지만 다시 꼼꼼히 읽으며, 그 감격을 되새겼다.

혼자 저녁을 먹고, 소노코를 업고서 목욕탕에 갔다. 아아, 소노코를 목욕시키는 시간은 내 생활에서 가장 즐거운 시간이다. 소노코는 물을 좋아해서, 물속에 넣으면 굉장히 얌전해진다. 물속에서는 손발을 움츠리고 자신을 안고 있는 내 얼굴을 빤히 올려다본다. 조금 불안한 마음도 들어서 그런 거겠지. 다른 사람들도 자신의 아기가 너무 귀여워서 어쩔 줄을 몰라 하며, 물속에 넣고서는 모두들 자기 아기의 볼을 쓰다듬는다. 소노코의 배는 컴퍼스로 그린 듯 동그랗고, 고무공같이 하얗고 부드러워서, 이 안에 조그만 위와 장이 정말 제대로 갖춰져 있는 걸까, 하는 이상한 생각도 든다. 그리고 그 배 한가운데보다 조금 밑에 매화 모양 배꼽이 달려 있다. 발도 그렇고, 손도 그렇고, 그 아름다움과 귀여움에, 다른 생각은 하나도 안 날 정도다. 어떤 옷을 입혀도 알몸만큼 귀엽지는 않다. 물에서 건져내어 옷을 입힐 때는 정말 아쉽다. 알몸을 더 오랫동안 안고 있고 싶다.

목욕탕에 갈 때는 길이 환했는데, 집으로 올 때는 어두컴컴해져 있었다. 등화관제燈火管制9다. 이제 이건 연습이 아니다. 마음이 묘하게

9_ 적기敵機의 공습에 대비하여 경보에 따라 불빛을 가리거나 끄는 일.

긴장되는 것을 느낀다. 하지만, 이건 좀 너무 심하게 어두운 거 아닐까? 이제까지 이렇게 어두운 길을 걸어본 적은 없다. 한 걸음 한 걸음, 더듬더듬 나아가지만 길은 멀고, 어쩔 줄을 모르겠다. 땅두릅 밭에서 삼나무 숲으로 접어드는 길, 거기는 정말 칠흑같이 깜깜했다. 문득, 여학교 4학년 때 스키를 신고 눈보라를 헤치며 노자와 온천에서 기시마까지 갔던 때의 두려움이 떠올랐다. 지금은 그때 멨던 배낭 대신 소노코가 잠들어 있다. 소노코는 아무것도 모른 채 자고 있다.

등 뒤에서, 우리 천황님의 부르심을 받은[10], 이라는 노래를 틀린 음정으로 부르며 난폭한 걸음걸이로 걸어오는 남자가 있다. 으흠 으흠, 하고 특유의 기침 소리가 두 번 났기에, 나는 그게 누군지 바로 알아챘다.

"소노코가 고생하고 있어요."

내가 말하자,

"뭐야."라고 큰 소리로 말하더니, "당신이랑 소노코에게는 신앙이 없으니까 고작 이런 밤길 가지고 힘들어하는 거야. 내겐 신앙이 있으니까 밤길도 대낮 같아. 따라와."

하고는, 앞장서서 성큼성큼 걸어 나갔다.

어디까지가 진담인 건지, 남편은 정말 못 말리는 사람이다.

---

10_ 당시 출정하는 병사를 배웅하는 군가軍歌의 한 구절.

# 大宰治

律子と貞子

리쓰코와 사다코

리쓰코와 사다코

「리쓰코와 사다코」

1942년 2월 『어린 풀若草』에 발표되었다.
이야기 속 양자택일의 구조는 성서 내용, 즉 마리아와 마르타 중에 마리아를 택한 예수의 일화에서 힌트를 얻어 고안한 것으로 전해진다.

대학생인 미우라 겐지 군은 올해 12월에 대학을 졸업하고 졸업과 동시에 고향에 가서 징병검사를 받았다. 우리 집에 놀러 왔을 때, 심한 근시 탓에 병종[1]이어서 부끄럽다는 얘기를 했다.

"시골 중학교 선생을 할 겁니다. 결혼할지도 몰라요."

"이미 결정 난 거야?"

"네. 중학교는 정해졌습니다."

"결혼에는 자신이 없다는 거야? 근시가 심하다는 게 결혼에도 지장을 주는 건가?"

"설마요." 미우라 군은 쓴웃음을 지으며 남들이 부러워할 만한 연애담을 들려주었다. 연애담이라는 건, 말하는 사람은 즐겁겠지만 듣는 사람은 그렇게까지 즐겁지는 않은 법이다. 나도 꾹 참고 들었으니, 독자 여러분도 잠시만 참고 들어주셨으면 한다.

누구를 택해야 할지 고민 중이라고 한다. 언니와 동생에게 모두 일장일단이 있는지라 쉽사리 결심이 서질 않는다니, 사치스런 얘기다.

1_ 병종丙種은 일본의 옛 군대 신체검사에서 최하위에 해당했던 등급으로 현역으로 복무할 수 없고, 국민병역에 편입되었음. 갑종甲種은 최상위 등급으로 현역 판정.

듣고 싶지도 않다.

미우라 군의 고향은 고후시[2]다. 고후에서 버스를 타고 미사카 고개를 넘어 가와구치 호숫가를 지나 선착장을 지나면 시모요시다라는, 산그늘에 위치한 가늘고 길게 생긴 마을에 다다른다. 이 마을 변두리에 웅장하고 오래된 여관이 있다. 문제의 자매는 그 여관의 아가씨들이다. 언니는 스물둘, 여동생은 열아홉. 둘 다 고후에 있는 여학교를 졸업했다. 시모요시다의 아가씨들은 대부분 다니무라나 오쓰키에 있는 여학교에 다닌다. 가깝기 때문이다. 고후는 멀어서 통학하기 힘들다. 하지만 소위 마을의 재산가들은 자기 딸들을 고후 시에 있는 여학교에 넣고 싶어 한다. 이렇다 할 이유는 없지만, 소위 재산가들에게는 아이를 조금이라도 큰 학교에 넣고 싶어 하는 것이 하나의 의무처럼 되어 있는 모양이다. 언니와 동생 모두, 고후 여학교에 재학 중이었을 때는 고후 시에 있는 큰 양조장에 하숙하며, 거기서 매일 학교에 다녔다. 그 양조장 주인집과 자매의 집과는 먼 친척뻘이나 마찬가지다. 혈연관계는 아니다. 이 양조장 이름은 미우라 양조장이다. 즉, 미우라 군의 생가다.

미우라 군에게도 여동생이 한 명 있다. 형제는 여동생 한 명뿐이다. 그 여동생은 스무 살. 시모요시다의 자매들과 비슷한 나이다. 그래서 세 자매처럼 친했다. 세 명 모두 미우라 군을 '오빠'라고 불렀다. 일단 이제까지는 그런 관계였다.

미우라 군은 올해 12월 대학을 졸업하고 바로 고향으로 내려가 징병검사를 받았는데 심한 근시 때문에 그만 병종 판정을 받았다. 그러자 시모요시다의 여동생들이 위로의 편지를 보내왔다. 그렇게 잘 쓴 문장은

• •

2_ 다자이 오사무가 덴카차야에서 이사한 후 살았던, 야마나시현에 위치한 도시. 다자이는 이곳에서 1939년 9월 도쿄의 미타카로 이사하기 전까지 머물렀다.

아니었다고 한다. 지나치게 감정적이고 달콤한 말들이었기에 미우라 군도 좀 어이가 없었다고 한다. 하지만 그 편지를 읽고서 시모요시다의 자매가 약간 정답게 느껴졌다고 한다. 미우라 군은 병종 판정을 받고 침울해져 있던 참이라, 기분전환을 위해 그 먼 친척뻘이나 다름없는 시모요시다 여관에 놀러 가려고 마음먹었다.

언니는 리쓰코律子. 여동생은 사다코貞子. 이건 둘 다 가명이다. 진짜 이름은 더 멋있지만, 그걸 쓰면 미우라 군도 난처해질 테고, 자매에게도 폐가 되면 안 되니까 이런 가명을 쓰는 것이다.

미우라 군이 고후에서 버스를 타고 눈이 쌓인 미사카 고개를 넘어 시모요시다 마을에 도착했을 무렵에는 이미 해도 지고 있었다. 춥다. 외투 깃을 세우고, 자매가 있는 여관으로 발길을 재촉했다.

그러던 중에 자매를 만났다. 자매는 포목전 앞에서 물건을 사고 있었다.

"리쓰코." 어째서인지, 언니에게 말을 걸었다.

"어머." 주위에 아랑곳하지 않고 큰 소리를 내며, 산 물건을 가게 앞에 던져놓고 부리나케 달려온 사람은 리쓰코가 아니었다. 사다코였다.

리쓰코는 힐끗 돌아보기만 하고, 산 물건을 차곡차곡 쌓아 보자기에 싼 다음 가게 지배인에게 인사를 했다. 그러고 나서 미우라 군 쪽으로 차분히 다가오다가 십 미터도 더 떨어진 곳에 멈춰 서더니 숄을 풀고, 정중하게 인사했다. 살짝 웃고는,

"세쓰코節子 씨는?" 하고 물었다. 세쓰코는 미우라 군의 여동생 이름이다.

미우라 군은 리쓰코의 그 말을 듣고 당황했다. 그렇구나, 여동생도 데리고 오는 편이 자연스러웠을지도 모르겠다. 어쩐지 모두에게 속마음

을 들킨 듯한 기분이 들어서 얼굴이 달아올랐다.

"갑자기 와야겠다 싶어서 왔어요. 앞으로 시골 중학교에서 일하게 되어서, 그 소식도 전할 겸." 쩔쩔매며 어설픈 변명을 늘어놓았다.

"가자, 가자." 동생인 사다코가 둘을 재촉하며 빠르게 걸었다. 그 와중에도 그저, 생글생글 웃기만 했다. "오랜만이다, 정말, 오랜만이다. 여름에도 안 놀러오셨고, 봄에도 안 놀러오셨는데 말이지, 맞아, 너무하다 너무해, 작년 여름에도 안 왔어. 뭐야. 사다코가 졸업하고 나서 요시다에 한 번도 안 왔잖아. 우릴 뭐로 아는 거야. 도쿄에서 문학을 한다면서? 대단해. 사다코를 잊어버린 거지? 엉망으로 사는 거 아냐? 오빠! 나봐봐, 얼굴 좀 보여줘! 이거 봐, 마음에 켕기는 게 있으니까 내 눈을 못 보잖아. 변했네. 정말 변했어. 병종이 된 건 당연한 거야. 병종이라니, 사다코까지 사람들 보기가 민망할 정도야, 그래도 한 번 더 지원해봐, 딱하다 딱해, 남자로 태어나서 군인이 못 되다니, 나라면 울면서 혈서를 쓰겠어. 세 번, 네 번도 쓰겠어, 오빠! 하지만 사실, 사다코는 가슴이 아파. 그, 내가 보낸 편지 읽었어? 나 되게 못썼지? 어머, 웃네, 제길, 내 편지를 비웃다니. 맞아, 원래 나는 글을 잘 못써. 난 덜렁이 도깨비 고양이야. 내 편지에 담긴 엄청나게 깊은 속내를 유린하는 악당이 있다면, 끝없는 저주를 퍼부어서 죽여 버릴 거니까 그렇게 알아 둬! 근데, 춥지 않아? 요시다는 춥지? 그 머플러 좋다. 누가 짜준 거야? 어머 싫다, 히죽거리기나 하고, 다 알아, 세쓰코 맞지? 오빠한테는, 나랑 세쓰코 두 여자밖에 없으니까, 어쨌든 병종이니까 어디를 가도 인기는 없을 거야, 그렇지? 그런데도 다른 뜻이라도 있다는 듯 히죽거리고, 마치 다른 데 숨겨둔 여자라도 있는 척하고, 와, 내가 다 알아맞혔다. 미안. 화났어? 문학한다며? 어려워? 엄마가 오늘 아침에 어이없는 실수

를 했어. 그래서 모두들 핀잔을 줬어. 저기 말이지……." 그칠 줄을
모른다.

"사다코." 언니가 끼어들었다. "나는 두부가게에 들러 갈 테니까
먼저 같이 가 있어."

"두부가게?" 사다코는 약간 입을 삐죽거리며 말했다. "안 가도 되잖아.
같이 어서 집으로 가자. 괜찮아. 두부, 이제 다 팔리고 없을 거야."

"아니." 리쓰코는 침착하다. "오늘 아침에 부탁해뒀어. 지금 사두지
않으면 내일 된장국에 넣을 게 없어서 안 돼."

"하긴 장사해야지. 장사." 사다코는 포기한 듯 받아들였다. "그럼,
우리 먼저 갈게."

"그래." 리쓰코와는 헤어졌다. 지금 여관에는 손님 너덧 명이 머무르
고 있다. 아침 된장국을 가능한 한 맛있게 끓여 드려야 한다.

리쓰코는 그런 사람이었다. 착실한 사람. 얼굴도 갸름하고 창백했다.
사다코는 얼굴이 둥글고, 마냥 떠들썩하다. 그날 밤에도 사다코는 미우
라 군 옆에 붙어 다니며 몹시 시끄럽게 굴었다.

"오빠, 좀 야위었네. 인상이 좀 무서워졌어. 살결이 너무 희어서
그게 좀 맘에 안 들지만, 그런 것까지 바라면 사다코는 너무 욕심쟁이인
거겠지? 참을게. 오빠, 이번에 울었어? 울었지? 아니 그거 말고, 하와이에
서 있었던 일말이야, 결사적이었던 공습[3]. 어쨌든 살아서는 못 돌아간다
는 각오로 모함에서 뛰어내렸대. 난 울었어. 세 번이나 울었어. 언니는
내가 우는 게 너무 야단스럽고, 억지라고 했어. 언니는 저래 보여도
입이 장난 아니게 걸어. 나는 불쌍한 애야. 언니한테 항상 혼나기만

3_ 1941년 12월 8일에 있었던 진주만 공습.

하고, 내가 설 자리가 없어. 나는 직업 부인[4]이 될 거야. 그러니까 좋은 직장을 찾아줘. 우리도 징용령徵用令을 받을 거야. 먼 곳으로 가고 싶다. 거짓말이야. 너무 멀어지면 오빠랑 못 만나니까 재미없을 거야. 나 꿈꿨어. 오빠가 굉장히 화려한 옷감으로 된 기모노를 입고, 나한테 이제 죽는다고 하면서, 후지산 그림을 여러 장 그렸어. 그게 유서래. 이상하지? 나, 오빠가 문학 때문에 드디어 정신이 이상해졌구나 싶어서, 꿈속에서 많이 울었어. 어머, 뉴스 시간이다. 거실에 라디오 들으러 가자. 오빠 오늘 밤에 사포[5] 이야기를 들려줘. 얼마 전에 사다코는 사포 시를 읽었어. 그거 좋지? 아니, 나는 무식해서 잘 몰라. 하지만 사포는 불쌍한 사람이야. 오빠도 알고 있지? 뭐라고? 몰라?" 여전히, 정말 시끄럽다. 리쓰코는 부엌에서 하녀들과 함께 식사 뒷정리 등등으로 바쁘다. 잠깐이라도 미우라 군과 이야기를 나누러 오지 않는다. 미우라 군은 어쩐지 조금 아쉬운 기분이 들었다.

미우라 군은 다음날 떠났다. 언니와 동생은 버스 정류장까지 배웅을 나왔다. 오는 중에, 여동생은 떼를 썼다. 함께 버스를 타고 선착장까지 가고 싶다는 것이었다. 언니는 딱 한 마디로 동생의 떼를 물리쳤다.

"나는, 안 갈래." 리쓰코에게는 이런저런 여관 일이 있었다. 태평하게 놀고 있을 수는 없다. 게다가 미우라 군과 함께 버스를 타서 마을 사람들에게 하찮은 오해를 사고 싶지도 않았다. 무서웠다. 하지만 사다코는 아무렇지도 않다.

"알아. 언니는 모범적인 아가씨니까 가벼운 맘으로 배웅할 수 없다는

---

4_ 일본에서 사회활동을 하는 여성이 드물던 시대에 직업을 가진 여성을 이르던 말로, 1960년대 이후에는 OL(Office Lady)이라는 말로 대체되었다.

5_ 고대 그리스의 시인.

거. 하지만 나는 갈 거야. 이제 또 당분간 못 만날지도 모르니까. 나는 꼭, 배웅하러 갈 거야."

정류장에 도착했다. 셋이 나란히 서서 버스를 기다렸다. 다들 말이 없고 거북한 공기가 감돌았다.

"나도 갈게." 리쓰코는 희미하게 웃으며 중얼거렸다.

"가자." 사다코는 더욱 용기를 얻었다. "가자. 사실은 고후까지 함께 가고 싶지만, 참아야지. 선착장까지, 같이 가자."

"꼭, 선착장에서 내려야 해. 동네 아는 사람들이 버스에 많이 있으니까 우린 서로 시치미를 떼고 남인 척해야 해. 선착장에서 헤어질 때에도 조용히 내려야 해. 그러지 않으면 난 안 가." 세쓰코는 조심성이 많다.

"알았어." 미우라 군이 무심코 대답했다.

버스가 왔다. 약속대로 미우라 군은 자매와는 생판 남인 척하며 홀로 멀찌감치 앉았다. 예상대로 버스 승객의 대부분은 이 마을 사람인 듯, 아름다운 자매에게 정중하게 인사한다. 어디까지 가냐고 묻는 사람도 있다.

"음, 선착장까지, 뭣 좀 사러요." 리쓰코는 시치미 떼고 거짓말을 한다. 미우라 군의 존재를 완전히 잊고 있는 모습이다. 하지만 사다코는 연기가 어설프다. 끊임없이 미우라 군 쪽을 흘끔거리고는 훗 하고 웃음을 터뜨릴 뻔하다가 황급히 창밖을 보며 웃음을 얼버무리고 있다. 소나무 가로수길. 언덕길. 버스는 달린다.

선착장. 버스는 호숫가에 멈춰 섰다. 리쓰코는 동네 승객들에게 가볍게 인사하고 조용히 내렸다. 미우라 군 쪽에는 눈길 한 번 주지 않았다고 한다. 내리고 나서 그대로 버스를 등지고 걷기 시작했다. 사다코는 허둥지둥 내리고는 미우라 군 쪽을 계속 돌아봤는데, 그러면서도 언니

뒤를 따라갔다.

미우라 군이 탄 버스가 움직였다. 동생은 갑자기 휙 돌아서더니 쏜살같이 달렸다. 버스도 달린다. 동생은 울상을 짓고 찡그린 얼굴로 20미터 정도 쫓아오다가 멈춰 서서,

"오빠!" 하고 큰 소리로 미우라 군을 부르며 한 손을 들었다.

이상은 남들이 부러워할 만한 미우라 군의 연애담을 간추린 것인데, 이제 문제는, 미우라 군이 이 언니와 동생 중에 어떤 사람으로 택해야 좋을지 고민하고 있다는 것이다.

미우라 군은 내게도 의견을 구했다. 나라면 조금도 망설이지 않을 것이다. 확실하다. 하지만 사람의 좋고 싫음의 기준은 다른 것이니, 나는 구체적으로 누구라고 말해줄 수는 없었다. 나는 예언자가 아니다. 당장 미우라 군의 장래의 행복과 불행에 대해 책임감을 가지고 말해줄 만한 자신은 없다. 나는 그날, 미우라 군에게 성서의 일부분을 읽게 했다.

──예수님께서 어떤 마을에 들어가셨는데, 마르타라는 이름의 여자가 자기 집으로 모셨다. 마르타에게는 마리아라는 동생이 있었는데 마리아는 주님의 발치에 앉아 그분의 말씀을 듣고 있었다. 그러나 마르타는 갖가지 시중을 드는 일로 분주했다. 그래서 예수님께 다가가, "주님, 제 동생이 저 혼자 시중들게 내버려 두는데도 보고만 계십니까? 동생에게 저를 도우라고 한 말씀 하십시오."라고 말했다. 그러자 주님께서 답하셨다. "마르타야, 마르타야. 너는 많은 일을 염려하고 걱정하는구나. 하지만 필요한 것은 한 가지뿐이다. 마리아는 좋은 몫을 택하였다. 그리고 그것을 빼앗기지 않을 것이다."(루카복음 10장 38절 이하)

나는 그것을 읽으라고 시키기만 했을 뿐 아무런 설명도 덧붙이지

않았다. 미우라 군은 고개를 갸웃거리며 생각에 잠기더니, 결국 쓸쓸한 듯 웃으며 감사하다는 말을 했다.

하지만 그 후 열흘 정도 지나, 미우라 군에게서 언니인 리쓰코와 결혼하기로 했다는, 정말 의외의 편지가 왔다. 이게 무슨 일인가. 나는 의분義憤과 비슷한 감정을 느꼈다. 미우라 군은 결혼 문제에 있어서도 극도의 근시가 아닐까? 독자 여러분은 어떻게 생각하시는가?

待つ

기다리다

太宰治

# 「기다리다」

1942년 6월 『여성女性』에 발표되었다. (같은 해 3월 교토제대신문에 실릴 예정이었으나 게재되지 않았다.)

전쟁이 시작되고 나서 무언가를 기다리고 있는 여성 화자의 이야기. 연구자들 사이에서는 이 화자가 무엇을 기다리고 있는지에 대한 논의가 집중적으로 이루어져 왔으나 뚜렷한 결론은 나지 않았다. 전쟁이라는 당시 상황과 관련지어 생각해볼 수도 있겠지만, 좋은 사람이나 소식을 기다리는 일반적인 사람의 마음을 그린 소설이라고 생각할 수도 있다. 어쩌면 다자이 자신도, 무엇을 기다리고 있는지도 모르면서 무언가를 기다리고 있었던 것은 아닐까?

저는 매일 국철의 작은 역으로 마중을 나갑니다. 누군지도 모르는 사람을 맞으러.

　시장에서 장을 보고 집으로 돌아오는 길에는, 꼭 역에 들러 차가운 벤치에 앉아 장바구니를 무릎 위에 올려놓고 멍하니 개찰구를 바라봅니다. 상행선, 하행선 전철이 홈에 도착할 때마다 많은 사람들이 전철 문에서 쏟아져 나와 개찰구로 우르르 몰려옵니다. 일제히 화난 듯한 표정으로 정기권을 보여주거나 차표를 건네주고, 곁눈질도 안하고 허둥지둥 걸어서 제가 앉아 있는 벤치 앞을 지나 역 앞 광장으로 나가서는, 제각기 뿔뿔이 흩어집니다. 저는 멍하니 앉아 있습니다. 누군가 한 사람이 웃으며 제게 말을 겁니다. 어머, 무서워. 아아, 큰일이다. 가슴이 두근거려. 생각만 해도 등에 찬물을 끼얹은 듯 오싹해서 숨이 다 막히네. 하지만 저는, 그래도 누군가를 기다리고 있습니다. 대체 저는 매일 여기에 앉아 누구를 기다리고 있을까요? 어떤 사람을? 아니요, 제가 기다리고 있는 건 인간이 아닐지도 모릅니다. 저는 인간이 싫습니다. 아뇨, 무섭기 때문입니다. 다른 사람과 얼굴을 맞대고, 잘 지내요? 추워졌네요, 이런 하고 싶지도 않은 인사를 대충 하고 있으면 어쩐지, 나만

한 거짓말쟁이가 온 세상에 더는 없을 것 같은 괴로운 생각이 들어서 죽고 싶어집니다. 그리고 또, 상대방도 나를 지나치게 경계하며 이도저도 아닌 인사치레를 하거나, 대단한 척하며 마음에도 없는 자신의 감상 같은 걸 늘어놓을 때, 저는 그걸 듣고 있으면 상대방의 구차한 조심성이 슬프게 느껴지고, 결국 세상이 너무나 싫어져서 견딜 수가 없습니다. 세상을 사는 사람이라면 서로 뻣뻣한 인사를 하고, 조심하고, 서로 피곤해하면서 평생을 보내야 하는 걸까요? 저는 사람을 만나는 게 싫습니다. 그래서 저는 어지간한 일이 아니면 제가 먼저 나서서 친구네 집에 놀러가는 일이 없습니다. 집에 있으면서 어머니와 둘이 조용히 바느질을 하는 게 가장 편했습니다. 하지만 큰 전쟁이 시작되어 세상 분위기가 극도의 긴장 상태로 접어들고 나니, 저만 매일 집에 멍하니 있는 게 너무나 나쁜 일 같다는 기분이 들어서 어쩐지 불안하고, 조금도 마음을 놓을 수 없게 되었습니다. 뼈가 부서지도록 일해서 세상에 직접적으로 도움이 되고 싶습니다. 저는, 이제까지의 제 생활에 자신감을 잃었습니다.

하지만 집에 가만히 앉아 있을 수 없다는 마음에 밖으로 나온다고 한들, 제겐 갈 곳이 아무 데도 없습니다. 장을 보고 돌아오는 길에는 역에 들러, 역에 있는 차가운 벤치에 우두커니 앉아 있습니다. 누군가 불쑥 나타난다면 어쩌지! 라는 기대와, 아아, 나타나면 큰일인데, 어쩌지, 이런 공포와, 그래도 누군가 나타난다면 어쩔 수 없지, 그 사람에게 내 목숨을 바치자, 내 운명은 그때 결정되는 거야, 라는 식의 포기에 가까운 각오와 그 밖의 이런저런 하잘것없는 공상이 이상하게 뒤얽혀, 가슴이 벅차올라서 숨이 막힐 정도로 괴로워집니다. 살아 있는 건지 죽은 건지 알 수 없는, 백일몽을 꾸는 듯한 어쩐지 불안한 기분이 들고,

사람들이 역 앞을 오가는 모습도 망원경을 거꾸로 들여다보는 듯, 작고 아련하게 느껴져서 세계가 고요해집니다. 아아, 저는 대체 무엇을 기다리고 있는 걸까요? 어쩌면 저는 무척 음란한 여자일지도 모릅니다. 큰 전쟁이 시작되어 어쩐지 불안해서, 뼈가 부서지도록 일을 하면서 전쟁에 도움이 되고 싶다는 건 거짓말이고, 사실은 그런 그럴싸한 구실을 만들어 자신의 경망스런 공상을 실현시키려고, 무언가 좋은 기회를 노리고 있는지도 모릅니다. 여기에, 이렇게 앉아 넋 놓은 얼굴로 있지만, 가슴속에서는 발칙한 계획이 활활 타오르고 있는 듯한 기분도 듭니다.

대체 저는, 누구를 기다리는 걸까요? 확실한 형태를 띤 것은 아무것도 없습니다. 그저, 몽롱합니다. 하지만, 저는 기다리고 있어요. 큰 전쟁이 시작되고 나서는 매일매일, 장을 보고 돌아오는 길에 역에 들러 이 차가운 벤치에 앉아, 기다리고 있습니다. 누군가 한 명이 웃으며 내게 말을 겁니다. 으으, 무서워. 아아, 큰일이다. 제가 기다리고 있는 건 당신이 아니에요. 그럼 대체, 나는 누구를 기다리고 있는 걸까? 서방님. 아냐. 애인. 아닙니다. 친구. 싫어. 돈. 설마. 망령. 으으, 싫어.

더 온화하고 눈부시게 밝은, 훌륭한 것. 뭔지, 모르겠다. 예를 들면, 봄 같은 것. 아니, 아니야. 푸른 잎. 5월. 보리밭을 흐르는 맑은 물. 역시, 아니야. 아아, 하지만 저는 기다리고 있습니다. 두근거리는 가슴을 안고 기다리고 있습니다. 사람들이 줄지어 눈앞을 지나갑니다. 이 사람도 아니고 저 사람도 아닙니다. 저는 장바구니를 안고 희미하게 떨면서 오로지 한 마음으로 기다리고 있습니다. 저를 잊지 마세요. 매일매일 역에 마중을 나갔다가 허무하게 집으로 되돌아가는 스무 살 아가씨를 비웃지 마시고, 부디 기억해두세요. 그 작은 역 이름은 구태여 말하지 않겠어요. 말하지 않아도, 당신은 언젠가 저를 보겠지요.

水仙
수선화

大宰治

「수선화」

1942년 5월 『개조改造』에 발표되었다.

몰락한 부인의 모습을 통해 강렬한 자존심과 자기혐오가 교차하는 예술가의 생활을 그려낸 작품이다. 기쿠치 간의 『다다나오 경행장기』의 줄거리를 비중 있게 다룬 점에서 알 수 있듯, 강렬한 자존심과 자기혐오 사이에서 흔들리는 예술가의 모습 안에 '천재' 성이 있을지도 모른다는 깨달음이 그려져 있다. 그렇다면 이 작품은, 자신의 과거를 부정하기만 했던 다자이가 태도를 바꾸어, 자신의 과거에서 어떤 가능성을 발견하려 애쓴 흔적, 혹은 심리적 실험이라고 볼 수 있다.

『다다나오 경 행장기』[1]라는 소설을 읽은 것은 내가 열셋인가, 네 살 때 일이었고 그것을 끝으로 다시 읽을 기회는 없었지만 그 작품의 줄거리만큼은 이십 년이 지난 지금도 여전히 잊지 않고 기억하고 있다. 묘하게 슬픈 이야기였다.

검술에 능한 젊은 도련님이 하인들과 시합을 해서 닥치는 대로 쳐부수고, 무척 의기양양한 태도로 정원을 산보하고 있으려니까, 어두운 정원 속에서 기분 나쁜 속삭임이 들려왔다.

"도련님도 요즘 꽤 잘하네. 져주기도 편해졌어."

"아하하하."

하인들의 부주의한 잡담이다.

그 얘기를 듣고 나서, 도련님의 행동은 완전히 바뀌었다. 진실을 알고 싶은 나머지, 미쳤다. 하인들에게 진검승부를 하자고 했다. 하지만 하인들은 진검승부에서도 제 실력으로 싸워주지 않았다. 도련님이 어이없이 이기고, 하인들은 죽어갔다. 도련님은 미쳐 날뛰었다. 무시무시한

1_ 『다다나오 경 행장기忠直卿行状記』. 기쿠치 간의 1918년 소설.

폭군이 된 것이다. 결국 집에서도 내쫓기고 감금된다.

아마 이런 줄거리였던 것으로 기억하고 있는데, 나는 그 도련님을 잊을 수가 없었다. 가끔 떠올리며 한숨을 내짓곤 했다.

하지만 요즘 문득 꺼림칙한 의구심이 들어서, 과장이 아니라 밤에 잠이 안 올 정도로 불안하다. 그 도련님은 정말로 뛰어난 검술의 달인이었던 게 아닐까? 하인들도 일부러 져준 게 아니라, 정말로 도련님의 실력에 못 미쳤던 거 아닐까? 정원에서의 잡담도 진 것을 인정하지 않는 하인들의 비열한 태도에 지나지 않았던 거 아닐까? 있을 수 있는 일이다. 우리도 좋은 선배에게 자기 작품을 호되게 매도당하면서 그 선배의 뜨거운 열정과 올바른 감각에 쩔쩔매다가도, 그 선배와 헤어지고 나면,

"저 선배도 요즘 꽤 기운이 넘치네. 더 잘해줄 필요도 없겠어."

"아하하하."

이런 식으로 정말, 저속한 잡담을 나눴던 일도 없지는 않다. 그건 있을 수 있는 일이다. 하인이라는 사람들은 꼭, 도련님에 못 미치는 인격을 지닌 법이다. 그 정원에서의 잡담도 잡상스런 자존심을 만족시키기 위한 하인들의 더러운 변명에 지나지 않았던 거 아닐까? 그렇다면, 오싹한 일이다. 도련님은 진실을 쥐고 있으면서도 진실을 추구하다가 미친 것이다. 도련님은 사실, 검술의 달인이었다. 하인들은 결코 일부러 진 것이 아니다. 정말로 실력이 모자랐기 때문이다. 그렇다면 도련님이 이기고 하인이 진다는 것은 당연한 것이고, 후에 어지러운 일도 있을 이유가 없는데, 큰 참사가 일어나고 말았다. 도련님이 자신의 실력에 확고부동한 자신감을 가지고 있었다면 어떤 이변도 일어나지 않고 모든 게 평화로웠을지도 모르지만, 예로부터 천재는 자신의 진가를 아는 데 몹시 둔감한 법이라고 한다. 자신의 힘을 못 믿는다. 그런

점에 천재의 번민과 의미심장한 소망이 있을 테지만, 나는 세속의 평범한 사람이라 그런 것을 정확히 설명할 수는 없다. 어쨌든 도련님은 자신의 실력을 결코 신뢰할 수 없었다. 실제로는 달인이라고 할 만한 출중한 실력을 가지고 있었지만 믿지 못해서 미쳤다. 그렇게 된 이유에는 틀림없이 귀족이라는 동떨어진 신분에 따른 불행도 있었을 것이다. 우리처럼 다세대 주택에 살았다면,

"넌, 내가 훌륭하다고 생각해?"

"아뇨."

"그래?"

이런 말만 하면 끝날 일이, 귀족의 경우에는 그렇게 쉽게 끝나지 않는다. 천재의 불행, 귀족의 불행이라는 생각을 하다 보면, 나의 불안은 더욱 커지기만 한다. 비슷한 참사가 내 주변에서 일어났다. 그 사건 때문에 나는 『다다나오 경 행장기』를 문득 떠올리고 어느 날 밤 무시무시한 의심에 사로잡혀, 이런저런 생각을 하다가, 과장을 보태지 않고 정말 밤에도 잠이 안 올 정도로 불안해졌다. 그 도련님은 정말 강하고 빼어난 검술을 구사하지 않았을까? 하지만 문제는 그 도련님의 신상이 아니다.

나의 다다나오 경은 서른세 살의 여자다. 그리고 내 역할은 그, 정원에서 한심하게 투덜거리던 하인이었을지도 모르니까, 참으로 안타까운 얘기다.

구사다 소베 씨의 부인인 구사다 시즈코. 이 사람이 갑자기, 자기는 천재라면서 가출을 했다고 하니 놀라지 않을 수 없었다. 구사다 씨의 집과 우리 집은 혈연관계는 아니지만 그래도 전전 대쯤부터 친하게 지내고 있다. 친하게 지낸다는 식의 표현은 어감이 좋지만, 실제로는

우리 집 사람들이 구사다 씨 집에 드나들어도 된다는 허락을 받았다고 말하는 편이 옳다. 흔히 말하는 신분과 재산도, 우리 집과는 정말 격이 다르다. 말하자면 우리 집 사람들이 잘 지내자고 부탁한 것이다. 정말, 도련님과 하인이다. 지금 주인인 소베 씨는 아직 젊다. 젊다지만 이미 마흔은 넘었다. 도쿄제국대학 경제과를 졸업하고 나서, 프랑스에서 오륙 년 놀다가 일본으로 돌아온 뒤 바로 먼 친척 집(이 집은 그 후 머지않아 몰락했다)의 외동딸, 시즈코 씨와 결혼했다. 부부 사이도 일단 은 원만하다고 할 수 있는 상태였다. 딸 한 명을 낳아 하리코라고 이름 지었다. 파리의 아이라는 뜻이라는 것 같다. 소베 씨는 세련된 사람이다. 키가 크고 당당해 보이는 미남이다. 언제나 생글생글 웃고 있다. 하지만 자기가 수준 높은 사람이라는 것을 자랑하는 기색은 조금도 없다. 미술에 대한 얘기도 거의 하지 않는다. 매일 자기 소유의 은행에 출퇴근한다. 말하자면, 일류신사다. 육 년 전에 부모님이 돌아가시고 곧이어 소베 씨가 구사다 가문을 이었다.

부인은, —아아, 이런 신상에 대한 설명을 할 바에야, 수년 전 어느 날 있었던 사소한 사건을 설명하자. 그 편이 빠르다. 삼 년 전 설날, 나는 구사다 씨네 집에 인사를 하러 갔다. 나는 친구에게서도 가끔 그런 지적을 받는데, 성격이 어지간히 비뚤어진 남자 같다. 특히, 팔 년 전에 어떤 사정이 있어서 집을 나와, 홀로 극빈에 가까운 생활을 하고 나서는 한층 더 비뚤어진 것 같다. 남에게 모욕을 당하지는 않을까 하고, 떨어지는 낙엽처럼 목숨을 걸고 끊임없이 벌벌 떤다. 꼴사나운 악덕이다. 나는 구사다 씨네 집에는 거의 안 간다. 어머니와 형은 지금도 이따금 구사다 씨네 집에 찾아가는 모양인데 나만 안 간다. 고등학교 때까지는 나도 아무 생각 없이 놀러 갔었지만, 대학에 가고 나서는 싫어졌다. 구사다 씨의 가족들은 모두 좋은 사람들뿐이지만, 아무래도 가기가 싫었다. 부자가 싫다는 단순한 사상을 가지게 된 참이었기 때문이다. 그런데 어째서 삼 년 전 설날에만 인사하러 갈 마음이 들었을까? 그건 내가 원체 야무진 사람이 못 되기 때문이다. 그 전 해 섣달그믐에, 구사다 씨의 부인이 느닷없이 내게 초대장을 보내왔다.

—못 본 지 꽤 됐네요. 내년 설날에는 꼭 놀러 오세요. 남편도 당신을 만날 날을 기다리고 있습니다. 남편과 저는 모두, 당신 소설의 독자입니다.

마지막 한 구절에 나는 마음이 들떴다. 부끄러운 일이다. 그 무렵엔 내 소설도 조금 팔리기 시작하고 있었다. 고백하건대, 나는 그 무렵 기고만장해 있었다. 위험한 시기였다. 정신이 해이했던 때 구사다 씨의 부인으로부터 초대장이 와서 당신 소설의 독자입니다, 와 같은 말을 들었으니, 어쩔 수가 없었다. 흐뭇해하면서 초대 정말 감사드리고 어쩌고저쩌고 라며, 성의를 가득 담아 답장을 쓰고 다음 해 정월 초하룻날 태연스레 그 집에 갔다가, 보기 좋게 한방 먹었다고 해도 좋을 만큼 큰 치욕을 당하고 집에 돌아왔다.

그날 구사다 씨네 집에서는 나를 무척이나 환대해주었다. 다른 손님들에게도 일일이 나를 '인기작가'라고 소개했다. 나는 그것을 놀림이나 모욕의 표현이라고 생각하지 않았음은 물론, 어쩌면 내가 이미 인기작가일지도 모른다며 생각을 고쳐먹었을 정도다. 비참하다. 나는 취했다. 소베 씨를 상대로 크게 취했다. 하지만 취한 건 나 혼자였고 소베 씨는 아무리 마셔도 얼굴색 하나 안 바뀌고, 나약해 보이는 억지 미소를 지으며 내 문학 얘기를 듣고 있었다.

"사모님, 한 잔 받으세요." 나는 우쭐거리며 부인에게 술잔을 내밀었다. "한 잔 어때요?"

"못 마셔요." 부인은 차갑게 대답했다. 그 대답은 말로 표현하기 힘들 만큼, 뼈에 사무칠 정도로 차가운 말투였다. 끝없는 모멸감이 단 한마디에 담겨 있었다. 나는 당황했다. 술도 깼다. 하지만 쓴웃음을 지으며,

"아, 실례. 나도 모르게 너무 많이 마셔서." 하고 가벼운 말로 상황을 무마시켰지만, 배알이 뒤틀렸다. 내겐 이미 더 이상 술을 마실 마음도 없었기에 밥을 먹기로 했다. 조갯국이 맛있었다. 조개에서 조갯살을 발라내며 열심히 먹고 있는데,

"어머," 하고 부인이 놀란 듯 작은 목소리로 말했다. "그런 걸 먹어도 아무렇지 않아요?" 무심한 질문이었다.

나도 모르게 젓가락과 그릇을 떨어뜨릴 뻔했다. 이 조개는 먹는 게 아니었던 것이다. 조갯국은 그냥 국물만 먹는 것인 모양이다. 조개는, 국물만 먹는 것이다. 가난한 사람에게는 이 조갯살도 꽤 맛있지만 상류층 사람들은 이 조갯살을 몹시 더러운 것으로 생각하고 버리는 것이다. 그렇구나, 조갯살은 배꼽 같이 생겨서 추악한 거구나. 나는 아무런 대답도 하지 못했다. 정말 놀라서 한 소리였던 만큼 더 민망했다. 고상한 척을 하며 그런 질문을 하는 거라면 나도 그에 맞춰 대답할 수 있다. 하지만 그 말은 진심으로 순수하게 놀란 투였기 때문에 당황스러웠다. 벼락출세한 '인기작가'는 젓가락과 그릇을 든 채 고개를 숙이고 아무 말도 못 했다. 눈물이 터져 나왔다. 그렇게 심한 치욕을 당한 적은 없었다. 나는 그것을 마지막으로 구사다 씨 집에는 가지 않는다. 그 후로는 구사다 씨 집뿐만 아니라, 다른 부잣집에도 되도록이면 가지 않았다. 그리고 나는 오기가 생겨서 가난하고 더러운 생활을 계속했다.

작년 9월, 내 초라한 집 현관에 의외의 손님이 서 있었다. 구사다 소베 씨였다.

"시즈코 여기 있습니까?"

"아뇨."

"정말요?"

"어쩐 일이신가요?" 내가 반문했다.

무언가 이유가 있는 듯했다.

"집은 지저분하니 밖으로 나갑시다." 지저분한 집 안을 보이고 싶지 않았다.

"그러지요." 구사다 씨는 가만히 끄덕이더니 내 뒤를 따라왔다.

잠시 걷다 보니 이노카시라공원이 나왔다. 공원 숲속을 걸으며 구사다 씨가 말했다.

"큰일입니다. 이번엔, 일을 그르쳤어요. 약이 지나치게 잘 들었어요." 부인이 가출을 했다고 한다. 그 이유가 정말 웃긴다. 몇 년 전 부인의 친정이 파산을 했다. 그 후 부인은 묘하게 차가운 여자가 됐다. 친정의 파산을 큰 치욕으로 생각한 모양이다. 아무 일도 아니라며 아무리 위로해도 더욱 더 비뚤어지기만 했다고 한다. 그 얘기를 듣고 나도 설날에 그, '못 마셔요'라는 말이 묘하게 냉정하게 들렸던 이유를 알 수 있었다. 시즈코 씨가 구사다 씨네 집에 시집을 온 것은 내가 고등학교 때의 일이다. 그때는 나도 아무렇지도 않게 구사다 씨 집에 종종 놀러 갔었는데, 시즈코 씨와 얘기도 나눴고 함께 영화를 보러 간 적도 있을 정도였다. 그 무렵의 부인은 절대 그렇게 정곡을 찌르는 듯한 말투로 말하는 사람이 아니었다. 무지해 보일 정도로 밝고 잘 웃는 사람이었다. 설날에 오랜만에 만나서 대화를 나누기 전에도, 나는 바로 '변했다'는 것을 느끼고 있었는데, 그렇다면 친정의 파산이 가져온 우수憂愁가 그 사람을 그렇게 심하게 변화시킨 것임에 틀림없다.

"히스테리네요." 나는 훗 하고 웃으며 말했다.

"음, 그게." 구사다 씨는 내가 경멸의 의미를 담아 말했다는 것을 눈치채지 못한 듯 진지한 표정으로 생각에 잠기더니 말했다.

"어쨌든, 제 잘못이에요. 너무 심하게 치켜세웠어요. 약이 지나치게 잘 들었어요." 구사다 씨는 부인을 위로하기 위해 부인에게 서양화를 배우게 했다. 일주일에 한 번씩, 근처에 사는 나카이즈미 가센인가 뭔가 하는 이미 예순에 가까운, 그림을 잘 못 그리는 노화백의 아틀리에에 다니게 했다. 그러고 나서는 칭찬을 했다. 구사다 씨를 비롯해서 그 나카이즈미라는 늙은이 화백, 나카이즈미의 아틀리에에 다니는 젊은 연구생들, 구사다 씨 집에 드나드는 어중이떠중이들이 모여들어서 부인의 그림을 너무 심하게 칭찬해서 결국 부인이 이성을 잃고는 '나는 천재'라는 말을 내뱉으며 가출을 했다는데, 나는 얘기를 들으면서 몇 번이나 웃음이 터져 나올 것 같아서 참느라 혼났다. 정말이지, 약이 지나치게 잘 들었다. 부잣집에 자주 있는, 웃기는 코미디다.

"언제 뛰쳐나갔나요?" 나는 이미 구사다 부부를 완전 바보 취급하고 있었다.

"어제요."

"뭐야. 그럼 소란 피울 일이 전혀 아니잖아요. 저희 집사람도, 제가 술을 너무 많이 마시면 친정에 가서 하룻밤 자고 오기도 합니다."

"그건 이거랑은 달라요. 시즈코는 예술가로서 자유로운 생활을 하고 싶답니다. 돈을 많이 가지고 나갔어요."

"많이?"

"좀 많아요."

구사다 씨 정도 되는 부자가 좀 많다고 할 정도니까, 오천 엔, 아니면 만 엔 정도일지도 모른다고 생각했다.

"그건, 큰일이네요." 그제야 약간 흥미를 느꼈다. 가난한 사람은 돈 이야기에는 무관심할 수가 없다.

"시즈코는 언제나 당신 소설을 읽고 있었으니까, 아마 당신 집에 왔을 거라는 생각에……."

"말도 안 됩니다. 저는……." 적입니다, 하고 말하려 했지만, 항상 생글생글 웃는 구사다 씨가 파랗게 질린 얼굴로 풀이 죽어 있는 모습을 눈앞에 두고, 그런 말을 입 밖에 꺼내기는 힘들었다.

기치조지역 앞에서 헤어졌는데, 헤어지면서 나는 쓴웃음을 지으며 물었다.

"대체 어떤 그림을 그리죠?"

"특이합니다. 정말 천재적인 구석도 있어요." 의외의 대답이었다.

"오오." 나는 다음 말을 잇지 못했다. 정말 바보 같은 부부구나 싶어서, 어이가 없었다.

그러고 나서 사흘 뒤였나, 우리 천재 여사는 화구 상자를 들고 나의 누추한 집에 나타났다. 작업복같이 생긴 변변치 못한 옷을 입고 있었다. 어쩐지 기분 나쁠 정도로 볼이 홀쭉해졌고, 눈이 이상하게 커져 있었다. 하지만 이른바 일류 귀부인의 기품은 사라지지 않았다.

"들어오세요." 나는 일부러 더 거친 말투로 말했다. "어디에 가 있던 겁니까? 구사다 씨가 걱정 많이 했어요."

"당신은, 예술가인가요?" 현관에 선 채로 딴 데를 보며 말했다. 언제나처럼 차갑고 거만한 말투였다.

"무슨 말을 하는 겁니까? 그런 거슬리는 말 하지 마세요. 구사다 씨도 난처해하고 있어요. 하리코가 있다는 걸 잊었습니까?"

"아파트를 구하고 있는데요," 부인은 내 말을 완전 묵살했다. "이 근처에 없을까요?"

"부인, 머리가 어떻게 된 건가요? 웃음거리가 될 겁니다. 관두세요."

"혼자 일을 하고 싶어요." 부인은 전혀 기죽지 않는다. "집 한 채를 빌려도 되는데."

"약이 지나치게 잘 들었다고 구사다 씨가 후회하고 있어요. 이십세기에는 예술가도 없고 천재도 없습니다."

"당신은 속물이네요." 태연한 표정으로 말했다. "오히려 구사다 씨가 더, 이해심이 많아요."

나는 내게 이렇게 실례가 되는 말을 하는 손님은 돌려보낸다. 내겐, 하나의 신념이 있다. 어중이떠중이들이 나를 이해해주지 않아도 괜찮다. 싫으면 오지 마.

"당신은 뭘 하러 온 겁니까? 집으로 돌아가시지 그래요?"

"갈게요." 조금 웃더니 말했다. "그림을 보여드릴까요?"

"됐습니다. 대강 어떤 건지 알아요."

"그래요?" 내 얼굴을, 그야말로 뚫어져라 쳐다봤다. "안녕히 계세요." 가버렸다.

이게 무슨 일인가. 그 사람은 아마 나와 동갑일 터이다. 열두세 살 난 아이도 있다. 사람들이 부추겨서 미쳤다. 부추기는 사람들도 마찬가지다. 불쾌한 사건이다. 나는 이 사건을 생각하면 무섭기까지 했다.

그 후 약 두 달간, 시즈코 부인이 찾아오지는 않았지만 그사이에 구사다 소베 씨로부터는 편지 대여섯 통을 받았다. 무척 난처한 모양이었다. 구사다 씨의 부인은 그 후 아카사카의 아파트에 기거하면서 처음에는 얌전히 나카이즈미 화백의 아틀리에에 다녔었는데, 결국 그 노화백에게도 경멸을 느끼고는 그림 공부는 거의 하지 않고 화백의 아틀리에 오던 젊은 연구생들을 자기 아파트로 불러 모아, 연구생들의 찬사에 취해 매일 밤 기뻐서 어쩔 줄 몰라 하며 법석을 떨었다. 구사다 씨는 부끄러움을 무릅쓰고 아카사카 아파트를 찾아가 집으로 돌아오라고 간청했지만, 들어주지 않았다. 시즈코 부인은 그를 냉담하게 대했고, 추종자인 연구생들도 천재의 적이라며 공격했다. 심지어는 가지고 간 돈도 모두 빼앗겼다. 세 번 갔지만 세 번 모두 같은 수모를 겪었다. 이제는, 구사다 씨도 각오를 하고 있다. 그건 그렇다 해도 하리코가 불쌍하다. 어떻게 하면 좋을까. 남자로서 이렇게까지 괴로운 일도 없을 거라고, 마흔이 넘은 일류신사 구사다 씨가 내게 편지를 보낸다. 하지만 나도 구사다 씨 집에서 받은 그 큰 치욕을 잊지 않았다. 내게는 내가 생각해도 오싹할 정도로 집념이 깊은 구석이 있다. 한번 당한 모욕은 아무래도 잊을 수가 없다. 이번에 일어난 구사다 씨 집의 불행을 동정하는 마음은 조금도 생기지 않는다. 구사다 씨는 내게 몇 번이고 '아무쪼록 시즈코에게 말 좀 잘해주세요.'라며 편지로 부탁했지만 나는 내키지가 않았다. 부자의 심부름을 하기 위해 이리저리 뛰어다니기는 싫었다. '부인이 저를 극도로 경멸하고 있어서, 아무런 도움이 되어드릴 수 없습니다'라는 식으로 말하며 언제나 거절했다.

11월 초, 뜰에 있는 애기동백이 피기 시작할 무렵이었다. 나는 그날 아침에 시즈코 부인에게서 편지를 받았다.

——귀가 안 들리게 되었습니다. 나쁜 술을 많이 마셔서, 중이염에 걸렸기 때문입니다. 의사 선생님께 진찰은 받았지만, 이미 늦었다고

합니다. 주전자 물이 부글부글 끓고 있는 소리도 안 들립니다. 창밖에서 나뭇가지가 낙엽을 떨어뜨리며 흔들리고 있는데 그 소리도 안 들려요. 이제 죽을 때까지 들을 수 없습니다. 사람 목소리도 땅 밑에서 말하는 것으로 들릴 뿐입니다. 이 소리도 결국 안 들리게 되겠죠. 귀가 잘 안 들린다는 게 얼마나 쓸쓸하고 답답한 것인지, 이번에 깨달았습니다. 장을 보러 가면 제 귀가 안 좋다는 것을 모르는 사람들이 보통 사람들에게 얘기하듯 얘기를 하는데 저는 무슨 말인지 하나도 몰라서 슬픕니다. 자신을 위로하기 위해 귀가 안 좋은 사람들을 이래저래 떠올리면서 하루를 겨우 보냅니다. 요즘은 계속, 죽고 싶다, 죽고 싶다는 생각을 합니다. 그러고는 하리코가 떠올라서 어떻게든 끈덕지게 살아야만 한다고 생각을 고쳐먹습니다. 울면 귀에 나쁘다는 생각에 요즘 참고 또 참아왔던 눈물을, 결국 이삼일 전에 한꺼번에 폭포처럼 쏟았더니 어느 정도 마음이 편해졌습니다. 지금은 귀가 안 들린다는 것에 아주 조금, 포기하는 마음도 생겼지만 나빠지기 시작했을 때는 반미치광이 상태였어요. 하루 종일 몇 번이고 부젓가락으로 화로 가장자리를 두드려봅니다. 소리가 잘 들리는지 시험해보는 것입니다. 밤중에도 눈만 뜨면 바로 침상에 엎드려 화로를 툭툭 두드려봅니다. 한심한 꼴입니다. 손톱으로 바닥을 긁어봅니다. 되도록 듣기 힘든 소리를 골라서 해봅니다. 누가 집에 찾아오면 그 사람에게 큰 소리를 내보라고 시키기도 하고, 작은 소리를 내보라고 시키기도 합니다. 한 시간 두 시간씩 끈질기게 계속 시켜가며 여러 가지 청력을 시험해보니까, 손님들도 제게 질렸는지 요즘은 발길이 거의 끊겼습니다. 밤늦게 홀로 철로 앞에 서서, 바로 눈앞을 달려가는 전철 소리에 귀를 기울인 적도 있습니다.

이제는 전철 소리도 종이 찢는 소리 정도로 작게 들립니다. 이제 곧, 아무 소리도 안 들리게 되겠지요. 몸 전체가 안 좋은 모양입니다. 매일 밤 잠옷을 세 번이나 갈아입습니다. 땀으로 흠뻑 젖기 때문입니다. 이제까지 그린 그림은 모두 찢어버렸습니다. 하나도 남김없이 버렸습니다. 제 그림은 너무나 못 그린 그림이었습니다. 당신만이 진실을 말했습니다. 다른 사람들은 모두 저를 치켜세웠습니다. 저는 할 수만 있다면, 당신처럼 가난해도 마음이 편한 예술가의 생활을 하고 싶었습니다. 비웃어주세요. 저의 집은 파산해서 어머니도 바로 돌아가셨고, 아버지는 홋카이도로 도망갔습니다. 저는 구사다 집안에 있는 게 괴로워졌습니다. 그 무렵부터 당신의 소설을 읽기 시작하여, 이런 생활 방식도 있구나, 하고 삶의 목표 한 가지를 찾은 듯한 기분이 들었습니다. 저도 당신과 마찬가지로, 가난한 사람입니다. 당신을 만나고 싶어졌습니다. 삼 년 전 설날에 정말 오랜만에 뵈어 기뻤습니다. 저는 멋대로 취한 당신 모습을 보며, 질투심을 느낄 정도로 당신이 부러웠습니다. 이게 진정한 삶이다. 허식도 인사치레도 없이, 홀로 높은 자긍심을 가지고 살아가는구나. 이런 삶이 좋은 거구나, 싶었습니다. 하지만 저는 어찌할 도리가 없습니다. 그러던 중에 남편이 제게 그림을 그릴 것을 권했고, 저는 남편을 믿고 있었기 때문에, (저는 지금도 남편을 사랑합니다) 나카이즈미 씨의 아틀리에에 다니게 되었는데, 갑자기 모두가 열광적으로 칭찬을 해주었습니다. 처음에는 저도 당황했지만, 남편까지 진지하게 너는 천재일지도 모른다고 말했습니다. 저는 남편의 미술 감상 능력을 무척 존경하고 있었기에, 결국 이성을 잃고 전부터 꿈꾸던 예술가의 생활을 시작할 심산으로 집을 나갔습니다. 바보 같은 여자지요. 나카이즈미 씨의 아틀리에에 다니는 연구생들과 함께 이삼일 동안 하코네로 놀러갔었는데 그때 조금 마음에 드는 그림을 그렸습니다. 그래서 우선 당신께 보여드리려고 용감하게 당신 집으로 찾아갔는데 생각지도 못했던, 지독한 꼴을 당했습니다. 저는 부끄러웠습니다. 당신에게 그림을 보여드려서 칭찬을 받고, 당신 집 근처에 집을 빌려서 가난한 예술가끼리 친구가 되고 싶다고 생각했었습니다. 제가 미쳤었던 거지요. 당신에게서 욕을 먹고 저는 그제야 제정신이 들었습니다. 저의 바보스러움을 깨달았습니다. 젊은 연구생들이 제 그림을 아무리 칭찬해도, 그건 다들 하는 의미 없는 인사치레고 뒤에서는 비웃고 있을 거라는 사실을 깨달았습니다. 하지만 그때 이미, 제 생활은 돌이킬 수 없을 지경까지 와 있었습니다. 돌이킬 수가 없었습니다. 갈 데까지 가보자. 저는 매일 밤 술을 마셨습니다. 젊은 연구생들과 밤을 지새우며 떠들었습니다. 소주도 마시고, 진<sup>gin</sup>도 마셨습니다. 아니꼽고, 어리석은 여자지요.

이제, 불평은 하지 않겠어요. 저는 떳떳하게 벌을 받겠습니다. 창밖의 나뭇가지가 흔들리는 걸 보고, 바람이 심하다고 생각하던 차에 비가 옆으로 세차게 내리기 시작했습니다. 빗소리도, 바람소리도, 제겐 아무것도 들리지 않습니다. 무성영화처럼 무서울 정도로 쓸쓸한 황혼입니다. 이 편지에 답장할 필요는 없습니다. 저에 대해서는, 부디 신경 쓰지 말아주세요. 너무 쓸쓸한 나머지 그냥 써본 거예요. 당신은 그냥 아무 일도 아닌 것처럼 넘겨주세요.—

편지에는, 아파트 주소도 적혀 있었다. 나는 집을 나섰다.

아담하고 깔끔한 아파트였지만 시즈코 씨의 방은 상태가 심했다. 다다미 여섯 장 크기의 방이었고, 방에는 아무것도 없었다. 화로와 책상, 그것밖에 없었다. 바닥은 불그죽죽하게 바랬고, 축축해 보였으며 방은 채광도 나빠서 어두컴컴하고, 과일이 썩는 듯한 불쾌한 냄새도 났다. 시즈코 씨는 창가에 앉아 웃고 있었다. 옷차림은 말쑥했다. 얼굴에

도 아름다움이 남아 있었다. 두 달 전에 봤을 때보다 살이 찐 것 같기도
했지만, 어쩐지 기분 나빴다. 눈에 힘이 없었다. 살아 있는 사람의 눈이
아니었다. 눈동자가 회색으로 탁해져 있었다.

"당치 않아요!" 나는 외치듯 말했지만 시즈코 씨는 고개를 저으며
웃기만 했다. 이제 전혀 안 들리는 모양이었다. 나는 책상 위에 있는
종이에, '구사다 씨의 집으로 들어가세요'라고 써서 시즈코 씨에게 보여
줬다. 그리고 둘 사이에 필담이 시작됐다. 시즈코 씨도 책상 옆에 앉아
열심히 썼다.


구사다 씨의 집으로 들어가세요.

　죄송합니다.

아무튼, 들어가세요.

　갈 수 없어요.

왜요?

　갈 자격이 없어요.

구사다 씨가 기다리고 있어요.

　거짓말.

진짜로.

　갈 수 없어요. 저, 잘못했어요.

바보 같아요. 앞으로 어떻게 할 겁니까?

　죄송해요. 일을 할 생각이에요.

돈이 필요한가요?

　돈은 있어요.

그림을 보여주세요.

없어요.

한 장도 없어요?

없어요.


나는 갑자기 시즈코 씨가 그린 그림을 보고 싶어졌다. 이상한 예감이 들었다. 훌륭한 그림일 것이다. 굉장히 좋은 그림일 것이다. 틀림없다.


앞으로 그림을 그릴 생각은 없습니까?

부끄러워요.

당신은 분명 잘 그릴 겁니다.

위로하지 마세요.

정말로, 천재일지도 몰라요.

그만하세요. 이제 돌아가 주세요.


나는 쓴웃음을 지으며 일어섰다. 그냥 갈 수밖에 없었다. 시즈코 부인은 나를 배웅하지도 않고 앉은 채로 멍하니 창밖을 내다봤다.

그날 밤 나는 나카이즈미 화백의 아틀리에를 찾았다.

"시즈코 씨의 그림을 보고 싶은데, 여기 없습니까?"

"없습니다." 노화백은 사람 좋아 뵈는 미소로 답했다. "자기가 다 찢어 버렸다잖아요. 천재적이었는데 말이죠. 그렇게 제멋대로 굴면 안 되죠."

"그리다 망친 데생이든 뭐든, 아무거나 보고 싶어요. 없습니까?"

"기다려봐요." 노화백은 고개를 갸웃거리며 말했다. "데생 세 장 정도가 여기 남아 있었는데, 그 사람이 최근에 찾아와서는 제 눈앞에서 그걸 찢어 버렸어요. 누군가가 그 사람 그림을 호되게 비판했는지, 그러고 나서는 아, 맞다, 있어요, 있어. 아직 한 장 남아 있습니다. 제 딸이 아마 수채화 하나를 가지고 있을 거예요."

"보여주세요."

"잠깐 기다리세요."

노화백은 안으로 들어가더니, 잠시 후 생글생글 웃으며 한 장의 수채화를 가지고 나왔다.

"다행이다, 다행이야. 딸이 몰래 가지고 있어서 다행이네요. 지금 남아 있는 건 아마 이 수채화 한 장이겠죠. 전 만 엔을 받는다고 해도 안 팔 겁니다."

"보여주세요."

수선화 그림이다. 양동이에 아무렇게나 꽂혀 있는 스무 송이 정도의 수선화를 그린 그림이다. 손에 들고 슬쩍 보고 나서는, 북북 찢었다.

"뭘 하는 겁니까!" 노화백은 경악했다.

"별 볼 일 없는 그림이잖아요. 당신들은 부잣집 사모님께 알랑거리고 있었을 뿐입니다. 그리고 사모님의 인생을 망쳤어요. 그 사람을 호되게 비판한 남자는 접니다."

"그렇게 별 볼 일 없는 그림도 아닐 텐데요." 노화백은 갑자기 자신감을 잃은 모습으로 말했다. "전 요즘 신인들의 그림은 잘 모르지만 말이죠."

나는 그 그림을 더 잘게 찢고 난로에 태웠다. 나는 그림을 볼 줄 안다고 생각한다. 구사다 씨에게 가르쳐줄 수도 있을 정도로, 잘 안다고 생각한다. 수선화 그림은 절대로 별 볼 일 없는 그림은 아니었다. 훌륭한 그림이었다. 내가 어째서 그걸 찢었을까? 그건 독자의 상상에 맡긴다.

시즈코 부인은 구사다 씨가 데려갔고, 그해 말에 자살했다. 내 불안은 더 커져가기만 한다. 어쩐지 천재의 그림 같다. 다다나오 경 이야기 같은 걸 나도 모르게 떠올리고, 어느 날 밤 문득, 다다나오 경도 사실은 훌륭한 검술의 달인이었던 거 아닐까 하는 기묘한 의심에 사로잡혀서, 요즘은 밤에 잠이 안 올 정도로 불안하다. 이십 세기에도, 예술의 천재가 살아 있을지 모른다.

正義と微笑

정의와 미소

太宰治

「정의와 미소」

  1942년 6월 긴조錦城출판사에서 간행된 단행본 『정의와 미소』에
처음으로 수록되었다.
  다자이가 후기에서 직접 밝혔듯, 「여학생」과 마찬가지로 다른
사람의 일기가 바탕이 된 작품이다. 일기의 주인공 세리카와 스스무
의 실제 모델은 일본의 유명 영화사 도호東宝의 소속 배우였던
쓰쓰미 야스히사(1922~ )로, 그가 열다섯 살 때부터 쓴 일기 일곱
권이 다자이의 제자였던 그의 형의 소개로 다자이에게 전해지면서
소설화되었다. 제재가 된 일기에는 마르크스주의에 대한 이야기가
많은데, 다자이가 소설화하면서 그 내용을 모두 성서에 대한 이야기
로 바꾸었다는 점에 특색이 있다. 따라서 이 작품에 대한 연구도
대부분 다자이와 성서의 관계를 중심으로 이루어져 왔는데, 이에

대해서는 주인공 소년의 의지와 정서를 표현하기에 적절한 문구를
우연히 성서에서 발견하고 사용한 것에 지나지 않는다고 보는
시각이 지배적이다. (다자이와 성서의 관계에 대한 자세한 설명은
해설 참고)

내 다리는 연약하고 산길은 험하네
오르기 힘들어도 산기슭에서
흥겨운 가락으로 쉼 없이 노래하면
듣고서 용기를 얻는 사람이 있겠지
－ 찬미가 제159[1]

1_ 「정의와 미소」에 쓰인 찬미가 번호는 1903년에 일본 경성사警醒社에서 편찬된 찬미가 번호에
   따른 것이라 함.

4월 16일. 금요일.

바람이 엄청나다. 도쿄의 봄은 메마른 바람이 심해서 기분 나쁘다. 먼지가 방 안까지 밀려 들어와서, 책상 위가 꺼슬꺼슬하고 뺨도 먼지투성이라 짜증 난다. 이걸 다 쓰고 나면 목욕을 해야겠다. 먼지가 등속까지 들어간 기분이 들어서 견딜 수가 없다.

나는, 오늘부터 일기를 쓴다. 요즘 나의 하루하루가 왠지 너무나 중대한 것 같은 생각이 들기 시작했기 때문이다. 인간은 열여섯 살과 스무 살 사이에 인격이 형성된다고, 루소인가 뭔가 하는 사람이 말했다는데, 어쩌면 그 말이 맞는지도 모른다. 나는, 이미 열여섯 살이다. 열여섯이 되자, 나라는 인간은 달가닥 하는 소리를 내며 변해버렸다. 다른 사람들은 눈치채지 못했을 것이다. 말하자면, 형이상학적인 변화니까. 실제로 열여섯이 되면서, 산도, 바다도, 꽃도, 거리의 사람들도, 푸른 하늘도, 전혀 다르게 보이기 시작했다. 악恵의 존재도, 조금은 알게 되었다. 이 세상에는 난감한 문제가 정말 수도 없이 많다는 어렴풋한 예감도 들기 시작했다. 그래서 나는 요즘 항상 심기가 불편하다. 지나치게 신경질적인 사람이 됐다. 인간은 지혜의 열매를 먹으면 웃음을 잃게 되는 모양이다. 이전에는 장난스럽게 일부러 얼간이 같은 실수를 해서 집안사람들을 웃기고 우쭐댔었는데, 요즘은 그런 얼빠진 광대 짓이 너무나 바보 같다는 생각이 들기 시작했다. 광대 짓은 비굴한 남자나 하는 짓이다. 광대 연기를 해서 다른 사람들에게 귀여움을 사는 그 쓸쓸함을, 견딜 수가 없다. 허무하다. 인간은, 더욱 진지한 태도로 살아야만 한다. 남자는 다른 사람에게 귀여움을 받으려 해서는 안 된다. 남자는, 남에게 '존경'받기 위해 노력해야만 하는 법이다. 요즘 내 표정은 유달리 심각하다고 한다. 너무 심각한 나머지, 결국 어젯밤에는 형에게서 충고를 들었다.

"스스무는 너무 중후해졌어. 갑자기 늙어버렸네." 저녁밥을 먹은 뒤, 형이 웃으면서 말했다. 나는 깊이 생각한 뒤에 대답했다.

"어려운 인생 문제가 많아. 난, 이제부터 싸워나갈 거야. 예를 들면 학교의 시험 제도에 대해서……."

내가 이렇게 말하는 중에, 형은 웃음을 터뜨렸다.

"알았어. 그래도, 그렇게 항상 무서운 얼굴을 하고 기를 쓸 필요는 없잖아. 요즘 살이 좀 빠진 것 같은데? 이따가 마태복음 6장 읽어줄게."

좋은 형이다. 사 년 전에 제국대학² 영문과에 들어갔지만, 아직 졸업은 못 했다. 한 번 낙제한 적이 있기 때문인데, 형은 태연하다. 머리가 나빠서 낙제를 한 게 아니니까, 그건 결코 형의 치욕이 아니라고 생각한다. 형은 정의로운 마음에서 낙제를 한 것이다. 틀림없이 그럴 것이다. 형에게 학교는 미치도록 따분한 곳일 것이다. 매일 밤, 밤을 새가며 소설을 쓰고 있다.

어젯밤에는 형이 마태복음을 6장 16절부터 읽어주었다. 그것은 중대한 사상이었다. 나는 내가 지금 너무나 미숙하다는 생각이 들어, 부끄러움에 얼굴을 붉혔다. 잊지 않도록, 그 가르침을 여기에 큰 글씨로 적어둬야겠다.

'너희들은 금식禁食을 할 때, 위선자들과 같이 침통한 기색을 비치지 말라. 그들은 금식하는 것을 다른 이에게 보이려고, 자기 얼굴을 흉하게 하느니라. 내가 진실로 너희들에게 이르니, 그들은 이미 그 응보를 받았느니라. 너는 금식을 할 때, 머리에 기름을 바르고 얼굴을 씻으라.

• •
2_ 당시 최고등 교육기관으로 현재의 도쿄대학교, 교토대학교 등의 전신.

이는 금식하는 것을 다른 이에게 보이지 말고, 은밀한 곳에 계신 너의 아버지에게 보이게 하려 함이라. 은밀한 곳에서 보고 계신 네 아버지께서 응보를 받으시리라.'

미묘한 사상이다. 이에 비하면 나는 터무니없을 정도로 단순했다. 촐싹거리고, 주제도 모르는 녀석이었다. 반성, 반성.

'미소를 지으며 정의를 행하라!'

좋은 모토가 생겼다. 종이에 써서 벽에 붙여 놓을까? 아아, 안 된다. 바로 그거다. '다른 이에게 보이려고,' 벽에 붙이려 하고 있다. 나는 엄청난 위선자일지도 모른다. 정말 조심해야 한다. 열여섯 살과 스무 살 사이에 인격이 결정된다는 설도 있다. 지금은 정말 중요한 시기다.

우선 나의 혼돈스러운 사상을 통일하는 데 도움이 되도록, 그리고, 내 일상생활을 반성하기 위한 자료가 되도록, 그리고 또한, 내 청춘에 대한 추억의 기록을 위해, 십 년 뒤, 이십 년 뒤, 내가 멋진 수염이라도 꼬면서 홀로 싱글거리는 모습을 상상하면서, 오늘부터 일기를 써야겠다.

하지만, 너무 딱딱해진 나머지 지나치게 '중후'해져서는 안 된다. 미소를 지으며 정의를 행하라! 상쾌한 말이다.

여기까지가 내 일기를 펼쳤을 때 나오는 첫 페이지다.

그리고 오늘 학교에서 있었던 일 같은 걸 조금 쓰려고 했었는데, 아아 정말, 먼지가 너무 심하다. 입 속까지 꺼슬꺼슬해졌다. 정말이지, 참을 수가 없다. 목욕을 하자. 어차피 또 천천히, 이런 말을 쓰고는 문득, 어차피 나를 상대해주는 사람은 아무도 없다는 생각이 들어서 맥이 풀렸다. 아무도 읽어주지 않는 일기니까 잘난 척하며 써본들, 쓸쓸함만 남을 뿐이다. 지혜의 열매는, 분노와 고독이 무엇인지를 가르쳐준다.

오늘 학교를 마치고 집으로 오는 길에 기무라와 함께 단팥죽을 먹으러 갔다가, 아니지, 이건 내일 써야겠다. 기무라도 고독한 남자다.

4월 17일. 토요일.

바람은 잦아들었지만, 아침에는 잔뜩 흐렸고 점심때쯤 비가 살짝 내리더니 차츰 개어, 밤에는 달이 환하게 보였다. 오늘 밤에는 우선 어제 일기를 다시 읽어봤는데 부끄럽다는 생각이 들었다. 정말 못쓴다. 얼굴이 붉어졌다. 열여섯 살의 고뇌를 눈곱만큼도 찾아볼 수가 없다. 문장이 어설플 뿐만 아니라, 사상이 유치하다. 도저히 손 쓸 방법이 없다. 지금 문득 든 생각인데, 왜 나는 4월 16일이라는 어중간한 날부터 일기를 쓰기 시작한 걸까? 나도 모르겠다. 이상하다. 전부터 일기를 쓰고 싶다는 생각은 있었는데 그저께 형이 좋은 말을 가르쳐줘서 그 말을 듣고 흥분해서는, 그래, 내일부터 일기를 쓰자, 라는 마음을 먹게 된 건지도 모른다. 열여섯 살의 16일, 마태복음 6장 16절. 하지만 그것은 모두 우연의 일치에 지나지 않는다. 시시한 우연을 기뻐하는 것은 꼴사나운 일이다. 좀 더 곰곰이 생각해봐야겠다. 맞다! 조금은 알 것 같기도 하다. 그 비밀은 16일이라는 날짜에 있는 게 아니라, 금요일이라는 데 있는 거 아닐까? 나는 금요일이 되면 묘하게 생각이 깊어지는 남자다. 예전부터 그런 버릇이 있었다. 이상하게 근지러운 날이었다. 이 날은 예수에게도 불행한 날이었다. 그래서 외국에서도 불길한 날로 여기며 꺼려하는 모양이다. 내가 딱히 외국인들의 미신을 따라서 믿는 것은 아니지만, 도무지 이 날을 아무렇지도 않게 보내지는 못한다. 그렇다, 나는 금요일을 좋아한다. 내게는 아무래도 불행을 사랑하는 경향이 있는 듯하다. 틀림없다. 별것 아닌 일 같지만, 이것은 중대한 발견이다.

불행을 동경하는 버릇은 앞으로, 내 인격의 중요한 부분을 형성하게 될지도 모른다. 그런 생각을 하면 어쩐지 불안한 마음도 든다. 안 좋은 일이 생길 것 같은 느낌이다. 쓸데없는 생각이 들기 시작한다. 하지만, 이건 사실이니까 어쩔 수 없다. 진리의 발견이 항상 인간에게 쾌락을 가져다주는 것만은 아니다. 지혜의 열매는 쓰디쓴 법이다.

그건 그렇고, 오늘은 기무라에 대해서 써야 하는데 쓰기 싫어졌다. 간단히 말하자면, 나는 어제 기무라에게 정말 감탄했다. 기무라는 학교에서도 유명한 불량 학생이다. 낙제를 여러 번 했으니 이미 열아홉 살이 되었을 것이다. 나는 이제까지 기무라와 길게 얘기를 나눠본 적은 없었지만, 어제 학교를 마치고 집으로 오는 길에 기무라가 나를 억지로 단팥죽 집으로 끌고 가서, 단팥죽을 먹으며 처음으로 인생에 대한 얘기를 나눴다.

기무라는 의외로 공부를 아주 열심히 하는 사람이었다. 니체를 읽고 있다. 나는 니체에 관해서는 아직 형한테 배운 적이 없기 때문에, 아무것도 몰라서 그저 얼굴만 붉혔다. 내가 성경에 관한 얘기와 로카[3]에 관한 얘기도 해봤지만, 당해낼 수가 없었다. 기무라의 사상은 생활 속에서도 실행되고 있으니 대단한 것이다. 기무라의 말에 따르면, 니체의 사상은 히틀러에게도 이어지고 있다고 한다. 어째서 이어지는 것인지, 기무라가 이런저런 철학적인 설명을 해주었지만, 나는 하나도 이해할 수 없었다. 기무라는 공부를 정말 열심히 하고 있다. 대단한 친구라는 생각이 들었다. 더 친해지고 싶어졌다. 그는 내년에 육군사관학교 시험을 친다고 한다. 그것도 역시 니체주의와 관계가 있는 것 같다. 하지만 육군사관학

---

3_ 도쿠토미 로카德富蘆花(1868~1927). 톨스토이에 심취하여 사회적인 작품을 쓰고, 만년에는 기독교인으로 전원생활을 보낸 소설가. 대표작으로 『불여귀』, 『자연과 인생』 등이 있음.

교는 굉장히 어렵다니까, 안 될지도 모른다.

내가 작은 목소리로 "관두는 편이 좋을 걸."이라고 말했더니, 기무라는 눈을 번뜩이며 나를 쏘아봤다. 무서웠다. 기무라한테 지지 않도록, 나도 공부를 해야겠다고 생각했다. 나는 그때, 영단어 천 개를 외우고 대수와 기하를 처음부터 다시 시작해야겠다고 결심했다. 기무라의 강렬한 사상에 감탄하기는 했지만 어쩐지 니체를 읽어야겠다는 생각은 안 들었다.

오늘은 토요일이다. 학교에서 수신修身[4] 강의를 들으며 멍하니 창밖을 내다보았다. 창 한가득 흐드러지게 피어 있던 벚꽃도 대부분 떨어져버려서 지금은 심술 고약해 보이는 검붉은 꽃받침만 남아 있다. 나는 이런저런 생각에 잠겼다. 그저께 나는, '어려운 인생 문제가 많아'라고 말하고, '예를 들면, 시험 제도에 대해서⋯⋯'라고 입을 잘못 놀리고는 형한테 내 속내를 들켜버렸는데, 내가 요즘 느끼는 우울함의 모든 원인은 별다른 게 아니라, 내년에 있을 제1고등학교[5] 시험 하나일지도 모른다. 아아, 시험이 싫다. 인간의 가치가 겨우 한두 시간의 시험을 통해 아무렇게나 결정된다는 것은 위험한 일이다. 그것은 신에 대한 모독이다. 시험 감독관은 모두 지옥에 갈 것이다. 형은 나를 과대평가하고 있어서, 괜찮아, 4학년부터 시험 치면 붙을 수 있어, 라고 말하지만, 나는 정말 자신이 없다. 하지만 나는 중학생 생활이 이미 너무나 싫어졌기 때문에 내년에는 제1고등학교를 떨어져도, 어딘가 밝은 분위기의 대학 예과豫科[6]

••
4_ 1945년 이후의 도덕 교과에 해당.
5_ 제국대학 입학자의 예비교육을 담당했던 기관.
6_ 1919년부터 1955년까지 있었던 교육기관으로, 전공을 택하기 전 예비교육을 행하는 기관이었다. 오늘날 대학의 교양학부 등에 해당.

에라도 후딱 가버릴 생각이다. 어쨌든, 나는 또 평생 바뀌지 않을 목표를 세워서 살아가야만 하는데, 이건 어려운 문제다. 대체 어떻게 하면 좋을지 전혀 모르겠다. 어쩔 줄을 모르겠어서 울상만 짓고 있다. 소학교 때부터 선생님들은 종종 훌륭한 인물이 되라고 말해왔지만, 그렇게 무책임한 말도 없다. 무슨 말인지 알 수가 없다. 우리를 무시하는 말이다. 정말 무책임한 말이다. 나는 이미 어린애가 아니다. 세상살이의 괴로움도 조금씩 알게 되었다. 예를 들면 중학교 교사도, 생활의 이면은 의외로 참담한 것 같다. 소세키의 「도련님」[7]에도 그런 얘기가 쓰여 있지 않나. 고리대금을 쓰는 사람도 있을 것이고, 부인에게 옴짝달싹 못 하는 사람도 있겠지. 처참한 인생의 패배자 같은 느낌이 나는 선생님도 있는 모양이다. 학식도 그다지 뛰어난 것처럼 보이지는 않는다. 그런 시시한 사람이 언제고 똑같이, 그럴싸하고 겉만 번지르르한 교훈을 아무런 확신도 없이 주절주절 지껄이고 있으니, 우리도 정말 학교가 싫어지는 것이다. 하다못해 더 구체적이고 친숙한 생활의 방침이라도 가르쳐준다면 얼마나 고마울까? 선생님 자신의 실패담 같은 걸 한 치의 꾸밈도 없이 들려준다면, 우리 마음에 바로 와닿을 텐데. 언제나 똑같이 권리와 의무의 정의라거나, 대아大我와 소아小我의 정의, 이런 빤한 얘기를 구구절절 되풀이하고만 있다. 오늘 있었던 수신 강의는 유난히 더 지루했다. 영웅과 소인小人이라는 테마였는데, 가네코 선생님은 그냥 무턱대고 나폴레옹과 소크라테스를 칭찬하고, 시정市井 소인배들의 비참함을 매도했다. 이건, 말도 안 된다. 인간이 모두 나폴레옹과 미켈란젤로가 되는 것도 아니고, 소인이 일상생활 속에서 하는 악전고투에도 고귀한 점이

··
7_ 나쓰메 소세키의 1906년 중편소설. 도쿄에서 나고 자라 시골 중학교 교사가 된 청년의 좌충우돌
   을 그린 이야기.

있을 터인데, 가네코 선생님의 얘기는 언제나 이렇게 개념 중심이고 말도 안 된다. 바로 이런 사람을 속물이라고 하는 것이다. 사고방식이 구태의연하니까 그렇겠지. 나이가 이미 쉰을 넘었으니 어쩔 수가 없다. 아아, 선생님도 학생에게 동정을 사게 되면 끝장이다. 정말 이 사람들이 오늘날까지 내게 가르쳐준 것은 아무것도 없다. 나는 내년에 이과로 갈지 문과로 갈지, 둘 중 하나를 택해야만 한다! 사태는 급박하다. 정말 심각하다. 어떻게 하면 좋을지 몰라 그저 혼란스러울 뿐이다. 학교에서 내용 없는 가네코 선생님의 얘기만 멍하니 듣고 있자니, 작년에 헤어진 구로다 선생님이 한없이 그리웠다. 마음이 눌어붙을 정도로 그리웠다. 그 선생님에게는 확실히 무언가가 있었다. 다른 건 둘째 치고, 똑똑했다. 남자답고 기운이 넘쳤다. 중학교에 있는 모든 학생들의 존경의 대상이었다고 해도 좋을 것이다. 어느 날 영어 시간에 선생님은 가만히 리어왕 한 장을 다 번역하고 나더니 느닷없이 이런 얘기를 꺼냈다. 말투가 완전히 달라져 있었다. 씹고 나서 토해내는 듯한 말투라는 게 그런 걸 말하는 걸까? 어쨌든, 무뚝뚝한 말투였다. 그것도 갑자기, 아무런 예고도 없이 말을 꺼냈으니 다들 가슴이 철렁했다.

"이제, 이 시간을 마지막으로 이별이다. 덧없지. 원래 교사와 학생 사이라는 게 딱 이 정도다. 교사가 퇴직해버리면 그 이후로는 남이 되는 것이다. 자네들이 나쁜 게 아니고 교사가 나쁜 거야. 정말이지, 교사들은 바보 천치들이다. 남자인지 여자인지 알 수 없는 녀석들뿐이다. 자네들에게 이런 얘기를 하게 되어 미안하지만, 나는 더 이상 참을 수가 없어졌다. 교원실 공기를, 말이지. 무식해! 이기적이다. 학생을 사랑하지 않아. 나는 벌써 이 년이나 교원실에서 노력해왔다. 이젠 틀렸다. 잘리기 전에 내가 자발적으로 관뒀다. 오늘 이 시간이 마지막이다. 이제 자네들과는 만날 수 없을지도 모르지만, 앞으로 우리 모두 열심히 노력하자. 공부라는 것은 좋은 것이다. 학교를 졸업해버리면 대수와 기하 공부는 더 이상 아무런 도움이 되지 않는다고 생각하는 사람도 있는 것 같은데, 그건 매우 잘못된 생각이다. 식물, 동물, 물리, 화학도, 시간 나는 대로 공부해둬야 한다. 일상생활에 직접적인 도움을 주지 않는 공부야말로, 앞으로 자네들의 인격을 완성시키는 데 도움이 된다. 자기 지식을 자랑할 필요는 없다. 공부하고서, 시간이 지나면 싹 다 잊어버려도 좋다. 외우는 것이 중요한 게 아니라 중요한 건, cultivate된다는 것이다. culture라는 건, 공식과 단어를 많이 암기하는 게 아니고 마음을 넓게 가지는 것이다. 다시 말해, 사랑하는 법을 아는 것이다. 학창시절에 공부를 안 한 사람은 틀림없이 사회에 나가서도 심한 이기주의자가 된다. 학문 같은 건 외움과 동시에 잊어버려도 좋은 것이다. 하지만 전부 잊어버린다고 해도, 공부하는 훈련의 밑바닥에 한줌의 사금砂金이 남는 법이다. 바로 이것. 이것이 고귀한 것이다. 공부해야 한다. 그리고 그 학문을 억지로 생활에 써 먹으려고 하면서 초조해해서는 안 돼. 여유를 가지고, 진정 cultivate된 인간이 되어라! 내가 하고 싶은 말은, 이게 전부다. 자네들과는 이제 이 교실에서 함께 공부 할 수 없어. 하지만 자네들의 이름은 평생 잊지 않고 기억할 것이다. 자네들도 가끔은 내 생각을 해줘. 싱거운 이별이지만, 우린 남자 대 남자다. 깔끔하게 가자. 마지막으로, 자네들의 건강을 기원한다." 약간 창백한 표정으로 조금도 웃지 않고, 선생님이 먼저 우리에게 인사를 했다.

나는 선생님께 매달려서 울고 싶었다.

"경례!" 반장 야무라가, 반쯤 울먹이는 목소리로 구령을 외쳤다. 우리 60명은 엄숙한 마음으로 일어서서 마음에서 우러나는 인사를 했다.

선생님은, "다음 시험은 걱정하지 마."라고 말하며 처음으로 빙긋이 웃었다.

낙제생인 시다가, "선생님, 안녕히 가십시오!"라고 작은 목소리로 말하자, 뒤이어 60명의 학생들이 한목소리로,

"선생님, 안녕히 가십시오!"라고 외쳤다.

나는 소리를 내어 울고 싶었다.

구로다 선생님은 지금쯤 뭘 하고 계실까? 어쩌면 전쟁터에 계실지도 모른다. 아직 서른 살 정도니까.

이렇게 구로다 선생님에 대한 얘기를 쓰고 있자니, 정말 시간이 어떻게 가는지도 모르겠다. 벌써 늦은 밤, 거의 열두 시다. 형은 옆방에서 조용히 소설을 쓰고 있다. 장편소설이라는 것 같다. 벌써 이백 장이 넘었다고 한다. 형은 낮과 밤이 바뀐 생활을 한다. 매일 오후 네 시쯤 일어난다. 그리고 꼭 밤을 샌다. 몸에 안 좋지 않을까? 나는 벌써 졸려 죽겠다. 이제부터 로카의 『추억의 기록』[8]을 조금 읽고 잘 생각이다. 내일은 일요일이니까 늦잠을 잘 수 있다. 일요일이 기다려지는 이유는 그것밖에 없다.

4월 18일. 일요일.

맑았다가 흐렸다가를 반복. 오늘은 오전 열한 시에 일어났다. 딱히 특별한 일도 없었다. 그건 당연한 얘기다. 일요일이라고 해서 뭔가

8_『思い出の記』. 1900~1901년에 걸쳐 연재된 도쿠토미 로카(주3)의 장편소설. 입신출세의 뜻을 품고 사회생활을 시작하여, 민권운동의 세례를 받으며 '자유'에 눈뜬 뒤 후에는 기독교에 심취하게 된 로카의 자서전격 소설. 메이지 지식인의 이상과 좌절이 로카 자신의 경험과 함께 잘 그려져 있다.

좋은 일이 있지 않을까 하는 건 잘못된 생각이다. 인생은 평범한 것이다. 내일은 또 월요일이다. 내일부터 또 일주일간 학교에 가야 한다. 나는 무척이나 손해를 보는 성격인 듯하다. 지금의 이 일요일을, 일요일로서 즐기지 못한다. 일요일의 뒤편에 숨어 있는 월요일의 고약한 표정에 벌벌 떤다. 월요일은 검정색, 화요일은 피색, 수요일은 흰색, 목요일은 갈색, 금요일은 빛, 토요일은 쥐색, 그리고, 일요일은 빨간 위험신호다. 쓸쓸하다.

오늘은 낮부터 영단어와 대수를 죽을 둥 살 둥 공부했다. 푹푹 찌는 더위였다. 타월로 된 잠옷 한 장만 입고, 다른 것에는 전혀 개의치 않고 공부를 했다. 저녁 식사 후에 마신 차는 맛있었다. 형도 맛있다고 했다. 술의 맛이란 이런 게 아닐까 싶었다.

그건 그렇고, 오늘 밤엔 무슨 얘기를 쓸까? 쓸 얘기가 아무것도 없으니 우리 가족 얘기를 써보자. 지금 우리 가족은 일곱 명이다. 어머니, 누나, 형, 나, 서생書生인 기지마 씨, 하녀인 우메, 그리고 지난달부터 집에 와 있는 간호사 스기노 씨, 이렇게 일곱 명이다. 아버지는 내가 여덟 살 때 돌아가셨다. 생전에는 약간 유명한 사람이었다고 한다. 미국에 있는 대학을 나왔고 크리스천이며 당시의 신지식인이었다고 한다. 정치가라기보다는, 실업가라고 하는 편이 옳을 것이다. 말년에는 정계에 입문하여 정우회⁹에서 일했는데, 그건 겨우 사오 년 정도였고, 그전에는 시정의 실업가였다. 정계에 들어가고 나서 오륙 년 사이에 대부분의 재산을 잃었다고 한다. 내가 재산에 관한 얘기를 하는 건 이상하지만, 어머니는 그 당시 무척이나 고생이 많았다고 한다. 아버지

9_ 1900년 이토 히로부미가 결성한 일본 최초의 정치정당.

가 죽고 얼마 지나지 않아, 우시고메의 큰 집에서 고지마치에 위치한 지금 사는 이 집으로 이사를 왔다. 그 뒤 어머니는 병에 걸려 지금도 누워 있다. 하지만 나는 아버지를 조금도 원망하지 않는다. 아버지는 나를 막둥아, 막둥아 하고 불렀다. 아버지에 대한 기억은 거의 남아 있지 않다. 매일 아침 우유로 세수를 했던 것만 똑똑히 기억한다. 굉장한 멋쟁이였던 것 같다. 손님방에 걸려 있는 사진을 봐도 단정하고 멋진 얼굴이다. 누나가 아버지를 가장 많이 닮았다고 한다. 누나는 불쌍한 사람이다. 누나는 올해로 스물여섯이다. 드디어 이번 달 28일에 시집을 간다. 긴 세월 동안 어머니를 간호하고 우리 남동생들을 뒷바라지하느라 시집을 갈 수가 없었다. 어머니는 아버지가 돌아가신 직후에 병을 앓기 시작하셨다. 결핵성 척추염이다. 벌써 십 년 정도 일어나지 못하고 있다. 어머니는 병을 앓고 있는데도 말재간이 상당히 좋고 심지어는 성격이 제멋대로라, 간호사를 고용해도 곧바로 내쫓아버린다. 누나가 아니면 안 된다. 하지만 올해 설날에 형이 어머니께 가차 없이 얘기해서 결국 누나의 결혼을 받아들이게 했다. 형이 화를 내면 정말 무섭다. 누나의 결혼도 이제 머지않았기 때문에 지난달에 간호사 스기노 씨가 왔고, 누나에게 배워가며 어머니의 수발을 시작했다. 어머니는 툴툴거리면서도 어쩔 수 없이 스기노 씨의 수발을 받아들이고 있다. 어머니도 형에게는 못 당하는 것 같다. 어머니! 누나가 떠나도 낙담하지 마시고, 형과 저를 위해 아무쪼록 기운을 내주세요. 누나도 이제 스물여섯이니까, 불쌍해요. 와, 안 되겠다. 시건방진 말을 했다. 하지만 결혼은 인생의 큰 사건이다. 특히 여자에게는 유일하게 큰 사건이라고 해도 좋을지 모른다. 부끄러워하지 말고, 진지하게 생각해보자고요.

누나는 거룩한 희생자였다. 누나의 청춘은 가사 일과 어머니의 간병으로 끝나버렸다고 해도 과언이 아니겠지. 하지만 이 기나긴 인고忍苦는, 누나에게 있어 절대 헛된 것은 아니었다고 생각한다. 누나는 우리들과는 비교도 안 될 정도로 분별력이 뛰어난 사람이 됐을 것임에 틀림없다. 인고는 인간의 이성을 갈고 닦아주는 법이다. 요즘 누나의 눈동자는 무척 아름답고 맑다. 결혼식 날이 다가와도 보기 싫게 야단을 떨거나 우쭐해 있지 않으니 그 점이 훌륭하다. 평온한 마음으로 결혼 생활을 맞으려 하는 것 같다. 상대인 스즈오카 씨도 이제 거의 마흔에 가까운 중년이다. 유도 4단이라고 한다. 코가 둥글고 붉은 게 흠이지만 친절한 사람인 듯하다. 나는 좋지도 않고 싫지도 않다. 어차피 남이다. 형은 이런 매형이 있으면 든든한 법이라고 했다. 그럴지도 모른다. 하지만 나는 매형에게 신세를 질 일 같은 건 하지 않을 생각이다. 나는 그저, 오로지 누나의 행복만을 빌 뿐이다. 누나가 없으면 집안이 얼마나 쓸쓸할까? 불이 꺼진 느낌일지도 모른다. 하지만 우리는 참아야 한다. 누나가 행복하다면 그것으로 충분하다. 누나는 훌륭한 아내가 될 것이다. 그건 가족의 한 명으로서 내가 확실히 책임지고 보증할 수 있다. 최고의 신붓감으로 추천할 수 있다. 우리는 정말, 누나에게 많은 신세를 졌다. 만약에 누나가 없었다면 우리가 어찌 되었을지 모르겠다. 나는 지금쯤 불량소년이 되었을지도 모른다. 누나는 남동생들의 개성을 꿰뚫어보고 그것을 따뜻하게 길러주었다. 누나와 형과 나 우리 세 명에게는 정신적으로 고귀한 끈이 있었다. 신성한 동맹이 있었다. 그리고 누나는 이성 면에서 우리보다도 뛰어난 사람이었기에, 언제나 자연스레 우리들을 리드했다. 나는, 믿는다. 누나는 결혼 생활에서도 틀림없이 고요한 행복을 만들어갈 것이다. 암담한 재난이 닥쳐오더라도, 누나에게는 부부의 행복을 절대로 해치지 않을 만한 거룩한 힘이 있다. 누나! 축하해. 누나는 이제 행복해질 수 있어. 너무 참견하는 것 같아서 미안하지만, 누나는 아직 부부간의 애정이라는 걸 모르겠지. (하지만 나도 전혀 모른다. 짐작조차 안 된다. 의외로 시시한 것일지도 모른다.) 하지만 만약 부부애라는 게 이 세상에 있다면, 누나는 최고의 부부애를 실현할 거야. 누나! 이렇게 아름다운 내 '환상'을 깨진 말아 줘.

안녕, 잘 가! 잘 살아야 해! 만약에 이게 영원한 이별이라면, 영원히 잘 살기를.

이상은 남몰래 누나에게 이야기하는 기분으로 쓴 것이지만, 누나는 나의 은밀한 작별 인사를 영영 모르고 지낼지도 모른다. 이건 나 혼자만의 비밀 일기장이니까. 그래도 누나가 이걸 보면 웃겠지?

누나한테 직접 이런 이별 인사를 건넬 만한 용기가 내게 없다는 것은, 한심하고 슬픈 일이다.

내일은 월요일. 블랙데이. 이제 자자. 신이시여. 저를 잊지 말아주세요.


4월 19일. 월요일.

대체로 맑음. 오늘은 정말 불쾌했다. 이제 축구부를 탈퇴할까 싶다. 탈퇴까지는 안 하더라도, 이제 스포츠가 싫어졌다. 앞으로는 그들을 대강대강 상대해주겠다. 그 녀석들이 그런 식으로 나오니까 어쩔 수가 없다. 오늘은 주장인 가지를 한 대 패줬다. 가지는 저질이다.

오늘 방과 후 부원 모두가 운동장에 모여 올해 첫 연습을 시작했다. 작년 팀에 비해 올해 팀은 기백 면에서도 그렇고 기술적인 면에서도 훨씬 뒤떨어진다. 이래서는 이번 학기 중에 다른 팀과 시합이나 할 수 있을지 의문이다. 그저 멤버가 모여 있기만 할 뿐, 팀워크가 전혀 없다. 주장이 틀려먹었다. 가지에게는 주장의 자격이 없다. 올해 졸업할 예정이었는데 낙제를 해서 나이 덕에 주장이 된 것이다. 팀을 통솔하기 위해서는 멋진 킥보다도 인격의 힘이 필요하다. 가지의 인격은 저열하다. 연습 중에도 지저분한 농담만 나불거린다. 진지하지 않다. 가지뿐만 아니라 멤버 모두가 진지하지 않다. 게으르다. 한 명 한 명 멱살을 잡고 물속으로 처넣고 싶을 정도다. 연습이 끝나고 나서, 언제나처럼 다 같이 근처에 있는 모모노유 목욕탕으로 씻으러 갔다. 가지가 탈의실에서 갑자기 천박한 말을 했다. 심지어는 내 몸에 대한 얘기였다. 그 얘기가 무엇이었는지는, 여기에 적어놓기도 싫을 정도다. 나는 벌거벗은 채로 가지 앞에 섰다.

나는 "네가 그러고도 스포츠맨이냐?"라고 말했다.

누군가가 그러지 말라며 나를 말렸다.

가지는 벗으려던 셔츠를 다시 입더니,

"해보자는 거야? 어이."라고 말하더니 턱을 쳐들고 하얀 이를 드러내며 웃었다.

그 얼굴을 퍽 하고 때려줬다.

"스포츠맨이라면 부끄럽게 생각해라!"라고 말했다.

가지는 상판을 세게 차더니,

"제기랄!"이라고 말하며 울음을 터뜨렸다.

정말 의외였다. 기개가 없는 녀석이다. 나는 재빨리 샤워장으로 들어가서 몸을 씻었다.

알몸으로 싸움을 한다는 건 별로 자랑할 만한 일은 아니다. 이젠 스포츠가 싫어졌다. 건전한 육체에 건전한 정신이 깃든다는 속담이 있는데, 그 말의 그리스 원문에는 건전한 육체에 건전한 정신이 깃든다면 좋을 텐데! 라는 원망과 탄식의 의미가 담겨 있다고 한다.

형이 언젠가 그런 말을 했었다. 건전한 육체에 건전한 정신이 깃든다면 얼마나 멋질까? 하지만 현실은 좀처럼 그리 쉽지가 않으니까 말이지, 라는 의미라고 한다. 가지도 체격이 제법 다부진데, 정말 안타깝다. 그 건전한 체격에 명랑한 정신이 깃든다면 좋을 텐데!

밤에는 헬렌 켈러 여사의 라디오 방송을 들었다. 가지에게 들려주고 싶었다. 장님, 벙어리. 그런 절망적이고 건강하지 못한 몸을 가지고 있으면서도, 노력을 해서 말도 할 수 있게 되었고, 비서의 말도 알아듣고 글도 쓸 수 있게 되어, 결국은 박사 학위를 땄다. 우리는 이 여사에게 무한한 존경을 보내야 마땅하다. 라디오 방송을 듣고 있자니 이따금 청중들의 우레와 같은 박수소리가 들려왔는데, 그 청중들의 감격이 바로 내 마음을 파고들어서 눈시울이 젖어들었다. 켈러 여사의 작품도 조금 읽어보았다. 종교적인 시가 많았다. 신앙이 여사를 갱생시킨 것인지도 모르겠다. 신앙의 힘이 얼마나 강한 것인지를 절실히 느꼈다. 종교란 기적을 믿는 힘이다. 합리주의자는 종교를 이해하지 못한다. 종교란 불합리를 믿는 힘이다. 불합리하기 때문에 '신앙'의 특수한 힘, ……아아, 이런, 모르겠다. 형한테 다시 물어봐야지.

내일은 화요일. 싫다, 싫어. 남자가 문턱을 넘어 밖으로 나가면 적이 일곱 명[10]이라는 말이 있는데, 정말 그 말이 맞다. 절대로 방심할 수가 없다. 학교에 가는 것은, 적 백 명 속으로 뛰어드는 것과 다름없다. 다른 사람에겐 지고 싶지 않은데, 이기기 위해서는 필사적인 노력이 필요하니까, 너무 싫다. 승리자의 비애인가. 설마. 가지여, 내일은 서로

●●
10_ 남자가 세상에 나가 활동할 때에는 항상 많은 적과 경쟁상대가 주위에 있음을 명심해야
　　한다는 뜻의 속담.

싱긋 웃으며 악수하자. 정말 네 말대로 내 몸은 지나치게 희다. 나도 싫어서 미치겠다. 하지만 나는 이상한 곳에 분 같은 걸 바르지는 않는다고. 사람을 뭐로 보는 거야. 오늘 밤에는 성경을 읽다 자야겠다.

마음을 편히 먹자. 두려워하지 말자고.

4월 20일. 화요일.

맑음, 이라고는 해도, 구름 한 점 없는 맑은 날씨는 아니었다. 대체로 맑음, 정도의 날씨였다. 오늘은 바로 가지와 화해했다. 언제까지고 불안한 마음으로 지내기는 싫으니까, 가지네 교실로 가서 깔끔하게 사과했다. 가지는 기뻐하는 듯 보였다.

내 친구가,

웃음으로 숨기는 쓸쓸함에,

나도 웃음으로 답하는 쓸쓸함.

하지만 나는 예전과 마찬가지로 가지를 경멸한다. 이건 아무래도 어쩔 수가 없다. 가지는 짐짓 사려 깊은 척하면서, 나에 대한 신뢰를 담은 듯한 낮은 목소리로, "전부터 한 번 너랑 얘기해보고 싶었는데 말이지, 이번 축구부에 1학년 신입이 열다섯 명 있어. 모두 다 별 볼 일 없는 녀석들이야. 그저 그런 놈들을 다 받아도 우리 부의 질만 떨어지니까, 나도 애쓰는 보람이 없을 테고. 생각 좀 해봐."라고 말했는데, 내 귀에는 그 말이 우습게 들렸다. 가지는 변명을 하고 있는 것이다. 자신의 한심함을 신입생의 탓으로 돌리려는 것이다. 정말 비열한 녀석이다.

"많아도 상관없지 않아? 연습이 빡빡하면 못하는 녀석은 지쳐서 나가떨어질 테고, 잘하는 녀석은 남겠지 뭐."라고 내가 말했더니,

"그렇지도 않아." 하고 큰 소리로 말하고는 바보 같아 보이는 헛웃음을 지었다. 어째서 그렇지도 않은지, 나는 이해할 수가 없었다. 어쨌건 이제 축구부에 대한 나의 열정은 예전 같지 않다. 멋대로 해봐라. 물러터진 팀이 되겠지.

학교를 마치고 집으로 오는 길에 메구로 시네마에 들러서 <빛의 원군>[11]을 보고 왔다. 재미없었다. 정말 형편없는 작품이다. 삼십 전 손해를 봤다. 그리고 시간도 낭비했다. 불량한 기무라가 굉장한 걸작이니까 꼭 보자고 너무 졸라대서 기대하며 보러 갔는데, 그건 정말, 하모니카 반주라도 붙이면 잘 어울릴 듯한 싸구려 포마드 냄새가 나는 영화였다. 기무라는 대체 어디에서 어떤 감동을 느낀 걸까? 알 수가 없다. 그 녀석은 의외로 어린애인 거 아닐까? 말이 달리기만 하면 그것만으로도 좋은 거겠지. 녀석의 니체도 믿을 수 없게 되었다. 추잉검 니체 같은 것일지도 모른다.

오늘 밤에는 누나가 스즈오카 씨의 전화를 받고 긴자로 나갔다. 결혼 전 교제라는 것이다. 둘이서 묘하게 진지한 얼굴로 긴자 거리를 걷고, 시세이도에서 아이스크림소다라도 마시는 걸까? 의외로 <빛의 원군> 같은 영화를 보며 감탄하고 있을지도 모른다. 결혼식도 이제 머지않았는데 태평하다. 그러지 말았으면 한다. 어머니가 방금 전 크게 화를 냈다. 대야에 담긴 몸을 씻을 물이 너무 뜨겁다며 대야를 엎어버렸다고 한다. 간호사 스기노 씨는 울음을 터뜨렸다. 우메는 퉁탕거리며 뛰어다녔다. 대단한 소동이었다. 형은 모른 척하며 공부를 하고 있었다. 나는 제정신이 아니었다. 누나가 있다면 아무렇지도 않게 끝날

<hr>

11_ 원제 <The Charge of the Light Brigade>(1936). 크리미아 전쟁을 배경으로 한 미국의 전쟁영화.

일인데. 스기노 씨는 계단 아래서 오랫동안 훌쩍훌쩍 울고 있었는데, 서생인 기시마 씨가 철학자같이 장중한 말투로 스기노 씨를 위로하는 모습은 좀 웃겼다. 기시마 씨는 어머니의 먼 친척이라고 한다. 오륙 년 전 시골의 고등소학교를 졸업하고 우리 집으로 왔다. 한 번 징병검사를 받기 위해 시골에 갔었지만, 얼마 뒤 다시 집으로 왔다. 근시가 심한 탓에 병종丙種이었던 것이다. 여드름이 심하지만 못생긴 얼굴은 아니다. 정치가가 되는 게 꿈이라고 한다. 하지만 공부를 하나도 안 하니까 안 될 것이다. 밖에 나가면 우리 아버지를 '큰아버지'라고 부른다고 한다. 악의 없고 산뜻한 사람이다. 하지만 그게 전부인 사람이다. 평생 우리 집에 있을 생각일지도 모른다.

누나는 이제야 집에 들어왔다. 열 시 팔 분.

나는 이제부터 대수 문제를 거의 서른 개나 풀어야 한다. 피곤해서 울고 싶다. 로버트 어쩌고 씨가 말하기를, '방해꾼 하나가 내 몸에 항상 들러붙어 있는데, 그의 이름은 정직이라 한다.' 세리카와 스스무 씨가 말하기를, '방해꾼 하나가 내 몸에 항상 들러붙어 있는데, 그의 이름은 시험이라 한다.'

시험이 없는 학교에 들어가고 싶다.


4월 21일. 수요일.

흐림, 밤에는 비. 이 암울함은 어디까지 계속될까? 일기를 쓰기도 싫어졌다. 오늘 수학 시간에 너구리가 너더분한 고무장화 같은 걸 신고 들어와서, 이 학급에는 4학년 때 시험을 칠 사람이 몇 명 있냐며 손들라고 하기에, 깜짝 놀라서 나도 모르게 살짝 손을 들었더니, 나 한 명이었다. 반장인 야무라 마저 조심성 있게 손을 안 들었다. 고개를 숙이고 머뭇거리고 있었다. 비겁한 놈이다. 너구리는 오오, 세리카와가 시험을 본단 말이지? 라고 말하며 싱글거렸다. 나는 부끄러워서 갑자기 눈앞이 캄캄해졌다.

"어디 시험을 볼 생각인가?" 너구리의 말투는 사람을 완전히 경멸하는 말투였다.

"아직 못 정했습니다." 제1고등학교라는 말을 꺼낼 용기는 없었다. 슬펐다.

너구리는 한 손으로 턱수염을 누르며 큭큭거렸다. 정말 싫었다.

"하지만 너희들도," 너구리는 다시 엄격한 표정을 짓더니 모두를 바라보며 말했다. "4학년 때부터 시험을 친다면, 어디 한번 쳐볼까 하는 가벼운 마음이 아니라, 꼭 합격하겠다는 각오를 하고 나서 쳐야 해. 미적지근한 마음으로 시험을 보고 나서 떨어지면 그것도 버릇이 되는 거야. 그래서 5학년 때 시험을 봐도 안 되는 경우가 많아. 신중에 신중을 기해서 결정하도록." 나의 존재를 완전히 묵살하는 듯한 말투였다.

나는 너구리를 죽여 버릴까 싶었다. 이런 무례한 교사가 있는 학교 같은 곳은 불에 타버렸으면 좋겠다. 나는 이제 어떻게 해서든 4학년 때부터 다른 학교로 가버릴 것이다. 5학년까지 남을쏘냐. 내 몸이 썩어버릴 것이다. 나는 어학에 비해 수학 성적이 별로 안 좋지만, 그래서, 그렇기 때문에 매일 밤낮으로 공부를 하고 있다. 아아, 제1고등학교에 들어가서 너구리의 속을 뒤집어버리고 싶은데, 안 될지도 모른다. 어쩐지 공부도 싫어졌다.

학교에서 집으로 돌아오는 길에 무사시노관에 들러 <죄와 벌>을 보고 왔다. 반주 음악이 정말 좋았다. 눈을 감고 음악만 듣고 있자니 눈물이 흘러나왔다. 나는, 타락하고 싶다는 생각이 들었다.

집에 와서도 공부는 하나도 안 했다. 긴 시를 지었다. 그 시의 내용은, 나는 지금 어두운 구렁텅이를 기어 다니고 있다. 하지만 절망하지는 않는다. 어딘지 알 수 없는 곳에서 희미한 빛이 들어오고 있다. 하지만 나는 그 빛이 무엇인지 모른다. 멍하니 내 손바닥에 빛을 받아 들고 있으면서도 그 빛의 의미를 풀어낼 수가 없다. 나는 그저 초조할 뿐이다. 신비한 빛이여, 이런 시이다. 언젠가 형에게 봐달라고 할 생각이다. 형이 부럽다. 재능이 있으니까. 형의 설에 따르면 재능이라는 건, 어떤 것에 비정상적인 흥미를 가지고 정신없이 몰두할 때 나온다나 뭐라나, 아무튼 그런 말이었는데, 나처럼 이렇게 매일 증오하거나 화내거나 울면서 무턱대고 정신없이 몰두해봐야 그저 엉망진창이 될 뿐, 재능을 발휘하는 동기가 되지는 않을 것이다. 오히려 무능한 자의 징표가 될지도 모른다. 아아, 누가 나라는 인간을 확실히 규정해주지 않겠는가? 바보인지 영리한지, 거짓말쟁이인지. 천사인지 악마인지 속물인지. 순교자가 어울리는지, 학자, 아니면 위대한 예술가에 어울리는지. 자살이라. 정말, 죽고 싶어진다. 아버지가 안 계시다는 사실이 오늘 밤만큼 뼈아프게 느껴진 적은 없다. 평소에는 깨끗이 잊고 있지만, 이상한 일이다. '아버지'라는 존재는 왠지 너무나 커다랗고, 따뜻한 것이다. 예수가 극도의 슬픔에 잠겼을 때, 큰 목소리로 '아바, 아버지여!'라고 외쳤다는데, 그 기분도 알 것 같다.

어머니의 사랑보다 더 따뜻하고
땅의 근본보다도 더 깊고
사람의 생각보다 위에 우뚝 솟아
하늘보다도 드넓더라.

— 찬미가 제52

4월 22일. 목요일.

흐림. 그다지, 딱히 이렇다 할 일도 없으니 쓰지 않겠다. 학교에 지각했다.

4월 23일. 금요일.

비. 밤에 기무라가 기타를 가지고 집으로 놀러 왔기에 쳐보라고 했다. 엉망이었다. 내가 계속 입을 다물고 가만히 있었더니, 기무라는 이만 가보겠다며 돌아갔다. 비가 오는데 굳이 기타를 끌어안고 찾아오는 녀석은 바보다. 피곤해서 일찍 자야겠다. 취침, 아홉 시 반.

4월 24일. 토요일.

맑음. 오늘 아침부터 하루 종일 학교를 땡땡이 쳤다. 이런 좋은 날씨에 학교에 가다니, 시간이 아깝다. 우에노공원에 가서 벤치에서 도시락을 먹고, 오후에는 계속 도서관에 있었다. 마사오카 시키[12] 전집을 1권부터 4권까지 빌려서 여기저기를 읽어댔다. 어두워진 뒤에야 집에 왔다.

4월 27일. 화요일.

비. 초조하다. 잠이 안 온다. 새벽 한 시, 공사장 인부들이 야간작업을 하는 소리가 희미하게 들린다. 빗속, 무언의 노동이다. 삽과 자갈 소리만 이 규칙적으로 들려온다. 구호는 하나도 안 들린다. 내일은 누나의

••
12_ 正岡子規(1867~1902). 하이쿠 시인으로, 일본의 단가短歌 혁신을 주도한 인물.

결혼식이다. 누나가 이 집에서 자는 것도 오늘 밤이 마지막이다. 어떤 기분일까? 남의 일 같은 건, 아무래도 상관없다. 끝.

4월 28일. 수요일.
쾌청. 아침에 누나에게 예를 갖춰 절을 한 뒤 재빨리 등교했다. 인사를 했더니 누나는, 스스무! 하고 내 이름을 부르며 울음을 터뜨렸다. 스스무, 스스무, 하고 어머니가 안에서 나를 부르고 있는 것 같았지만, 나는 신발 끈도 안 묶고 현관으로 튀어나갔다.

5월 1일. 토요일.
대체로 맑음. 일기에 소홀해졌다. 아무런 이유도 없다. 단지, 쓰고 싶지 않기 때문이다. 지금 갑자기 써보자는 생각이 들어서 쓰는 것이다. 오늘은 형이 기타를 사줬다. 저녁밥을 먹고 나서 형과 긴자로 산책을 나갔는데, 걷다가 내가 악기 가게의 진열창을 슬쩍 들여다보면서,
   "기무라도 저거랑 똑같은 걸 가지고 있더라."라고 별생각 없이 말했더니, 형이,
   "갖고 싶어?"라고 물었다.
   "진짜?" 나는 좀 무서워져서 형의 얼굴색을 살폈는데, 형은 말없이 가게로 들어가서 사주었다.
   형은, 나보다 열 배는 더 쓸쓸한 것이다.

5월 2일. 일요일.
비 온 뒤 맑음. 일요일 치고는 드물게 여덟 시에 일어났다. 일어나자마자 천으로 기타를 닦았다. 사촌동생인 게이가 놀러 왔다. 상업대[13] 학생이

되고 나서 처음으로 온 것이다. 새로 맞춘 양복이 눈부실 정도였다. "인종이 달라 보이네."라고 인사치레를 해주니, 에헤헤, 하고 웃었다. 한심한 녀석이다. 상업대에 들어갔다고 해서 인종이 다를 수가 있나? 붉은 줄무늬 와이셔츠 같은 걸 입고 묘하게 잘난 척하고 있었다. '몸이 옷보다 중하지 아니한가'라는 말이 있는 것을 아직도 모르는 걸까? "독일어가 어려워서 말이지." 이런 말씀을 하신다. 헤헤, 그렇습니까? 대학생이 되면 역시, 뭐가 달라도 다르네요. 나는 속이 부글거려서 기타만 쳐댔다. 함께 긴자에 가자고 하는 걸 거절했다.

나는 지금, 공부를 하나도 안 한다. 아무것도 안 한다. Doing nothing is doing ill. 아무것도 하지 않는 것은 계속 죄를 짓는 것이니. 나는 게이에게 질투를 느낀 건지도 모른다. 천박한 일이다. 생각을 신중히 하자.

5월 4일. 화요일.

맑음. 오늘 학교 강당에서 축구부 신입부원 환영회가 있었다. 잠깐 들여다보고 나서 바로 집에 와버렸다. 요즘 내 생활에는 비극조차 일어나지 않는다.

5월 7일. 금요일.

흐림. 밤에는 비. 따뜻한 비다. 새벽에 우산을 쓰고, 몰래 초밥을 먹으러 나갔다. 심하게 취한 여종업원과, 취하지 않은 여종업원 두 명이 우물우물 초밥을 먹고 있었다. 술에 취한 여종업원이 내게 실례가

---

13_ 일본 최초의 관립 단과대학으로, 현재 히토쓰바시대학의 전신이다.

되는 말을 했다. 나는 화도 나지 않았다. 쓴웃음만 지었을 뿐이다.

5월 12일. 수요일.

맑음. 오늘 수학 시간에, 너구리가 응용문제 하나를 냈다. 시간은 이십 분.

"푼 사람?"

아무도 손을 들지 않았다. 나는 내가 푼 것이 정답인 것 같았지만, 삼주 전 수요일처럼 창피를 당하고 싶지 않았기에 모르는 척하고 있었다. "뭐야, 아무도 못 하는 거야?" 너구리가 비웃었다. "세리카와, 풀어봐." 어째서 나를 지명한 걸까? 흠칫 놀랐다. 일어나 앞으로 나가서 칠판에 답을 썼다. 두 식을 제곱하면 간단하다. 답은 0이었다. 답, 0, 이라고 쓰려다, 만약에 틀렸다면 또 지난번처럼 모욕을 당할 거라는 생각이 들어, 답, 0이겠지요, 라고 썼다. 그러자 너구리가 와하하 하고 웃었다. 고개를 내저으며, "세리카와한테는 정말 못 당하겠다니까."라고 말하고는, 내가 자리로 돌아오고 나서도 내 얼굴을 뚫어져라 쳐다보면서, "교원실에서도 다들 네가 귀엽다더라."라고 거리낌 없이 말했다. 아이들 모두가 와 하고 웃었다.

정말 싫었다. 지난 수요일보다 더 불쾌했다. 반 아이들에게 부끄러워서 얼굴을 마주할 수 없을 것 같았다. 너구리의 신경도 그렇고 교원실의 분위기도, 이제 정말 견딜 수 없을 정도로 무례하고 저속하다는 생각이 들었다. 나는 학교에서 집으로 오는 길에 깔끔하게 자퇴하기로 마음을 굳혔다. 집을 뛰쳐나가서, 영화배우가 되어 내 힘으로 살아봐야겠다. 형이 언젠가 스스무에게는 배우의 자질이 있는 것 같다고 말한 적이 있다. 그 기억이 뚜렷이 떠오른 것이다.

하지만 저녁을 먹으면서 그 각오는 아무런 의미가 없어졌다.

"학교가 싫어. 정말이지 안 되겠어. 내 힘으로 살아보고 싶어."

"학교는 원래 싫은 곳이지. 하지만, 싫다고 생각하면서 다닌다는 점에 학교생활의 고귀함이 있는 거 아닐까? 역설 같지만, 학교는 원래 증오하라고 있는 곳이야. 나도 학교를 정말 싫어하지만 그래도 중학교만 다니고 관두자는 생각은 안 했는데 말이지."

"그렇지."

잠시도 버티지를 못했다. 아아, 인생은 단조롭다!

5월 17일. 월요일.

맑음. 또 축구를 시작했다. 오늘은, 2중학교와 시합을 했다. 나는 전반전에 2점, 후반전에 1점을 넣었다. 결국 3대 3. 시합을 마치고 집으로 오는 길에 선배들과 메구로에서 맥주를 마셨다.

내가 덜떨어진 사람이라는 생각이 들기 시작했다.

5월 30일. 일요일.

맑음. 일요일인데도 마음이 우울하다. 봄도 다 지나갔다. 아침에 기무라가 전화를 했다. 요코하마에 가지 않겠느냐고 했다. 거절했다. 오후에는 간다에 가서 수험 참고서를 전부 장만했다. 여름방학까지 대수연구(상, 하)를 다 끝내버리고, 여름방학 때는 평면기하 총 복습을 해야겠다. 밤에는 책장을 정리했다.

암담. 침울. 나는 산을 향해 눈을 들리라.[14] 나를 구원할 자는 어디에서

14_ 구약성서 시편 121편 1절.

오는가?

6월 3일. 목요일.

맑음. 원래 오늘부터 엿새간 4학년 수학여행인데, 여관에서 모두 한데 뒤섞여 자거나 우르르 줄지어 명소를 구경하는 게 너무 싫어서 안 갔다.

엿새간 소설을 읽으며 지낼 생각이다. 오늘부터 소세키의 『명암』[15]을 읽기 시작했다. 어둡다. 어두운 소설이다. 이 어둠은, 도쿄에서 나고 자란 사람만이 알 수 있는 것이다. 어찌할 수 없는 지옥이다. 같은 반 녀석들은 지금쯤 밤기차 안에서 쿨쿨 자고 있겠지. 순진한 녀석들이다.

용자는 홀로 섰을 때 가장 강하다. ──(실러[16]였나?)

6월 13일. 일요일.

흐림. 축구부 선배인 오사와 선배와 마쓰무라 선배가 어슬렁어슬렁 찾아왔다. 그들을 접대하는 내가 얼간이처럼 느껴져서 견딜 수가 없었다. 축구부의 여름방학 합숙이 무산될 것 같다며 큰일이라고 흥분했다. 나는 올해 여름방학 합숙에는 참가하지 않을 생각이니까 오히려 잘된 일이지만, 오사와, 마쓰무라 두 선배에게는 낙이 하나 줄어든 셈이니 불평이 가득하다. 가지 주장이 회계 실수를 해서, 학교에서 합숙 비용을

15_ 나쓰메 소세키의 1916년 작 미완의 장편소설. 원만하다고는 할 수 없는 부부관계를 중심으로 인간의 에고이즘을 그려냄.
16_ 프리드리히 폰 실러Friedrich von Schiller(1759~1805). 독일의 고전주의 극작가이자 시인, 철학자. 대표작으로 <빌헬름 텔>, <돈 카를로스> 등이 있음.

못 받게 되었다고 한다. 마쓰무라 선배는 가지를 잘라야 한다며 엄청나게 씩씩거렸다. 어쨌든 다들 바보다. 조금이라도 더 빨리 가 줬으면 했다.

밤에는 오랜만에 어머니의 발을 주물러 드렸다.

"무슨 일이 있어도 참고……."

"네."

"형제끼리는 사이좋게……."

"네."

어머니는 "참고", "형제끼리는 사이좋게"라는 말을 입버릇처럼 하신다.


7월 14일. 수요일.

맑음. 7월 10일부터 1학기 시험이 시작됐다. 내일이면 끝난다. 일주일 뒤에는 성적 발표가 있고, 그러고 나면 드디어 여름방학이다. 기쁘다. 정말, 기쁘다. 절로 와아 하고 환성이 터져 나온다. 성적 같은 건 어찌 되든 상관없다. 이번 학기에는 이상理想 면에서도 많이 방황했으니까 성적도 꽤 떨어졌을지 모른다. 하지만 국어, 한문, 영어, 수학만큼은 좋아졌을 터인데, 발표를 보기 전까지는 장담할 수 없다. 아아, 이제 여름방학이다. 그 생각을 하면 나도 모르게 싱글싱글 웃게 된다. 내일도 시험이 있는데 어쩐지 일기를 쓰고 싶어서 참을 수가 없다. 요즘은 일기를 너무 게을리 썼다. 생활에 의욕이 없었기 때문이다. 나 자신에게 내용이 없었기 때문이겠지. 아니, 깊이 절망한 부분이 있기 때문이겠지. 나는 무척이나 간사해졌다. 내 생각을 남에게 함부로 알리기가 싫어졌다. 내가 지금 어떤 사상을 가지고 있는지, 다른 사람에게는 별로 알리고 싶지가 않다. 할 수 있는 말은 딱 한 마디다. "저의 장래 목표가 어느새 정해져 있었습니다." 다른 말은 하지 않겠다. 내일도 시험이 있다. 공부해야지, 공부.

1월 4일. 수요일.

맑음. 정월 초하루, 2일, 3일, 4일은 놀면서 지내버렸다. 밤낮으로 깡그리 놀았다. 놀았다고 해도 모든 걸 잊고 노는 게 아니라, 아아 싫다, 재미없어, 라는 생각을 하면서도, 나도 모르게 분위기에 휩쓸려서 놀아버리는데, 놀고 난 뒤의 쓸쓸함은 정말 유별나다. 쓸쓸함이 극에 달한다. 공부를 해야겠다는 생각이 절실해진다. 지난 한 달간, 내겐 아무런 진보도 없었다는 기분이 든다. 견딜 수 없이 초조하다. 올해는 정말이지 공부를 꾸준히 해보고 싶다. 작년에는 매일매일 삐걱거리면서 고장 난 자전거에 타기라도 한 듯 차분치 못한 마음으로 지내왔는데, 올해 들어 왠지 즐거운 일이 생길 것 같다는 희망이 생겼다. 손을 뻗으면 바로 앞에서 무언가 따뜻하고 좋은 것을 잡을 수 있을 것 같다는 기분이 들기 시작했다.

열일곱 살. 좀 밉살스런 나이다. 드디어 진지해진 것 같다. 갑자기 평범한 인간이 된 것 같은 기분도 든다. 이제 어른이 되어버린 것인지도 모른다.

올해 3월에는 입학시험도 있으니까 긴장해야 한다. 제1고등학교 시험을 볼 생각이다. 그리고 누가 뭐래도 문과다! 작년에, 너구리에게 두세 번 당하고 나서 이과 쪽은 바로 생각을 접었다. 형도 찬성했다. "세리카와 집안에는 과학자의 피가 없으니까."라고 하면서 웃었다. 그런데 내가 문과를 택했다고 해서, 형 정도로 문과적인 재능이 있을지, 그건 모르겠다. 무엇보다 나는 제1고등학교 영문과에 합격할 자신이 없다. 형은, 괜찮아, 괜찮아 하고 가볍게 말하지만, 형은 자기가 쉽게 입학할 수 있었으니까 다른 사람도 쉽게 들어간다고 생각하는 것 같다. 형은 인간에게 있는 핸디캡을 인정하지 않는 것 같다. 모두가 자신과 같은 능력을 가지고 있다고 믿나보다. 그래서 때때로 내게도 너무 무리한 일을 아무렇지도 않게 시키는 경우가 있다. 무의식중에 잔인한 말을 한다. 역시 세상 물정 모르는 도련님일지도 모른다. 제1고등학교는 내겐 정말 벅찬 곳이다. 아마 떨어지겠지. 떨어지면 사립 R대학에라도 들어갈 생각이다. 중학교 5학년에 남을 생각은 없다. 너구리 같은 사람에게 일 년이나 더 놀림을 받게 된다면 죽는 편이 낫다. R대학은 기독교 학교니까 성서 공부도 깊이 있게 할 수 있어서 재미있을 것 같다. 밝은 학교인 듯한 느낌이 든다.

1일, 2일에는 동작 놀이를 했는데, 처음엔 재미있었지만 2일에는 지겨워져서 가마쿠라에 사는 게이의 제안으로, 형, 신주쿠의 마메, 나 이렇게 넷이서 『아버지 돌아오다』[17]를 낭독했다. 역시 내가 월등했다. 형의 '아버지'는 너무 심각해서 별로였다. 3일에는 넷이서 다카오 산으로 하이킹을 갔다. 진력이 날 정도로 추웠다. 나는 너무 지쳐서 집으로 오는 전철에서 형 어깨에 기대어 자버렸다. 게이와 마메 두 사람은 어젯밤에도 우리 집에서 잤다.

오늘은 둘이 돌아간 뒤 기무라와 사에키가 놀러 왔다. 이제 이런 시시한 중학생과는 놀지 않기로 결심했지만, 놀아버렸다. 트럼프 투텐 잭. 기무라가 승부를 거는 방식이 너무 더러워서 어이가 없었다. 기무라가 작년 말에 집에서 이백 엔을 훔쳐 요코하마, 아타미를 놀러 다니며

●●
17_ 기쿠치 간이 1917년에 발표한 희곡. 가족을 내팽개치고 집을 나간 아버지가 20년 만에 집으로 돌아왔을 때 가족들의 반응을 그려낸 작품.

돈을 다 쓰고 난 뒤 어쩔 수 없이 우리 집에 찾아왔었는데, 나는 기무라네 집에 바로 전화를 걸어 알려줬다. 기무라네 집에서는 경찰서에 조사 신청서를 냈다고 한다. 걔네 집에서는 내가 지금 대단한 은인이라는 얘기다. 기무라네 집에도 잘못은 있는 것 같지만, 기무라도 한심하다. 역시 단순한 불량 학생이다. 니체가 울겠다. 사에키도 한심하다. 요즘 정말 싫어졌다. 꽹장한 부잣집 아들인데, 키가 여섯 자<sup>약 180㎝</sup> 정도고 호리호리하다. 몸이 약해서 중학교까지만 나오고 학교는 관둔다고 한다. 처음에는 이런저런 외국 문학 얘기 같은 걸 내게 들려주기에, 기무라의 니체에 흥분했던 때처럼 큰 감격에 젖어 내 친구는 사에키 한 명이라고 생각하고, 내 발로 그의 집에 놀러 가곤 했는데, 아무래도 그는 너무 유약해서 틀렸다. 집에 있을 때에는 대여섯 살 아이가 입을 법한 커다란 비백[18] 무늬 기모노를 입고, 밥을 맘마라는 말 따위로 지껄인다. 오싹했다. 친해질수록 점점 서로 다른 얘기를 하게 됐다. 남자인지 여자인지 모르겠다. 혀를 날름거린다. 침이라도 흘리고 있는 듯한 얼굴이다. 몸이 약해서 대학은 안 가고 집에서 조용히 세리카와와 어울리며 함께 문학공부를 하고 싶다는 식의 기특한 얘기를 얼마 전에 했었는데, 딱 질색이다. "어쨌든 잘 생각해보는 게 좋을 거야."라고 대답해뒀다.

기무라와 사에키를 상대해주고 있었더니 해가 졌다. 함께 떡을 먹었다. 둘이 가고 나니까 이번에는 쪼끔만 여사가 들어왔다. 맥이 풀렸다. 이 여사는 아버지의 여동생이다. 그러니까 우리 고모다. 방년 마흔다섯인지 여섯인지, 어쨌든 나이가 꽤 있다. 미혼이다. 꽃꽂이 선생님이다. 무슨 부인회에서 간사를 맡고 있다. 형은 쪼끔만 여사를 세리카와 일가의

•  •
18_ 붓이 살짝 스친 듯한 무늬가 규칙적으로 배열된 것.

수치라고 한다. 나쁜 사람은 아니지만 아무튼, 좀 그렇다. 쪼끔만이라는 이름은 형이 작년에 지은 것이다. 누나의 결혼 피로연 때 고모는 형과 나란히 앉아 있었다. 어떤 신사가 고모에게 술을 권했다. 여사는 몸을 배배 꼬며,

"저, 술 못 마시는데요."

"그래도, 딱 한 잔만요."

"호호호호호. 그럼, 정말 쪼끔만!"

짜증나! 형은 너무나 부끄러워서 자리를 박차고 일어나 집으로 오고 싶었다고 한다. 하나를 보면 열을 안다. 정말 꼴사나워서 미치겠다. 오늘 밤에도 내 얼굴을 보더니,

"어머! 스스무, 코 밑에 검은 털이 났네! 관리 좀 잘해."라고 말했다. 한심하다. 정말 불결하다. 난폭하다. 무능하다. 정말이지 우리 집안의 수치다. 함께 있는 건, 사양하겠다. 형과 조용히 서로를 마주보며 끄덕이고는 함께 외출했다. 긴자는 엄청난 인파로 붐비고 있었다. 모두 우리처럼 집에 있는 게 우울해서 이렇게 긴자로 나오는 걸까 싶어, 무서웠다. 시세이도에서 커피를 마시는데 형이, "세리카와 집안에는 음탕한 피가 흐르고 있는 것 같아."라고 중얼거려서 흠칫했다. 집으로 오는 버스 안에서는 '성실'이라는 주제로 이야기를 나눴다. 형도 요즘은 우울해하는 것 같다. 누나가 없어서 집안일도 돌봐야 하고, 소설도 생각처럼 진도가 안 나가는 모양이다.

집에 들어오니 열한 시. 쪼끔만 여사는 이미 돌아가고 없었다.

이제 내일부터는 고매한 정신과 신선한 희망을 품고 전진하겠다. 열일곱 살이 되었으니. 저는 신께 맹세합니다. 내일은 여섯 시에 일어나, 반드시 공부를 하겠습니다.

1월 5일. 목요일.

흐림. 바람이 강함. 오늘은 아무것도 안 했다. 바람이 세게 부는 날에는 아무것도 하기 싫다. 일어나보니 이미 오후 한 시였다. 작년보다도 더 한심해진 것 같다는 생각이 든다. 일어나서 꾸물거리고 있는데, 시타야에 사는 누나에게서 전화가 왔다. "놀러 와."라는 말이 나를 당황케 했다. 늘 그렇듯 우유부단한 마음으로 "응."이라고 대답해버렸다. 나는 사실 스즈오카 씨네 집이 싫다. 너무 저속하다. 누나도 변해버렸다. 결혼 후 얼마 지나지 않아 집으로 놀러 왔었는데, 이미 변해 있었다. 버석버석 메말라 있었다. 그저 그런 주부다. 온화하고 개성 넘치는 성격이 싹 사라졌다. 놀라웠다. 그때는 시집간 지 열흘도 지나지 않았을 때였는데, 손등이 너무나 더러워져 있었다. 그리고 묘하게 허술한 데가 없고, 이기적으로 변했다. 누나는 애써 숨기려 했지만, 나는 그걸 완벽하게 알아챌 수 있었다. 이제는 완전 스즈오카 집안사람이다. 얼굴까지 스즈오카 씨를 닮아가는 것 같다. 얼굴 얘기가 나와서 말인데, 나는 도시오의 얼굴을 떠올릴 때마다 몸 둘 바를 모르겠다. 도시오는 스즈오카 씨의 동생이다. 작년에 시골에 있는 중학교를 나와서, 지금은 누나 부부와 함께 살며 게이오대학의 문과에 다니고 있다. 이런 말을 하기는 미안하지만, 그런 추남은 이제까지 본 적이 없다. 정말 심하다. 나도 전혀 미남은 아니고, 다른 사람의 얼굴에 대한 얘기는 정말 쓰고 싶지 않지만 도시오의 얼굴은 너무 심해서 어쩔 수가 없다. 코가 어떻고 입이 어떻다는 게 아니다. 전체가 정말 따로따로 논다. 유머러스한 개성도 없다. 나는 그 사람과 얼굴을 마주하게 되면 언제나 이상한 생각에 잠긴다. 만 명에 한 명 정도 꼴 아닐까 싶다. 이런 말을 하면 나도 불쾌하고, 이런 말을 해서는 안 된다는 것도 알지만, 어쨌든 사실이 그러니까 어쩔 수가 없다. 그런 얼굴은 태어나서 처음 봤다. 남자는 얼굴 같은 게 문제가 되지 않으며, 정신만 똑바로 박혀 있으면 괜찮고, 사회생활을 멋지게 해나갈 수 있다는 것은 나도 굳게 믿고 있는 사실이지만, 도시오처럼 젊고 게이오의 문과 같은 화려한 곳에서 공부하고 있는 사람이 그런 얼굴을 가졌다면 무척 괴로운 일도 있을 것 같다. 정말 얼굴을 마주하고 있으면 나까지도 인생이 싫어질 정도다. 정말 심하다. 그 사람은 앞으로 남은 기나긴 인생에서도 그 선천적인 것 때문에 다른 사람들로부터 몇 번이나 손가락질을 받고, 뒤에서 험담을 들으며 경원의 대상이 되겠지. 나는 그런 생각을 하면 현대 사회의 기구에 대한 회의가 생기고, 이 세상이 원망스러워진다. 세상 사람들의 냉혹한 마음이 싫어진다. 나도 모르게 분노를 느낀다. 도시오가 앞으로 꽤 좋은 직업을 가지게 되어 먹고사는 데 지장 없는 생활이 가능하다면, 그건 정말 기쁘고 축복할 일이다. 하지만 결혼은 할 수 있을까? 이 사람이다 싶은 여자가 있어도, 못생긴 자기 얼굴 때문에 결혼을 못 하게 된다면 얼마나 비참할까? 큰 소리로 신음하게 되겠지. 아아, 도시오 생각을 하면 우울하다. 마음속 깊이 동정을 느끼지만, 그래도 싫다. 너무하다. 그 어떤 말로도 형용할 수 없다. 되도록이면 보고 싶지 않다. 나 역시 세상 사람들과 똑같이, 냉혹하고 잘난 척하는 면이 있는지도 모른다. 생각하면 생각할수록 어쩔 줄을 모르겠다. 나는 작년부터 시타야에 있는 집에는 아직 두 번밖에 안 갔다. 누나를 만나고는 싶지만 매형인 스즈오카 씨가 매형이랍시고 나를 막둥아, 막둥아 하고 부르니까 싫다. 호걸 기질 때문인지 뭔지, '막둥이'는 너무 심한 말 같다. 열일곱이나 먹어서 '막둥이'라고 불리고 '네' 같은 대답을 하기는 싫다. 대답을 안 하고 뾰로통하게 화를 낼까 싶지만 어쨌든 상대는 유도 4단이라니까 무섭다. 나는 자연스레 비굴해진다. 도시오와 얼굴을 마주하면 어쩔 줄을 모르겠고 스즈오카 씨에게는 벌벌 떠니, 나는 시타야 집에 가면 몹쓸 인간이 된다. 오늘도 누나가 놀러 오지 않겠냐고 해서 나도 모르게 응이라고 대답해버렸지만, 그러고 나서 깊은 고민에 빠졌다. 정말 가기 싫다. 결국 형과 상의해 봤다.

"시타야에서 놀러 오라는데, 가기 싫어. 이렇게 바람이 세게 부는 날에 오라니, 너무해."

"그래도 가겠다고 대답했지?" 형은 좀 심술궂다. 나의 우유부단함을 꿰뚫어보고 있는 것이다.

"가야 돼."

"아이고 배야! 어우 배 아파."

형은 웃음을 터뜨렸다.

"그렇게 싫으면 처음부터 확실히 거절하면 좋았을 텐데. 누나가 기다릴 거야. 넌 언제 어디서나 좋은 사람이 되고 싶어 해서 큰일이야."

결국 잔소리를 들었다. 나는 잔소리가 싫다. 형의 잔소리도 싫다. 나는 이제껏 잔소리를 듣고 마음을 고쳐먹은 적이 단 한 번도 없다. 잔소리를 하는 사람을 훌륭하다고 생각한 적도, 단 한 번도 없다. 잔소리 같은 건 자기도취다. 자기 혼자 잘난 척하는 거다. 진짜 훌륭한 사람은 그냥 웃으면서 상대의 실패를 지켜보는 법이다. 하지만 그 미소는 정말 깊고 맑아서, 아무 말도 하지 않더라도 상대의 마음속에 깊숙이 스며드는 것이다. 정신이 번쩍 드는 그 순간에 갑작스레 깨달음을 얻게 되는 것이다. 정말로 마음을 고쳐먹을 수도 있다. 잔소리는, 정말 싫다. 잔소리를 하는 사람이 형이라도 싫다. 나는 시무룩해졌다.

"분명하게 거절하면 되는 거지?"라고 말하며, 약간 독기를 품고 시타야로 전화를 걸었더니 이런 제길, 스즈오카 씨가 받아서,

"막둥이냐? 새해 복 많이 받아라."

"네. 많이 받으세요." 어쨌든 유도 4단이니까.

"누나야가 기다리고 있어. 빨리 와." 누나야 같은 말을 잘도 지껄인다.

"저 배가 아파서요." 내가 생각해도 한심하다. "도시오한테도 안부 전해주세요." 쓸데없는 인사까지 해버렸다.

형을 볼 면목이 없어서 그대로 방에 처박혀서 해가 질 때까지 키르케고르의 『기독교에서의 훈련』을 읽어댔다. 단 한 줄도 이해할 수 없었다. 그냥 여기저기에 있는 글자를 물끄러미 바라보며 종잡을 수 없는 딴 생각만 했다.

오늘은 바보 같은 하루였다. 정말 시타야 집은 골칫거리다. 그 집에 누나가 있고 행복한 듯 웃고 있다고 생각하면 뭐가 뭔지 모르겠다. 저녁 식사 때 내가,

"부부는 어떤 얘기를 나누는 걸까?" 하고 물었더니 형이

"글쎄, 아무 얘기도 안 하겠지."라고, 따분하다는 듯한 말투로 대답했다.

"그렇겠지."

형은 역시 머리가 좋다. 시타야의 따분함을 알고 있는 것이다.

밤에는 목이 아파서 일찍 누웠다. 여덟 시. 누워서 일기를 쓰고 있다. 어머니는 요즘 건강이 좋아졌다. 이번 겨울을 무사히 넘기면 상태가 점점 더 좋아질지도 모른다. 정말 까다로운 병이다. 그건 그렇다 치고, 어디서 오 엔을 만들 수 없을까? 사에키한테 갚아야 하는데. 깨끗이 갚고 나서 절교해야지. 인간은 돈을 빌리면 너무 무기력해져서 안 된다.

책을 팔아서 돈을 만들까? 형한테 부탁해볼까?

신명기에 이런 말이 있다. "너희 형제에게서 이자를 취하지 말라." 형한테 부탁하는 편이 안전할 것 같다. 내겐 구두쇠 기질이 있는 모양이다.

바람이 여전히 세다.

**1월 6일. 금요일.**

맑음. 매서운 추위. 매일 결심만 하고 아무것도 하지 않으니 부끄럽다. 기타가 점점 늘고 있는데, 이건 전혀 자랑거리가 되지 못한다. 아아, 회한이 없는 하루를 보내고 싶다. 정초는 이제 싫다. 목의 통증은 나았는데, 이번에는 머리가 아프다. 뭘 써야겠다는 마음이 안 든다.

**1월 7일. 토요일.**

흐림. 결국 일주일 동안 아무것도 안 했다. 아침부터 혼자서 귤을 거의 한 상자 먹었다. 손바닥이 노래진 것 같다.

부끄러운 줄 알아라! 세리카와 스스무. 네 일기는 요즘 지나치게 한심해. 지식인다운 모습이 어디에도 없지 않은가? 착실하게 살아야 한다. 너의 큰 뜻을 잊었는가? 너는 이미 열일곱 살이다. 이제 곧 어엿한 지식인이다. 이 얼마나 한심한가? 너는 소학교 시절 매주 형과 함께 교회에 가서 성서를 배웠다는 것을 잊었는가? 예수의 비장한 소원도 충분히 체득했을 터이다. 예수 같은 사람이 되자며 형과 약속한 것을 잊었는가? '예루살렘아, 예루살렘아, 예언자들을 죽이고 고용인들을 돌로 때리는 자여, 암탉이 자기 병아리를 날개 밑으로 모으듯, 내가 너희 아이들을 모으고자 한 일이 몇 번이냐'라는 부분을 읽고, 너도 모르게 소리 내어 울었던 그날 밤을 잊었는가? 매일매일 각오만 그럴싸하게 늘어놓더니, 결국 일주일 동안 바보처럼 놀아버렸다.

올해 3월에는 입학시험이 있다. 시험이 인생의 최종 목적은 아니지만, 형이 말했듯이 이것과 맞서 싸우는 데에 학생 생활의 고귀함이 있다. 예수도 공부를 했다. 당시의 성전聖典을 샅샅이 공부했다. 예로부터 천재들은 모두 다른 사람들의 열 배는 더 많이 공부했다.

세리카와 스스무여, 너는 바보 천치다! 일기 같은 건 이제 그만 써! 멍청이가 징징거리며 주절주절 쓴 일기 따위, 돼지한테 줘도 안 먹는다. 너는 일기를 쓰기 위해 생활하는 것인가? 독선적인 마음으로 주절거리는 일기는 안 쓰는 편이 낫다. 무無의 생활을 아무리 반성하고 정리한들, 그 역시 아무것도 아니다. 그걸 구구절절 쓰고 있는 것은 정말 우스운 일이다. 너의 일기는 이제 의미가 없다.

'내가 작은 잘못에 대해 반성하는 것은, 달리 큰 잘못이 없다는 것을 세상 사람들에게 믿게 하기 위함일 뿐이다.' — 라 로시프코.[19]

꼴좋다!

내일 모레부터 3학기가 시작된다.

긴장감을 가지고 앞으로 나아가자!


4월 1일. 토요일.

약간 흐림. 강풍. 운명적인 날이다. 평생 잊을 수 없는 날이다. 제1고등학교 발표를 보러 갔다. 떨어졌다. 위와 장이 갑자기 사라진 느낌. 몸속이 텅 빈 느낌. 아쉽다는 느낌이 아니다. 그저 가슴이 뭉클했다. 스스무가

19_ François VI, duc de La Rochefoucauld(1613~1680). 프랑스 귀족이자 문학자. 격언집으로 유명.

불쌍했다. 그래도 떨어진 게 당연하다는 생각도 들었다.

집에 들어가고 싶지 않았다. 머리가 무겁고, 귀가 윙윙 울려대고 마냥 목이 탔다. 긴자에 갔다. 사 번지 길모퉁이에 서서 강풍을 맞으며 신호를 기다리고 있는데, 처음으로 눈물이 나왔다. 소리를 지르고 싶었다. 그럴 만도 하지, 태어나서 처음으로 떨어진 건데. 이런 생각을 하니, 더는 견딜 수 없었다. 어떻게 걸었는지도 모르겠다. 나를 돌아 본 사람이 두 명 있었다. 지하철을 탔다. 아사쿠사의 가미나리몬까지 갔다. 아사쿠사는 많은 사람들로 붐비고 있었다. 눈물은 이미 그쳤다. 내가 라스콜리니코프[20] 같다는 생각이 들었다. 밀크홀[21]로 들어갔다. 탁자 위에 먼지가 뽀얗게 쌓여 있었다. 내 입안에도 먼지가 쌓여 꺼슬꺼슬했다. 정말 숨쉬기가 힘들었다. 낙제생. 보기 흉해라. 두 다리가 무거워서 빠질 것 같았다. 눈앞에 선명한 환영幻影이 떠올랐다.

로마의 폐허가 노란 석양을 받아 너무나 슬픈 모습이었다. 흰 옷으로 몸을 푹 감싼 여자가 아래를 내려다보면서 돌문 속으로 사라졌다.

이마에 식은땀이 났다. R대학의 예과 시험도 봤는데, 설마…… 하지만 아니, 어찌 되건 상관없다. 들어간다 한들 어차피 적籍만 둘 것이다. 졸업할 마음은 없다. 나는 내일부터 독립할 것이다. 작년 여름방학 직전부터 각오하고 있었다. 이제 유한계급은 싫다. 유한계급에 딱 붙어 기생하고 있던 나는 어찌도 그리 추한 녀석이었던가. 부유한 자가 신의 나라에 들어가는 것보다, 낙타가 바늘구멍에 들어가는 게 오히려 더 쉽다.[22] 정말 좋은 기회 아닌가요? 내일부터는, 이제 집 신세를 지지

⋅ ⋅
20_ 도스토옙스키의 장편소설 『죄와 벌』의 주인공 이름.
21_ 당시 유행하던 우유, 빵, 과자 등을 파는 작은 음식점.
22_ 마태복음 19장 23절.

않겠어요. 아아 거친 하늘이여! 영혼이여! 내일부터는 나 혼자 세상을 헤쳐 나갈 것이다. 눈앞에 또다시 환영이 떠오른다.

너무나 산뜻한 녹색이다. 샘물이 솟아나온다. 콸콸 쏟아져 나와서 녹색 풀 위를 흐른다. 졸졸 물소리가 들린다. 새가 날아간다. 사라진다. 내가 앉은 테이블 옆에는, 양장을 한 못생긴 아가씨가 가짜 커피잔을 앞에 두고 멍하니 앉아 있었다. 콤팩트를 꺼내어 코끝을 두드렸다. 그때의 표정은 백치 같았다. 하지만 다리는 가늘고 비단 양말은 너무 얇다. 남자가 왔다. 얼굴에 포마드를 바른 것 같은 남자다. 여자는 생긋 웃으며 일어났다. 나는 고개를 돌렸다. 예수는 이런 여자도 사랑해주었을까? 집을 뛰쳐나가면 나도 아무렇지도 않게 저런 여자와 농담을 주고받게 될까? 괜한 걸 봤다. 목이 탄다. 우유를 한 잔 더 마시자. 내 미래의 신부는 입이 튀어나온 그 부인이며, 내 미래의 친구는 온몸에 포마드 악취가 풀풀 나는 그 신사이니라. 이 예언은, 적중할 것입니다. 바깥은 사람들의 물결. 모두들 돌아갈 보금자리가 있는 거겠지.

"어머, 다녀오셨어요? 오늘은 일찍 오셨네요."

"음, 일이 잘 풀려서."

"그거 잘 됐네요. 목욕하시겠어요?"

평범하고 고요한 휴식의 보금자리. 내겐 돌아갈 곳이 없다. 낙제 막둥이. 이 무슨 불명예란 말인가! 나는 이제까지 낙제생을 얼마나 경멸해왔는지 모른다. 다른 인종이라고만 생각했지, 어찌 상상이나 했으랴. 내 이마에도 뚜렷이 낙제생이라는 낙인이 찍혔다. 신참입니다. 잘 부탁드려요.

여러분은 4월 1일 밤, 아사쿠사의 네온 숲을 떠돌이 개처럼 서성거리던 한 중학생을 보지 못했나요? 봤나요? 봤다면, 그렇다면 그때 왜, 한마디 '이보게, 자네.' 하고 말을 걸어주지 않았나요? 나는 틀림없이 당신의 얼굴을 올려다보며 '친구가 되어 주세요!'라고 부탁했을 것이다. 그리고 당신과 함께 강풍 속을 헤매며 가난한 사람들을 돕자고 몇 번이고 맹세했을 것이다. 넓은 세계에서 뜻밖의 동지를 만났다는 것은, 당신에게도 그렇고 내게도 얼마나 멋진 일이었을까? 하지만 그 누구도 내게 말을 걸어주지 않았다. 나는 비틀거리며 고지마치에 있는 집으로 돌아왔다.

그 뒤에 있었던 일을 적는 것은 더욱 괴로운 일이다. 내 생애에서 두 번 다시 그런 몹쓸 짓을 하지 않겠다고 신께 맹세한다. 나는 형을 때렸다. 밤 열 시쯤 조용히 집에 들어와서 캄캄한 현관에서 신발 끈을 풀고 있는데 전등불이 번쩍 켜지더니 형이 나왔다.

"어떻게 됐어? 떨어졌냐?" 느긋한 목소리였다. 나는 가만히 있었다. 신발을 벗고 현관에 서서 억지웃음을 지으며 대답했다.

"당연하잖아." 목이 메어 목소리가 엉켰다.

"헉!" 형은 눈을 동그랗게 떴다. "진짜야?"

"형 탓이야!" 다짜고짜 형의 뺨을 때렸다. 아아, 내 손아, 썩어라! 아무런 이유가 없는 분노였다. 내가 이렇게 죽도록 부끄러운 일을 당했는데 너희는 고상한 척하며 상쾌한 얼굴로 살아가다니, 뒈져버려! 이런 난폭한 발작을 일으켜서, 형을 때렸다. 형은 아이처럼 울상을 지었다.

"미안, 미안, 미안." 나는 형의 목을 끌어안고 엉엉 울었다.

서생인 기시마 씨가 나를 방으로 업고 와서 내 옷을 벗겨주면서,

"안 돼요. 아직 열일곱이니까, 안 돼요. 아버지라도 계셨다면 좋았을 텐데 말이죠."라고 작은 목소리로 말했다. 무언가를 오해 하고 있는

듯했다.

"싸운 게 아냐. 바보. 싸운 게 아냐." 나는 흐느껴 울면서 그런 말을 되뇌었다. 기시마 같은 녀석은 모른다. 기시마 씨가 이불을 펴줘서 잤다.

나는 지금, 이불에 엎드려서 이 '마지막' 일기를 쓰고 있다. 이제 됐다. 나는, 집을 나갈 것이다. 내일부터 혼자 살아가겠다. 이 일기장은, 기념으로 집에 남겨두고 가야겠다. 형이 읽으면 울겠지. 좋은 형이었다. 형은 내가 여덟 살 때부터 아버지 대신 나를 귀여워해주고 이끌어주었다. 형이 없었다면 나는 지금쯤, 무척이나 불량한 사람이 되었을지도 모른다. 형이 야무진 사람이니까, 아버지도 저세상에서 안심하고 계시겠지. 어머니도 요즘 병세가 좋아져서, 이제 곧 완전히 다 나으시지 않을까 싶을 정도다. 기쁜 일이다. 제가 없어져도 기운을 잃지 말고, 꼭, 스스무의 성공을 믿고 마음 놓고 계세요. 저는 결코 타락하지 않을 겁니다. 반드시 세상과 싸워 이기겠습니다. 머지않아, 어머니를 아주 기쁘게 해드리겠습니다. 안녕히 계세요. 책상이여, 커튼이여, 기타여, 피에타[23]여, 모두, 안녕. 울지 말고, 나의 출발을 웃음으로 축복해 줘.

안녕.


4월 4일. 화요일.

맑음. 나는 지금 구주쿠리하마[24]의 별장에서 정말 행복하게 지내고 있다. 어제, 형이 같이 오자고 해서 왔다. 어제 오후 한 시 이십삼

---

23_ 크리스트교 미술에서, 성모 마리아가 십자가에 매달려 죽은 예수의 시체를 무릎에 안고 슬퍼하는 광경을 표현한 작품으로 미켈란젤로의 <피에타>가 유명하다.
24_ 지바 현 보소 반도에 위치한 곳으로 많은 해수욕장이 위치해 있다.

분 기차로 료고쿠를 출발하여, 태어나서 처음 가는 여행처럼 설레는 마음으로 창밖 풍경을 끊임없이 두리번거리며 바라봤다. 료고쿠를 출발한 뒤 한동안은 선로 양쪽으로 그냥 수없이 많은 공장들이 지나가는가 싶었는데, 얼마 안 있어 허름하고 작은 집들이 진드기 떼처럼 한데 모여 있는 게 보였다. 그런 풍경이 휙 지나가고 나서는 조그만 녹지가 보였고 샐러리맨의 주택같이 생긴 작고 붉은 기와지붕이 듬성듬성 보였다. 나는, 이 너저분한 교외에 사는 사람들의 생활에 대해 생각했다. 아아, 민중의 생활이란 정말이지 정겹고, 슬픈 것이다. 내겐 아직 고생이 부족하다는 생각이 들었다. 지바에서 십오 분 기다린 뒤 가쓰우라로 가는 열차로 갈아탔고, 저녁에 가타카이에 도착했다. 그런데 버스가 끊겼다. 마지막 버스가 삼십 분 전에 가버렸단다. 둘이서 택시를 잡을까 했는데 운전수가 아프다고 해서, 그럴 수도 없었다.

"걸을까?" 형이 추운 듯 어깨를 움츠리며 말했다.

"그러자. 짐은 내가 들 테니까."

"됐어." 형은 웃었다.

둘이서 일단 해안으로 갔다. 해안을 따라 걸으면 의외로 가깝다. 석양이 비쳐서 모래가 노랗고 아름다웠는데, 거센 바람이 얼굴을 스쳐서 추웠다. 구주쿠리의 별장에는 지난 사오 년 동안 온 적이 없다. 도쿄에서 너무 멀고 외진 곳이라 여름방학 때도 대부분 누마즈에 있는 외가에 간다. 그래도 오랜만에 와보니 구주쿠리의 바다는 여전히 드넓고 푸르다. 큰 물결이 끊임없이 일고, 부서진다. 어렸을 때는 거의 매년 왔었다. 별장은 송풍원松風園이라 불리는 곳인데 구주쿠리의 명물이었다. 많은 피서객이 별장 정원을 보러 왔었는데 아버지가 누구든 차별하지 않고 정중하게 대접했는지, 모두 기뻐하며 돌아갔었다. 정말 아버지는, 남에게 기쁨을 주는 것을 좋아했었던 것 같다. 지금은, 가와고에 이치타로라는 나이든 경찰이 부인 긴 씨와 함께 별장에 살며 빈 집을 지켜주고 있는데, 우리 가족들도 거의 안 오고, 쪼끔만 여사가 제자나 친구들을 데리고 가끔 와서 이용할 때 빼고는 거의 폐가에 가깝다. 정원도 황폐할 대로 황폐해졌고, 이제 송풍원도 다 낡았다. 구주쿠리에 오는 피서객들도 이제 송풍원을 잊었겠지. 호기심에 정원을 찾아오는 사람도 없는 모양이다. 이런저런 생각을 하며 형의 뒤를 따라 사박사박 모래를 밟았다. 검은 그림자 두 개가, 모래 위에 기다랗게 떨어져 있었다. 둘. 세리카와 집안에는 형과 나, 둘밖에 없는 것이다. 사이좋게 서로 도우며 살아야겠다고, 굳게 다짐했다.

별장에 도착했을 무렵에는 이미 완전히 어두워져 있었다. 전보를 쳐두었기 때문에, 긴 할머니는 모든 준비를 다 해놓고 기다리고 있었다. 바로 목욕을 하고 나서 맛있는 생선 반찬과 함께 저녁밥을 먹고 방에 누워 뒹구는데, 가슴속 깊은 곳에서 휴우 하고 큰 한숨이 나왔다.

1일과 2일에 있었던 지옥 같은 광란이, 이제는 꿈처럼 느껴진다. 2일 아침 새벽에 일어나, 필요한 것들을 트렁크에 채워 몰래 집을 빠져나왔다. 돈은, 1일 아침에 받은 4월분 용돈 이십 엔이 아직 반 이상 남아 있었다. 그래도 불안한 마음에 형에게서 빌린 스톱워치와 내 손목시계를 잊지 않고 가지고 나왔다. 둘 다 해서 백 엔 정도에 팔 수 있을지도 모른다. 밖에는 몹시 짙은 안개가 끼어 있었다. 요쓰야미쓰케까지 오니까 날이 환하게 밝아오기 시작했다. 국철을 탔다. 요코하마. 왜 요코하마까지 가는 차표를 샀는지, 나도 잘 모르겠다. 어쨌든 거기에 가면 행운이 기다리고 있을 것 같은 기분이 들었다. 하지만 아무것도 없었다. 나는 요코하마에 있는 공원 벤치에 점심때쯤까지 앉아 있었다. 항구의 기선을 구경했다. 갈매기가 날아다니고 있었다. 공원 매점에서 빵을 사먹었다. 그런 다음 트렁크를 들고 사쿠라기초역으로 가서, 오후나까지 가는 차표를 샀다. 먹고살 길이 없어지면 영화배우가 될 것이다. 나는 작년에 너구리라는 수학선생에게 모욕을 당하고 나서 깔끔하게 학교를 관두려 했었는데, 그때도 영화배우가 되어 혼자 살겠다고 결심했었다. 무슨 까닭인지 모르겠지만, 나는 배우가 되기만 하면 멋지게 성공할 수 있을 거라는 이상한 자신감을 가지고 있었다. 얼굴에 대한 자신감이 아니다. 교양과 재능에 대한 자신감이다. 나는 영화배우를 동경하지는 않는다. 괴롭고, 한편으로는 비참한 직업이라는 생각까지 한다. 하지만 이 직업 말고는 내가 할 수 있을 것 같은 일이 딱히 떠오르지 않는다. 우유배달을 할 자신은 없다. 나는 오후나에서 내렸다. 무슨 일이 있어도 끈기 있는 마음으로, 누가됐든 감독 한 명을 반드시 만나볼 생각이었다. 제1고등학교를 떨어진 것을 알고 나서, 바로 그리하리라 마음먹은 일이다. 최후의 선택지는 그거라며 결심을 굳혔다. 눈에 아무것도 안 보일 정도로 이상한 의욕에 차서 촬영소 정문까지 갔는데, 이 일은 허탈한 쓴웃음을 짓는 것으로 끝나버렸다. 일요일이었던 것이다! 나는 왜 이리도 멍청한가? 모든 것이 신의 뜻이었을지도 모른다. 그날이 일요일이었던 탓에, 또다시 내 운명은 완전히 바뀌었다.

나는 트렁크를 들고 다시 도쿄로 돌아왔다. 도쿄의 저녁은 아름다웠다. 나는 유라쿠초의 플랫폼 벤치에 앉아서 명멸하는 빌딩의 불빛을, 눈물 때문에 앞이 안 보이게 될 때까지 바라보고 있었다. 그때 어떤 신사가 내 어깨를 가볍게 두드렸다. 울지 말았어야 했는데. 파출소로 가게 되었지만 그들은 나를 정중하게 대해주었다. 아버지의 이름이 통한 것 같았다. 형과 기시마 씨가 나를 데리러 왔다. 셋이서 차에

탔고, 잠시 후 기시마 씨가 느닷없이 말을 꺼냈다.

"그나저나, 일본 경찰은 세계 최고 아닌가요?"

형은 한마디도 대꾸하지 않았다.

집 앞에 와서 차에서 내릴 때, 형은 누구에게랄 것도 없이, "어머니께는 아무 말도 안 했어."라고 빠르게 말했다.

그날 밤 나는 피곤해서 죽은 사람처럼 잠들었다. 그리고 다음날, 형은 나를 데리고 구주쿠리하마로 왔다. 그러니까 그게 어제 있었던 일이다. 우리는 해변을 따라 걸어서 해가 질 무렵 이 별장에 도착했다. 목욕을 하고, 맛있는 저녁밥을 먹고 나서 방바닥에 벌러덩 드러누웠더니, 가슴속 깊은 곳에서부터 휴우 하고 깊고 큰 한숨이 나왔다. 밤에는 오랜만에 형과 나란히 누워서 잤다.

"제1고등학교 같은 데 시험을 보게 해서 미안해. 형이 잘못했어."

내가 뭐라고 대답해야 좋을까? 내게는, 아뇨 제가 잘못한 거예요, 같은 말을 가볍게 내뱉고서 그 자리를 아무렇지도 않게 정리하는 재주가 없다. 그렇게 뻔뻔하고 불성실한 짓은 못한다. 나는 그저 용서해달라는 절실한 마음으로, 가슴속 깊은 곳에서 신과 형에게 가만히 용서를 빌 뿐이다. 나는 이불 속에서 몸을 크게 뒤틀었다. 어찌할 바를 몰랐기 때문이다.

형은, "네 일기를 봤어. 그걸 보니까, 형도 너와 함께 가출하고 싶어질 정도였어."라고 말하며 낮게 웃었다. "근데, 그것도 웃기겠지? 그럴 만도 하다며 나까지 기를 쓰고 허둥지둥 가출을 한다 한들, 그건 난센스니까. 기시마도 놀라겠지? 그리고 기시마도 그 일기를 보면 가출할 거야. 그리고 어머니와 우메도 모두 가출해서, 다같이, 다른 집을 새로 빌리는 거지."

나도 그만 웃어버렸다. 형은 나의 겸연쩍음을 덮어주기 위해 이런 농담을 하는 것이다. 언제나 그렇다. 형은 나보다도 더 마음 여린 사람이다.

"R대학 발표는 언제야?"

"6일."

"R대학은 붙었을 것 같은데, 붙으면 계속 공부할 생각이야?"

"공부는 계속해도 되는데……."

"똑바로 말해. 공부 계속할 생각은 없지?"

"없어."

우리는 웃었다.

"편하게 얘기하자. 사실은, 형도 지난달에 대학 관뒀어. 언제까지고 쓸데없이 수업료만 내는 것도 의미가 없어서 말이지. 이제부터 십 년에 걸친 계획을 세워서, 어떻게든 좋은 소설을 쓸 생각이야. 지금까지 쓴 건 전부 틀려먹었어. 뭣도 모르고 혼자 우쭐대기만 했지. 좋은 면이 눈곱만큼도 없었어. 한심한 생활이었지. 자기가 대가大家라도 된 양 밤도 새고 말이지. 올해부터 새로운 마음으로 다시 시작해볼 생각이야. 어때, 스스무도 올해부터 같이 공부 하나 해보지 않을래?"

"공부? 제1고등학교 시험을 한 번 더 치라고?"

"무슨 소리 하는 거야. 이제, 그런 건 억지로 안 시킬 거야. 시험공부만 공부는 아냐. 네 일기에도 쓰여 있잖아. 장래의 목표가 어느새 정해져 있었습니다, 라는 식으로 쓰여 있었는데, 그건 거짓말이야?"

"거짓말은 아닌데, 실은 나도 잘 모르겠어. 확실히 정해져 있는 것 같은 느낌은 드는데, 구체적으로 뭔지는 잘 모르겠어."

"영화배우."

"설마." 나는 몹시 당황했다.

"맞아. 너는 영화배우가 되고 싶은 거야. 나쁠 건 아무것도 없잖아. 일본 최고의 영화배우라면 훌륭한 거잖아. 어머니도 기뻐하실 거야."

"형, 화난 거야?"

"내가 왜 화를 내? 하지만 걱정이야. 정말 걱정이야. 스스무, 너는 열일곱이야. 뭐가 되라도, 공부를 더 해야만 해. 그건 알고 있지?"

"나는 형과 달리 머리가 나쁘니까 다른 건 아무것도 못 할 거야. 그러니까 배우 같은 걸 생각한 거지만……."

"내 잘못이야. 내가 무책임하게 너를 예술 분위기에 휘말리게 한 게 잘못이야. 정말 부주의했어. 벌 받은 거야."

"형," 나는 약간 화가 치밀었다. "예술이라는 게, 그렇게 나쁜 거야?"

"실패하면 비참해지니까. 하지만 네가 이제부터 그쪽 공부를 열심히 할 생각이라면, 형도 절대로 반대는 안 해. 반대는커녕, 서로 도와가며 공부하고 싶어. 이제, 앞으로 십 년 동안 수련을 하는 거야. 할 수 있겠어?"

"해야지."

"그래." 형은 한숨을 쉬었다. "그러면 우선, R대학에도 가. 졸업을 하건 쓸데없건, 일단은 R대학에 들어가. 대학생활도 조금은 맛봐두는 편이 좋아. 그건 내가 보장하지. 그리고 지금 당장 영화 어쩌고 하는 곳에 가겠다는 생각은 하지 말고, 오륙 년, 아니 칠팔 년이라도, 어디든 훌륭한 일류 극단에 다니면서 기본적인 기술을 충분히 터득하도록 해. 어느 극단에 들어갈지, 그건 또 나중에 둘이서 궁리해보자. 내가 할 말은 이게 다야. 납득 못할 건 없지? 형은 졸려. 자자. 앞으로 십 년 정도, 근근이 살아갈 정도의 돈은 있어. 걱정할 필요는 없어."

나는, 내가 앞으로 누릴 모든 행복의 절반, 아니 5분의 4를 형에게
줘야겠다고 생각했다. 이대로라면 내 행복은 지나치게 크니까.

오늘 아침에는 일곱 시에 일어났다. 이런 상쾌한 아침을 맞은 게
몇 년 만일까? 형과 둘이서 모래사장에 맨발로 뛰어나와서, 달리기
시합도 하고, 씨름도 하고, 높이뛰기도 하고, 3단 뛰기도 하고, 오후부터
는 골프 같은 것도 했다. 골프라고 해봐야 정식 골프는 아니다. 잉크병에
헝겊을 두껍게 감은 게 공이다. 야구 방망이를 가지고 골프 자세로
그 공을 치고, 밭 건너편에 있는 약 백 미터 정도 떨어져 있는 소나무
아래 구멍에 넣는 것이다. 중간에 있는 밭이 상당한 난관이다. 즐거웠다.
우리는 함께 큰 소리로 웃었다. 깡! 하고 잉크병 공을 힘차게 날리면
정말 기분이 좋다. 긴 할머니가 떡과 귤을 가지고 와줬다. 정말 감사하는
마음으로 게걸스럽게 먹으면서 골프를 계속했다. 나는 겨우 여섯 번
만에 구멍에 넣었다. 오늘의 기록이었다. 해변의 아이들 네 명이 어느새
우리를 따라 걷고 있었다.

"어떻게 하는지 알겠다."

"내도, 어떻게 하는지 알겠다. 저 짝 구멍에 넣으면 된다이가."라고
소곤거렸다. 함께 놀고 싶은 모양이었다.

형이 "한번 해봐."라고 말하며 방망이를 내미니까 기뻐하며, "어떻게
하는지 알겠다."를 연발하며 방망이를 마구 휘둘렀다. 정말 귀여웠다.
이 아이들은 매일 무엇을 하며 놀까 생각하니, 가슴이 뭉클해졌다.
아아, 누구든, 모두 똑같이 행복했으면 좋겠다. 아이들은 정말이지 '정신
이 쏙 빠지게' 놀았다. 우리는 지쳐서 모래사장에 아무렇게나 드러누웠
다. 저녁노을. 구름 사이로 보이는 붉은 빛은 타오르는 진홍색 리본
같았다. 고개를 들어보니 별장을 둘러싸고 있는 소나무 숲은 그 붉은빛을

받아서 새빨갛게 반짝반짝 빛나고 있었다. 바다는, ……초시 반도도 희미한 보랏빛으로 보이고, 수평선은 거울 틀처럼 아련한 녹색이었다. 갈매기가 조그맣게 해면에 닿을락 말락하게 날고 있었다. 파도는 쉼 없이 너울거리고, 부서졌다. 아아, 인생에는 이런 순간도 있는 법이다. 아아, 오늘은 누구에게도 신경 쓰지 말고, 이 멋진 행복감을 충분히 맛보자! 인간은 행복한 순간에 바보가 되어도 좋다. 신께서도 용서해주실 것이다. 오늘 하루는 우리 둘의 안식일이었다. 형은 연필로 조개껍질에 시를 썼다.

"뭐야?" 하고 들여다봤더니,

"마음속 소원을 적었어."라고 말하며 웃고는, 그 조개를 바다로 던졌다.

집으로 돌아와서 목욕을 한 뒤 저녁을 먹고 나니 바로 잠이 왔다. 형은 벌써부터 이불을 덮고 코를 드르렁거리며 자고 있다. 이렇게 잘 자는 형은 본 적이 없다. 나는 한숨 자고 나서 다시 일어나 이 일기를 적는다. 지난 사흘간 있었던 일을 한 치의 꾸밈도 없이 적었다. 평생, 지난 사흘을 잊지 말자!

4월 5일. 수요일.

바람 강함. 도시 사람들은, 오늘 아침에 불었던 엄청난 바람을 상상도 못할 것이다. 엄청났다. 허리케인이라고 할 만한 무시무시한 서풍이 땅을 울리며 마구 불어댔다. 게다가 집 서쪽에 있는 소나무가 두세 그루 잘려 있는 터라 더 심했다. 이 집을 때려 부술 듯한 엄청난 기세였다. 어쨌든 대단했다. 속이 다 시원할 정도였다. 밖에는 한 발짝도 못나갔다. 오후가 되자, 서풍이 북동풍으로 바뀐 것 같았다. 오전 중에는 가와고에 씨네 강아지들을 집안으로 들여놓고 놀았다. 다섯 마리가 있다. 바로 얼마 전에 태어났다고 한다. 정말 귀엽다. 바람이 무서운지 부르르 떨고 있었다. 뺨을 맞대고 비비니까 젖내가 확 풍겼다. 그 어떤 향수 냄새보다도 고귀한 냄새. 다섯 마리 전부를 품에 넣으니까 간지러워서, 나는 나도 모르게 '으악!' 하고 비명을 질렀다.

형은 오후부터 책상 앞에 앉아 원고지에 무언가를 열심히 쓰고 있다. 나는 옆에 배를 깔고 누워 『동트기 전』[25]을 조금 읽었다. 읽기 힘든 문장이었다.

바람은 밤이 되어서야 차츰 잦아들었다. 그래도 아직 덧문이 꽤 흔들거린다. 밖은 너무나 좋은 달밤인데. 바람이여, 거칠게 불어도 상관없으니, 저 달과 별만큼은 날려버리지 말아줘. 형은 밤에도 집필을 계속하고 있다. 나는 이불 속에 들어가 『동트기 전』을 계속해서 읽었다.

내일은 R대학 발표가 있는 날이다. 기시마 씨가 전보로 결과를 알려줄 것이다. 약간 신경 쓰인다.


4월 6일. 목요일.

맑았다가 흐림을 반복. 아침에는 비 조금. 해변의 비는 무성영화다. 내려도 아무 소리도 안 들리고, 모래 속으로 조용히 빨려 들어간다. 바람은 완전히 멈췄다. 일어나서 한동안 비 내리는 정원을 쳐다보다가, '에잇, 잠이나 자자!'라는 혼잣말을 하고, 다시 이불 속으로 기어들어갔다. 형은 푸시킨 같은 얼굴로 새근새근 자고 있다. 형은 가끔 자신의 얼굴이 검은 것을 자조自嘲하는데, 나는 형처럼 거무스름하고 음영이

----

25_ 시마자키 도손의 장편소설. 주인공 아오야마 한조를 중심으로 1853년경부터 1886년에 걸친 시대상과 주변 인물들을 그려낸 작품이다. 1929년에서 1935년에 걸쳐 연재되었다.

많은 얼굴이 좋다. 내 얼굴은 그저 밋밋하게 허여멀겋고, 게다가 볼이 빨개서 침울한 느낌이 전혀 안 난다. 거머리에게 내 볼을 물리면 볼의 붉은 기가 없어질 듯한데, 징그러워서 해볼 용기는 안 난다. 형은 코도 오똑하고 콧대에 멋있는 단이 있어서 개성 있는데, 내 코는 그냥 커다랗고 붕긋하기만 하다. 언젠가 내가 친구의 외모에 대해 신나게 얘기하는 중에 형이 옆에서 갑자기 "넌 미남이야."라고 말해서 분위기가 깨진 일이 있었는데, 그때는 형이 원망스러웠다. 나는 절대, 나만 미남이고 다른 사람은 추남이라고 생각하지는 않는다. 말도 안 되는 소리다. 나만 절세미남이라면, 다른 사람의 외모 같은 것에 대해서는 오히려 무관심할 것이다. 다른 사람이 못생겼다는 것에 대해서도 무척 관대할 것이다. 하지만 나처럼, 자신의 얼굴에 조금도 만족하지 못하는 사람은, 다른 사람의 외모에도 신경이 쓰여서 어쩔 수가 없는 법이다. 틀림없이 우울할 거라고 생각하며 공감을 느낀다. 관심을 안 가지려 해도 그럴 수가 없다. 내 얼굴은 형 얼굴의 백 분의 일도 잘생기지 않았다. 내 얼굴에는 정신적인 요소가 하나도 없다. 토마토 같다. 형은 스스로 피부가 검은 것을 자조하고 있지만, 언젠가 문필로 유명해진다면 소설계 제일의 미남이라는 얘기를 들을 것이고, 그때는 당황스러워할지도 모른다. 약간 푸시킨을 닮았다. 내 얼굴은, 그림카드[26] 속에 있다. 비몽사몽 정신없이 자면서 여러 가지 꿈을 꿨다. 분위기상 우에노역 구내 같았는데, 기차가 나를 사방으로 둘러싸고 있었고, 나는 나무로 된 욕조 속에서 두리번거리고 있었다. 갑자기 머리 위에서 베토벤 제7번 교향곡이 벼락처럼 울려 퍼졌다. 나는 알몸으로 허둥지둥 일어서서 두 손을 들고

26_ 원문: 백인일수 그림카드百人一首の繪札. 옛 시인 100명의 시를 뽑아 만든 카드로, 특징 없게 생긴 사람이 그려져 있다.

지휘를 시작했다. 때로는 격렬하게, 때로는 여유롭고 큰 동작으로, 또 때로는 온몸을 부드럽게 흔들며 지휘했다. 교향곡은 갑자기 멈췄다. 기차 승객들은 기차 창문을 통해 나를 냉정한 눈빛으로 바라보고 있었다. 나는 부끄러워졌다. 알몸으로 몸부림치며 지휘하던 그 모습 그대로, 나는 욕조 안에 서 있었다. 말로 표현할 수 없을 만큼 부끄러운 꼴이었다. 웃음을 터뜨리며 눈을 떴다. 짧은 꿈이었지만 듣고 싶었던 베토벤 제7번을 오랜만에 들을 수 있었기에, 꿈이 고맙게 여겨졌다. 또다시 비몽사몽 잠들었는데, 이번에는 시험이었다. 정면에 무대가 있어서 꽤나 거창한 시험장이라고 생각하고 있었는데, 제국대학 입학시험이란다. 하지만 시험 감독으로 온 사람이 너구리였기 때문에 수상쩍다는 느낌이 들었다. 수험생도, 모두 낯익은 4학년생들이었다. 영어 시험이라는데, 문제지에는 호랑이 그림이 그려져 있었다. 도저히 풀 수가 없었다. 너구리는 옆으로 다가와서, 내게 '가르쳐줄까?'라고 말했다. 나는 '싫어, 저리가.'라고 했다. 너구리는 '아냐, 가르쳐줄게.'라고 하면서 큭큭 웃었다. 너무 싫어서 미칠 것 같았다. 내가 비극을 쓰면 되는 거냐고 물으니 너구리는 '아니, 깃털 옷이야.'라고 했다. 별 이상한 말을 다 하는구나 싶었는데 벨이 울렸다. 나는 너구리에게 백지를 건네주고 복도로 나갔다. 복도에서는 모두가 와자지껄 떠들고 있다.

"내일 시험은 뭐야?"

"소풍 시험이야. 어려울 텐데 큰일이네."

"과자를 조심하래."

"나는 스모부가 아냐." 이 말을 하는 건, 기무라 같았다.

"이십오 엔짜리 신발이래."

"술 마시고 나서 단풍놀이 가자." 이것도, 기무라 목소리 같았다.

"술만 마셔도 충분해."

"스스무, 합격했어." 이건, 현실 속 형의 목소리였다. 머리맡에 서서 웃고 있었다. "기시마가, 멋지게 합격했다는 전보를 보내왔어." 나는 순간 어쩐지, 너무나 부끄러웠다. 형이 건네준 전보를 보니, '멋지게 합격 만세'라고 쓰여 있었다. 정말 부끄러웠다. 나의 별것 아닌 성공을, 남들이 요란하게 떠들어대는 것은 이유 없이 부끄러운 법이다. 모두가 나를 비웃는다는 생각조차 들었다.

"기시마 씨도 참, 너무 요란스럽네. 만세라니, 날 뭐로 보는 거야?"라고 말하며, 나는 이불을 머리까지 뒤집어썼다. 달리, 어떤 행동을 해야 할지 몰랐다.

"기시마도 진심으로 기뻤겠지." 형은 나를 나무라는 듯한 투로 말했다. "기시마한테는 R대학도 아찔할 정도로 훌륭한 대학이야. 그리고 사실, 어느 대학이든 가르치는 건 비슷비슷해."

알고 있어, 형. 나는 이불 밖으로 얼굴을 내밀고 나도 모르게 방긋 웃어버렸다. 나의 웃음은, 이미 중학생의 미소가 아니었다. 이불을 뒤집어쓴 중학생이 이불에서 살짝 얼굴을 내밀었더니 진짜 대학생으로 변해 있었다는, 그야말로 '아무런 속임수를 쓰지 않은' 마술. 아아 좀, 지나치게 법석을 떨면서 썼다. 부끄럽다. R대학이 다 뭐람.

오늘은 어쩐지 어디를 걸어봐도 다리가 땅에 닿지 않는 느낌이었다. 푹신푹신한 구름 위를 걷는 듯한 느낌이었다. 형도, '나도 오늘은 그런 느낌이 들어.'라고 했다. 밤에는 둘이서 가타카이 마을에 가보고 깜짝 놀랐다. 너무 많이 변했다. 예전 가타카이 마을의 모습이 아니었다. 설마, 내가 오늘 아침에 꾼 꿈에 이어서 또 꿈을 꾸고 있는 건 아니겠지. 마을은, 차마 볼 수 없을 정도로 쇠락해 있었다. 어디를 봐도 온통 어두컴컴했다. 그리고 쥐 죽은 듯 고요했다. 인기척도 없었다. 오 년 전쯤 여름에는 피서객들로 북적였던 가타카이의 번화가에도, 이제는 불이 켜진 곳이 하나도 없을 정도다. 멀리서 들려오는 개 짖는 소리도 묘하게 더 크고 무섭게 들린다. 계절 때문만은 아닌 듯하고, 가타카이 마을 자체가 쇠락한 게 분명하다.

내가, "여우한테 속고 있는 것 같아."라고 말했더니 형은,

"그런 것 같은 게 아니라, 진짜로 속고 있는 건지도 몰라. 진짜 이상하다."라고 진지한 얼굴로 말했다.

옛날에 자주 드나들던 당구장에 가보았다. 어두운 전구 하나만 켜져 있고, 텅 비어 있었다. 안쪽 방에는 낯선 할머니가 홀로 누워 있었다.

할머니는 쉰 목소리로 "칠 거가?"라고 물었다. "칠 거면, 여기 벽장 속에서 공 꺼내라."

나는 도망칠까 하는 생각이 들었다. 하지만 형이 태연스레 안쪽 방으로 들어가더니, 할머니 침상을 밟고 벽장을 열어서 공을 꺼내 와서 깜짝 놀랐다. 오늘은 형도 정신이 어떻게 된 게 분명하다. 한 게임만 치자고 했는데, 거뭇한 천 위를 느릿느릿 굴러가는 공이 어쩐지 살아 있는 것 같아서 으스스한 느낌이 들었기에 한 게임 승부가 채 나기 전에 관두자 관둬, 하고 밖으로 나와버렸다. 메밀국수 집에 가서 미적지 근한 튀김을 얹은 국수를 먹으며 말했다.

"왜 이럴까? 오늘 밤은. 의지와 행동이 완전 따로 노는 것 같아. 내 머리가 이상해진 걸까?"라고 하자 형은,

"어쨌든 스스무가 대학생이 됐다고 할 때부터 오늘은 수상쩍은 날이라는 느낌이 들었어."라고 히죽거리며 말했다.

"아, 안 돼!" 나는 정곡을 찔린 듯한 느낌이 들었다.

오늘 느낀 괴기함의 원인은 가타카이 마을보다도, 내가 약간 흥분한 상태이기 때문인지도 모른다. 그래도 형까지 나와 비슷하게, 다리가 땅에 닿지 않는 느낌이라는 말을 하며 내게 동조하는 건 이상하다. 형도 나처럼, 너무나 기쁜 나머지 머릿속이 하얘진 걸까? 바보 같은 형. 이만한 일로 그렇게 흥분하다니.

언젠가, 더 큰 기쁨을 줘야지. 오늘은 하루 종일 꿈을 꾸는 듯한 기분이었는데, 이게 꿈이라면, 깨지 말았으면 좋겠다. 파도소리가 귓불을 스치는 통에 좀처럼 잘 수가 없다. 하지만 쭉 뻗은 한 줄기 앞길이, 또렷이 생긴 느낌이다. 신께 감사의 인사를 드려야지.

4월 7일. 금요일.

맑음. 동쪽에서 약한 바람이 산들산들 불고 있다. 이제 도쿄로 돌아가고 싶다. 구주쿠리도 좀 지겨워졌다. 아침을 먹고 나서 곧장 둘이서 모래사장으로 나가서 골프를 쳤는데, 처음 했을 때만큼 재미있지는 않았다. 신나는 느낌이 없었다. 한창 골프를 치는데 별장 옆에 사는 이쿠타 시게오라는 열여덟 살 중학생이, "안녕하세요."라고 인사하면서 나타났다. 내가 "안녕하세요."라며 인사를 받았더니 대뜸, "이 대수代數 문제를 풀어주세요."라면서 내 코앞에 노트를 내밀었다. 무례한 사람이라는 생각이 들었다. 이 사람과는 어렸을 때 자주 같이 놀았는데, 오랜만에 만나서는 인사가 끝나지도 않은 시점에서 "이 문제를 풀어주세요."라고 하는 건, 너무 무례한 거 아닌가 싶다. 우리에게 적의敵意라도 품고 있는 건 아닌지 의심스러웠다. 피부색도 몰라보게 검어져서 이제 완전 해변의 청년이 되었다.

내가 공책의 문제를 제대로 보지도 않고 "못 풀 것 같은데."라고

했더니,

"그래도, 당신은 대학에 들어갔죠?"라며 따져 물었다. 마치 싸움을 거는 듯한 말투였다. 나는 몹시 불쾌했다.

형은 온화한 말투로, "어디에서 들었어요?"라고 물었다.

"어제 전보가 왔다고 하던데요." 시게오는 힘주어 말했다. "가와고에 아주머니에게서 들었어요."

"아, 그래요?" 형이 끄덕이면서 웃는 얼굴로, "겨우 들어간 겁니다. 스스무는 수험공부도 제대로 안 했으니까, 당신도 못 푸는 어려운 문제는 못 풀 거예요."라고 하자 시게오는 금세 만면에 희색을 띠며,

"그래요? 전 또, 4학년 때 대학에 들어갈 정도의 수재라면 이 정도 문제는 쉽게 풀 거라고 생각해서 부탁하러 온 건데, 정말 죄송합니다. 이 인수분해 문제는 꽤 어려워요. 저도 내년에 고등 사범학교에 들어가려고 준비하고 있어요. 전 수재가 아니라서 5학년 때 보려고요. 하하하하."하고 말하고는 무척 공허하고 볼꼴사나운 웃음을 남기고 돌아갔다. 바보 같은 녀석! 환경이 그 사람을 그렇게 비뚤어진 사람으로 만들었을지도 모르지만, 이런 바보 때문에 이 세상은 얼마나 의미도 없이 어두워지는가. 나한테 그렇게 아득바득 트집을 잡을 필요는 없을 텐데. 내겐 R대학에 들어갔다고 해서 우쭐한 마음은 털끝만큼도 없고, 다른 사람을 우습게보는 마음도 전혀 없다. 형도 의기양양한 시게오의 뒷모습을 바라보며,

"저런 사람도 있지."라고 중얼거리며 한숨을 쉬었다.

우리는 완전히 기력을 잃었고, 이런 곳에서 한가하게 노는 게 왠지 몹시 나쁜 일처럼 느껴졌다.

내가 "여우에게는 굴이 있고, 새에게는 둥지가 있다[27]고 해야 하나."라고 했더니, 형은

"보라! 신랑을 **빼앗길** 날이 올지니."[28] 라고 웃으며 말했다. 이런 대화도 시게오 같은 사람이 듣는다면, 역겨워하며 잘난 척하는 거라고 생각하겠지. 그렇다면 우리는 어떻게 하면 좋을까? 우리는 전혀 잘난 척하려는 게 아니다. 정말, 항상 조심하는데. 아아, 도쿄로 돌아가고 싶다. 시골은 너무 어렵다. 골프를 계속할 기운도 없었기에, 우리는 슬픈 농담을 주고받으며 집으로 돌아왔다.

점심때는 또 한 가지 실수를 저질렀다. 그건 너무 큰 실수였다. 게다가 그건 하나부터 열까지 다 내 잘못이라, 생각만 해도 찜찜하다.

점심을 다 먹고 나서, 형을 정원으로 끌고 나와 사진을 찍어주고 있는데, 울타리 밖에서 이시즈카 할아버지의 손자 두 명이 소곤거리며 하는 얘기가 들렸다.

"내도 세 살 때 사진 찍었었는데." 남자아이가 자랑스럽다는 듯 말했다.

"세 살 때?" 여동생의 목소리였다.

"어. 모자 쓰고 찍었다. 근데 내는 기억이 안 난다."

형과 나는 함께 웃음을 터뜨렸다.

형이 놀러오라고 큰 소리로 말했다. "사진 찍어줄게."

울타리 건너편이 갑자기 조용해졌다. 이시즈카 할아버지는 옛날에 이 별장 관리인을 했던 사람인데, 지금도 여전히 이 근처에 살고 있다. 손주는 큰 남자아이가 열 살 정도, 아래 여자아이가 일곱 살 정도다. 결국 두 아이는 얼굴이 새빨개져서는 종종걸음으로 정원에 들어왔는데, 들어서자마자 바로 멈춰 섰다. 둘 다 얼굴이 타오를 듯 빨갛게 달아올라서

27_ 마태복음 8장 20절.
28_ 마태복음 2장 20절.

앞으로는 한 발짝도 나오지 않았다. 우물쭈물하는 그 모습은 무척 의젓해 보였고 느낌이 좋았다.

"이리로 와." 형이 손짓했고, 그러고 나서 나는 정말이지, 하면 안 되는 말을 했다.

"과자 줄게."

여자아이가 갑자기 고개를 들더니 바로 등을 돌리고 허둥지둥 도망쳤다. 남자아이는 여자아이만큼 민감하지는 않은 듯 잠시 망설였지만, 곧 여자아이의 뒤를 따라 도망가버렸다.

"느닷없이 과자를 주겠다고 하면 아이도 모욕을 느껴. 그럴 생각으로 온 게 아니라는 자존심이 있으니까." 형은 유감스럽다는 표정으로 말했다. "조심하지 그랬어. 이러니까, 시게오한테도 반감을 사는 거야."

입이 열 개라도 할 말이 없었다. 역시 내겐, 어딘가 우쭐대는 마음이 있는 거겠지. 한심한 촐랑이구나, 나는.

정말 시골에서는 되는 일이 없다. 자꾸 실수만 한다. 기분이 울적하다. 이시즈카 할아버지네 집에 가서 그 꼬마 남매에게 사과를 하고 오려했지만, 갈 수 없었다. 너무 과한 행동 같고 부끄러워서, 도저히 갈 수가 없었다.

내일은 도쿄로 돌아가야겠다. 형과 상의했더니, 형도 슬슬 가고 싶다고 생각하던 차라며 찬성했다.

저녁에 목욕을 마치고 거울을 봤더니, 코끝이 새빨갛게 타서 만화에 나오는 사람 같았다. 눈꺼풀이 두 겹이 되었다가 세 겹이 되었다가 한 겹이 되고, 깜빡일 때마다 바뀐다. 눈이 움푹 파인 건지도 모른다. 운동을 너무 많이 해서 오히려 살이 빠진 것이다. 큰 손해를 본 듯한 기분이 들었다. 어서 도쿄로 돌아가고 싶다. 나는 역시 도시 아이다.

4월 8일. 토요일.

구주쿠리는 맑음, 도쿄는 비. 집에 도착한 것은 오후 일곱 시 반 즈음이었다. 누나가 와 있었다. 기분이 이상했다. 누나는 방금 전에 왔고, 그냥 잠깐 놀러 온 거라고 태연히 말했는데, 나중에 기시마가 무심코 우리들에게, 그제 밤부터 와 있었다고 말해버렸다. 누나는 어째서 그런 불필요한 거짓말을 하는 걸까? 무슨 일이 있었던 건지도 모른다. 어쨌든 우리는 피곤해서 목욕을 하고 바로 잤다.

4월 9일. 일요일.

흐림. 오후 한 시에 일어났다. 역시 자기 집에서는 푹 잘 수 있다. 이불 때문인지도 모른다. 형은 나보다 훨씬 빨리 일어난 모양이다. 그리고 누나와 말다툼을 한 것 같다. 누나와 형 모두, 서로 뚱해 있다. 뭔가 있었던 게 분명하다. 조금 더 지나면 진상을 알게 되겠지. 누나는 나와 제대로 얘기도 못 해보고 저녁에 시타야로 돌아갔다.

밤이 되자 형은 나를 데리고 간다로 가서 대학의 모자와 구두를 사 주었다. 나는 그 모자를 쓰고 집으로 돌아왔다. 집으로 오는 버스 안에서,

"누나랑 무슨 일 있어?" 하고 물으니, 형은 쯧 하고 혀를 차며,

"한심한 말을 해서. 바보야, 누나는."이라고 하더니 그 뒤로는 입을 닫았다. 그야말로, 똥 씹은 듯한 표정이었다. 몹시 화가 난 모양이다.

뭔가 있었던 게 분명하다. 하지만 나는, 아무것도 모르면서 끼어들 수도 없다. 당분간은 가만히 지켜보기만 해야지.

내일은 양복 재봉사가 치수를 재러 오기로 했다. 형이 비옷도 사

준다고 했다. 점점 명실공히 대학생다워지는 것이다. 흐르는 물처럼. 오늘 밤에는 R대학에 합격해서 정말 다행이라는 생각이 가슴에 사무쳤다. 좀 더 지나면 연극 공부도 본격적으로 시작할 생각이다. 형이 우선 좋은 연극 선생을 소개시켜 준다고 한다. 사이토 씨를 말하는 건지도 모른다. 사이토 이치조 씨의 작품은 일본에서는 이미 고전이라 나 같은 사람에겐 비평할 자격도 없지만, 내용에 약간 고리타분한 면이 있어서 아쉽다. 하지만 스케일이 크니까 선생님으로 삼기에는 그런 사람이 가장 좋을지도 모르겠다.

형은 예술의 길이 어렵다고 한다. 하지만, 공부하면 괜찮다. 공부만 해두면 불안할 것이 없다. 가보고 싶다고 생각했던 길을 이렇게 갈 수 있게 된 것도 형 덕분이다. 평생 서로 도와가며 노력해서 성공해야겠다. 어머니도 항상, 형제끼리 사이좋게 지내라고 한다. 어머니도 필시 기뻐해주겠지.

형은 아까부터 어머니 방에서 무슨 얘기를 하는지 열심히 얘기 중이다. 얘기가 꽤 길어지고 있다. 정말로, 무언가 있었던 것임에 틀림없다. 궁금해서 답답하다.


4월 10일. 일요일.

맑음. 학교에서 정식 합격 통지가 왔다. 개강은 20일이다. 그때까지 맞춘 옷이 완성되면 좋을 텐데. 재봉사가 치수를 재러 왔다. 유행하는 스타일이 아닌, 보수적인 스타일을 주문했다. 유행하는 스타일의 학생복을 입고 다니면 머리가 나빠 보여서 안 된다. 수수한 옷을 입고 다니면 대단한 수재처럼 보이는 법이다. 형도, 별다를 것 없는 보통 학생복을 입고 다녔다. 형은 대단한 수재처럼 보였다.

저녁에는 요시코가 놀러 왔다. 상대생인 게이의 여동생이다. 아직 여학교 학생인데, 건방지다.

"R대학에 갔다면서? 가지 말지." 무슨 이런 인사가 다 있나 싶다.

"상업대 같은 데 가면 좋았을 거란 거지?" 하고 말했더니, 거기도 재미없다고 한다. 그럼 뭐가 좋으냐고 물으니, 중학생은 귀여운 게 최고라고 한다. 말이 안 통한다.

우메에게 뜯어진 치맛단 바느질을 맡겼다가 바느질이 끝나자 바로 돌아갔다. 말이 나온 김에 옷 얘기를 하자면, 여학생의 교복이란 어째서 그렇게 촌스럽고 지저분한 걸까? 좀 더 말쑥하게 입을 수는 없는 걸까? 길거리에서 여학생들을 보면, 하나같이 저런! 이라는 말이 절로 나오는 차림들이다. 모두 시궁쥐 같다. 한 명도 우와! 하고 감탄할 만한 여학생이 없다. 복장이 그러니까 마음도 시궁쥐처럼 경박하다. 도대체가, 남자를 존경하는 마음이 털끝만큼도 없으니 그 또한 놀라운 일이다.

오늘 형은 오후에 집을 나갔다. 지금은 밤 열 시인데, 아직 안 들어왔다. 나도 사건의 윤곽을 대강 알게 되었다.

4월 24일. 월요일.

맑음. 이 몸은, 대학에 환멸을 느꼈을지니. 개강 날부터 싫다는 느낌을 받았다. 중학교와 조금도 다를 바가 없다. 내가 기대했던, 종교적으로 청결한 분위기 같은 건 어디에도 없다. 학급에는 학생이 일흔 명 정도 있고 모두 스무 살 전후의 청년 같은데, 지능 면에서는 코흘리개 꼬맹이들 같다. 마냥, 꺅꺅 떠들어대고만 있다. 바보가 아닐까 싶을 정도다. 내가 다니던 중학교에서는 아카사와 한 명이 왔는데, 아카사와는 5학년에서 들어온 사람이라 나와 그렇게까지 친하지는 않다. 살짝 목례만 주고받을 정도다. 따라서 나는 반에서 완전히 고립된 상황이다. 나는 개강 날부터 일찌감치, 바보 오십 명, 공부벌레 열 명, 기회주의자 다섯 명, 폭력파 다섯 명으로 반 학생들을 분류했다. 이 분류는 정확할 것 같다. 내가 관찰한 바로는 모두 틀림이 없을 것이다. 천재적인 인간은 단 한 명도 보이지 않는다. 정말 실망스럽다. 이 상태라면 내가 반에서 제일가는 인물인 것 같다. 정말 김이 샌다. 함께 이야기를 나누며 서로 기운을 북돋아 줄 수 있는 뛰어난 라이벌이 우글거릴 줄 알았는데, 이건 마치 중학교 1학년에 또다시 들어간 거나 마찬가지다. 하모니카 같은 걸 교실에 가져오는 학생도 있으니까, 짜증 나서 견딜 수가 없다. 20일, 21일, 22일 이렇게 사흘 동안 학교에 다니고 나니 벌써 싫어졌다. 학교를 그만 두고 빨리 아무 극단에나 들어가서 본격적으로 혹독한 훈련을 받고 싶다. 학교 같은 곳은, 정말 쓸데없는 곳인 것 같다. 어제는 하루 종일 집에서 『작법 교실』[29]을 다 읽고 이런저런 생각을 하느라 밤에도 제대로 못 잤다. 『작법 교실』의 저자는 나와 동갑이다. 나도 정말, 꾸물거리고 있으면 안 되겠다 싶었다. 가난하고 배운 게 전혀 없는 소녀라도 이 정도는 쓸 수 있다. 축복받은 환경이란, 예술가에게 있어서는 오히려 불행한 거 아닐까 싶다. 나도 어서 지금 놓인 환경에서 벗어나 극단적으로 가난한 연구생이 되어, 모든 것을 잊고 연극 하나에만 매진하고 싶다는 생각이 들었다. 새벽 네 시가 조금 지나서야 겨우 잠들었는데 시계 알람에 놀라 아침 일곱 시에 일어났더니, 현기증이 나서 어질어질했다. 그래도 괴로운 의무가 있으니, 무거운 발걸음을 학교로 옮긴다.

---

29_ 도요타 마사코(1922~2011)가 쓴 작문집으로, 소학교 3학년 때부터 유명 동화잡지 『붉은 새赤い鳥』에 투고해 온 저자의 작문을 그녀의 교사였던 오오키 겐이치로가 엮어서 1937년에 출간한 것이다.

교정이 지나치게 조용해서, 왜 이런가 싶어서 사무소에 갔는데 거기에도 인기척이 없었다. 퍼뜩 알아차렸다. 오늘은 야스쿠니 신사 축제라 학교는 쉬는 날이다. 고립파의 실패. 오늘이 휴일이라는 걸 알았다면 어젯밤에도 더 즐거웠을 텐데. 맙소사.

하지만, 오늘은 날씨가 좋았다. 집으로 오는 길에는 다카다노바바에 있는 요시다 서점에 들러서 여유로운 마음으로 헌책을 구경했다. 자꾸 현기증이 났다. 『테아트로』[30] 몇 권, 코크랭의 『배우 예술론』, 타이로프의 『해방된 연극』, 이렇게만 골라서 샀다. 너무 어지러웠다. 곧장 집으로 와서 누웠다. 약간 열이 있는 모양이다. 누워서 오늘 사온 책 목차를 봤다. 연극 책은 서점에도 거의 없어서 사기가 힘들다. 형은 연극에 관련된 원서도 조금 가지고 있는 것 같지만, 나는 아직 못 읽는다. 앞으로 외국어를 충분히 마스터해야 한다. 어학이 완전치 못하면 아무래도 불편하다.

한숨 자고 일어난 시간은 오후 세 시였다. 우메가 만들어준 주먹밥을 혼자 먹었다. 그런데 하나 먹고 나니 속이 안 좋고 이상하게 몸이 으슬으슬해서, 또다시 이불 속을 파고들었다. 스기노 씨가 걱정하면서 열을 재주었다. 37도 8부. 가가와 선생님을 부를까요, 하고 물었다. 필요 없다며 거절했다. 가가와 씨는 어머니의 주치의다. 남의 비위만 맞추려고 들어서 마음에 안 든다. 스기노 씨가 준 아스피린을 먹고 깜박 졸았는데 땀이 많이 나서 기분도 상쾌해졌다. 이제 괜찮다는 생각이 들었다. 형은 아침부터 얼마 전에 있었던 사건 때문에 시타야에 갔다는데, 아직도 안 들어왔다. 문제를 간단히 해결할 수 없는 지경에 이르렀다는 것

••
30_ 1934년부터 있었던 일본의 유명 연극잡지.

같다. 형이 없으면 어쩐지 불안하다. 다시 스기노 씨한테 부탁해서 열을 쟀더니 36도 9부였다. 용기를 내어 침상에 엎드려서 일기를 쓴다. 이 몸은, 대학에 환멸을 느꼈을지니. 어떻게든 그 말을 쓰고 싶었기 때문이다. 팔이 뻐근하다. 지금은 밤 여덟 시다. 정신이 또렷해서 잠이 올 것 같지도 않다.

4월 25일. 화요일.

맑음. 바람 강함. 오늘은 학교를 쉬었다. 형도 쉬는 편이 낫겠다고 했다. 이제 열은 없어서, 누웠다 일어났다 했다.

사건이라는 건, 누나가 스즈오카 씨와 이혼하고 싶다는 말을 꺼낸 것이다. 직접적인 원인은 아무것도 없는 모양이다. 그냥 싫어졌다고 한다. 싫다는 것이야말로 가장 중대한 원인이라 할 수 있겠지만, 구체적으로 이렇다 할 원인은 없는 것 같다. 그래서 형은 크게 화를 냈다. 누나가 제멋대로 군다면서 화를 냈다. 스즈오카 씨한테 미안한 거겠지. 스즈오카 씨에게는 이혼할 마음이 조금도 없다. 누나를 무척 마음에 들어 하는 것 같다. 그런데 누나는 이유도 없이 스즈오카 씨를 미워하게 된 것이다. 나도 스즈오카 씨가 좋지는 않지만, 이번에는 누나도 좀 제멋대로 군 거 아닌가 싶다. 형이 화를 낼 만도 한 것 같다. 누나는 지금 메구로의 쪼끔만 여사 집에 있다. 형이, 고지마치 집에는 오지 않았으면 좋겠다고 딱 잘라 말했다고 한다. 그랬더니 바로 짐을 챙겨 나와 쪼끔만 여사네 집에 가서 지내고 있단다. 나는 아무래도, 쪼끔만 고모가 뒤에서 이번 사건을 조종하고 있는 것 같다는 생각이 든다. 스즈오카 씨는 몹시 황당해하고 있다고 한다. 스즈오카 씨가 방 청소를 하고 도시오 군이 밥을 짓는 모습은 너무 심각해 보여서 그걸 보면 딱하지만, 정말 웃겨서 자기도 모르게 웃음이 터져 나올 정도라고, 형이 쓴웃음을 지으며 얘기해줬다. 정말 그렇겠구나 싶다. 유도 4단이 팔을 걷어붙이고 장지문 먼지를 털고, 도시오 군이 쓸쓸하다는 듯 그 못 봐줄 얼굴을 찡그리고서 생선을 굽고 있을 모습은, 정말 미안한 얘기지만, 상상만 해도 너무 웃긴다. 딱하다. 누나는 집으로 돌아가야만 한다. 아무런 이유가 없다고는 하지만, 무언가 구체적이고 중대한 이유가 있을지도 모른다. 그렇다면 모두가 그 이유에 대해 생각하고 고쳐야 할 것은 고쳐서 원만하게 해결하면 좋을 일이다. 아무도 내게 고민 상담을 하지 않으니 정말 답답하다. 나는 사건의 진상조차 제대로 듣지 못했다. 나는 이 사건에 대해서는 당분간 방관자의 입장에 서서 남몰래 진상을 밝혀볼 생각이다. 내 생각에는 아무래도 쪼끔만 여사가 수상쩍다. 쪼끔만 여사를 다그치면 일의 진상을 털어놓을지도 모른다. 조만간 한번 아무것도 모르는 척 시치미를 뚝 떼고 쪼끔만 여사네 집에 정찰을 가봐야겠다. 쪼끔만 여사는 독신이니까, 누나를 부추겨서 어떻게든 같은 독신으로 만들기 위해 일을 꾸민 게 분명하다. 스즈오카 씨도 나쁜 사람은 아닌 것 같고 누나도 훌륭한 정신의 소유자다. 분명, 나쁜 제3자가 있다. 어쨌든 일의 진상을 더 확실히 알아내야만 한다. 어머니는 완전히 누나 편인 것 같다. 여전히 누나를 언제까지고 자기 곁에 두고 싶은 모양이다. 다른 친척들은 아직 이 사건을 모르는 것 같지만, 지금 이 시점에서 누나 편은 어머니와 쪼끔만 여사. 스즈오카 씨 편은 형 한 명이다. 형이 혼자 고군분투하는 꼴이다. 형은 요즘 기분이 너무 안 좋다. 밤늦게 혼자 취해서 들어온 적도 두어 번 있다. 형은 누나보다 한 살 아래다. 그래서 누나도 형이 말하는 건 하나부터 열까지 다 무시한다. 그래도 형은 지금 가장이고, 누나에게 명령할 권리는 있다. 그 부분이 어려운 점이다. 형도 이번 사건에 대해서는 꽤 강경하게 나가고 있는 모양이다. 누나도 쉽게 꺾일 것 같지 않다. 쪼끔만 여사가 옆에 있으면 안 된다. 어쨌든 나도, 상황을 좀 더 지켜봐야만 한다. 도대체, 지금 일이 어떻게 돌아가고 있는지.

오늘은 형한테 혼났다. 내가 저녁 식사 후에 아무렇지도 않게 가벼운 말투로, "작년 이맘때쯤이었지, 누나가 떠난 게. 그리고 벌써 일 년이 지났네."라고 하면서 형으로부터 사건에 대한 정보를 캐내려 했는데, 내 속셈을 들켜버렸다.

"일 년이든 한 달이든, 일단 시집을 간 사람이 이유 없이 집으로 돌아올 수는 없어. 스스무는 이상하게 이 일을 재미있어하는 것 같네? 고매한 예술가답지 못해."

찍소리도 못하게 됐다. 하지만 나는 저열한 호기심 때문에 상황을 자세히 알고자 하는 게 아니다. 우리 집의 평화를 바라기 때문이다. 또, 형이 괴로워하는 걸 보다 못해 돕고 싶기 때문이다. 하지만 그런 말을 하면 형이, 건방진 소리 하지 말라고 야단을 칠 것 같아서 가만히 있었다. 요즘 형은 너무 무섭다.

밤에는 누워서 『테아트로』를 훑어봤다.


4월 26일. 수요일.

맑음. 저녁부터 가랑비. 학교에 가서 어제도 야스쿠니 신사의 축제 때문에 휴강이었다는 얘기를 듣게 됐다. 이게 뭔가 싶었다. 결국, 어제와 그제 이틀 연속 휴강이었던 것이다. 그걸 알았다면 더 안심하고 편안히 잤을 것을. 아무래도 고립파는 이럴 때 손해를 보는 것 같다. 하지만 뭐, 당분간은 고립파로 지내자. 형도 대학에서는 고립파였던 것 같다.

친구가 거의 없다. 시마무라 씨와 고바야카와 씨가 아주 가끔 집에 놀러오는 게 전부다. 이상이 높은 사람은 어쩔 수 없이 일시적으로 고립될 수밖에 없는 모양이다. 쓸쓸하거나 불편하다고 해서, 세상의 저속한 악에 무릎을 꿇어서는 안 된다.

오늘 한문 강의는 조금 재밌었다. 중학교 시절의 교과서와 거의 다를 바가 없었기 때문에, 같은 걸 또 배우나 싶어서 지긋지긋해하고 있었는데, 강의 내용은 달랐다. "벗이 있어 먼 곳에서 오니, 이 또한 즐겁지 아니한가."라는 구절 하나를 해석하는 데만 한 시간이 걸렸다는 것에 감탄했다. 중학교 때는 이 구절이 그냥, 친한 친구가 멀리서 느닷없이 찾아오면 기쁜 법이라는 의미라고 배웠다. 확실히, 한문 선생이었던 두꺼비 신선이 그렇게 가르쳤다. 게다가 두꺼비 신선은 히죽거리면서, "심심한 참에 정원 저 너머에서 친구가 좋은 술 한 되와 오리 같은 걸 선물로 들고 와서, 어이! 하고 나를 부르면서 나타나면 기쁘니까 말이지. 정말, 우리 인생에서 가장 즐거운 순간인지도 몰라."라고, 자기 혼자 흐뭇해하며 얘기했었다. 하지만 그것은 완전 잘못된 해석이었다. 야베 이치타 씨의 오늘 강의에 따르면, 이 구절은 좋은 술 한 되와 오리 한 마리 같은 비속한 현실생활의 즐거움을 말하고 있는 게 절대 아니고, 완전 형이상학적인 문구였다. 다시 말해, 자신의 사상이 바로 세상에 받아들여지지 않더라도, 생각지도 않던 멀리 있는 사람에게서 지지하는 의견을 들으면 즐겁지 아니한가, 라는 의미라고 한다. 생각이 들어맞았다는 느낌을 어렴풋이 느꼈을 때의 기쁨을 노래한 거라고 한다. 이상주의자의 가장 큰 소원이 이 한 구절에 담겨 있다고 한다. 집주인이 따분해하며 바닥을 뒹굴고 있는 게 아니라, 자신의 이상을 향해 망설임 없이 나아가는 모습이라고 한다. 또한 즐겁지 아니한가,

라는 말의 '또한'이라는 부분에도 이런저런 어려운 의미가 있다며 야베 씨가 장황하게 설명해줬는데, 그 얘기는 잊어버렸다. 아무튼, 중학교 두꺼비 신선이 말한 좋은 술 한 되, 오리 한 마리는, 유감스럽게도 범속한 해석이라고 할 수밖에 없다. 하지만 솔직히 말하면 나도, 좋은 술 한 되, 오리 한 마리에 나쁜 감정은 없다. 충분히 재미있다. 두꺼비 신선의 해석도 무시하고 싶지는 않다. 멀리 있는 사람이 내 사상을 이해하고는, 좋은 술 한 되, 오리 한 마리를 들고 좋은 밤에 찾아오는 것이 나의 이상인데, 그건 너무 욕심이 지나친 것인지도 모른다. 어쨌든 야베 이치타 씨의 자신감 넘치는 강의를 들으면서 중학교 때의 두꺼비 신선이 묘하게 그리워진 것도 사실이다. 올해도 여전히 중학교에서, 좋은 술 한 되, 오리 한 마리 수업을 신나게 하고 있을 것이다. 두꺼비 신선의 수업은 이제 옛날이야기다.

점심시간에 홀로 교실에 남아서 오사나이 가오루의 『연극 입문』을 읽고 있는데, 수염이 덥수룩한 본과 학생이 불쑥 들어와서는,

"세리카와 없어?!"라고 큰 소리로 말하더니 "뭐야, 아무도 없잖아."라고 투덜거리고 나서, 내게 "어이, 꼬마. 세리카와 어디 있는지 몰라?" 하고 물었다. 성격이 어지간히 급한 사람인 모양이다.

"제가 세리카완데요?" 내가 얼굴을 찡그리며 대답했더니,

"아, 그렇군. 미안, 미안."이라고 하면서 머리를 긁적였다. 해맑은 미소를 지었다. "축구부 사람인데, 같이 좀 가줬으면 해."

나는 교정으로 따라나섰다. 벚꽃 가로수 아래 본과 학생 대여섯 명이 있었다. 서 있는 사람도 있고, 쪼그려 앉은 사람도 있었다. 하지만 다들 진지한 표정으로 나를 기다리고 있었다.

"얘가, 그 세리카와 스스무야." 그 성격 급한 사람이 웃는 얼굴로

그렇게 말하면서, 나를 다른 사람들 앞으로 밀었다.

"그렇군." 이마가 무척 넓은, 마흔이 좀 넘어 보이는 중후한 분위기의 학생이 느긋하게 끄덕이며, 무표정한 얼굴로 "넌 이제 축구를 관둔 거야?" 하고 내게 물었다. 약간 압박감을 느꼈다. 나는 처음 만난 자리에서 조금도 웃지 않고 이야기를 하는 사람을, 어떻게 대해야 할지 정말 모르겠다.

"네, 관뒀어요." 나는 살짝 비위를 맞추기 위한 웃음을 짓고 말았다.

"다시 생각해보지 그래?" 여전히 무표정한 얼굴로, 내 눈을 똑바로 바라보며 물었다.

"아깝잖아." 옆에서 다른 본과생도 말을 덧붙였다. "중학교 때 그렇게 날렸었는데."

"저는⋯⋯." 확실하게 말해야겠다 싶었다. "잡지부라면 들어가고 싶은데요."

"문학인가!" 누군가 낮은 목소리로 말했는데, 그건 확실히 비웃는 말투였다.

"들어오면 안 될까?" 이마가 넓은 학생은 한숨을 쉬며 말했다. "네가 들어와 줬으면 했는데 말이지."

나는 너무나 괴로웠다. 웬만하면 축구부에 들어갈까 싶기도 했다. 하지만 대학 축구부는 중학교보다도 더 연습이 혹독할 테고, 그러면 연극공부 같은 건 하나도 못 할 것 같아서 마음을 단단히 먹고 대답했다.

"안 되겠네요."

"왜 이렇게 딱 잘라 말하시나?" 누군가, 또 조소를 담아 말했다.

이마가 넓은 학생은 "아냐,"라고 하면서 그 조소의 목소리를 나무라듯 뒤돌아봤다. "억지로 끌어들여도 의미가 없어. 뭐가 됐든 좋아하는 일을 열심히 하는 게 나아. 세리카와는 몸이 안 좋은 모양이야."

"몸은 건강해요." 나는 으쓱해져서 항변했다. "지금은 약간 감기기운
이 있지만요."

"그런가." 그 중후한 학생도 그제야 살짝 웃었다. "웃기는 녀석이네.
가끔 축구부에 놀러와."

"고맙습니다."

그 자리에서 겨우 빠져나올 수 있었는데, 그 이마 넓은 학생의 인격에
감동했다. 주장일지도 모른다. 작년에 R대학의 축구부 주장은 오타라는
사람이었던 것으로 기억하는데, 이마 넓은 학생이 어쩌면 그 유명한
주장 오타인지도 모른다. 어쨌든, 대학 운동부 주장이 될 정도의 남자에
게는 어딘가 인간적으로 훌륭한 구석이 있다.

어제까지는 대학에 완전히 절망하고 있었지만, 오늘 있었던 한문
강의도 그렇고 그 주장의 태도를 보며 대학을 조금 다시 보게 됐다.

아무튼, 그러고 나서 오늘 굉장한 일이 있었는데, 맹활약을 펼친지라
지금은 너무 피곤해서 자세히 쓸 수가 없다. 정말 통쾌했다. 내일 천천히
써야지.


4월 27일. 수요일.

비. 하루 종일 비가 내리고 있다. 아침에는 천둥번개가 심했다. 어제
정말 대단한 활약을 펼친지라 오늘 아침까지도 피로가 풀리지 않아서
일어나기가 힘들었다. 새로 산 비옷을 처음으로 입고 학교에 갔다.
어제 만난 이마가 넓은 학생은 내가 예상한 대로 그 유명한 축구부
주장, 오타라는 것을 알게 됐다. 쉬는 시간에 반 녀석들이 그에 대해
얘기하는 것을 듣고 알았다. 주장 오타는 R대학의 자랑이라고 한다.

본과 1학년 때부터 주장이 되었단다. 그럴만하다고 생각하며 고개를
끄덕였다. 모세라는 별명이 있다고 한다. 역시 그런 별명이 붙을 만도
하다고 생각했다.

그리고 오늘 성서 강의 시간에 감탄한 얘기를 쓰고 싶은데, 그건
또 나중에 쓸 기회가 있겠지. 오늘은 어쨌든, 어제 있었던 일을 잊기
전에 써둬야 한다. 아무튼 대단했다.

어제 학교에서 돌아오는 길에 문득 메구로의 쪼끔만 고모네 집에
들를까 하는 생각이 들었는데, 한번 그런 생각을 하니까 아무래도 당장
가지 않으면 안 될 것 같았다. 오후부터는 날씨도 흐려져서 비가 올
것 같았지만, 거의 무의식적으로 메구로까지 가버렸다. 쪼끔만 여사는
집에 있었다. 누나도 있었다. 누나는 약간 겸연쩍은 표정으로,

"어머, 막둥이가 좀 야위었네. 그렇죠, 고모?"

"아, 막둥이라고 부르지 좀 마. 언제까지고 막둥이는 아니니까."
나는 누나 앞에 양반다리를 하고 앉아서 말했다.

"어머나." 누나는 눈이 휘둥그레져서 말했다.

"야위기도 했겠지. 많이 아팠었어. 오늘 간신히 일어나서 걷는 거야."
약간 과장해서 얘기했다. "어이, 고모. 차 좀 줘. 목말라 죽겠어."

"뭐야, 그 말투는?!" 고모는 얼굴을 찌푸렸다. "완전 삐뚤어졌네."

"삐뚤어질 만도 하지. 형도 요즘은 매일 술 마시고 밤에 들어와.
형제가 나란히 삐뚤어졌어. 차 좀 줘."

"스스무." 누나는 굳은 얼굴로 물었다. "형이 너한테 무슨 얘기 했어?"

"아무 얘기도 안 했어."

"너 많이 아팠다는 거 진짜야?"

"아아, 조금. 걱정을 너무 많이 했더니 열이 났어."

"형이 매일 술 마시고 밤늦게 들어온다는 거, 진짜야?"

"응. 형도 완전 딴사람이 됐어."

누나는 고개를 돌렸다. 운 것이다. 나도 울고 싶었지만 지금 울면 안 되겠다 싶어서 참았다. "고모, 차 좀 줘."

"네, 네." 쪼끔만 여사는 상대를 완전 무시하는 듯한 대답을 하고 차를 준비하면서 말했다. "이제 대학에 가서 한시름 놓았다 싶었는데, 바로 이런 불량한 사람 흉내나 내고."

"불량? 내가 뭐가 불량하다는 거야? 고모야말로 불량하잖아. 뭐야, 쪼끔만 여사 주제에."

"뭐야, 그게 무슨 말버릇이야?" 고모는 진짜로 화를 냈다. "나한테까지 욕지거리를 하다니. 이거 봐! 누나가 울잖아. 어린애 주제에, 형이 부추겨서 염탐하러 온 거 다 알아. 한심하다. 내막이 빤히 보여. 쪼끔만 여사라니, 대체 그게 무슨 말버릇이야? 말조심 해."

"쪼끔만 여사라는 건 고모 별명이야. 우리 집에서는 그렇게 불러. 몰랐단 말이야? 그럼 차를 좀 마실게요." 나는 차를 벌컥벌컥 들이키며 곁눈으로 누나를 봤다. 고개를 숙이고 있다. 가엾었다. 모든 게 고모의 잘못이라는 생각이 들어 고모가 더 밉살스러워 보였다.

"고지마치에도 착한 아이들만 있으면 좋을 텐데. 스스무, 넌 착한 아이니까 어서 돌아가. 집으로 가서 형한테, 하고 싶은 말이 있으면 이런 애를 보내지 말고 남자답게 직접 오라고 전해줘. 이게 뭐야, 뒤에서 쑥덕거리기만 하고, 요즘은 메구로에도 통 안 오잖아. 형한테 내가 정말 해주고 싶은 말이 있어. 매일매일 술을 마시고 밤늦게 들어온다고? 한심하기는."

"형을 욕하지 마세요." 나도 진심으로 화가 났다. "고모야말로, 말조심하지 그래요? 난 절대, 형이 부추겨서 여기 온 게 아니야. 어린애, 어린애 하면서 얕보지 말라고. 나도 좋은 사람과 나쁜 사람은 구분할 줄 알아. 난 오늘 고모랑 싸우러 왔어. 형이랑은 관계없는 일이야. 형은 이번 일에 대해서 누구에게도, 아무 얘기도 안 했어. 그리고 혼자서 걱정하고 있어. 형은 비겁한 사람이 아니라고."

"자, 빵 먹을래?" 고모는 교활하다. "맛있는 카스텔라야. 고모는 뭐든 다 아니까, 쓸데없는 소리 하지 말고, 빵이라도 먹고 오늘은 이만 돌아가. 넌 대학생이 되더니 완전 딴사람이 됐네. 집에 계신 어머니한테도 그렇게 말을 함부로 해?"

"카스텔라? 잘 먹겠습니다." 나는 허겁지겁 먹었다. "맛있다. 고모, 화내지 마. 차 한 잔 더 줘. 고모, 난 이번 일에 대해 아무것도 모르지만, 그래도, 누나 기분도 알 것 같아." 마음이 조금은 누그러진 척했다.

"무슨 소리를 하는 거야." 고모는 코웃음을 쳤다. 하지만, 조금은 기분이 풀어진 것 같았다. "너는, 절대 모를 거야."

"글쎄, 그럴까? 그래도 분명 확실한 이유가 있을 거야."

"그게 말이지,"라고 대꾸하기 시작하더니 말했다. "너 같은 애한테 말해봐야 별 소용이 없지만, 있어도 있어도 어찌나 많은지, 다 표현을 못 할 정도야. 그렇게 많을 수가 없지!" 고모의 말은 진짜 천한 사람이 하는 말 같아서 들으면서도 어이가 없다. 있어도 있어도라니, 이건 너무했다. "일단 이 얘기 들어봐. 결혼하고 나서 일 년이나 지났는데도 재산이 얼마, 수입이 얼마라는 사실을 부인에게 전혀 말하지 않는다는 거, 이거 이상하지 않아?" 나는 가만히 듣고 있었다. 고모는 내가 자기 말에 동의하며 듣고 있다고 생각한 듯, 제 흥에 겨워서 말을 이어갔다. "스즈오카 씨, 그 사람은 지금 기세등등한 모양인데, 원래대로라면 너희 아버지의 하인들 아냐? 난 알아. 너희들은 아직 어려서 모를 수도 있지만, 난 잘 알아. 그 사람들은 정말 우리 집에 많은 신세를 졌지."

"상관없잖아, 그런 건." 내 예상대로 짜증 나는 얘기를 하기 시작했다.

"아니, 그렇지 않아. 말하자면 우리 쪽이 적자 혈통이야. 그런데 이게 뭐야, 고지마치에도 거의 안 가잖아. 내 존재도 뭐, 이젠 잊고 있지. 난 어차피 이런 독신에 어중간한 인간이니까 다른 사람이 바보 취급을 해도 어쩔 수 없다지만, 적어도 너랑, 우린 적자 혈통이고……." 거의 땅을 치며 말할 기세였다.

"문제는 그게 아니잖아, 고모." 나는 웃어버렸다.

"이제 됐어." 누나도 웃기 시작했다. "그런 것보다 있지, 스스무. 너랑 형은 둘 다 시타야 집안을 무척이나 싫어하지? 너희는 애초에 토시오 씨도 완전 바보 취급하고……."

"그렇지 않아." 나는 당황했다.

"올해 설날에도 안 왔고, 너희뿐만이 아니라 친척 모두들 아무도 시타야에 안 들렀잖아. 나한테도, 다 생각이 있어."

나는 그렇구나, 그런 것도 있구나, 싶어서 나도 모르게 긴 한숨을 내쉬었다.

"올해 설날에도 스스무가 오는 걸 무척 기대하면서 기다리고 있었어. 스즈오카 씨도 스스무를 진심으로 귀여워하고 막둥이, 막둥이 하면서 항상 네 얘기를 하는데."

"배가 아팠어, 배가." 뭐라고 하면 좋을지 알 수가 없었다. 누나 입장에서는 그런 일에도 충격이 꽤 컸을 거라는 것을 처음으로 깨달았다.

"그야 안 가는 게 당연하지." 고모는, 이번에는 내 편을 들었다. 엉망진창이다. "애당초 너희들이 안 오잖아. 고지마치에도 거의 안 간다고 하고, 우리 집에는 연하장도 안 보내면서. 뭐 그런 건 나 같은 사람한테는……." 또 시작된 모양이었다.

"잘못했어요." 누나도 침착하게 말했다. "스즈오카 씨도 서생書生 같은 스타일이랄까, 뭐랄까, 고지마치와 메구로뿐만 아니라 자기 친척집에도 한 번을 안 찾아가요. 제가 뭐라고 하면, 친척집엔 나중에 가도 된다면서 입을 닫으니까요."

"좀 그러면 어때." 나는 스즈오카 씨가 조금 좋아졌다. "친척들한테까지 남남처럼 귀찮게 인사를 해야만 한다면, 남자는 일도 제대로 못해."

"그렇게 생각해?" 누나는 기쁜 듯한 표정을 지었다.

"그럼. 걱정할 필요 없어. 요즘 형이 매일 밤늦게까지 술을 마시고 돌아다니는 상대가 누군지 알아? 스즈오카 씨야. 서로 통하는 게 무척 많은 모양이야. 스즈오카 씨가 밤낮으로 전화를 하더라고."

"정말?" 누나는 눈을 크게 뜨고 나를 쳐다봤다. 누나의 눈은 환희로 빛나고 있었다.

"당연한 거잖아." 나는 신이 나서 말했다. "스즈오카 씨는 매일 아침에 옷을 걷어붙이고 직접 방 청소를 한대. 그리고 도시오 군이 소매를 걷어붙이고 밥 준비를 한대. 나는 형한테서 그 얘기를 듣고, 시타야 집이 갑자기 좋아졌어. 그래도, 막둥이라고 부르지는 말았으면 좋겠는데, 그만하면 안 되나?"

"이제 안 할게." 누나는 들떠 있었다. "스즈오카 씨가 그렇게 말하니까 나까지 버릇이 돼서." 내 귀에는 남편 자랑처럼 들렸다. 하지만 그걸 가지고 놀리는 건 천박한 일이다.

"나도 잘못했고, 형도 무심한 부분이 있었어. 고모, 미안해. 아까 그런 막말을 해서." 고모의 기분을 풀어주려고 그렇게 말했다.

"나도 뭐, 원만하게 해결된다면, 그보다 더 좋은 일은 없을 거라고 생각했었는데 말이지." 고모는 역시 민첩하게 기회를 잘 포착한다. 태도를 싹 바꿨다. "가만 보니, 스스무도 똑똑해졌네. 혀를 내두를 정도야. 그래도 쪼끔만 어쩌고 하면서 어른을 놀리는 짓만큼은 그만둬."

"이제 안 할게요."

나는 기분이 좋았다. 고모네 집에서 저녁밥도 먹고 집으로 돌아왔다.

그날 밤처럼 형의 귀가가 기다려졌던 적이 없다. 어머니는 내가 메구로 집에서 저녁을 먹고 왔다는 얘기를 듣고 누나 상태를 무척 궁금해 하면서, 정말 시끄럽게 이것저것 물어봤다. 나는 그 얘기를 하기가 어쩐지 아까워서, 애매한 얘기만 막 던지고 나서는, 나중에 형에게 물어봐, 나는 잘 모르니까, 라는 식으로 적당히 얼버무리고는 어머니 방에서 도망 나왔다.

형은 열한 시쯤 많이 취해서 들어왔다. 나는 형 방으로 갔다.

"형, 물 줄까?"

"필요 없어."

"형, 넥타이 풀어줄까?"

"필요 없어."

"형, 바지에 주름 잡게 이불 밑에 깔아둘까?"

"귀찮게 왜 이렇게 시끄럽게 구냐? 빨리 자. 감기는 이제 다 나은 거야?"

"감기 같은 건 잊어버렸어. 나 오늘 메구로에 다녀왔어."

"학교 땡땡이쳤구나."

"학교에서 집에 오는 길에 들른 거야. 누나가 형한테 안부 전해달라고 했어."

"듣고 싶지 않다고 전해줘. 너도 이제 좀 누나를 포기하도록 해. 출가외인이니까."

"누나는 우리를 정말 많이 생각해주고 있어. 가슴이 뭉클해지더라."

"무슨 소릴 하는 거야. 빨리 자. 그런 재미없는 일에 관심을 가지면 일본 최고의 배우가 될 수 없어. 요즘 공부 하나도 안하는 거 아냐? 형은 뭐든 다 알고 있어."

"형도 공부는 하나도 안 하잖아. 매일 술만 마시고."

"건방진 소리 하지 마. 건방진 소리. 스즈오카 씨한테 미안하니까……."

"그러니까 스즈오카 씨를 기쁘게 해주면 되잖아. 누나는 스즈오카 씨를 싫어하는 마음이 전혀 없댔어."

"너한테는 그렇게 말하는 거겠지. 너도 결국 매수됐구나."

"카스텔라 같은 걸로 매수당할 리가 있나. 쪼끔만, 아니, 고모가 잘못한 거야. 고모가 부추긴 거야. 재산을 알려주지 않는다는 둥, 천박한 얘기를 하더라고. 그래도 그건 중요한 게 아냐. 실은, 우리 잘못이었어."

"왜. 뭘 잘못한 거야? 난 이만 잘게." 형은 잠옷으로 갈아입고 이불 속으로 들어가버렸다. 나는 불을 끄고 전기스탠드를 켜주었다.

"형, 누나가 울더라. 형이 매일 밤 밖에서 술 마시고 밤늦게까지 안 들어온다고 하니까, 누나가 훌쩍훌쩍 울었어."

"우는 게 당연하지. 남 생각은 안하고 제멋대로 굴면서 모두를 괴롭히고 있으니까. 스스무, 거기 담배 좀 집어 줘." 형은 침상에 엎드렸다. 나는 라이터로 담배에 불을 붙여 주고 말했다.

"그러고서 스스무랑 형은 둘 다, 시타야 집을 무척이나 싫어하지 않느냐고 묻더라."

"뭐라고? 왜 그런 이상한 얘기를 하지?"

"정말 그랬잖아. 지금은 그렇지 않아도, 전에는 형도 시타야 집에 놀러 간 적이 한 번도 없었잖아."

"너도 안 갔잖아."

"맞아. 나도 잘못했지. 유도 4단이라는 얘길 들으니 무서워져서."

"넌 도시오도 엄청 경멸했었잖아."

"경멸까지는 아니지만 어쩐지, 만나고 싶지가 않았어. 마음이 무거워서. 그래도 앞으로는 사이좋게 지낼 거야. 잘 생각해보면, 괜찮게 생겼어."

"바보." 형은 웃었다. "스즈오카 씨랑 도시오 모두, 정말 좋은 사람들이야. 역시 고생을 해본 사람들은 달라. 전에도 나쁜 사람이라는 생각은 안 했었지만. 그리고 나쁜 사람이라고 생각했다면 누나가 시집가는 걸 반대했겠지만, 그렇게 좋은 사람이라는 생각은 못 했었어. 이번에, 그걸 절실히 느꼈어. 누나는 스즈오카 씨의 좋은 점을 아직 잘 모르는 거야. 그럼, 우리가 놀러오지 않아서 스즈오카 씨와 헤어지겠다는 거야? 정말, 말도 안 되잖아. 그게 제멋대로라는 거야. 열아홉이나 스무 살 신부도 아니고, 이게 뭐하자는 거야?" 좀처럼 물러서지 않았다. 호주戶主의 식견이라는 게 이런 것인지도 모르겠다.

"물론 누나도, 스즈오카 씨의 좋은 점 정도는 잘 알고 있어." 나는 필사적이었다. "누나는 스즈오카 씨와 우리가 아무래도 잘 안 맞는다고 생각한 거야. 누나는 형과 나를 무척 소중한 사람으로 여기고 있어. 우리도 잘못했어. 다른 곳에 시집갔으니까 출가외인이라니, 그런 건 아니라고 생각해."

"그럼 대체, 나더러 어쩌라는 거야?" 형도 진지해졌다.

"딱히, 어떻게 하라는 게 아냐. 누나는 이미 굉장히 기뻐하고 있어. 내가, 형이랑 스즈오카 씨가 요즘 매일 밤 술을 마시면서 잘 어울린다고 얘기하니까, 누나가 정말? 이라고 물으면서, 너무 기뻐하더라. 그때 그 표정은 진짜 볼만했는데."

"그렇구나." 한숨을 쉬었다. 잠시 가만히 있더니, "좋아, 알았어. 나도 잘못했어." 형이 벌떡 일어나더니, "열두 신가? 스스무, 늦은 건 상관없으니 스즈오카 씨한테 전화해서 지금 당장 형이 찾아갈 거라고 전해. 그리고 아사히 택시에도 전화해서, 지금 빨리 택시 한 대를 보내달라고 해. 나는 그사이에 어머니와 얘기를 좀 하고 올 테니까."

형을 시타야로 보내고 나서 나는 침착하게 그날 일기를 쓰기 시작했는데, 피곤해서 중간에 관두고 자버렸다. 형은 시타야 집에서 잤다.

오늘 학교를 마치고 집에 오니까 형은 히죽거리면서 아무 말도 없이 나를 어머니 방으로 데려갔다.

어머니의 머리맡에는 스즈오카 씨와 누나가 앉아 있었다. 내가 그 옆에 앉아서 웃으며 두 사람에게 인사를 하자 누나가,

"스스무!" 하고 나를 부르며 울었다. 누나는 시집을 가던 날 아침에도 이렇게 내 이름을 부르며 울었다.

형은 복도에 서서 엷은 미소를 지었다. 나는, 살짝 울었다. 어머니는 누운 채로,

"형제끼리 사이좋게……."라는, 늘 하던 말을 빼먹지 않았다.

신이시여. 우리 집을 잘 지켜주세요. 저는 공부를 하겠습니다.

내일은 누나의 만 1주년 결혼기념일이라고 한다. 형과 얘기해보고 무언가 선물을 보내야겠다.

4월 28일. 금요일.

맑음. 가만히 생각해보니, 명색이 남자로 태어난 사람이, 별것 아닌 집안 다툼에 전력을 다해 뛰어다니며 무언가 큰일이라도 한 것 같은 기분으로 우쭐대고 있는 건 부끄러운 일이다. 가정의 평화도 중요하지만 이상을 위해 매진하는 남자는 더 큰 외부의 일에 대해서도 강해져야만 한다. 오늘 학교에 가서 그걸 절실히 느꼈다. 집안에서 어머니와 형, 누나에게 어리광을 피우고, 똘똘이라고 칭찬받고, 내가 굉장히 잘난 사람인 듯한 기분이 들어서 한 발짝 앞으로 나가면, 순식간에 험한 꼴을 당하게 된다. 비참한 일이다. 기뻐서 어쩔 줄을 모르는 순간이 지나고 나면 바로 밑바닥을 치는 실의에 빠지는 것. 이건, 아무래도 내 숙명인 모양이다. 세상살이란 어째서 이렇게 치사하고, 서로에게 불필요한 적의를 불태워야 하는 것일까? 싫다.

오늘 아침에 대학 정문 앞에서 버스에서 내리자마자, 전에 봤던 축구부 본과생을 만났다. 며칠 전 나를 찾으러 교실로 온 수염이 덥수룩한 학생이다. 나는 그 사람에게 호의를 느끼고 있었기 때문에 바로 방긋 웃으며,

"안녕하세요." 하고 밝게 인사했다. 그런데 그 학생은 너무하게도, 정말 불쾌하고 증오에 찬 눈빛으로 나를 흘끗 보더니 바로 정문으로 들어가버렸다. 전에 봤던 그 천진난만해 보이는 덜렁이와는 완전히 다른 사람 같았다. 그 눈빛에 대해서는 설명할 길이 없다. 천박해 보였다. 축구부에 들어가지 않는다고 해서 갑자기 그런 식으로 태도를 바꿀 필요는 없을 텐데. 같은 R대생이잖아. 등 뒤에서 바보 자식! 이라고 소리를 질러주고 싶었다. 벌써 스물네다섯은 됐겠지. 나잇살이나 먹어서 는 그만한 일로 나를 저렇게까지 미워하다니. 나는 그 학생에 대해

극도의 경멸을 느낌과 동시에, 어쩐지 인간의 나쁜 성격을 발견한 것 같아서 몹시 쓸쓸해졌다. 어제까지의 행복이 순식간에 나락으로 떨어진 것 같았다. 치사한, 정말 치사하기 그지없는 소시민 근성. 그들의 추하고 치사한 근성이 우리들의 구김살 없는 생활에 얼마나 무참한 상처를 주고 찬물을 끼얹었는지 모르겠다. 게다가 자신이 흘리고 다니는 해독害毒을 반성하기는커녕 아무것도 깨닫지 못하고 있으니, 어이가 없다. 바보처럼 무서운 게 없다는 건 이런 걸 두고 하는 말이다. 이러니까 학교가 싫어지는 거다. 학교는 학문을 하는 곳이 아니라, 하찮은 사교 때문에 고생만 하는 곳이다. 오늘도 우리 반 학생들은, 『소녀클럽』, 『소녀의 친구』, 『스타』 같은 잡지를 주머니에 구겨 넣고 어정버정 교실로 들어왔다. 오늘날, 학생만큼 무식한 사람은 없다. 정말 싫다. 수업이 시작할 때까지는 꼬마들이 가지고 노는 종이비행기를 날리며 서로 부딪히고, 대단하다 대단해, 라며 시시한 일에 놀라고, 외설스러운 몸짓을 하며 난리다. 그러다가 선생님이 오면 갑자기 소란이 잦아들고, 아무리 재미없는 강의라도 너무나 얌전하게 앉아서 경청하는 모습. 그리고 학교가 끝나면, 자 오늘은 긴자로 나가자! 하고 되살아난 듯 우쭐대며 또 소란을 피운다. 오늘 아침에도 교실 전체가 한바탕 난리법석이었다. 무슨 일인가 했더니, 어젯밤 K라는 우리 반의 호색한이, 애인으로 보이는 여자와 함께 긴자를 걷고 있었다고 한다. 그래서 그 호색한이 교실로 들어오자 갑자기 꺅꺅 소란스러워진 것이다. 한심하다는 말밖에는 달리 할 말이 없다. 자깝스러운 호색한들이 득시글거리는 쓰레기통 같은 느낌이다. 모두가 자신의 얘기를 떠들어대는 통에 얼굴을 붉히면서도, 그래도 싫지만은 않은 듯 히죽거리고 있는 K도 K지만, 그걸 시끄럽게 떠들고 있는 학생들은 대체, 무슨 생각으로 사는 걸까? 알 수가 없다. 불결하다!

비열하다. 바보 같은 소란을 멀리서 지켜보고 있자니 엄청난 분노가 끓어올랐다. 용서할 수 없을 것 같았다. 이제 이런 녀석들과는 말도 섞지 말자는 생각이 들었다. 따돌림을 당해도 좋다. 구태여 이런 녀석들과 어울리며 시시한 사람이 될 필요는 없다. 아아, 로맨틱한 학생 여러분! 청춘은 즐겁다고들 하지. 바보 녀석들. 자네들은 무엇을 위해 사는가? 자네들의 이상은, 무엇인가요? 가급적 별 지장이 없을 정도로, 적당히 놀면서 적당한 마음으로 무사히 대학을 졸업하고 양복을 새로 맞춰 입고 회사에 다니고, 귀여운 신부를 얻어 월급이 오를 것을 기대하며, 평생 평화롭게 살 생각일 텐데, 공교롭게도, 일이 그렇게 풀리지는 않을지도 몰라요. 생각지도 못한 일이 일어날 겁니다. 각오는 되어 있나요? 가엾게도, 저들은 아무것도 모른다. 무식하다.

아침부터 침울한 마음으로 맥없이 있다가 오후가 되어 교련 수업에 가려고 하는데, 문득 각반[31]을 깜빡하고 안 가져온 게 생각났다. 서둘러 옆 반 학생 세 명에게 한 시간만 빌려달라고 부탁해봤지만, 모두 애매하게 히죽히죽 웃기만 하고 대꾸를 안 했다. 나는 섬뜩했다. 빌려주기 싫다거나 안 된다는, 그런 확실한 의사도 없는 것 같았다. 그저, 그런 법은 없다는 식의 바보 같은 이기주의 같았다. 곤란에 처한 사람에게 무언가를 빌려준다는 경험이, 태어나서 한 번도 없는 듯했다. 그런 사람에게는 아무리 부탁을 한들 소용이 없다. 너무하다는 생각이 들었다. 이제 절대로 학생들에게는 부탁을 하지 않겠다고 결심했다. 나는 교련을 빠지고 바로 집으로 돌아왔다.

그 축구부 본과생도 그렇고, 오늘 아침 교실에서 있었던 한심한

31_ 걸음을 걸을 때 가뜬하도록 발목에서 무릎 아래까지 매는 헝겊 띠.

소동도 그렇고, 옆 반 학생들도 그렇고, 정말 다들 대단하다. 오늘 나는, 갈기갈기 찢어졌다. 그래도 나는 뭐, 상관없다고 생각한다. 내게는 나의 길이 있다. 그 길을 똑바로 걸어가면 된다.

나는 오늘 밤 형에게 부탁했다.

"이제 학교 돌아가는 꼴도 대강 알았으니까, 슬슬 연극 공부를 본격적으로 시작하고 싶은데, 형, 빨리 좋은 선생님을 소개해 줘."

"오늘 밤엔 정말 진지한 얼굴로 생각에 잠겼다 싶더니만, 그거구나? 좋아. 내일, 쓰다 씨한테 가서 상담해보자. 어떤 선생님이 좋을지, 쓰다 씨한테 가서 물어보자. 내일 같이 가자." 형은 어제부터 무척 기분이 좋다.

내일은 천황 탄신일이다. 어쩐지, 내 앞길이 축복받은 듯한 느낌이 든다. 쓰다 씨라는 사람은 형의 고교 시절 독일어 선생님인데, 지금은 교직에서 물러나 소설만 쓰고 있다. 그 사람이 형의 작품을 봐주고 있다.

밤에는 늦게까지 방 정리를 했다. 책상 서랍 안까지 깨끗하게 정리했다. 다 읽은 책과, 앞으로 읽을 책을 나누어 책장에 다시 꽂았다. 액자 그림도, 피에타 대신 다빈치의 자화상을 넣었다. 의지가 강해 보이는 그림이 필요했기 때문이다. 거위 깃털이 달린 펜을 버렸다. 소녀 같은 취미에서 벗어나고 싶었기 때문이다. 기타는 벽장에 넣었다. 상쾌한 기분이다. 올해 봄은 평생, 산뜻한 추억으로 남을 듯한 기분이 든다.

4월 29일. 토요일.

구름 한 점 없이 쾌청. 오늘은 천황 탄신일이다. 오늘은 형과 나 둘 다 일찍 일어났다. 조용하고 좋은 날씨다. 형의 말에 따르면, 옛날부터 천황 탄신일에는 꼭 이렇게 날씨가 좋았다고 한다. 나는 그 얘기를 단순히 믿고 싶다.

열한 시쯤 함께 집을 나서서 도중에 긴자에 들러, 누나의 결혼 1주년 기념 축하 선물을 샀다. 형은 유리잔 세트를 골랐다. 시타야에 놀러가게 되면, 유리잔으로 스즈오카 씨와 함께 포도주를 마시려는 속셈이다. 나는 고급 트럼프 세트를 하나 샀다. 시타야에 놀러 가게 되면, 누나와 도시오와 셋이서 트럼프를 하며 놀려는 속셈이다. 둘 다 자신이 나중에라도 시타야에 가면 재미있게 지낼 수 있도록 계획적으로 사다니, 약삭빠르다. 유리잔과 트럼프 모두 가게에서 시타야로 직접 보내달라고 했다.

올림픽 식당에서 점심을 먹고 나서, 혼고에 사는 쓰다 씨를 찾아갔다. 나는 중학교에 들어간 해 봄에 한 번, 형과 함께 쓰다 씨의 집에 놀러간 적이 있다. 그때 현관과 복도, 방 모든 곳에 책이 빽빽하게 꽂혀 있어서 놀랐었다.

내가, "이걸 전부 읽으신 건가요?"라고 생각 없이 물었더니, 쓰다 씨는 웃으며

"이걸 다 읽을 수는 없어. 하지만 이렇게 꽂아두면 반드시 읽을 때가 오는 법이야."라고 명쾌하게 대답했던 게 생각난다.

쓰다 씨는 집에 있었다. 여전히 현관과 복도, 방 모든 곳에 책이 빽빽이 들어차 있다. 조금도 변한 게 없다. 쓰다 씨도 사 년 전과 똑같다. 벌써 쉰 살은 됐을 텐데, 나이가 들었다는 느낌이 전혀 안 난다. 여전히 톤이 높은 목소리로 잘 말하고, 잘 웃는다.

"많이 컸네. 남자다워졌구먼. R대학? 다카이시는 잘 지내?" 다카이시라는 사람은 R대의 영어 강사다.

내가 생각나는 대로, "네. 요즘 저희에게 새뮤얼 버틀러의 『에레혼』[32]

을 가르치는데, 어딘가 우유부단한 사람이에요."라고 말하니까, 쓰다 씨는 눈을 동그랗게 뜨고 말했다.

"입이 거네. 벌써부터 그러면, 앞날이 어떨지 짐작이 돼. 매일 형이랑 둘이서 우리 험담을 하지?"

형은 "뭐, 그렇죠."라고 웃으며 말했다. "동생은 처음부터 R대학을 졸업할 마음은 없었던 듯해요."

"자네의 악영향이야, 그건. 그런데, 동생까지 자네와 같은 길로 끌어들일 필요는 없지 않나?" 쓰다 씨도 웃으며 말했다.

"네, 모든 게 제 책임이에요. 배우가 되고 싶다는데……."

"배우? 큰 결심했네. 설마, 영화배우는 아니지?"

나는 고개를 숙이고 두 사람의 대화를 열심히 들었다.

형이 "영화예요."라고 딱 잘라 말했다.

"영화?" 쓰다 씨는 의아하다는 듯 말했다. "아니 그렇다면, 큰일이잖아."

"저도 한참을 고민해봤는데, 동생은 몹시 괴로운 일이 있으면 꼭 영화배우가 되자는 결심을 하는 모양입니다. 아직 애니까 거기에 논리적인 이유가 있는 것은 아니지만, 저는 오히려 숙명적인 게 있어서 그런 거 아닐까 싶어요. 마음이 편할 때 넋을 놓고 영화배우를 동경하는 거라면 말할 가치도 없지만, 운명의 갈림길에 서게 되면 자기도 모르게 영화배우를 떠올리는 것 같은데, 저는 그게 신의 목소리 아닐까 싶습니다. 저 녀석을 믿고 싶어요."

"그렇게 말해도 말이지, 친척이나 주위 사람들 중에 반대하는 사람들

32_ 새뮤엘 버틀러가 1872년에 발표한 소설로, 일종의 디스토피아를 그린 작품이다. 에레혼이라는 제목은 'nowhere'의 철자를 뒤집은 것으로, 소설에 나오는 미지의 나라 이름이다.

도 있을 거고, 아무튼 큰일이야 그건."

"친척들의 반대 같은 건 제가 맡겠습니다. 저도 학교를 중간에 관둔데다 심지어는 소설가 지망생이니, 친척들의 반대에는 이미 익숙해요."

"자네는 아무렇지 않더라도 동생은……."

나는 "저도 아무렇지 않습니다."라고 하면서 대화에 끼어들었다.

"그래?" 쓰다 씨는 쓴웃음을 지으며 말했다. "대단한 형제네."

"어떨까요?" 형은 쓰다 씨의 반응에 개의치 않고 거리낌 없이 말을 꺼냈다. "좋은 연극 선생님 없을까요? 아무래도 오륙 년은 기본적인 공부를 해야 할 거고……."

"그건 그래." 쓰다 씨는 갑자기 힘차게 말했다. "공부해야 해. 공부."

"그러니까, 좋은 선생님을 소개해주세요. 사이토 이치조 씨는 어떨까요? 동생도 그 사람을 존경하는 것 같고, 저 역시 그런 클래식한 사람이 좋을 것 같은데……."

"사이토 씨?" 쓰다 씨는 고개를 갸웃거렸다.

"안 될까요? 선생님은 사이토 나이조 씨와 친하시죠?"

"친하다고 할 정도는 아니지만, 어쨌든 대학생 시절부터 선생님으로 모시고 있지. 하지만 요즘 젊은 사람들에게는 어떨지 모르겠다. 그 사람을 소개해주는 건 좋아. 하지만, 그러고 나서 어쩔 거야. 사이토 씨 집에 살며 제자 노릇이라도 할 건가?"

"설마요. 음, 연극을 할 때의 각오 같은 것에 대해서 가끔 말씀을 들으러 가는 정도일 것 같은데, 우선 어느 극단이 좋은지, 그런 것도 여쭤보고 싶겠죠."

"극단? 영화배우 아니었어?"

"영화배우는 간판이에요. 영화배우의 현실에 집착하는 게 아닙니다.

어쨌든 일본 최고의, 아니, 세계 최고의 배우가 되고 싶은 거예요."
형은 내 마음을 있는 그대로 술술 말해줬다. 나는 절대로 그렇게 정확히
말할 수 없다. "그러니까 우선 사이토 씨 의견도 듣고, 좋은 극단에
들어가서 오 년이든 십 년이든 연기를 갈고 닦을 각오가 되어 있습니다.
그 다음에는 영화에 나오든, 가부키에 나오든, 그건 상관없어요."
　"준비가 엄청나게 철저하군. 봄밤의 꿈같은 공상이 아닌가보네?"
　"농담 아니에요. 저는 실패하더라도, 동생만큼은 성공시키고 싶습니
다."
　"아니, 둘 다 성공하지 않으면 안 돼. 어쨌든 공부해." 이렇게 큰
소리로 말하더니, 다시 말을 이었다. "자네들은 지금 당장의 생활에는
걱정이 없는 모양이니까, 느긋하게, 그리고 꼼꼼하게 공부해야 돼. 축복
받은 환경을 헛되이 써서는 안 되니까. 그런데 배우라니, 놀랍군. 어쨌든
그럼 사이토 씨에게 소개 편지를 써주지. 가지고 가봐. 고집불통인
사람이니까 현관에서 쫓겨날지도 몰라."
　"그렇게 되면 다시 한 번 더, 쓰다 선생님이 소개장을 써 주세요."
형은 차분하게 말했다.
　"세리카와도 어느새 뻔뻔해졌네. 이 뻔뻔함이 작품에도 조금 드러나
면 좋을 텐데 말이지."
　형은 갑자기 기운이 쭉 빠지는 모습이었다.
　"저도 십 년에 걸친 계획을 세워서 다시 시작할 생각입니다."
　"평생이야. 평생 배우고 익혀야지. 요즘 작품은 쓰고 있어?"
　"그게, 너무 어려워서 말이죠."
　"안 쓰고 있는 모양이네." 쓰다 씨는 한숨을 쉬었다. "자네, 일상생
활의 자존심에 너무 집착하는 점이 글렀어."

농담을 주고받다가도 작품 얘기가 시작되자, 엄격한 분위기가 사방에서 느껴졌다. 정말 좋은 사제지간이라는 생각이 들었다. 소개장을 받고 돌아가려는데 쓰다 씨가 현관까지 배웅을 나와서,

"마흔이 되고 쉰이 되어도, 괴로움은 늘지도 않고 줄지도 않아."라고 혼잣말처럼 중얼거렸다. 그 말이 마음을 울렸다.

작가도 쓰다 씨 정도의 작가가 되면 역시 남다른 점이 있구나, 하는 생각이 들었다.

혼고 거리를 걸으면서 형은,

"혼고는 정말 우울하다. 나처럼 제국대를 중간에 관둔 사람에게는, 이 대학 건물이 공포의 상징이야. 내가 어쩐지 비굴한 사람처럼 느껴져서 미치겠어. 범죄자 같다는 느낌이 들어. 우에노에라도 가볼까? 혼고는 이제 지긋지긋해."라고 말하며 쓸쓸한 듯 웃었다. 쓰다 씨로부터 살짝 잔소리를 들었기 때문에 한층 더 쓸쓸한 것일지도 모른다.

우리는 우에노로 가서 소고기전골을 먹었다. 형은 맥주를 마셨다. 나도 조금 마셨다.

"그래도 어쨌든 잘됐다." 형은 점점 활기를 되찾았다. "나도 오늘은 악착같이 한 거야. 결국 쓰다 씨도 소개장을 써주셨으니, 대성공이지. 쓰다 씨는 저래 보여도 은근히 괴팍한 구석이 있어서, 조금이라도 자기 마음에 걸리는 일이 있으면 끝장이야. 정말 끝장이지. 그런 사람이라 조금도 방심할 수가 없어. 오늘은 정말 잘됐어. 묘하게 일이 술술 잘 풀렸어. 스스무의 태도가 좋았던 걸까? 쓰다 씨는 저런 식으로 농담만 하는 것 같아도 사람을 보는 눈이 꽤 날카로우니까. 뒤통수에도 눈이 달린 것 같아. 스스무는 아무래도 합격인가보네."

나는 히죽히죽 웃었다.

"아직 안심하기엔 일러." 형은 좀 취한 모양이다. 목소리가 필요 이상으로 컸다.

"앞으로 사이토 씨라는 난관이 남아 있어. 퍽이나 괴팍한 사람이라잖아. 쓰다 씨도 고개를 약간 갸웃거렸지? 이제 어찌 됐든, 성실한 자세로 부딪혀 봐야지. 소개장, 가지고 있지? 좀 보여줘."

"봐도 돼?"

"상관없어. 소개장이라는 건 본인이 봐도 상관없도록, 일부러 봉하지 않는 거야. 이것 봐, 그렇지? 일단 우리도 훑어봐두는 편이 좋아. 읽어보자. 윽, 이건 너무했다. 너무 간단해. 이 정도로 괜찮을라나?"

나도 읽어보았다. 너무 간단하다. 친구, 세리카와 스스무 군을 소개합니다, 선생님의 가르침을 얻고 싶다고 어쩌고저쩌고, 이런 식으로 대강 쓴 문장이다. 구체적인 사정에 대한 언급은 전혀 없었다.

"이걸로 괜찮을까?" 나는 마음이 불안해졌다. 갑자기 앞길이 어두워지는 기분이 들었다.

"괜찮을 거야." 형도 자신이 없는 모양이었다. "하지만 여기, 친구 세리카와 스스무 군이라고 적혀 있는데, 이, 친구, 라는 말이 마음을 움직일 핵심일지도 몰라." 허튼소리만 한다.

"밥 먹을까?" 나는 풀이 죽었다.

"그러자." 형도 흥이 깨진 얼굴이다.

그 후로는 별 얘기도 안 했다.

가게를 나설 즈음에는 이미 해도 저물어 있었다. 형은 근처에 있는 스즈오카 씨네 집에 잠시 들르자고 했지만 나는 내일 바로 사이토 씨를 찾아갈 생각이니까 사이토 씨가 이것저것 물어보더라도 당황하지 않도록, 오늘은 집에 가서 이런저런 연극 책을 읽어두고 싶었다. 결국 홀로 시타야 집에 가게 된 형은 나와 히로코지에서 헤어졌고, 나는 혼자 고지마치로 돌아왔다.

지금은 밤 열 시다. 형은 아직 안 들어왔다. 시타야에서 스즈오카 씨와 술을 마시고 있는지도 모른다. 형은 요즘 완전 술꾼이 되어버렸다. 소설도 별로 안 쓴다. 하지만 나는 어디까지나 형을 믿는다. 언젠가 반드시 훌륭한 걸작을 쓸 것이다. 어쨌든, 평범한 사람은 아니니까.

조금 전부터 나는 사이토 씨의 자서전 『연극 가도街道 50년』을 책상 위에 펼쳐두고 있는데, 한 쪽도 못 읽고 있다. 이런저런 공상이 떠올라서, 그저 마음만 두근거린다. 이상하게 불쾌할 정도로 긴장된다. 이제 드디어 현실 생활과의 싸움이 시작된다. 한 남자가 용감하게 싸워가는 모습! 벌써부터 가슴이 벅차오른다. 내일 일은 잘 풀릴까? 이번에는 나 혼자 간다. 다른 사람의 도움도 없다. 그런 간단한 소개장을 가지고는 큰 효과를 기대할 수 없다. 결국 나 혼자 성실함을 피력하며 내 희망 사항을 이야기해야 한다. 아아, 걱정이다. 신이시여, 저를 지켜주세요. 현관에서 쫓겨나지 않도록. 사이토 씨는 어떤 할아버지일까? 의외로 마음씨 좋은 할아버지라, 오오, 오느라 수고했어, 라고 말하며 눈을 가늘게 뜨고, 아니지, 그럴 리는 없다. 만만하게 생각하면 안 된다. 일본 최고의 극작가라는 사람이다. 아마도 눈이 반짝반짝 빛나고, 힘도 셀 것이다. 그래도 설마 때리지는 않겠지. 만약에 때린다면, 나도 가만있지 않겠다. 맹렬한 기세로 반격을 할 것이다. 그러면 그가, 쬐끄만 놈이 제법이라며, 이런 기개가 있다면 받아들이겠다면서 입문을 허락하게 될 것이다. 그런 영화를 본 적이 있었다. 그 영화는, <미야모토 무사시>였었나? 아아, 공상은 끝이 없다. 어쨌든 내일 만남의 결과에 따라서 내 인생의 스승님이 정해질지도 모르는 일이다. 정말이지 중대한 날이다. 나는 오늘 밤을 어떻게 보내면 좋을까? 책을 읽으려 해도 한 페이지, 한 줄도 머리에 안 들어온다. 자야겠다. 그게 가장 좋을 것 같다. 잠이 부족한 얼굴로 찾아가서 첫인상을 망치면 손해다. 하지만, 도저히 잠들 수 없을 것 같다. 밖에는 공사장 인부들의 밤 작업이 시작됐다. 생각해보니 밤 열 시에서 아침 여섯 시까지, 매일같이 일을 하고 있다. 약 여덟 시간의 중노동이다. 영차, 영차 하고 기합소리를 내며 일한다. 뭘 하는 걸까? 맨홀에서 가스관이라도 꺼내는 걸까? 형의 말에 따르면 저 기합소리는 인부 자신의 졸음을 쫓기 위해 내는 소리라고 한다. 그 얘기를 떠올리니 기합소리가 너무나 슬프게 들린다. 얼마 받고 하는 걸까?

성서를 읽고 싶어졌다. 이렇게 견딜 수 없이 초조할 때는 성서만 한 게 없는 것 같다. 다른 책이 모두 무미건조하고 머릿속에 하나도 안 들어올 때도, 성서에 적혀 있는 말만큼은 마음을 울린다. 정말, 대단하다.

방금 성서를 꺼내서 아무 페이지나 펼쳐봤는데, 다음과 같은 구절이 눈에 들어왔다.

'나는 부활이고, 생명이니라. 나를 믿는 자는 죽어도 살 것이다. 무릇 살아서 나를 믿는 자는, 영원히 죽지 않을 것이다. 너는 이것을 믿느냐.'

잊고 있었다. 내겐 믿음이 부족했다. 모든 것을 하늘에 맡기고, 오늘 밤은 자야겠다. 나는 요즘 기도도 게을리하고 있었다.

하늘에서와같이, 땅에서도 이루어지게 하소서.

4월 30일. 일요일.

맑음. 아침 열시, 현관까지 형의 배웅을 받고 출발했다. 악수를 하고 싶었지만 너무 과한 행동 같아서 참았다. 제1고등학교 시험을 봤을 때도 그렇고 R대학 시험을 봤을 때도, 이렇게까지 긴장하지는 않았다. R대학 시험 때는, 아침이 되어서야 시험이 있다는 사실을 떠올리고 허둥지둥 출발했을 정도였다.

인생의 새 출발. 오늘 아침에는, 정말 그런 기분이 들었다. 가는 중에 전철 안에서 자꾸 눈물이 고였다. 그리고 점심때쯤 멍한 상태로 집에 돌아왔다. 어쩐지 피곤해서 녹초가 됐다.

시바에 있는 사이토 씨 댁은 너무나 조용했다. 1층집이었는데 안이 넓을 것 같아 보이는 집이었다. 현관 벨을 몇 번이나 눌러봐도 아무런 기척이 없었다. 사나운 개라도 나오지 않을까 싶어서 벌벌 떨고 있었지만, 강아지 한 마리 나올 기척도 없었다. 우물쭈물하고 있었더니 정원 사립문에서 새빨간 허리띠를 한 소녀가 "어멋! 깜짝이야."라고 하면서 나타났다. 하녀 같지는 않은데, 설마 따님은 아니겠지. 그만한 기품이 없다.

"선생님은 댁에 계시나요?"

"글쎄요." 애매한 대답이었다. 그저, 생글생글 웃고만 있다. 조금 경박해 보이긴 했지만, 느낌이 그리 나쁘지는 않다. 친척 아가씨일지도 모른다.

"소개장을 가지고 왔는데요."

"그래요?" 아가씨는 순순히 소개장을 받아들었다. "잠깐 기다리세요."

나는 우선은 됐다, 싶어서 씩 웃었다. 그다음부터 일이 틀어졌다. 잠시 후 다시 정원에서 나온 아가씨가 내게 이렇게 물었다.

"용건이 뭐죠?"

곤란한 질문이었다. 간단히 말할 수가 없었다. 설마, 소개장에 쓰여 있는 문구 그대로, "가르침을 받으러 왔습니다."라고 말할 수도 없었다. 그런 말은, 무슨 검객이 하는 말 같다. 우물쭈물하고 있는데, 갑자기 짜증이 밀려들었다.

"대체 선생님은 계신 겁니까?"

"계세요." 생글생글 웃었다. 확실히 나를 우습게보는 것 같았다. 나를 얕보고 있었다.

"소개장을 보셨습니까?"

"아뇨." 천연덕스러운 표정이었다.

"뭐야." 나는 이 집 전체를 모욕하고 싶은 기분이었다.

"일하는 중이세요." 이상하다 싶을 정도로 어린애 같은 말투로 말했다. 혀가 짧은 거 아닌가 싶었다. 갑자기 고개를 갸웃하더니 말했다. "나중에 다시 오시겠어요?"

정중한 문전박대다. 내가 그 수에 넘어갈쏘냐.

"언제쯤 한가해지시나요?"

"음, 이삼일 지나면 어떨까요." 조금도 틈을 주지 않는다.

"그럼, 이만 실례하지요." 나는 자신만만하게 말했다. "5월 3일 이 시간 쯤 다시 찾아뵙겠습니다. 그때 잘 부탁드립니다." 소녀를 확 째려봤다.

"네." 하고, 미덥지 않은 대답을 하고는 여전히 웃고 있었다. 문득 미친 여자 아닐까 하는 생각도 들었다.

다시 말하자면, 이렇다 할 수확이 하나도 없었다. 나는 멍한 얼굴로 집으로 돌아왔다. 어쩐지 너무 피곤해서 형에게 얘기하기도 귀찮았다. 형은 내게 세세한 것까지 일일이 물어봤다.

"그 여자가 누구인가가 문제야. 몇 살 정도였어? 예뻤어?"

"모르겠어, 난. 미친 여자 아닐까 싶은데."

"설마. 그 사람은 아마, 하녀일 거야. 비서를 겸한 하녀 같은 거. 여학교는 졸업했을 거야. 그러니까 지금 열아홉, 아니 스물은 넘었을지도 몰라."

"다음에는 형이 가보도록 해."

"경우에 따라서는 내가 가야 할지도 모르지만, 아직 그럴 필요는 없을 것 같아. 넌 이렇게 풀이 죽어 있지만, 오늘은 절대 실패한 게 아냐. 굉장히 잘 된 거야. 5월 3일에 다시 오겠다고 확실히 말하고 온 것만으로도 대성공이야. 그 여자는 너한테 호감이 있는 것 같아."

나는 웃음을 터뜨렸다.

"아니, 정말로." 형은 진지하다. "보통의 문전박대와는 성격이 다르잖아. 이유가 있어. 작업 중에는 면회 사절이라는 게 정해져 있지만 특별히 너를 위해, 어떻게 해서든 네가 온 걸 전해주려고 했지만, 부인이나 다른 누군가가 못 가게 막아서 그걸 못한 거야." 형은 일을 너무 쉽게 해석한다. "분명 그럴 거야. 그러니까 다음에는 너도 그 여자를 노려보거나 그러지 말고, 좀 더 상냥하게 대해줘. 인사도 제대로 하고."

"맞다! 오늘은 모자도 안 벗었어."

"그렇지? 모자도 안 벗고 그냥 쩨려보기만 했다니, 보통 사람이라면 우선 경찰에 넘겼을 거야. 그 여자가 이해심이 있는 사람이니까 안 그런 거지. 다음 달 3일에는 잘해야 돼."

하지만 나는 절망에 빠졌다. 예술의 길에도, 평범한 샐러리맨의 고생과 전혀 다를 바 없는 저속한 고생이 필요하다는 건, 전부터 각오하고 있었기에 이 정도의 일로 주저앉지는 않겠지만, 오늘 사이토 씨 댁에서 집으로 오는 길에 나 자신이 보잘것없고 초라한 존재임을 뼈저리게 느끼고 불쾌했다. 사이토 씨와 나는 너무나도 달랐던 것이다. 이렇게 구름과 잡초 정도의 거리가 있을 줄은 몰랐다. 어이, 하고 말을 걸면, 어이, 하고 대답해줄 거라고 생각하고 있었다. 그 얼마나 순진한 생각이 었던가. 오늘은 정말, 그 사람과 나는 인종이 다른 거 아닐까 하는 생각이 들었다. 열심히 하면 못 할 일도 없다는 말도 있지만, 이 세상에는 아무리 열심히 애를 써도 안 되는 일도 있는 게 아닐까 싶어서, 세상 일이 다 지긋지긋해졌다. '일본 최고'가 되겠다는 꿈이 싹 다 날아갔다. 훌륭한 사람이 되고자 하는 노력이 어리석은 것으로 보이기 시작했다. 나는 사이토 씨처럼, 그렇게 당당한 아성牙城을 쌓을 수 있을 것 같지가 않다.

밤에는 형한테 끌려가서 <물랑루즈>를 보고 왔다. 재미없었다. 하나도 웃기지 않았다.

5월 3일. 수요일.

맑음. 학교를 빠지고 시바의 사이토 씨 댁을 향해 터벅터벅 집을 나섰다. 터벅터벅이라는 표현은 절대로 과장한 게 아니다. 정말 암울한 기분이었다.

하지만 오늘은 별로 나쁘지 않았다. 아니, 그렇게 좋지도 않은 것 같고, 그래, 좋은 편인지도 모른다.

사이토 씨 댁 문 앞에는 자동차 한 대가 서 있었다. 내가 현관 벨을 누르려던 순간, 갑자기 현관 안쪽이 시끄러워지면서 현관이 활짝 열리더니 마르고 작은 할아버지가 불쑥 나와서는 빠른 걸음으로 내 앞을 지나쳐 갔다. 사이토 씨였다. 그 뒤를 쫓듯, 지난번에 만난 여자가 가방과 지팡이를 들고 현관 밖으로 허둥지둥 나오더니 나를 발견하고는 뛰어와서 말했다.

"어머! 지금 외출하시는 참이에요. 마침 잘됐네, 얘기해봐요."

나는 모자를 벗고 그 여자에게 살짝 인사를 했고, 그런 다음 바로 사이토 씨 뒤를 따라가서

"선생님!" 하고 불렀다. 사이토 씨는 뒤도 안 돌아보고 성큼성큼 걸어가더니 문 앞에서 대기하고 있던 자동차에 잽싸게 타버렸다. 내가 자동차 창문에 대고,

"쓰다 씨로부터 소개장⋯⋯." 하고 말을 걸자, 나를 흘끔 보더니,

"타게."라고 낮은 목소리로 말했다. 이제 됐다 생각하며 문을 열고, 사이토 씨 바로 옆자리에 털썩 앉았다. 순간 조수석에 타는 게 예의에 맞는지도 모르겠다는 생각은 했지만, 구태여 반대편으로 가서 다시 타기도 겸연쩍었기에, 가만히 있는 게 상책이지 싶었다.

"잘됐네요." 여자는 창문을 통해 사이토 씨에게 가방과 지팡이를 건네주면서, "요전에는 불같이 화를 내면서 가셨어요."라고, 여전히 밝게 웃으면서 나와 사이토 씨의 얼굴을 번갈아 보며 말했다.

사이토 씨는 기분이 언짢은지 미간을 찡그리며 아무 말도 하지 않았다. 무서운 느낌이었다. 조수석에 타는 게 나을 뻔했다는 생각이 다시 한 번 들었다.

"안녕히 다녀오세요."

자동차가 달리기 시작했다.

나는 "어디로 가시는 건가요?"라고 물었다. 사이토 씨는 대답이 없었다. 오 분이나 지나고 나서,

"간다神田."라고 묵직한 말투로 말했다. 많이 쉰 목소리였다. 얼굴은 나이 든 배우처럼 단정하고, 미남이다. 다시, 얼마간 정적이 흘렀다.

너무도 답답했다. 숨이 점점 더 막혀오는 느낌에 견디기가 힘들었다.

"그렇다고," 알아들을 수 없을 정도로 낮은 목소리였다. "화를 내면서 갈 건 없는데."

"네에." 나도 모르게 고개를 푹 숙였다. 역시 조수석 쪽에 탈 걸 그랬다.

"쓰다 군과는 무슨 사이지?"

"네, 형이 쓴 소설을 봐주시는 분입니다."라고 말했지만, 사이토 씨는 듣고 있는지 어떤지, 아무런 반응 없이 가만히 있었다. 잠시 후에 말했다.

"쓰다 군의 편지는, 언제나처럼 요령이 없지만……."

예상대로였다. 그것만 가지고는, 아무것도 모를 것이다.

"배우가 되고 싶습니다." 결론만 말했다.

"배우." 조금도 놀라지 않았다. 그리고 그 말을 끝으로 또, 아무 말도 하지 않았다. 나는 속이 타기 시작했다.

"좋은 극단에 들어가서 철저하게 공부하고 싶습니다. 어떤 극단이 좋을지 가르쳐주세요."

"극단." 낮은 목소리로 그렇게 중얼거리더니, 또 한동안 가만히 있었다. 그만 좀 했으면 싶었다. "좋은 극단."이라고 다시 중얼거리더니, 갑자기 호통을 쳤다. "그런 건 없어."

나는 놀랐다. 인사를 하고서 차에서 내려버릴까 싶었다. 도무지, 제대로 된 얘기를 할 수가 없다. 거만하다고 해야 할까? 정말 어찌할 바를 모르고 있었다.

"좋은 극단이 없어요?"

"없어." 태연했다.

나는, "이번에 가모메좌<sup>鷗座</sup>에서 선생님의 <무가 이야기<sup>武家物語</sup>>가 상연된다면서요?"라고 말하며 화제를 바꿔 보았다.

아무런 대답도 없었다. 헐렁해진 가방 단추를 손보고 있었다.

"거기서," 갑자기, 생각지도 못했을 때 말을 꺼냈다. "연수생을 뽑고 있어."

나는 "그래요? 거기에 들어가는 게 좋습니까?"라고 힘주어 물었다. 이제 겨우 얘기가 본론으로 들어갔다고 생각했다.

대답이 없었다.

"역시, 안 되나요?"

대답이 없었다. 애꿎은 가방만 만지작거리고 있었다.

"아무나 마음대로 지원할 수 있는 걸까?" 하고 일부러 혼잣말처럼 중얼거려봤다.

아무런 반응이 없었다.

이번에는 "시험이 있습니까?"라고 강하게, 추궁하듯 물어봤다.

드디어 가방 수선이 끝났는지 창밖에 눈길을 주며,

"몰라."라고 했다.

나는 이제 아무것도 물어보지 말아야겠다고 생각했다. 차는 스루가다이, M대학 앞에서 멈췄다. M대학 정문에는 커다란 패널이 있었는데, 거기에는 사이토 이치조 선생님 특별 강연이라고 쓰여 있었다.

따라 내리려는데 사이토 씨가

"자네는…… 어디로 가나?"라고 물었다. 그러면 이 차를 이대로 계속 타고 가도 되는 건가 싶어 황송해하며,

"고지마치로 갑니다."라고 말했다.

"고지마치." 사이토 씨는 조금 생각하더니, "멀군."이라고 말했다.

나는 틀렸구나 싶어서 잽싸게 내렸다.

더 가까운 곳이라면 태워다 줄 분위기였는데, 아무튼 빈틈이 없는 할아버지다.

내가 "정말 실례가 많았습니다."라고 큰 소리로 정중하게 인사했건만, 사이토 씨는 뒤도 안 돌아보고 빠른 걸음으로 문 안쪽으로 들어가버렸다. 정말 대단한 사람이었다.

전차를 타고 곧장 집으로 돌아왔다. 형이 기다리고 있었다. 오늘 일의 결과를 꼬치꼬치 캐물었다.

형은 "소문보다 더 대단한 사람이구먼."이라고 하면서 쓴웃음을 지었다.

내가 "머리가 어떻게 된 걸 거야, 분명." 하고 말하자,

"아니, 그렇지 않아. 지극히 정상이야. 세계적인 문호는, 그 정도 성격이 없으면 안 돼."라고 했다. 형은 역시, 세상일을 너무 쉽게 생각한다.

"그나저나 너도 끈덕지게 잘 했네. 의외로 뻔뻔한 구석이 있어. 하룻강아지 범 무서운 줄 모른다더니, 아무튼 대성공이야. 전화위복으로 그 할아버지가 너에게 약간 호감을 가지게 됐는지도 몰라."

"말도 안 돼. 아무 말도 안 해줬는데? 분위기 별로였어."

"아냐, 호의를 품고 있는 게 분명해. 함께 차에 태웠다는 건 보통 일이 아냐. 내 생각엔, 그 여자가 잘 말해준 거야. 쓰다 씨의 소개장도 의외로 보이지 않는 곳에서 큰 역할을 한지도 몰라. 모처럼 소개장을 받았는데 험담을 해선 안 돼. 지금 생각하면, 훌륭한 소개장이었던 것 같은 기분도 들어. 일단은, 대성공이야. 그럼, 이제 가모메좌에 전화를 걸어서 연수생 모집에 대해 물어봐야겠네." 형 혼자 흥분한 상태였다.

"근데 가모메좌가 좋다는 말은 안 했어."

"나쁘다고도 안 했잖아?"

"모른다고 했어."

"그럼 됐어. 나는 사이토 씨의 마음을 알겠어. 역시 고생이 뭔지를 아는 사람이야, 사이토 씨는. 대강 그런 것부터 슬슬 시작하면 좋을 거라는 말일 거야."

"그런가?"

가모메좌 사무소의 전화번호를 찾는 것은 고생스러웠다. 형이 긴자에서 연극 안내를 하고 있는 지인에게 전화를 걸어, 알아봐달라고 해서 간신히 알아냈다.

"자, 이제부터는 뭐든 너 혼자서 해봐." 형은 그렇게 말하더니 내게 수화기를 건넸다. 나는 긴장했다.

가모메좌 사무소에 전화를 걸었더니 여자가 받았는데, 어쩌면 유명한 여배우일지도 모른다. 그 사람은 귀여운 척하지도 않고 자연스럽고 시원시원한 말투로 정중하게 가르쳐주었다. 자필 이력서, 부모 형제의 승낙증서, 둘 다 형식은 자유, 각 한 통씩, 그리고 최근에 찍은 명함판 크기의 상반신 사진 한 장, 그것들을 5월 8일까지 사무소에 내라는 내용이었다.

"5월 8일? 그럼, 얼마 안 남았네요?" 가슴이 두근거려서 목소리가 갈라졌다. "그리고, 시험은요?"

"9일에, 신토미 초의 연구소에서 있습니다."

"헉." 이상한 소리가 나왔다. "몇 시부터입니까?"

"오후 한 시 정각에 연구소로 오세요."

"과목은? 과목은요? 어떤 시험을 봅니까?"

"그건 말씀드릴 수 없습니다."

"허억." 또 이상한 소리가 나왔다. "그럼 이만, 실례합니다." 전화를 끊었다.

놀랐다. 5월 9일. 일주일밖에 안 남았잖아. 준비고 뭐고 아무것도 할 수 없는 시간이다.

"간단한 시험이겠지." 형은 태연하게 말하지만 그렇지도 않다. 나는 이제부터 일본 최고의 배우가 되어야만 하는 남자다. 그 남자가 연극 세계에 첫걸음을 내딛는 데 있어서 이상한 답안을 써낸다면, 평생 씻을 수 없는 오점을 남기게 된다. 나는 반드시 최고의, 그것도 월등한 성적을 내야만 한다. 학교 시험과는 다르다. 학교 시험은 앞으로의 내 생활과 직접적으로 이어지지는 않았지만, 이번 시험은 나의 궁극적인 인생길로 이어지는 것이다. 이걸 망친다면, 내겐 길이 없다. 학교 시험은 망치더라도 '까짓것 내겐, 다른 좋은 길이 있어'라면서 다소 여유와 자존심을 유지할 수는 있지만, 이번 시험에서는 '까짓것' 같은 말을 할 수 없다. 더 이상 길이 없다. 아무것도 없다. 이건 내게 남은 마지막 비장의 카드가 아닌가? 정말이지, 태평하게 있을 수가 없다. 나는 예전과는 달리 진지해졌다. 자신은 없지만, 나는 그 유명한 사이토 나이조 선생님의 제자 같은 사람이다. 선생님은 그렇게 생각하지 않을지도 모르지만 이제부터, 내 멋대로 그렇게 생각하고 행동을 자중해야겠다고 결심했다. 나는 함께 차에도 탄 사람이다. 절대로, 엉망인 답안을 낼 수는 없다. 사이토 씨의 체면도 걸린 일이다. 제길. 언젠가 사이토 씨를 깜짝 놀라게 해줘야지. 사이토 씨가, <무가 이야기>의 주베 역은 세리카와가 아니면 안 된다고 말하게 된다면 기쁘겠지. 아니지, 달콤한 공상에 빠져 있을 때가 아니다. 나는 월등한 성적으로 합격하지 않으면 안 된다.

오늘 밤에는 지금까지 사 모아둔 참고서를 전부 책상 위에 쌓아놓았다.

프도프킨『영화배우론』. 코크랭『배우 예술론』. 타이로프『해방된 연극』. 기시다 구니오『근대극론』. 사이토 이치조『연극 가도 50년』. 바르하트위『체홉의 드라마트루기』. 고미야 도요타카『연극 논총論叢』 그리고『쓰키지 소극장사』와『연출론』,『영화배우술』,『연출자 노트』, 그리고 형이 빌려준『가덴쇼花伝書』,[33]『배우 이야기役者論語』,[34]『사루가쿠 단기申楽談義』,[35] 우선, 대강 20권 정도 되는 이 참고서들을 9일까지 한번 읽어볼 생각이다. 그러고 나서 영어와 프랑스어 단어도 조금 외워두고 싶다.

반드시 잘 해내야 한다. 오늘 밤에는 우선 코크랭의『배우 예술론』과 사이토 씨의『연극 가도 50년』을 독파할 생각이다.

내일은, 사진관에 가야 한다.

5월8일. 월요일.

비. 오늘은 학교를 빠졌다. 뭐가 뭔지 하나도 모르겠어서, 이 귀중한 일주일을 대체 어떻게 보낸 건지. 학교에 가도 안절부절못하겠고, 아무 것도 아닌 일에 히죽거리고, 집에 와서는 무턱대고 방 정리만 하고, 그러면서도 참고서는 한 권도 안 읽었다. 그저, 방 안에서 꿈지럭거리고만 있다. 시간이 흐르면 흐를수록 어찌할 바를 모르겠어서, 이렇게 일기를 쓰고 있어도 손이 떨린다. 긴장되고, 내장이 없어진 것 같고,

••
33_ 1500년대에 쓰인 일본의 전통 예능극 노能에 대한 전서.
34_ 1776년에 간행된 가부키의 유명 배우에 관한 책.
35_ 무로마치시대(1338~1578)에 성립된 제아미世阿弥의 예담을 담은 노能에 대한 전서.

무겁고 텅 빈 듯한 마음에, 가슴은 끊임없이 두근거리고 자꾸 화장실에 가서는, 좋았어, 이제 공부하자, 하고 흥분에 가득 찬 상태로 방으로 돌아와서는 공부 대신 방 청소를 한다. 누가 나를 좀 어떻게 해주면 안 될까? 아무것도 못 하겠다. 도저히 진정이 안 된다. 말하고 싶은 것, 쓰고 싶은 것은 태산이다. 하지만 쓸데없이 감정만 고조되고 가슴이 두근거려서 앉아 있을 수가 없다. 그래서 그냥, 무턱대고 방 정리를 한다. 이쪽에 있는 물건을 저쪽으로 옮기고, 저쪽에 있는 물건을 이쪽으로 옮기고, 똑같은 일을 계속 반복하며 혼자서 정신없이 오락가락하고 있다. 부끄러운 일이지만 실은, 성서를 읽어도 진정이 안 됐다. 오늘 아침부터 세 번이나 쫙 펼쳐봤지만 머리에 하나도 안 들어왔다. 정말 부끄러웠다. 이제 틀렸다. 자야겠다. 오후 여섯 시. 염불이라도 외고 싶다. 예수님이고 부처님이고, 뒤죽박죽 섞였다.

잠시 자고 나서 다시 벌떡 일어났다. 날이 저물자 마음도 조금 가라앉기 시작했다. 어제 사진관에서 보내온 명함판 사진을 봤다. 같은 사진이 세 장 왔는데 그중에도 비교적 얼굴색이 검고 음영이 뚜렷한 것을 골라 이력서 등의 서류와 함께, 속달로 연구소에 보냈다. 어째서 내 얼굴은 이렇게 락교[36]처럼 단순하게 생긴 걸까? 미간을 찡그려서 복잡한 표정을 지어볼까 싶었지만, 조글조글 주름이 지는가 싶으면 바로 사라진다. 입을 일자로 꾹 다물고 코 양쪽으로 깊은 주름을 만들고 싶지만 아무리 해도 잘 안 된다. 입이 너무 작은 건지도 모르겠다. 입을 꾹 다물라치면 입이 튀어나온다. 입을 아무리 내민다 한들 얼굴에 음영이 생기지는 않는다. 멍청해 보일 뿐이다.

- -
36_ 파의 머리 부분으로 만든 절인 음식.

내일 시험에서 '네 얼굴은 연기자에 부적합한 얼굴이다.'라는 말을 들으면 어쩌지? 나는 그 순간부터, 그야말로 '살아 있는 시체'가 될 것이다. 살아 있어도 의미가 없는 인간이 될 것이다. 아아, 나는 과연 연극에 재능이 있는 걸까? 모든 것은 내일 결정된다. 다시 방 정리를 하고 싶어졌다.

형이 들어와서는,

"이발소 갔다 왔어?"라고 묻는다. 아직 안 갔다.

빗속을 뚫고 헐레벌떡 이발소에 갔다. 정말, 엉망이다. 이발소에서 드보르자크의 '신세계 교향곡'을 들었다. 라디오 방송이었다. 좋아하는 방송이지만 그때는 아무래도 마음에 와 닿지가 않았다. 커다란 북 같은 걸 무턱대고 두드리는 것 같은 음악이라도 있다면, 초조한 내 심정에 와 닿을지도 모른다. 하지만 그런 음악은 전 세계 어디를 뒤져봐도 없겠지.

이발소에서 집으로 돌아오자, 형이 간단한 대사 연습을 시켰다. <벚꽃 동산>[37]의 로파힌.

형이 이런저런 지적을 해줬다. 자기 목소리를 그대로 내어 자연스럽게 말할 것. 배에 더 힘을 주고 또박또박 말할 것. 몸을 지나치게 움직이지 말 것. 일일이 턱을 당기지 말 것. 입 주변 근육을 더 부드럽게. 이건 좀 찔렸다. 입을 굳게 다무는 연습을 너무 심하게 했기 때문이다.

"넌 사시스세소 발음을 잘못하는 것 같아." 이것도 뼈아팠다. 나 스스로도 그걸 어렴풋이 느끼고 있었다. 혀가 지나치게 긴 걸까?

"내가 쓸데없는 말을 너무 많이 했다, 미안." 형은 웃으며 말했다.

37_ 러시아의 몰락해가는 지주계층을 날카롭게 묘사한 안톤 체호프의 희곡(1903).

"넌, 나 같은 사람에 비하면 흠 잡을 데가 없을 정도로 잘해. 하지만 내일은 진짜 연기자들 앞에서 하는 거니까, 오늘 밤엔 맘을 단단히 먹으라고 일부러 좀 혹평을 한 거야. 정말, 잘했어."

나는, 안 될지도 모른다. 오만가지 생각이 다 든다. 아무래도 일기에 쓰는 문장이 평소와 다른 것 같다. 확실히 기분도, 아니 기분이 다르다는 건, 미쳤다는 거다. 이거 설마, 미친 거 아닐까? 오늘 밤은 이상하다. 문장도 횡설수설 엉망진창이다. 삼베처럼 헝클어지고 있다.

이래서 어쩐담. 내일은, 아니, 이미 열두 시가 지났으니까, 오늘이다, 오늘 오후 한 시에는 시험이 있다. 무언가를 해야겠다 싶어도, 아무것도 손에 잡히지 않으니 어쩔 수가 없다. 만년필을 잉크에 담가두고 자야겠다. 생각해보니, 내일 시험에 떨어진다면 나는 죽지 않으면 안 될 몸이다. 손이 떨린다.


5월 9일. 화요일.

맑음. 오늘도 학교를 빠졌다. 중요한 날이니까 어쩔 수가 없다. 어젯밤에는 굉장히 많은 꿈을 꿨다. 기모노 위에 속옷을 입는 꿈을 꿨다. 순서가 바뀌었다. 이상한 모습이었다. 불길한 꿈이었다. 나쁜 징조라고 생각했다.

하지만 오늘은, 근래 보기 드물게 맑은 날씨였다. 아홉 시에 일어나서 여유롭게 목욕을 하고 열한 시에 출발했다. 오늘은 형이 대문까지 함께 나와 주지 않았다. 이제 괜찮을 거라고 믿고 있는 모양이다. 형은 사이토 씨 댁에 갈 때 나보다도 더 긴장하고 마음을 졸였었는데, 오늘은 정말 느긋했다. 시험보다도 사이토 씨를 만나는 일이 더 큰 문제라고 생각하는 걸까? 형은 학교 입학시험도 그렇고, 아무래도 시험을 만만하게 보는 경향이 있다. 입학시험에 떨어진 쓰라린 체험이 없기 때문인지도 모른다. 하지만 형이 이제 괜찮다며 내가 하는 일을 낙천적으로 생각하고 있는데 내가 떨어진다면, 그 괴로움, 겸연쩍음은 더 심할 것이다. 좀 더, 내가 하는 일에 대해 가슴 졸여줘도 좋을 텐데. 나는, 또 떨어질지도 모른다.

출발 시간이 너무 일렀다. 신토미 초에 있는 연구소는 금방 찾았다. 아파트 3층이었다. 도착한 시간은 정오가 조금 지나서였다. 살짝 분위기를 봐야겠다 싶어서 문을 두드려봤지만 안에서는 아무런 대답이 없었다. 아무도 없는 모양이었다. 포기하고 밖으로 나갔다.

따뜻한 봄. 이마에 땀이 배어 나왔다. 차가운 걸 마시고 싶어져서, 쇼와 대로에 있는 작은 식당에 들어가서 탄산수를 마시고는, 마시는 김에 카레를 먹었다. 그렇게까지 배가 고프지는 않았지만, 어쩐지 불안해서 먹지 않고는 견딜 수가 없었다. 배가 부르니까 머리도 멍해져서 초조한 마음도 조금은 가라앉았다. 그곳을 나와서는 어슬렁어슬렁 가부키좌 앞까지 가서 그림 간판을 보다가, 다시 신토미 초의 연구소로 되돌아갔다.

정확히 한 시 정각이었다. 나는 아파트 계단을 올라갔다. 다른 사람들도 있다. 있다. 스무 명 정도. 그런데 이게 뭐야, 어쩜 이렇게 생기 없는 얼굴을 가진 놈들밖에 없는 걸까? 학생이 다섯 명. 여자 세 명. 정말 못생긴 여자들이었다. 영원히, 사촌동생 베드 역 하나밖에 못 할 것이다. 다른 사람들은 모두 생활에 찌든 얼굴에 양복을 입은, 서른 정도로 보이는 사람들이었다. 예술과는 아무런 연이 없어 보이는 표정을 짓고 있는, 상점 지배인처럼 생긴 마흔쯤 되어 보이는 남자도 있었다. 기분이 이상했다. 모두 얌전히 눈을 내리깔고 복도 벽에 기대어 있거나, 섰다가 앉았다가 다시 서기를 반복하고 있고, 가끔 소곤거리며 대화를 하기도 했다. 암울한 분위기였다. 여기는 인생의 패배자들이 오는 곳 아닐까 싶었다. 나까지, 어쩐지 비참해지는 기분이 들었다. 이 사람들이 오늘 나의 경쟁상대라고 생각하니까 벌써부터 싫어졌다. 싸우기도 전에 전의를 잃은 느낌이었다. 내가 면접관이라면 흘긋 보고 죄다 떨어뜨린다. 내가 오늘 아침까지 그렇게 흥분하고 긴장했던 것을 생각하니, 속이 부글부글 끓었다. 내가 아무것도 아닌 일에 휘둘렸다는 생각이 들었기 때문이다.

드디어 사무소에서 중년 부인이 나와서,

"번호표를 드리겠습니다."라고 말했는데 그 목소리는 들은 기억이 있었다. 일주일 전에 문의전화를 했을 때, 정확한 발음으로 '오후 한 시 정각'이라고 말해준 그 여자 목소리였다. 정말 예쁜 목소리였기 때문에 여배우 아닐까 생각했지만, 여자는 목소리만 가지고는 모르는 법이다. 헐렁한 갈색 재킷을 입었는데 여배우는커녕, 아니, 말을 말아야지. 그 사람이 자기가 미인이라고 떠든 것도 아닌데, 그 사람의 얼굴에 대해 이러니저러니 평하는 건 죄악이다. 어쨌든, 마흔 정도 되어 보이는 아주머니였다.

"이름을 부를 테니까 대답하세요."

나는 세 번째였다. 안 온 사람도 꽤 있었다. 마흔 명 정도의 이름을 불렀지만, 온 사람은 반 정도였다.

"그럼, 1번분, 들어오세요."

드디어, 시작됐다. 1번은 여자였다. 아줌마와 함께 기운 없는 모습으로 안으로 들어갔다. 정말 생기가 없어 보인다. 연구소 내부는 두 개의 방으로 나뉘어 있는 것 같았다. 한쪽은 사무소고, 그 안쪽이 연습실인 것 같았다. 시험은 그 연습실에서 치르는 모양이었다.

들린다, 들린다. 희곡 낭독이다. 만세! <벚꽃 동산>이다. 나는 어쩜 이리도 운이 좋은가? 나는 전부터 <벚꽃 동산> 낭독에는 자신이 있었고, 어젯밤에도 조금 연습했으니까. 이제, 괜찮다. 뭐든 시켜봐라! 용기백배다. 그건 그렇고, 저 여자는, 어쩜 저렇게 낭독을 못할까? 억양에 변화가 없는 단조로운 낭독이다. 이따금 말을 더듬고, 다시 읽기도 한다. 저래서는 떨어질 게 뻔하다. 보나 마나 불합격이다. 웃음이 나와서 혼자 큭큭 웃었는데, 다른 사람들은 조금도 웃지 않고 졸린 듯 멍한 표정으로 있었다.

"2번분, 들어오세요."

벌써 1번이 끝난 걸까? 빠르다. 필기시험은 없는 걸까? 다음은 나다. 다리가 떨려오기 시작했다. 어쩐지 병원에 있는 듯한 기분이 들었다. 이제부터 큰 수술을 받아야만 한다. 간호사가 부르러 오기를 기다리고 있다. 화장실에 가고 싶어졌다. 서둘러 화장실에 다녀왔다.

"3번분, 들어오세요."

"네." 하고 대답하며 나도 모르게 오른손을 높이 들었다.

사무소는 너무 작은 데다 무미건조한 분위기라, 이런 곳에서 가모메좌의 화려한 기획이 탄생하는 건가 싶어 이런저런 생각이 들었다.

1번과 2번은 거의 동시에 끝났는지 함께 복도로 나갔다. 나는 사무소 할머니의 책상 앞에 서서 간단한 질문을 받았다. 할머니는 의자에 살짝 걸터앉아 책상 위에 놓인 사진과 내 얼굴을 슬쩍 번갈아보더니,

"몇 살인가요?"라고 물었다. 약간 모욕감을 느끼고,

"이력서에 안 쓰여 있나요?"라고 반문하니까 갑자기 당황하더니,

"으음, 그런데……."라고 말하면서, 구부정한 자세로 책상 위에 펼쳐져 있던 내 이력서를 살펴봤다. 근시인 모양이었다.

"열일곱입니다."라고 말했더니 마음이 놓였는지 고개를 들었다.

"학부형의 승낙은, 확실히 받은 거죠?"

이 질문도 불쾌했다.

"물론입니다."라고 살짝 화를 내며 대답했다. 면접관도 아니면서 쓸데없는 것만 물어본다. 이 기회에 남몰래 면접관 흉내를 내며 으스대고 싶었겠지.

"그럼, 들어가세요."

옆방으로 들어갔다. 남자 다섯 명이 왁자지껄 시끄럽게 떠들다가, 내가 들어간 순간 갑자기 하던 얘기를 멈추더니 일제히 고개를 들고 나를 쳐다봤다.

다섯 남자가 나를 보며 나란히 앉아 있었다. 테이블은 세 개. 모두 사진에서 본 기억이 있는 얼굴이었다. 한가운데 앉아 있는 뚱뚱한 남자는 분명, 요즘 부쩍 인기가 많은 극작가 겸 연출가, 요코자와 다로 씨였다. 나머지 네 명은 배우인 것 같았다. 입구에서 우물쭈물하고 있었더니, 요코자와 씨가 큰 목소리로,

"여기로 와." 하고 천박한 말투로 말했다. "이번엔 좀, 잘 하려나?"

다른 면접관들은 빙긋이 웃었다. 방 분위기가 전체적으로 불결하고 천한 느낌이었다.

"학교는 어디야!" 그렇게 크게 소리칠 건 없잖아.

"R대학입니다."

"나이는, 몇 살?" 싫다.

"열일곱입니다."

"아버지 허락은 받았어?" 죄인 취급이다. 울컥 화가 치밀었다.

"아버지는 안 계십니다."

"돌아가셨나요?" 배우 우에스기 신스케 씨로 보이는 사람이 옆에서 분위기를 누그러뜨리려는 듯 친절하게 물었다.

"승낙서에 쓰여 있을 텐데요." 무뚝뚝한 얼굴로 대답했다. 이게 시험인가? 기가 막힐 따름이었다.

"성격이 꼿꼿하구먼." 요코자와 씨가 히죽거리며 말했다. "장래성이 좀 있나?"

"연기부인가요, 문예부인가요?" 우에스기 씨가 연필로 자기 턱을 가볍게 치며 물었다.

"무슨 뜻이죠?" 무슨 말인지 못 알아들었다.

"배우가 되고 싶나?" 요코자와 씨가 또 지나치게 큰 소리로 물었다. "각본가가 되고 싶나? 어느 쪽이야!"

"배우입니다." 바로 대답했다.

"그렇다면, 묻겠다." 농담인지 진담인지, 알 수가 없었다. 요코자와 씨는 어찌 그리 성격이 나쁜 걸까? 인상도 별로고, 복장도 아무렇게나 입은 일본 전통 의상이라 칠칠치 못해 보였다. 이 사람이 일본문화를 대표하는 유명한 극단 '가모메좌'의 지도자라고 생각하면 맥이 풀린다. 아마 술만 마시고, 공부도 전혀 안 하겠지. 아랫입술을 쭉 내밀고 잠시 생각에 잠기는가 싶더니, 다시 천천히 질문하셨다.

"배우의 사명은 무엇인가!" 이런 바보 같은 질문을 하다니. 놀랐다. 헛웃음이 날 뻔했지만 가까스로 참았다. 정말, 엉터리 질문이다. 질문하는 사람의 머리가 텅 비었다는 것을 여지없이 보여주고 있다. 도무지 대답을 할 수가 없는 질문이었다.

"그건, 인간이 사명을 가지고 태어났는가, 라는 질문과 마찬가지라, 그럴싸하게 꾸며서 거짓말로 대답할 수는 있겠지만, 저는 그 사명을 아직 모르겠다고 대답하고 싶습니다."

"묘한 말을 하네." 요코자와 씨는 둔감한 사람이다. 가벼운 말투로 그렇게 말하고는, 담배 케이스에서 담배를 꺼내들어 입에 한 대 물더니, "성냥 없어?" 하며, 옆자리의 우에스기 씨로부터 성냥을 빌려 담뱃불을 붙이더니 말했다. "배우의 사명은 말이지, 외적으로는 민중의 교화, 내적으로는 집단생활의 모범적 실천. 그렇지 않을까?"

나는 어이가 없었다. 떨어지는 편이 오히려 명예롭겠다고 생각했다.

"그건, 배우뿐만이 아니라 교화단체教化団体 사람이라면 누구든 신경써야 하는 것이니까, 제가 좀 전에 말했듯이 그렇게 훌륭하고 추상적인 말은, 정말 얼마든지 할 수 있습니다. 그리고 그건, 모두 거짓말입니다."

"그런가?" 요코자와 씨는 천연덕스런 표정을 짓고 있었다. 나는 지나치게 무신경한 요코자와 씨가 약간 좋아졌을 정도였다. "그런 사고방식도 재밌네." 엉망진창이다.

"낭독을 부탁해보지요." 우에스기 씨는 약간 품위 있게 거드름을 피우며 말했다. 그런 태도에는 어쩐지 고양이 같은, 은근한 적의가 담겨 있었다. 요코자와 씨보다도 이 사람이 만만치 않구나. 그런 느낌이 들었다.

"어떤 걸 부탁해볼까요?" 우에스기 씨는 무척이나 정중한 말투로 요코자와 씨에게 물었다. "이 사람은 수준이 높다고 하니까요." 기분 나쁜 말을 잘도 지껄이는구나! 비열하다! 세상에서 가장 구원받기 힘든 족속의 남자다. 이게 그, '와냐 아저씨'를 연기해서 일본 최고라는 찬사를 받은 우에스기 신스케의 정체란 말인가? 엉망이잖아.

"파우스트!" 요코자와 씨가 외쳤다. 실망했다. <벚꽃 동산>이라면 자신 있었는데 <파우스트>는 잘 못 한다. 무엇보다 나는 <파우스트>

를 통독한 적이 없다. 불합격, 나는 불합격이다.

"이 부분을 부탁합니다." 우에스기 씨는 내게 텍스트를 건네주고 낭독해야 할 부분을 연필로 표시해주었다. "한번 묵독하고 나서, 자신이 생기면 낭독해주세요." 어딘가 짓궂은 말투였다.

나는 눈으로 훑어봤다. 발푸르기스의 밤 같다. 메피스토펠레스의 말이다.

거기 있는 노인이여, 바위의 단단한 부분을 꼭 잡으시오.
잘못하다가는 깊은 협곡 바닥으로 곤두박질치겠소.
안개까지 합세해서 가뜩이나 어두운 밤이 더 칠흑같이 어두워졌소.
저 숲속의 나무가 우지끈우지끈 부러지는 소리가 들리는구려!
부엉이들이 놀라 푸드덕 날아가고,
영원히 푸른 궁전의
기둥들이 부서지는 소리가 들리오.
자, 들어보시오, 우지직 부러지는 나뭇가지 소리를!
우르릉 쾅음을 울리는 나무줄기들!
바자작 입을 벌리는 뿌리들!
모든 것이 끔찍하게 뒤엉켜 쓰러지며
우지끈 요란한 소리를 내고 있소.
그리고 부서진 조각들이 널려 있는 협곡을
바람이 휘잉휘잉 요란하게 가르며 울부짖소.
당신은 저 높이 허공을 울리는 목소리들이 들리오?
먼 곳과, 가까운 곳에서 나는 소리가 들리오?
이 산을 뒤흔들며,

무시무시한 마법의 노래가 울려 퍼지고 있소!

"저는 낭독 못 하겠습니다." 쭉 묵독해봤는데, 메피스토의 속삭임이
너무도 불쾌하게 느껴졌다. 휘잉휘잉 이라던가, 우지끈 같은 기분 나쁜
의성어만 많아서 정말 악마의 노래답게 건전하지 못하고 징그러운
느낌이라, 낭독할 마음이 생기지 않았다. 떨어져도 좋다. "다른 부분을
읽겠습니다."

텍스트를 팔랑대며 아무렇게나 넘기다가 좀 괜찮은 부분을 발견해서
큰 소리로 낭독하기 시작했다. 제2부, 꽃피는 들판의 아침. 눈을 뜬
파우스트.

머리 위를 보게! 거대한 산봉우리가
더없이 영광스러운 순간을 고하고 있노라.
저것들이 먼저 영원한 빛을 내리쬐고 나면,
우리에게도 그 빛이 내려앉으리라.
이제 푸르른 알프스 초원이
새로운 광명을 선사받아 선명하게 빛나는구나.
그리고 그 빛은 서서히 퍼지는구나.
태양이 나왔다. 하지만 나는 눈이 부셔서
바로 고개를 돌린다, 눈에 고통이 스며드는 것을 느끼며.

애타게 갈구하는 마음을 믿고, 노력하여
자신이 원하던 최고의 지점에 도달했을 때,
성취의 문이 활짝 열려 있는 것을 본다는 것이, 이런 것이리라.

그때 저 영원한 밑바닥에서부터
엄청난 불길이 용솟음치며 나와서, 우리는 놀라 멈칫하노라.
우리는 생명의 횃불에 불을 밝히려 했거늘,
몸은 불바다에 에워싸였다.
이 무슨 불길이란 말인가!
이글이글 타오르며 우리를 에워싸는 이것은, 사랑인가? 증오인가?
기쁨과 고통이 번갈아가며 우리를 덮쳐와
어렸던 옛날의 얇은 옷으로 몸을 덮으려 하고
우리는 다시 아래 세상을 내려다보게 되는 것이다.

그렇다면 태양은 내 등 뒤에 머물러라.
저 바위가 갈라진 틈에서 떨어지는 폭포를 바라보니,
내 마음에는 환희가 넘치는구나.
수천 개의 갈래로 떨어져서는 수천 개의 흐름이 되고,
만 개의 흐름이 되어, 허공 높이
수많은 물거품이 흩날리고 있구나.
하지만 이 거친 물보라가 만들어낸
일곱 빛깔 무지개의 경이로운 모습이
이렇게 아름답게 하늘을 가로지르고 있다니.
때로는 선명하게, 때로는 저 멀리 사라지듯 공중으로 흩어지면서,
시원한 산들거림의 향기를 주변에 뿌리고 있구나!
이 무지개가, 인간의 노력이 만들어낸 그림자다.
저것을 보며 깊이 생각한다면, 더 분명하게 깨달으리라.
인생은, 오색영롱한 그림자 위에 있다!

"잘한다!" 요코자와 씨는 악의 없이 칭찬해주었다. "만점이야. 이삼일 뒤에 통지를 주겠네."

"필기시험은 없나요?" 나는 이상하게 김이 새서 이렇게 물어봤다.

"건방진 소리 하지 마!" 끝자리에 있던 작은 체구의 배우, 이세 료이치로 보이는 사람이 갑자기 호통을 쳤다. "자네는 우리를 경멸하러 온 겐가?"

"아뇨," 나는 간이 콩알만 해졌다. "왜냐하면, 필기시험도······." 횡설수설했다.

"필기시험은," 우에스기 씨가 약간 굳은 표정으로 대답했다. "시간 관계상 안 합니다. 낭독만 보면 대충 아니까. 말해두지만, 벌써부터 좋아하는 대사만 찾으면 가망이 없어요. 배우의 자격에서 중요한 건 재능이 아니고, 무엇보다 인격입니다. 요코자와 씨는 만점을 준다고 해도, 나는 자네에게 0점을 주겠어요."

"그럼," 요코자와 씨가 아무것도 느끼는 바가 없는 듯 히죽거리며 말했다. "평균 50점이다. 어쨌건, 오늘은 이만 집에 가. 어이, 다음은 4번, 4번!"

나는 가볍게 인사하고 그곳을 나왔지만, 어느 정도 흐뭇했다. 왜냐하면, 우에스기 씨는 나를 비난할 생각이었겠지만 오히려 내 재능을 인정한다는 것을 털어놓았기 때문이다. 중요한 건 재능이 아니고 인격이라고 말했지만, 그러면 지금 내게 없는 것은 인격이고 재능은 충분하다는 말 아닌가? 나는 내 인격을 위해 노력하고 있고, 언제나 반성하고 있기 때문에 그건 남에게 칭찬받는 게 오히려 겸연쩍을 정도다. 그래서 별로 기쁘다는 생각도 안 들고, 남에게 오해를 받아서 욕을 먹게 되더라도 어디 한번 지켜보세요, 언젠가는 알게 될 테니까, 라는 식의 여유도 있는데, 재능은, 그야말로 하늘이 주시는 것이라 아무리 노력해도 안 되는 무서운 면이 있는 것 같다. 일본 최고의 연극배우가, 내게 바로 그 재능이 있다고 자기도 모르게 그걸 인정해버렸다. 아아, 기뻐하지 않을 수가 있으랴? 해냈다. 내겐 재능이 있었던 것이다. 인격은 없지만 재능은 있다고 한다. 우에스기 씨는 인격을 판정할 수 없다. 거짓된 판정이다. 그 사람에게는 판정할 자격이 없다. 하지만 역시, 재능에 대한 판정은 요코자와 씨 같은 사람보다 몇 배나 더 정확하지 않을까? 떡은 방앗간 떡이다.[38] 배우의 재능은 배우가 아니면 모른다. 기쁜 일이다. 내게는 배우의 재능이 있다고 한다. 웃지 않을 수가 있으랴. 이제는, 떨어진다고 해도 상관없다. 그야말로 적장의 목이라도 베어온 듯, 나는 의기양양해져서 집으로 왔다.

나는 형에게 "안 됐어, 안 됐어."라고 보고했다. "보기 좋게 불합격이야."

"뭐야, 너무 기쁘다는 얼굴이잖아. 안 된 게 아닌 거 아냐?"

"아니, 안 됐어. 희곡 낭독이 빵점이었어."

"빵점?" 형도 진지해졌다. "진짜야?"

"인격이 틀려먹었대. 그래도 뭐, 재능은⋯⋯."

"왜 그렇게 싱글벙글이야?" 조금 심기가 불편해졌는지 이렇게 말했다. "빵점을 받았다고 해서 기뻐할 건 없잖아."

"근데, 기뻐할 게 있어." 나는 형에게 오늘 있었던 시험의 분위기를 자세히 얘기해줬다.

⋅⋅
38_ 어떤 일이든 전문가가 있으니 전문가에게 일을 맡기는 편이 좋다는 일본 속담. 餅は餅屋

"붙었네." 형은 내 이야기를 다 듣더니 침착하게 결론을 내렸다. "절대로 떨어지지는 않을 거야. 이삼일 안으로 합격 통지가 오겠지. 그건 그렇고, 기분 나쁜 극단이네."

"정말 제대로 된 데가 아냐. 떨어지는 편이 명예로울 정도야. 난 합격하더라도 그 극단에는 안 들어갈 거야. 우에스기 씨 같은 사람과 함께 공부하는 건 딱 질색이야."

"그렇겠네. 진짜 싫다." 형은 씁쓸하다는 듯 웃었다. "사이토 씨한테 다시 가서 상담해보는 게 어때? 그런 극단은 싫다고, 네가 느낀 걸 솔직하게 말하는 게 어떨까? 어떤 극단이든 다 그러니까 참고 들어가라고 선생님이 말한다면 어쩔 수 없어. 들어가는 거지. 아니면, 다른 좋은 극단을 소개시켜줄지도 몰라. 아무튼, 시험은 봤다는 보고만이라도 해두는 편이 좋아. 어때?"

"응." 마음이 무거웠다. 사이토 씨는 어쩐지, 무섭다. 이번에는 혼날 것 같은 느낌도 든다. 하지만, 가야만 한다. 가서 어떻게 해야 하는지 얘기를 듣는 것 말고는 달리 방법이 없다. 용기를 내자. 나는 배우로서 대단히 재능이 많은 남자 아니었나. 어제까지의 나와는 다르다. 자신감을 가지고 매진하자. 하루의 노고는 그날 하루로 족하니라. 오늘은 왠지, 그런 기분이다.

저녁 식사 후 나는 방에 틀어박혀서 오늘 하루 있었던 일에 대한 긴 일기를 쓴다. 오늘부로 나는 부쩍 어른이 되었다. 발전! 이라는 말이 마음에 사무친다. 일개 인간이라는 것은 너무나도 고귀한 존재! 라는 것도 절실히 느낀다.

5월 10일. 수요일.

맑음. 오늘 아침 눈을 떴을 때 모든 게 다 변했다는 것을 깨달았다. 어제까지의 흥분이 싹 가셨다. 오늘 아침에는 그저 엄숙한 기분, 아니, 천연덕스러운 기분에 가까운 건지도 모르겠다. 어제까지의 나는 확실히 미쳤었다. 이성을 잃었었다. 어째서 그렇게 들뜬 마음으로 신이 나서는 이상한 모험 같은 것만 했는지 모르겠다. 그저, 이상할 뿐이다. 길고 슬픈 꿈에서 깨고 나니 오늘 아침은 마냥 눈만 깜빡이면서 고개를 자꾸 갸우뚱거리고 있다. 나는 오늘 아침부터 보통 인간이 되어버렸다. 아무리 교묘한 가감승제법을 써도, 이 1.0이라는 나라는 존재는 물결치는 가운데 서 있는 말뚝처럼 끄떡없다. 너무나 천연덕스럽다. 오늘 아침의 나는 가만히 서 있는 말뚝처럼 엄숙했다. 마음에는 꽃 한 송이도 없었다. 왜 이럴까? 학교에 가봤지만 학생들이 모두 열 살 난 아이처럼 보인다. 그리고 나는 학생들 한 명 한 명의 부모가 어떤 사람일지에 대해서만 줄기차게 생각했다. 언제나처럼 학생들을 경멸할 마음도 들지 않고, 미워하는 마음도 없었다. 살짝 측은하다는 마음이 들었을 뿐이고, 그것도 참새 떼에 대한 동정만큼 담백한 정도이며, 마음을 뒤흔들 만큼 강렬한 것은 절대 아니었다. 흥이 완전히 가라앉았다. 절대고독. 지금까지의 고독은 말하자면 상대고독이라고 할 만한 것으로, 상대를 너무 의식한 나머지 그에 대한 반발로 폼을 잡느라 느낀 고독이었는데, 오늘 든 생각은 다르다. 모든 사람들에게 전혀 흥미를 느끼지 못했다. 그냥, 시끄러울 뿐이다. 아무런 고통 없이 이대로 속세를 떠나 은둔생활을 할 수 있을 것 같은 기분이다. 인생에는, 이런 이상한 아침도 있는 법이다.

환멸幻滅. 그거다. 되도록이면 이 말을 쓰고 싶지는 않았는데, 아무래도 달리 표현할 수 있는 말이 없는 것 같다. 환멸. 심지어는, 진정한 환멸이다.

예전에 크게 흥분해서, 이 몸은, 대학에 환멸을 느꼈을지니, 라고 쓴 적도 있는 것 같은데, 지금 생각해보면 그건 환멸이 아니라 증오, 적의, 야망 같은 게 타오르는 열정이었다. 진정한 환멸이란 그렇게 적극적인 감정이 아니다. 그저, 어렴풋한 것이다. 그리고 어렴풋이 무지근한 것이다. 이 몸은, 연극에 환멸을 느꼈을지니. 아아, 이런 말은 쓰기 싫은데! 하지만, 이게 왠지 진실 같다.

자살. 오늘 아침에는 차분한 마음으로 자살을 생각했다. 진정한 환멸이란 인간을 완전히 멍청하게 만들거나, 자살하게 만든다. 무서운 마물魔物이다.

나는 확실히 환멸을 느끼고 있다. 부정할 수는 없다. 하지만, 마지막 하나 남은 인생길에 환멸을 느낀 남자는, 대체 어찌 하면 좋을까? 연극은 내게, 유일한 삶의 보람이었다.

진지하고 깊이 있게 생각해봐야겠다. 연극을 하찮은 것이라고 생각하지는 않는다. 하찮다니, 말도 안 된다. 하찮게 여겼다면 분노도 느꼈을 거고, 경멸하는 마음이 지나친 나머지 완전히 등을 돌려서 다른 길로 힘차게 뛰어들 수도 있겠지만 오늘 내가 아침에 느낀 기분은, 그런 게 아니었다. 덧없다. 뭐든, 어떻게 되건 상관없다. 연극. 그건 아마, 훌륭한 거겠지요. 배우. 아아, 그것도 좋겠지요. 하지만 나는, 움직이지 않는다. 확실한 간극이 생겼다. 차가운 바람이 불고 있다. 사이토 씨 댁에 처음 찾아가서 꼴좋게 문전박대를 당하고 왔을 때도 이와 비슷한 기분을 맛보았다. 세상이 바보 같다기보다는, 이런 세상에서 노력하며 살고 있는 내가 바보 같다. 어둠 속에서 홀로 하하하 하고 웃고 싶은 기분이다. 세상에 이상 같은 건 절대 없다. 모두 보잘것없이 살고 있다. 인간이란 역시, 오로지 먹기 위해서만 사는 게 아닐까 하는 생각이 들기 시작했다. 시시한 얘기다.

방과 후, 어정어정 축구부 준비실에 들러봤다. 축구부에라도 들어가볼까 싶어서다. 아무 생각 없이 공이라도 차며 평범한 학생으로 있는 듯 없는 듯 살아보고 싶어졌기 때문이다. 축구부실에는 아무도 없었다. 합숙소 쪽에 있는지도 모른다. 합숙소까지 찾아가볼 열정도 없어서 그대로 집으로 돌아왔다.

집에 오니 가모메좌에서 속달이 와 있었다. 합격이다. "이번 심사 결과, 귀하를 포함한 다섯 명을 연수생으로 합격시켰음. 내일 오후 여섯 시에 연구실로 올 것."이라는 내용의 통지다. 조금도 기쁘지 않았다. 이상하리만치 기분이 가라앉았다. R대학 합격 통지를 받았을 때가 오히려 이보다는 기뻤다. 내게는 이미 배우 수업을 받을 마음이 없는 것이다. 우에스기 씨에게서 배우로서의 재능을 다소 인정받았고, 그 일만큼은 적장의 목이라도 베어온 듯 기뻤지만, 오늘 아침 눈떴을 때는 그 기쁨도 잿빛처럼 느껴졌다. 그까짓 재능 같은 게 중요한 게 아니라 역시 인격이 중요한 거라며, 진지한 마음으로 생각을 고쳐먹었다. 어째서 이렇게 갑자기 마음이 바뀐 걸까? 사랑을 완전히 쟁취한 자의 허무일까? 어제 가모메좌 시험 때 무의식적으로 골라 읽은 그, <파우스트>에 나오는 '성취의 문이 활짝 열린 것을 봤을 때, 우리는 오히려 놀라 멈칫하노라.'라는 대사처럼, 전부터 품고 있던 배우의 꿈을 너무나 쉽게 이룰 수 있을 듯한 상황이 되어 다 싫어진 것일까?

"넌 합격했는데도 별로 기쁜 것 같지가 않네?" 형도 그렇게 말했다.

"생각해보려고." 나는 진지하게 대답했다.

오늘 밤엔 형과 무척이나 시시한 토론을 했다. 음식 중에 뭐가 가장 맛있는가를 주제로 한 토론이다. 여러모로 서로의 먹보다운 모습을 뽐내봤지만 결국 파인애플 통조림 국물보다 더 맛있는 건 없다는 결론을 내렸다. 복숭아 통조림 국물도 좋지만 그건, 파인애플 국물만큼 상큼하지가 않다. 파인애플 통조림은 열매를 먹기 위해 있는 게 아니라 국물을 마시기 위해 있는 거라는 얘기까지 하고는, 내가

"파인애플 국물은, 한 대접이 있어도 다 마실 수 있겠다." 하고 말하자, 형도 바로 동의하며, "거기에 얼음을 갈아서 넣어 먹으면 더 맛있겠다." 라고 한술 더 떴다. 형도 이상한 생각을 한다.

먹는 얘기를 하니까 더 배가 고파져서, 먹보 둘은 몰래 부엌으로 가서 주먹밥을 만들어 먹었다. 정말 맛있었다.

니힐리즘과 식욕 사이에는 무언가 관계가 있는 모양이다.

형은 지금 옆방에서 소설을 쓰고 있다. 벌써 쉰 장을 넘어갔다고 한다. 이백 장을 쓸 예정이라고 한다. 눈이 내리기 시작했을 때, 라는 구절로 시작하는 아름다운 소설이다. 나는 열 장 정도를 읽어봤다. 다 쓰면 『문학공론』의 공모전에 낼 거라고 한다. 형은 예전에 공모전에 작품을 내는 것을 무척 경멸했었는데, 어쩐 일일까?

"공모전에 작품을 내다니, 자기를 함부로 하는 거잖아. 작품이 아까워."라고 하며 의중을 떠보니,

"그래도 당선되면 이천 엔이야. 돈이라도 받을 수 없다면, 소설 같은 건 시시한 거야."라고, 굉장히 천박한 표정으로 말했다. 형은 요즘 술도 많이 마신다. 어쩐지, 타락한 거 아닌가 싶어 걱정이다.

누구를 보아도, 이상의 상실.

오늘 밤은 너무 졸리다.

5월 11일. 목요일.

구름. 바람 강함. 오늘은 그런대로 알찬 하루였다. 어제의 나는 유령이었지만 오늘은 꽤 적극적인 생활인이었다. 학교의 성서 강의가 재밌었다. 매주 한 번, 데라우치 신부님의 특별 강의가 있는데 나는 항상 이 시간이 기대된다. 지지난 주 목요일 강의도 재밌었다. '최후의 만찬' 연구에 대한 얘기였는데, 만찬에 모인 열세 명이 각각 식탁의 어느 위치에 있었는지 그림을 그려서 굉장히 명료하게 가르쳐줬다. 그런데 놀랍게도 열세 명 모두 식탁에 엎드려 있었다고 한다. 식탁 주변에 침대가 있고 그 침대에 다 같이 엎드려서 먹고 마시는 게 당시 풍습이었다고 한다. 다빈치의 <최후의 만찬>은 사실과 다른 셈이다. 게에라는 러시아 화가가 그린 <최후의 만찬> 그림을 보면 모두 엎드려 있다고 한다. 예수의 정신과는 전혀 상관없는 얘기지만 정말 재밌었다. 아무래도 나는 먹는 것에 대한 관심이 너무 많은 것 같다. 오늘도 또 먹는 것에 대한 생각을 했는데, 그래도 이건 우스갯소리로 끝나지는 않았다. 약간은 남는 게 있었다. 오늘 데라우치 신부님은 구약성서의 신명기申命記를 중심으로 강의했다. 데라우치 신부님은 절대로 교단에 서서 강의하는 일이 없다. 강의실 빈자리에 앉아 학생과 함께 공부하는 것처럼 편하게 얘기한다. 그게 무척 맘에 든다. 학생 모두와 함께 즐거운 이야기를 나누는 듯한 느낌이다. 오늘은 신명기를 중심으로 모세의 고민에 대한 얘기를 했는데, 나는 그중에서도 모세가 민중의 음식까지 챙겼다는 사실에 흥미를 느꼈다.

"14장. 너희들은 가증스러운 것은 아무것도 먹지 말라. 너희들이 먹을 만한 짐승은 이러하니 즉 소와 양과 염소와 사슴과 노루와 불그스름한 사슴과 산염소와 볼기가 흰 노루와 뿔이 긴 사슴과 산양이라. 모두 짐승 중에 굽이 갈라져 발이 쪽발이고 새김질도 하는 모든 것은 너희가 먹을 것이니라. 다만 새김질을 하고 굽이 갈라진 짐승 중에도 너희들이 먹지 못할 것은 이것이니, 낙타와 토끼와 사반, 그것들은 새김질은 하나 굽이 갈라지지 않았으니 너희는 이것을 먹으면 안 된다, 돼지는 굽은 갈라졌으나 새김질을 못 하므로 너희에게 부정하니 너희는 이런 고기를 먹지 말 것이며 그 사체도 만지지 말아야 한다.

물에 있는 모든 것 중에서 이런 것은 너희가 먹을 것이니 지느러미와 비늘이 있는 모든 것은 너희가 먹을 것이요 지느러미와 비늘이 없는 모든 것은 너희가 먹지 말지니 이는 너희에게 부정하느니라.

또한 정한 새는 모두 너희가 먹어도 좋다. 다만 이런 것들은 먹지 말아야 한다. 즉 독수리와 솔개와 물수리와 매와 새매와 매의 종류와 까마귀 종류와 타조와 타흐마스와 갈매기와 새매 종류와 올빼미와 부엉이와 흰올빼미와 해오라기와 참매와 가마우지와 학과 황새 종류와 대승과 박쥐며 또 날기도 하고 기어 다니기도 하는 것은 너희들에게 부정하니 너희는 이것을 먹으면 안 된다. 그리고 날개를 가지고 나는 모든 정한 것들은 너희들이 먹을 것이니라."

정말이지 세세한 것까지 가르쳤다. 이렇게까지 하기는 귀찮았을 것이다. 모세는 새들과 낙타, 타조류까지 일일이 먹어보고 싶었는지도 모른다. 아마 낙타는 맛없었을 것이다. 천하의 모세도 얼굴을 찌푸리고 이건 안 돼, 라고 말했을 것이다. 선각자는 그냥 입으로만 멋진 말을 하지 않는다. 직접적으로 민중의 생활에 도움을 준다. 아니, 하는 일들은 거의 민중의 생활에 현실적인 도움을 주는 일뿐이라고 해도 좋을지 모른다. 그리고 도움을 주면서 짬을 내어 설교를 한다. 그 설교가 아무리 훌륭할지언정, 처음부터 끝까지 설교만 하면 민중은 그것을 따르지 않는 모양이다. 신약성서를 읽어봐도, 예수는 병자를 고치고 죽은 자를 살리며 생선과 빵을 민중에게 듬뿍 나누어 주는 일에 쫓겨 기진맥진해 있는 모습이다. 열두 제자들조차도 음식이 떨어지면 바로 불안해하며 수군거렸다. 상냥한 예수도 결국 제자들을 야단치며, "아아 신앙이 얕은 자여, 어째서 빵이 없는 것에 대해 이야기를 나누느냐. 아직도 깨닫지 못하겠느냐? 다섯 개의 빵을 오천만이 나누면 그게 몇 광주리가 나오고, 또한 일곱 개의 빵을 사천만이 나누면 그게 몇 광주리가 나오는지 모르겠느냐. 내가 말한 것은 빵에 대한 것이 아님을 왜 깨닫지 못하느냐" 라며 진심 어린 한탄을 했었다. 예수는 얼마나 쓸쓸했을까? 하지만 어쩔 수 없는 것이다. 민중은 그처럼 인색한 법이다. 자신의 앞날만 생각한다.

　데라우치 신부의 강의를 들으며 이런저런 생각을 하다가, 문득 전광석 화처럼 가슴속이 반짝였다. 아아, 맞아. 인간에게는 애당초 이상 같은 게 없다. 있어도 그것은, 일상생활에 기초한 이상이다. 생활과 동떨어진 이상은, ……아아, 그것은 십자가로 가는 길이다. 그리고 그것은 신의 아들의 길이다. 나는 한 사람의 민중에 지나지 않는다. 먹을 것에만 신경 쓰고 있다. 나는 요즘 어엿한 생활인이 되었다. 땅을 기는 새가 되어버렸다. 어느새 천사의 날개가 없어진 것이다. 바동거려봐야 아무 소용없다. 이것이 현실이다. 대충 넘어갈 수가 없다. '인간의 비참함을 모르고 신만 아는 것은 오만함을 불러일으킨다.' 내 기억에 이 말은 파스칼이 했던 말인 것 같은데, 나는 이제까지 자신의 비참함을 몰랐다. 단지 신의 별만을 알고 있었다. 그 별을 잡고 싶어 했다. 그러다가는 분명, 언젠가 환멸의 고배를 마실 것이다. 인간의 비참함. 먹을 생각만 하고 있다. 형이 언젠가, 돈도 안 되는 소설 같은 건 시시한 거라고 했었는데 그것이 인간의 솔직한 말이며, 그걸 그냥 형의 타락이라고 비난하려 했던 내가 잘못 생각했던 것인지도 모르겠다.

일개 인간이 아무리 그럴싸한 말을 한다 한들, 소용없다. 생활의 꼬리가 매달려 있으니. '물질적인 족쇄와 속박을 감수하라. 나는 지금 정신적인 속박에 있어서만 너희를 해방시키는 것이다.' 이거다, 이거. 비참한 생활의 꼬리를 질질 끌고 다닐지언정, 구원은 있을 터이다. 이상을 향해 매진할 수 있을 것이다. 언제나 내일 먹을 빵에 대한 걱정을 하면서 예수를 따라다니던 제자들도 결국은 성인<sup>聖人</sup>이 될 수 있었다. 나도 이제부터 새로운 마음으로 노력해야겠다.

나는 인간의 생활마저도 부정하려 했다. 그저께 가모메좌 시험을 보면서 거기 있던 예술가들이 너무나 보잘것없는 자신의 지위를 지키려고 전전긍긍하며 노력하는 것을 보고 정나미가 떨어졌다. 특히 그 우에스기 씨는, 일본 최고의 진보적인 배우라고 불리는 사람인데도 나 같은 무명 학생에게까지 얼굴이 창백해질 정도로 경쟁의식을 불태웠으니, 한심해서 짜증이 났다. 지금도 우에스기 씨의 태도가 훌륭하다고 생각하는 건 절대 아니지만, 그렇다고 해서 모든 인간의 생활을 부정하려 한 것은 나의 지나친 생각이었다. 오늘 가모메좌 연구소에 가서 그 예술가들과 다시 한 번 얘기를 나눠볼까 싶었다. 스무 명의 지원자 중에 내가 뽑혔다는 것만으로도 감사히 여겨야 하는지도 모른다.

하지만 방과 후에 교문을 나와 세디센 바람을 맞고 있자니 갑자기 마음이 바뀌었다. 아무래도, 싫다. 가모메좌는 싫다. 딜레탕트다. 그곳에는 높은 이상의 향기가 없음은 물론 생활의 그림자조차 희박하다. 연극속에 생활이 있다고 할 만한 끈기가 없다. 허영에 찬 연극을 하고 있다고 해야 하나, 분위기에 취해 있는 취미꾼들만 모여 있는 느낌이다. 아무래도 뭔가 빠진 느낌이다. 나는 오늘부터, 더 이상 쉽게 동경에 빠지는 사람이 아니다. 이상한 말처럼 들릴지 몰라도, 나는 프로페셔널하게 살고 싶다!

사이토 씨를 찾아뵙기로 결심했다. 오늘은 무슨 수를 쓰더라도 내 각오가 어느 정도 수준인지를 자세히 이야기해야겠다는 생각이 들었다. 그런 결심을 하니, 내 몸이 따뜻한 신의 은총에 둘러싸인 듯한 기분이 들었다. 인간의 누추함과 자신의 추함에 절망하지 말고, '너희들의 손으로 할 만한 모든 일은 최선을 다하여 행하라.'[39]

노력해야만 한다. 십자가를 피해 도망가려는 것이 아니다. 자신의 추한 꼬리를 감추지 않고 그것을 끌면서, 한 걸음 한 걸음 비틀거리며 언덕길을 오르는 것이다. 이 언덕길 끝에 십자가가 있을지 천국이 있을지, 그건 아직 모른다. 틀림없이 십자가가 있을 거라는 생각은, 신을 모르는 사람들이나 하는 것이다. 그저, '뜻대로 이루어지게 하소서.'

대단한 결의에 차서 시바에 있는 사이토 씨 댁에 갔는데, 여전히 사이토 씨 댁은 녹록치가 않다. 문을 지나기 전부터 이상한 위압감을 느낀다. 다윗의 요새가 이렇지 않을까 싶다.

벨을 눌렀다. 나온 사람은 그 여자였다. 역시 형의 추측대로, 비서 겸 하녀인 모양이다.

"어머, 어서 오세요." 여전히 친한 척이었다. 나를 완전히 얕보고 있다.

"선생님은?" 이런 여자에게는 볼일이 없었다. 나는 조금도 웃지 않고 물었다.

"계시지요." 단정치 못한 말투였다.

• •
39_ 전도서 9장 10절.

"중요한 용건으로 뵈러……."라고 말하는데 여자가 웃음을 터뜨리더니, 급기야 두 손으로 입을 막고 얼굴을 붉히며 웃음을 삼켰다. 나는 불쾌하기 짝이 없었다. 나는 이제 이전처럼 어린애가 아니다. "뭐가 웃겨요?"라고 조용히 말했다. "저는 선생님을 꼭 뵙고 싶습니다."

그 여자는 "네, 네."라고 말하며 끄덕였고, 자지러지게 웃으면서 안으로 들어갔다. 내 얼굴에 무슨 먹이라도 묻은 걸까? 무례한 여자다.

한참 있다가 이번에는 약간 진지한 표정으로 나와서는, "안됐지만 선생님이 약한 감기 기운이 있어서 오늘은 아무도 만날 수 없다고 하시네요. 용건이 있으시면 이 편지지에 용건을 간단히 써주세요."라고 하더니 편지지와 만년필을 내밀었다. 나는 맥이 풀렸다. 나이든 대작가라는 사람들은 이렇게 제멋대로 구는 건가, 싶었다. 생활력이 강하다고 해야 하나? 어쨌든 업보가 많은 사람이라는 생각이 들었다.

다시 현관 입구에 앉아서 편지지에 짧은 글을 썼다.

'가모메좌에 합격했습니다. 시험은 아주 엉터리였습니다. 하나를 보면 열을 압니다. 어제, 오늘 오후 여섯 시에 가모메좌 연구소로 오라는 통지를 받았는데, 가고 싶지 않습니다. 고민 중입니다. 가르쳐주세요. 소박하게 배워나가고 싶습니다. 세리카와 스스무.'

이렇게 써서 여자에게 건넸다. 아무래도 잘 못 쓰겠다. 여자는 그걸 가지고 안으로 들어갔지만 한참이 지나도 나오지 않았다. 어쩐지 불안하다. 산사山寺에 홀로 덩그러니 앉아 있는 듯한 기분이었다.

갑자기 그 여자가 소리 내어 웃으면서 나왔다.

"여기, 답장." 좀 전의 편지지와는 다른, 말린 종이를 찢은 듯한 작은 종잇조각을 내밀었다. 붓으로 흘려 쓴 글씨였다.

춘추좌春秋座.

그 말만 적혀 있었다. 다른 말은 아무것도 없었다.

"뭡니까, 이건?" 나는 화가 나기 시작했다. 사람을 놀리는 데도 정도가 있다.

"답장이에요." 여자는 내 얼굴을 올려다보고 천진난만하게 웃고 있다.

"춘추좌에 들어가라는 건가요?"

"그런 거 아닐까요?" 간단히 대답했다.

나도 춘추좌의 존재에 대해서는 알고 있었다. 하지만 춘추좌는 가부키 배우 중에 그야말로 거물만 모아 조직된 극단이다. 나 같은 학생이 어슬렁어슬렁 찾아가서 단원이 될 수 있는 극단은 절대 아니다.

"이건 무리예요. 선생님 소개장이라도 있다면 모를까." 이렇게 말한 순간, 청천벽력,

"알아서 해!"라고, 안에서 호통치는 소리가 들려왔다.

기겁을 했다. 있었던 것이다. 그분이 장지문 뒤에 숨어서 듣고 있었던 것이다. 깜짝 놀랐다. 할아버지도 참 너무했다. 나는 허둥지둥 물러섰다. 대단한 할아버지다. 정말 놀랐다. 집에 와서 형에게 오늘 있었던 일을 들려줬더니 형은 배를 잡고 웃었다. 나도 할 수 없이 웃었지만, 조금은 분하기도 했다.

오늘은 완전히 한방 먹었다. 하지만 사이토 선생님(이제부터는 사이토 선생님이라고 불러야겠다)이 묘하게 쉰 목소리로 친 호통소리를 듣고, 지난 이삼일 동안 끼어 있던 회색 구름도 날아간 느낌이다. 알아서 하자. 춘추좌. 하지만 대체, 어떻게 하면 좋을까? 정말 갈피를 못 잡겠다. 형도 당황스러운 모양이다. 천천히 춘추좌를 연구해보자는 게 오늘 밤 우리가 내린 결론이었다.

생각지도 못한 일만 계속해서 일어난다. 인생은 정말 예측할 수가

없다. 요즘 들어 신앙의 진정한 의미를 알게 된 것 같다. 하루하루가 기적이다. 아니, 생활에서 일어나는 모든 일들이 기적이다.

5월 14일. 일요일.
흐린 뒤 맑음. 이삼일 동안 일기를 안 썼다. 쓸 만한 게 딱히 없었기 때문이다. 요즘 어쩐지 마음이 무겁고, 예전처럼 들뜬 마음으로 일기를 쓸 수가 없다. 일기를 쓸 시간도 아까운 기분이 들어서, 자중自重이라고나 할까, 쓸데없는 일들을 일일이 일기에 쓰는 것은 어린애 소꿉장난 같고 슬픈 일이라는 생각을 하게 됐다. 자중해야 한다는 생각이 자꾸 든다. 베토벤의 말 중에 이런 게 있다. '너는 더 이상 스스로만을 위해서 살아갈 수 없다.' 그런 기분도 든다.
　오늘 아침 일찍부터 집안이 무척 소란스러웠다. 어머니가 요양을 위해 구주쿠리 별장으로 떠나기 때문이다. 오늘은 '대안大安'이라는 길일이라, 날씨가 흐린데도 어머니는 당장 출발하자며 고집을 부렸다. 스즈오카 씨와 누나가 이른 아침부터 도와주러 왔고, 메구로에 사는 쪼끔만 여사도 왔다. 쪼끔만이라는 말은 자제하겠다고 고모와 약속했지만, 버릇이 된지라 나도 모르게 튀어나온다. 근처에 사는 아저씨, 아사히 택시의 젊은 아저씨, 주치의 가가와 씨. 총동원되어, 출발 준비를 했다. 어쨌든 어머니는 누워서만 지내는 환자라서 손이 많이 간다. 간호사인 스기노 씨와 하녀 우메가 어머니와 함께 가게 되어 집은 형과 나, 서생 기시마 씨, 그리고 스즈오카 씨의 먼 친척이라는 쉰이 조금 넘은 할머니가 지키기로 했다. 이 할머니 이름은 슌인데, 재미있는 사람이다. 스기노 씨와 우메 모두 어머니와 함께 가게 되어 당분간 집안 살림을 할 사람이 없으니, 임시로 이 할머니가 오게 된 것이다. 앞으로는 집도 더욱 쓸쓸해지겠지. 대형 택시에는 어머니와 가가와 씨와 간호사 스기노 씨가 탔다. 다른 택시 한 대에는 스즈오카 씨 부부와 하녀인 우메가 탔다. 택시로 곧장 구주쿠리의 송풍원까지 가는 것이다. 가가와 씨와 스즈오카 씨 부부는 어머니가 거기서 안정을 되찾으면 기차를 타고 도쿄로 돌아올 예정이다. 엄청난 소란이었다. 무려 스무 명 정도가 우리 집 앞을 지나가다가 무슨 일인가 하는 얼굴로 멈춰 서서 구경하기까지 했다. 어머니는 아사히 택시의 젊은 아저씨에게 업힌 채, 태연한 얼굴로 우메를 향해 쩌렁쩌렁한 목소리로 잔소리를 하면서 구경꾼들을 헤치고 자동차에 탔다. 굉장한 광경이었다. 도스토옙스키의 『노름꾼』에 나오는 그 할머니 같았다. 정말 기운이 넘친다. 어머니는 구주쿠리에서 한두 해 정도 요양을 하고 나면 정말 완쾌할지도 모른다.

모두가 출발하고 나서는 집이 텅 비어서 불안한 느낌이 들었다. 아니, 그보다도 오늘 아침의 북새통 속에 조금 묘한 일이 있었다. 형이나 나나, 도움이 될 게 없으니 모두에게 방해나 되지 말자며 2층으로 피난을 가서 집에 와 있던 사람들의 험담을 비롯한 이런저런 얘기를 했다. 그런데 스기노 씨가 무슨 할 말이라도 있는지 굳은 표정으로 우리가 있는 방으로 들어와서 털썩 주저앉더니,

"당분간 이별이네요." 하고 웃는 듯한 얼굴로 입을 묘하게 오므리며 말하고는, 잠시 후 엎드리더니 으엉 하고 소리 내어 울었다.

의외였다. 형과 나는 얼굴을 마주 봤다. 형은 입을 내밀고 있었다. 당황하는 모습이었다. 스기노 씨는 그 뒤로 이삼 분을 더 흐느껴 울었다. 우리는 가만히 있었다. 스기노 씨는 결국 일어나서 앞치마로 얼굴을 가린 채 방에서 나갔다.

"왜 저래?" 내가 작은 소리로 말하자 형도 얼굴을 찌푸리며,

"꼴사나워."라고 말했다.

하지만 나는 대강 짐작이 갔다. 그때는 둘 다 더 이상 스기노 씨에 대한 얘기를 하지 않고, 다른 잡담을 시작했는데 모두가 택시를 타고 출발하고 난 뒤, 형은 약간 생각에 잠긴 듯 보였다.

형은 2층 방바닥에 벌러덩 드러누워,

"결혼해버릴까?"라고 말하며 웃었다.

"형, 전부터 눈치채고 있었어?"

"몰랐지. 아까 우는 거 보고, 왜 저러나 싶었지."

"형도 스기노 씨가 좋아?"

"좋지는 않아. 나보다 나이가 많아."

"그럼, 왜 결혼하는데?"

"그냥, 울잖아."

우리는 큰 소리로 웃었다.

스기노 씨도 보기와는 달리 로맨틱한 면이 있다. 하지만 이 로맨스는 성립될 수 없다. 스기노 씨의 구애 방법은 그저, 으엉 하고 우는 것이다. 정말이지, 그런 방법은 너무나 엉터리다. 로맨스에 우스꽝스러운 느낌은 금물이다. 틀림없이 스기노 씨도 그때 잠깐 울고서는 '아차' 싶어서, 마음가짐을 새로이 하고 구주쿠리로 갔을 것이다. 노처녀의 사랑은, 아쉽게도 한때의 웃음거리로 끝나버린 모양이다.

"불꽃놀이지." 형은 시인다운 결론을 내렸다.

"선향線香 불꽃놀이지." 나는 현실주의자답게 그 말을 바로잡았다.

왠지 쓸쓸하다. 집이 텅 비어 있다. 저녁 식사를 마치고는 형과 공연장에 가보기로 했다. 기시마 씨도 함께 가기로 했다. 슌 할머니가 집을 지켰다.

지금 공연장에는 춘추좌 사람들이 출연하고 있다. 상연작은 <여자 살인 기름 지옥女殺油地獄>[40]과 오가이鷗外의 「기러기」[41]를 신인 가와카미 유키치 씨가 각색한 것, 그리고 <벚나무 잎葉桜>이라는 신무용新舞踊이다. 신문 같은 데서도 모든 작품의 평판이 좋은 모양이다. 우리가 갔을 때는 <여자 살인 기름 지옥>이 끝난 뒤였고, <벚나무 잎>도 끝난 것 같았고, 가장 마지막 순서인 <기러기>가 시작된 참이었다. 무대에는 메이지1868년~1912년의 분위기가 흐르고 있었다. 나는 다이쇼1912년~1926년시 대에 태어났으니 메이지의 분위기 같은 건 알 리가 없지만, 우에노공원과 시바공원을 걷다보면 문득 느껴지는 향수 같은 것이 분명 메이지의 냄새일 거라고 믿고 있다. 한 가지 아쉬운 점이 있다면, 배우의 대사가 거의 쇼와1926년~1989년의 대화 방식이라는 점이다. 각색자의 실수일지도 모른다. 배우의 연기는 훌륭했다. 모든 단역 배우들이 침착하게 제대로 연기하고 있었다. 팀워크가 좋다. 좋은 극단이라는 생각이 들었다. 이런 극단에 들어갈 수 있다면 군말할 필요가 없겠다고 생각했다. 한 막이 끝나고 다음 막이 시작되기 전에 복도로 나갔다가, 복도 코너에 작은 상자가 놓여 있는 것을 발견했다. 그 상자에는 하얀 페인트로 '오늘 공연의 감상을 적어주세요.'라고 쓰여 있었다. 그걸 보고 문득 좋은 생각이 떠올랐다.

상자에 딸린 편지지에, '단원 지망자입니다. 절차를 알려주세요.'라고 써서 주소와 이름을 적고, 상자에 넣었다. 이 얼마나 좋은 생각인가?

..
40_ 지카마쓰 몬자에몬의 인형조루리로, 가부키로 상연되기도 한다. 1721년에 초연되어, 현재까 지도 이어지고 있다.
41_ 모리 오가이의 1911~1913년 연재소설. 고리대금업자의 첩인 오타마가 의학생 오카다를 짝사랑하면서 자아에 눈뜨는 내용.

이 또한 기적이다. 이 상자의 글씨를 읽기 직전까지는 이런 좋은 방법이 있을 거라고는 생각지도 못했다. 순식간에 떠오른 생각이다. 신의 은총이다. 하지만 형에게는 이 일에 대해 말하지 않았다. 형이 비웃는 게 싫어서라기보다, 왠지 이제부터는 되도록이면 형에게 기대지 않고 항상 내 직감에 의지하며 스스로의 힘으로 살아가고 싶기 때문이다.

6월 4일. 화요일.

맑음. 잊고 있었는데 춘추좌에서 편지가 왔다. 행복을 담은 소식이란, 기다릴 때는 절대로 오지 않는 법이다. 절대로 안 온다. 친구를 기다리면서 아아, 왔나보네? 하고 발소리의 주인공이 친구이기를 기대했을 때는 절대로 친구의 발소리가 아니다. 그 사람은 불시에 온다. 발소리 같은 것도 없다. 아무런 기대 없이 있을 때를 틈타서 불시에 찾아온다. 거참 이상하다. 춘추좌에서 온 편지는 타이프라이터로 작성되어 있었다. 그 내용을 대강 적어보자면 다음과 같다.

올해는 새로운 단원 세 명을 채용할 예정. 열여섯 살에서 스무 살까지의 건강한 남자에 한한다. 학력불문이지만 필기시험은 있다. 입단 후 두 달이 지나면 준準단원이 되며 매월 화장료 삼십 엔 및 교통비를 지급한다. 준단원의 최장 기간은 이 년을 한도로 하고, 이후에는 정단원이 되며 모든 단원들과 동등한 대우를 한다. 최장기간을 지나더라도 정단원으로서의 자격이 없다고 판단될 시에는 제명한다. 지원자는 6월 15일까지 자필 이력서, 호적초본, 사진은 명함판 한 장(상반신 정면을 찍은 것) 및 호주 혹은 보호자의 허가증을 첨부하여 사무소로 보낼 것. 시험과 그 밖의 사항에 대해서는 다시 통지하겠음. 6월 20일 심야까지 통지가 없으면 단념할 것. 그 밖의 사사로운 질문에 대해서는 응할 수 없음. 어쩌고저쩌고.

원문이 이 정도로 딱딱하게 쓰이지는 않았지만, 대강 이런 분위기의 편지다. 정말 세세한 것까지 명확하게 쓰여 있다. 화려한 느낌은 전혀 없지만 그 대신 무척 엄숙한 느낌이 들었다. 읽는 중에 자세를 고쳐 앉고 싶을 정도였다. 가모메좌 시험 때는 마냥 두근거리는 마음에 공연히 법석을 떨었지만 이번에는 진지하다. 마음이 침울해지기까지 한다. 아아 이제 내가, 드디어 직업 배우로서 출발을 하는 건가, 하는 생각이 들자 가슴이 뭉클했다.

세 명 채용. 그 안에 들어갈 수 있을지, 어떻게 될지 전혀 짐작이 안 가지만 어쨌든 해보자. 형도 오늘 밤은 긴장 상태다. 학교를 마치고 집에 왔더니,

"스스무. 춘추좌에서 편지가 와 있어. 너 형한테 말도 없이, 몰래 혈서로 탄원서라도 쓴 거 아냐?" 하며 처음에는 웃었지만, 편지를 뜯어서 함께 내용을 읽고 나서는 갑자기 진지해졌다. 그리고 형은,

"아버지가 살아 계신다면, 뭐라고 하셨을까?"라는 나약한 소리까지 했다. 형은 상냥하고, 여전히 마음이 여리다. 내가 이제 와서 어디로 갈 수 있을까? 오랜 번민과 고뇌 끝에, 여기까지 간신히 온 것이다.

이렇게 되면 의지할 수 있는 유일한 사람은 사이토 선생님밖에 없다. 사이토 선생님은 춘추좌, 라는 세 글자를 분명하게 적어 주셨다. 그리고 알아서 해! 라며 호통을 치셨다. 해보자. 할 수 있을 때까지 해보자. 초여름 밤. 별이 예쁘다. 작은 목소리로 어머니! 하고 외치고는, 부끄럽다 는 생각이 들었다.

6월 18일. 일요일.

맑음. 덥다. 너무 덥다. 일요일이라 늦잠을 자고 싶었지만, 더워서 잘 수가 없었다. 여덟 시에 일어났다. 잠시 후 우편이 왔다. 춘추좌에서. 첫 관문은 통과한 것이다. 당연하다는 듯한 기분도 들었지만, 그래도 마음이 놓였다. 통지가 오는 건 내일이나 모레쯤일 거라고 생각했는데, 역시 행복은 심술궂게, 생각지도 못한 순간에만 온다.

7월 5일, 오전 열 시부터 가구라자카에 있는 춘추좌 연기도장에서 제1차 시험을 실시한다. 제1차 시험은 각본 낭독, 필기시험, 구두시험, 간단한 체조 각본 낭독 중 하나는 뭐든 가능, 수험자가 좋아하는 각본을 시험장에 지참하여 자유롭게 낭독할 수 있다. 단, 낭독 시간은 오 분 이내. 그리고 본 극단에서 낭독할 각본 하나를 시험장에서 제시함. 필기시험에는 되도록이면 연필을 사용할 것. 체조를 해도 지장이 없을 바지, 셔츠 준비를 잊지 말 것. 도시락은 지참하지 않아도 됨. 본 극단에서 간단한 식사를 제공함. 당일에는 오전 열 시 십 분 전에 연기도장 대기실에 집합할 것.

여전히 간단명료하다. 제1차 시험이라고 쓰여 있는데, 그러면 이 시험에 합격하더라도 제2차, 제3차 시험을 봐야 하는 건가? 꽤나 신중하다. 하지만 배우로서 적합한지 부적합한지를 판단하기 위해서는, 이렇게 복잡한 방법으로 사람을 뽑는 게 좋을지도 모른다. 회사나 은행에 취직하는 것과는 다르다. 무책임한 심사로 대충 뽑는다 하더라도, 뽑힌 사람이 배우로서 부적합한 사람이라면 바로 옆에 있는 다른 은행으로 옮겨가듯 쉽게 이직할 수도 없으니 그 사람 인생이 엉망진창으로 무너지겠지. 정말 엄격하게 심사해주었으면 한다. 가모메좌처럼 한다면, 합격한다고 해도 불안해서 안 된다. 나는 모든 것을 버리고 여기에 인생을 걸고 있다. 나를 무책임한 태도로 대하면 참을 수 없을 것이다.

각본 낭독, 필기시험, 구두시험, 체조, 이렇게 네 과목이 있는데, 그중에서도 자기가 자유로이 선택하는 각본 낭독이 가장 만만치가 않다. 매우 영리한 심사 방법이라는 생각이 들었다. 무엇을 고르느냐에 따라 수험자의 개성, 교양, 환경 같은 걸 모두 알아채겠지. 이거 골칫거리다. 시험까지는 아직 두 주일이 남아 있다. 느긋하고 침착하게, 만전을 기해 각본을 골라야지. 형과도 잘 얘기해보고 정해야겠다. 형은 너댓새 전부터 어머니가 있는 구주쿠리 별장에 병문안을 가 있는데, 오늘 밤이나 내일 밤에 돌아올 예정이다. 어젯밤에 형에게서 엽서가 왔다. 어머니는 일주일 정도 미열이 있었지만, 이제 드디어 열이 내려서 건강을 찾았다고 한다. 스기노 여사는 새까맣게 그을어서 천연덕스럽게 일하고 있다고 한다. 형은 스기노 씨가 또 자기 때문에 울지도 모른다는 농담을 하며 출발했지만, 아무 일도 없었나보다. 정말이지, 형은 세상을 너무 만만하게 본다.

밤에는 기시마 씨와 슌 할머니와 나, 이렇게 셋이서 이상한 아이스크림을 만들어 먹고 있는데, 벨이 울려서 나가보니 현관 앞에 기무라의 아버지가 우두커니 서 있었다.

"우리 바보 여기 있어?"라고 힘주어 말했다.

그제 기타를 메고 나가서 그 이후로 집에 안 들어왔다고 한다.

"요즘 만난 적이 없는데요."라고 하니 고개를 갸웃거리면서,

"기타를 가지고 나갔으니, 분명 자네 집에 있을 거라 생각하고 들러본 건데 말이지."라며 의심스럽다는 듯 불쾌한 눈초리로 나를 쳐다봤다. 나를 뭐로 보는지 모르겠다.

"전 이제 기타 안 칩니다." 하고 말했더니,

"그래야지. 나이도 먹을 만큼 먹었는데 언제까지고 그런 악기나

주무르고 있으면 못써. 아, 이거 실례가 많았네. 만약에 그 바보 녀석이 온다면, 자네도 알아듣게 타일러 줘."라는 말을 남기고 돌아갔다.

불량한 기무라에게는 어머니가 없다. 다른 집 속사정 얘기를 하고 싶지는 않지만, 무언가 복잡한 사정이 있다는 것 같다. 기무라를 타이르기보다는, 오히려 기무라 집 사람들을 타일러주고 싶다는 생각이 들었다. 기무라 아버지는 소위 말하는 고위고관인데, 도무지 품위라는 게 없다. 눈빛이 기분 나쁘다. 자기 자식이라고 해서 다른 집에 와서까지 우리 바보, 우리 바보 하는 건 좋지 않은 일 같다. 정말 듣기 싫다. 기무라도 참 답이 없지만, 아버지도 그렇다는 생각이 들었다. 말하자면, 나는 그들에게 그다지 흥미가 없다. 단테는 지옥에 있는 죄인들의 고통을 그냥 쳐다보기만 하고 지나쳤다고 한다. 밧줄 하나 던져주지 않았다고 한다. 요즘 들어, 그거면 충분하다는 생각을 하게 되었다.

7월 5일. 수요일.

맑음. 저녁, 가랑비. 오늘 하루의 일을 정성스레 써보자. 나는 지금 무척 차분한 상태다. 개운할 정도다. 마음에는 아무런 불안도 없다. 전력을 다했기 때문이다. 나머지는 하늘에 계신 아버지께 맡기겠다. 상쾌한 미소를 짓게 된다. 정말 오늘은, 내가 가진 힘을 다 쓸 수 있었다. 행복이란, 이런 감정을 말하는 건지도 모른다. 합격 여부에는 전혀 신경이 안 쓰인다.

오늘은 춘추좌 연기도장에서 제1차 시험을 봤다. 오늘 아침에는 일곱 시 반에 일어났다. 여섯 시쯤부터 눈을 뜨고 있었지만 마음의 준비가 부족하지는 않은지, 이불 속에서 골똘히 생각해보았다. 부족한 점이라 하면 정말 모든 게 부족하지만, 그렇다고 해서 당황할 필요도 없었다. 속임수를 써서 적당히 때우려고 하지만 않으면 되는 것이다. 정직하게 헤쳐나간다면 모든 것은 쉽게 해결되고 곤란한 일은 하나도 없을 것이다. 적당한 속임수를 써서 대강 때우려고 하니까 일이 여러모로 어려워지는 것이다. 속이지 말 것. 그리고 나머지는 하늘에 맡기는 것이다. 그런 마음의 준비만 되어 있다면 다른 것은 아무것도 필요 없다는 생각이 들었다. 시를 지으려고 했지만 생각처럼 잘 써지지가 않았다. 일어나서 세수를 하고 거울을 봤다. 평소처럼 태연한 얼굴이었다. 어젯밤에 잠을 푹 잔 덕분인지 눈이 맑았다. 웃으며 거울에 인사했다. 그러고 나서 밥을 잔뜩 먹었다. 슌 할머니도 놀랐다. 평소에는 잠꾸러기인 사람도, 시험 날이 되면 일찍 일어나 밥도 많이 먹는다. 남자 아이는 이래야 한다는 이상한 칭찬을 했다. 슌 할머니는 오늘 학교 시험이 있다고 자기 멋대로 지레짐작한 모양이다. 배우 시험을 보러 간다는 사실을 알았다면 기겁을 했을지도 모른다.

준비를 하고 불단에 있는 아버지 사진에 인사한 후, 마지막으로 형 방에 가서,

"다녀오겠습니다."라고 큰 소리로 말했다. 형은 아직 자고 있었다. 벌떡 상반신을 일으키더니,

"뭐야, 벌써 가? 신의 나라는 무엇에 비할까?"라고 말하며 웃었다.

"겨자씨 한 알과 같다."라고 대답했더니,

"자라서 나무가 되어라."[42]라고, 애정을 담은 어투로 말했다.

앞날에 대한 축복의 말로 쓰기에는 아까울 정도로 좋은 말이다. 형은 역시 나보다 백배는 뛰어난 시인이다. 너무나 적절한 말을 순식간에

• •
42_ 루카복음 13장 18, 19절.

잘 골라낸다.

밖은 더웠다. 가구라자카를 터벅터벅 걸어 춘추좌 연기도장에 도착한 것은 아홉 시가 조금 지난 시간이었다. 낡고 큰 저택이었다. 베니야에 가서 소다수를 마시고 땀을 닦고, 또다시 천천히 걸어가서 딱 알맞은 시간에 도착했다. 현관에서 구두를 벗고 있는데 가쿠오비<sup>角帯43</sup>를 단정하게 맨 지배인처럼 보이는 젊은 사람이 나와서 어서 오세요, 라고 작은 목소리로 말하면서 슬리퍼를 놓아주었다. 온화한 느낌이었다. 마치 손님을 대하는 느낌이었다. 대기실은 다다미 스무 장 크기 정도 되는 넓고 밝은 일본식 방이고, 이미 수험생 일고여덟 명이 와 있었다. 모두 무척 어렸다. 마치 아이 같았다. 열여섯에서 스물이라는 제한이 있을 텐데 그 일고여덟 명은 얼핏 봤을 때 열서너 살 애였다. 머리가 단발인 사람도 있고, 붉은 보헤미안 넥타이를 맨 사람도 있고, 화려한 문양의 약식 기모노를 입은 사람도 있었다. 어쩐지 게이샤의 아들 느낌이 나는 소년들뿐이었다. 나는 쑥스러웠다. 현관에서 만났던 지배인 같아 보이는 사람이 과자와 차를 가지고 오더니 "잠시 기다려주세요."라고 했다. 황송할 따름이었다. 차츰 수험생이 모여들었다. 스무 살 정도 되어 보이는 사람도 서너 명 있었다. 하지만 모두 양복이나 기모노를 입었다. 결국 교복은 나 하나였다. 별로 영리해 보이지 않는 얼굴들뿐이었지만, 가모메좌처럼 음울한 느낌은 없었다. 인생의 패배자 같은 느낌은 안 났다. 그들은 무심한 표정으로 두리번거릴 뿐이었다. 스무 명 정도가 되었을 때 그 지배인이 나오더니, "오래 기다리셨습니다. 이름 부를게요."라고 조용히 말하고 나서 다섯 명을 호명하더니 별실로 안내했다.

◦ ◦
43_ 두 겹으로 된 빳빳하고 폭이 좁은 남자용 허리띠.

내 이름은 이번에 불리지 않았다. 그리고 다시 조용해진 뒤, 나는 일어나 복도로 나가 정원을 구경했다. 대형 식당이나 여관 느낌이 났다. 정원도 꽤 넓었다. 전차 소리가 희미하게 들렸다. 햇볕이 쨍쨍 내리쬐어 더웠다. 삼십 분 정도 지나 다시 다섯 명이 호명됐다. 이번에는 내 이름도 포함되어 있었다. 그 지배인의 인솔하에 나를 포함한 다섯 명은 어둑한 복도를 두 번 꺾어, 바람이 잘 통하는 서양식 방으로 들어갔다.

"어서 들어오세요." 양복을 입은, 상당히 미남인 청년이 붙임성 있는 태도로 우리를 맞이했다.

"필기시험을 시작하겠습니다."

우리는 중앙의 커다란 테이블에 둘러앉아 그 미남 청년에게서 원고지를 세 장씩 받고 글을 쓰기 시작했다. 무엇을 쓰든 상관없단다. 감상이든, 일기든, 시든, 뭐든 좋습니다, 단, 춘추좌와 조금이라도 관계가 있는 걸 써 주세요, 하지만 하이네의 연애시 같은 게 지금 문득 떠올랐다고 해서 그걸 그대로 적어내시면 안 됩니다, 시간은 삼십 분, 원고지 한 장 이상 두 장 이내로 정리해주세요, 라고 했다.

나는 자기소개부터 쓰고, 춘추좌의 <기러기>를 보고 느낀 것을 솔직히 썼다. 딱 두 장이 됐다. 다른 사람들은 썼다 지웠다 하며 상당히 고심하는 것처럼 보였다. 이런 사람들이 많은 지원자 중에서 이력서와 사진으로 추려진 소수의 사람들이다. 꽤 미덥지 못한 선수들이었다. 하지만 이런 바보 같은 사람들이 의외로 연기 방면에서는 천재적인 재능을 발휘할지도 모른다. 있을 법한 일이다. 방심하면 안 된다. 이런 생각을 하고 있는데 지배인이 문을 열고 얼굴을 불쑥 내밀더니 말했다.

"다 쓴 분은 답안지를 가지고 이쪽으로 오세요."

다 쓴 사람은 나 하나였다. 나는 일어서서 복도로 나갔다. 별채에 있는 넓은 방으로 안내받아 들어갔다. 무척 멋진 방이었다. 커다란 식탁 두 개가 놓여 있었다. 장식대 쪽에 가까이 놓인 식탁에 면접관 여섯 명이 둘러앉아 있었고, 2미터 정도 떨어진 곳에 수험생용 식탁이 있었다. 수험생은 나 한 명. 우리 앞에 불린 다섯 명의 수험생들은 모두들 끝나고 가버린 건지, 아무도 없었다. 나는 일어나 인사를 하고 나서 식탁을 보고 똑바로 앉았다. 있다, 있어. 이치카와 기쿠노스케, 세가와 구니주로, 사와무라 가에몬, 반도 이치마쓰, 사카다 몬노스케, 소메가와 분시치. 최고 간부들이 일제히 생글생글 웃으며 나를 보고 있었다. 나도 웃었다.

"어떤 걸 읽으시겠어요?" 세가와 구니주로는 언뜻 금니를 빛내며 말했다.

"파우스트!" 꽤 기운차게 대답했는데, 구니주로는 가볍게 끄덕이며 "하세요."라고 했다.

나는 주머니에서 오가이가 번역한 <파우스트>를 꺼내어 지난번에 했던 꽃피는 들판 장면을, 그야말로 하늘이 떨어져 나갈 정도로 크게 읽었다. 이 <파우스트>를 고르기까지 형과 나는 정말 많은 고민을 했다. 춘추좌에는 가부키 고전이 좋을 거라는 형의 의견에, 모쿠아미와 쇼요, 기도綺堂,[44] 그리고 사이토 선생님 책 등등 여러 가지를 해봤지만, 어쩐지 사단지나 우자에몬[45] 같은 목소리가 나와서 안 하기로 했다. 내 개성이 안 나타난다. 그렇다고 해서 무샤노코지나 구보타 만타로[46]

---

44_ 모쿠아미: 가와타케 모쿠아미河竹黙阿弥(1816~1893) 가부키, 교겐 작가. / 소요: 쓰보우치 소요坪内逍遙(1859~1935) 소설가이자 극작가, 평론가. / 기도: 오카모토 기도岡本綺堂(1872~1939) 소설가이자 신新가부키 작가.

45_ 사단지: 이치카와 사단지市川左団次. 유명 가부키 가문으로 당시는 2대 사단지(1880~1940)가 활동 중이었음. 우자에몬: 이치무라 우자에몬市村羽左衛門(1874~1945). 유명 가부키 배우.

것을 하기에는 대사가 끊겨서, 아무래도 낭독용 텍스트로는 적합하지 않다. 지금 내 능력으로는 1인 3역 정도의 대화 낭독도 위험하고, 혼자서 긴 대사를 말하는 장면은 희곡 한 편에 기껏해야 두세 개, 아니 없는 일도 있고, 의외로 적다. 가끔 있다 싶으면 예전 명배우의 목소리가 나와서, 연회에서 하는 장기자랑처럼 된다. 뭐든 상관없으니 하나만 고르라는 얘기를 들으면 정말 고민된다. 우물쭈물하는 사이에 시험 날은 다가온다. 이럴 바에야 <벚꽃 동산>의 로파힌을 할까? 아니, 그걸 할 바에는 차라리 <파우스트>가 낫다. 그 대사는 가모메좌 시험 때 내가 눈 깜짝할 사이에 직감으로 찾은 것이다. 기념비적인 대사다. 필시 내 숙명이다. 무언가, 관계가 있는 게 분명하다. <파우스트>로 해버리자! 이렇게 결론이 났다. 이 <파우스트> 때문에 떨어진다 한들, 내게 후회는 없다. 아무런 거리낌 없이 낭독했다. 읽으면서 너무나 개운한 기분이었다. 괜찮아, 괜찮아, 누군가 등 뒤에서 그렇게 말하고 있는 듯한 느낌도 들었다.

인생은 오색영롱한 그림자 위에 있다! 라는 문장까지 다 읽고는 무심코 생긋 웃어버렸다. 어쩐지, 기뻤기 때문이다. 이제 시험 같은 건 어찌 되건 상관없다는 느낌이었다.

"수고했어요." 구니주로 씨는 약간 고개를 숙이고 말했다. "한 가지 더, 저희 쪽에서 부탁할 게 있어요."

"네."

"좀 전에 저 방에서 쓴 답안을 여기에서 읽어주세요."

"답안? 이것 말씀이십니까?" 나는 당황했다.

46_ 무샤노코지 사네아쓰武者小路實篤(1885~1976). 소설가 겸 극작가, 시인 / 구보타 만타로久保田万太郎(1889~1963). 소설가, 극작가, 하이쿠 시인.

"네." 웃고 있었다.

이건 좀 당황스러웠다. 하지만 춘추좌 사람들도 어지간히 머리가 좋은 사람들이구나, 싶었다. 이렇게 하면 나중에 답안을 일일이 보는 수고로움도 덜 수 있고, 시간도 절약할 수 있으며 쓸데없는 말을 썼다면 낭독도 횡설수설할 테고, 문장의 결점도 명백해질 테니, 정말, 이 사람들한테 한방 먹었구나 싶었다. 하지만 마음을 다잡고 천천히, 주눅 들지 않고 읽었다. 목소리에는 억양을 하나도 넣지 않고 자연스럽게 읽었다.

"됐습니다. 그 답안은 여기 두고, 대기실로 가서 기다려주세요."

나는 꾸벅 인사를 하고 복도로 나왔다. 등이 땀으로 흠뻑 젖어 있다는 것을 그제야 깨달았다. 대기실로 돌아와서 방 벽에 기대어 양반다리를 하고 삼십 분 정도 앉아 있는데 같은 조였던 수험생 네 명도 차례로 돌아왔다. 모두가 돌아오자 또다시 지배인이 데리러 왔고, 이번에는 체조 순서였다. 목욕탕 탈의실 같이 생긴 넓은 마루방으로 안내받았다. 어떤 배우인지 이름은 모르지만 허리띠를 맨, 마흔 살 정도의 꽤 높은 간부로 보이는 사람 두 명이 구석에 있는 등의자에 앉아 있었다. 젊은 사무원 같은 사람이 흰 바지에 와이셔츠를 입고 우리에게 호령을 붙였다. 기모노를 입은 사람은 모두 옷을 벗어야 하고, 양복을 입은 사람은 웃옷만 벗어도 된다고 했다. 우리 조는 모두 양복을 입었기 때문에 준비하는 데 품이 들지 않았고 바로 체조가 시작됐다. 다섯 명이 함께 우향우, 좌향좌, 뒤로 돌아, 앞으로 가, 뛰어, 멈춰 같은 걸 하다가, 국민체조 비슷한 것을 하고, 마지막으로 자기 이름을 순서대로 큰 소리로 외치고 나서 끝났다. 편지에는 간단한 체조, 라고 쓰여 있었지만 그렇게 간단하지도 않았다. 약간 피곤할 정도였다. 대기실로 돌아가 보니 대기실에는 식탁이 일렬로 놓여 있었고, 수험생들이 하나둘 식사를 시작하고 있었다. 튀김덮밥이었다. 국수집 점원 같은 사람 두 명이 지배인의 지시를 받고 여기저기를 뛰어다니며 차를 따르거나 덮밥을 나르고 있었다. 꽤 더웠다. 나는 땀을 뻘뻘 흘리며 튀김덮밥을 먹었다. 도저히 다 먹을 수가 없었다.

마지막은 구술면접이었다. 지배인이 한 명씩 호명을 하고 데려갔다. 구술면접을 보는 방은 좀 전에 낭독을 했던 방이었다. 하지만 방 안의 분위기는 완전히 달라져 있었다. 어수선하고 마구 어질러져 있었다. 큰 식탁 두 개를 붙여 놓고, 문예부나 기획부, 아마 그쪽 사람들일 듯한, 머리가 길고 안색이 안 좋은 사람들 세 명이 웃옷을 벗고 흐트러진 자세로 식탁에 턱을 괴고 있었고, 식탁 위에는 많은 서류가 어지럽게 흩어져 있었다. 마시다 만 아이스커피가 담긴 유리컵도 있었다.

"앉으세요. 양반다리, 양반다리." 제일 연장자로 보이는 사람이 내게 방석을 권했다.

"세리카와 씨죠?"라고 말하고는 탁상의 서류 중에서 내 이력서와 사진을 골라내더니 이렇게 말했다.

"대학은 계속 다닐 생각입니까? 정말, 정곡을 찌르는 질문이었다. 내 고민도 그거다. 가차 없는 사람들이구나, 싶었다.

"생각 중입니다." 사실대로 대답했다.

"둘 다 하는 건 무리일 텐데요?" 바로 반문했다.

"그건," 나는 작게 한숨을 쉬었다. "제가 합격한다면," 말이 끊겼다.

"그건 뭐, 그렇죠." 상대는 눈치 빠르게 내 마음을 헤아리고 웃음을 터뜨렸다. "아직 최종 합격한 것도 아니니까요. 우문이었나? 실례지만 형님은 아직 젊으신 것 같네요." 아, 아픈 곳을 찌르다니. 약점부터 건드리면 곤란하다.

"네, 스물여섯입니다."

"형님 한 명만 승낙해도 별문제는 없는 겁니까?" 정말 걱정스럽다는 말투다. 나는 이 구술면접의 주임 같은 사람은 상당히 고생을 많이 해본 사람임에 틀림없다고 생각했다.

"별문제 없습니다. 형은 꽝장히 열심히 사는 사람이니까."

"열심히 살아요?" 환하게 웃었다. 다른 두 사람도 얼굴을 마주 보고 생글생글 웃었다.

"<파우스트>를 읽으셨네요? 당신 혼자서 고른 겁니까?"

"아니요, 형과도 상의했습니다."

"그러면, 형이 골라준 건가요?"

"아니요, 형과 얘기해봐도 정하기가 힘들었기 때문에 제가 혼자 결정했습니다."

"실례지만, <파우스트>를 잘 아십니까?"

"하나도 모릅니다. 하지만 <파우스트>에 관한 소중한 추억이 있어요."

"그래요?" 또 웃기 시작했다. "추억이 있습니까?" 부드러운 눈빛으로 내 얼굴을 보더니 다시 말을 이었다.

"운동은 합니까?"

"중학교 때 축구를 좀 했습니다. 지금은 관뒀지만요."

"선수였어요?"

이것저것, 무척이나 세세한 것까지 물어봤다. 어머니가 병에 걸린 상태라고 했더니 그 병의 증상까지도 자세히 물어봤다. 가까운 친척은 누가 있는지, 형의 후견인이라고 할 만한 사람은 있는지 등등, 가정환경에 대한 질문이 가장 많았다. 하지만 막힘없이 자연스럽게 물어왔기 때문에, 나도 편안한 마음으로 대답할 수 있었고 불쾌하지는 않았다. 마지막으로 이렇게 물었다.

"춘추좌의 어디가 마음에 들었어요?

"딱히 마음에 든 건 없습니다."

"네?" 면접관들은 일제히 순식간에 긴장한 모양이었다. 주임도, 미간에 불쾌함을 역력히 드러내며 말했다. "그러면, 왜 춘추좌에 들어오려고 한 겁니까?"

"저는 아무것도 모릅니다. 그냥 막연하게 훌륭한 극단이라는 생각은 가지고 있었지만요."

"그저, 그냥, 별 생각 없이 온 건가요?"

"아니요, 저는 배우가 되는 길 말고는 달리 갈 길이 없었습니다. 그래서 고민하던 중에 어떤 사람에게 상담했더니, 그 사람이 종이에 춘추좌라고 써줬습니다."

"종이에, 말입니까?"

"그 사람은 어딘가 이상합니다. 제가 상담하러 갔을 때, 감기 기운이 있다면서 만나주질 않았습니다. 그래서 전 현관에서 좋은 극단을 가르쳐 달라고 편지지에 써서, 하녀인지 비서인지, 굉장히 잘 웃는 사람에게 그걸 전해달라고 줬습니다. 잠시 후 그 여자가 안에서 답장을 가지고 나왔는데, 그 종이엔 춘추좌, 라는 세 글자만 적혀 있었습니다."

"누군가요, 그 사람은?" 주임은 눈을 동그랗게 뜨고 물었다.

"제 선생님입니다. 하지만 그건 그냥 제 생각일 뿐, 그분은 저 같은 걸 제자로 여기지 않을 수도 있습니다. 저는 그 사람과 얘기를 나눠본 적이 딱 한 번밖에 없습니다. 뒤쫓아 갔더니 같은 차에 태워줬습니다."

"대체 누구십니까? 왠지 극단에 계신 분 같은데."

"그건 말씀드릴 수 없습니다. 딱 한 번, 같이 차를 타고 얘기를 나눈 것뿐인데 그 사람의 이름을 이용하는 건 비열한 짓 같아서, 싫습니다."

"알겠습니다." 주임은 진지한 표정으로 끄덕였다. "그래서, 그 사람이 춘추좌, 라고 적어줘서, 바로 여기로 달려왔다는 거네요?"

"그렇습니다. 저는 그때, 춘추좌에 들어가라고 말씀하셔도 그건 무리라며, 하녀에게 불평을 했습니다. 그랬더니 장지문 뒤에서, 알아서 해! 라고 호통을 치는 겁니다. 선생님이 장지문 뒤에 서서 듣고 있었던 것이지요. 그래서 전 깜짝 놀라서……."

젊은 두 면접관들은 소리 내어 웃었다. 하지만 주임은 웃지 않고, "통쾌한 선생님이네요. 사이토 선생님이시죠?"라고 대수롭지 않다는 듯 말했다.

"그건 말씀드릴 수 없습니다." 나도 웃으면서 말했다. "제가 더 훌륭해진다면, 알려드리겠습니다."

"그래요. 그럼, 이걸로 됐습니다. 오늘 정말 수고 많았어요. 식사는 했지요?"

"네, 먹었습니다."

"이제 앞으로 이삼일 안에 다시 무슨 통지가 갈지도 모르지만, 만약에 이삼일 안에 아무런 통지가 없다면, 그 선생님께 다시 한 번 상담을 받으러 갈 생각이시죠?"

"그럴 생각입니다."

이것으로 오늘 시험이 모두 끝났다. 만족스럽고 평온한 마음으로 집에 왔다. 밤에는 형과 둘이서 세리카와 식 비프스테이크를 만들어 먹었다. 슌 할머니께도 드렸다. 나는 정말 아무렇지도 않은데, 형은 남몰래 마음을 졸이고 있는 것 같다. 시험의 자초지종을 듣고 싶어

하기에 이번에는 내가, 하느님 나라는 무엇을 닮았나, 라는 식으로 받아쳤다. 이미 지나간 시험에 대한 얘기는 조금도 하고 싶지 않았다.

밤이 되어 일기를 쓴다. 이게 마지막 일기가 될지도 모른다. 왠지, 그런 기분이 든다. 자야겠다.

7월 6일. 목요일.

흐림. 오늘은 졸려서 도저히 일어날 수가 없었기 때문에 학교를 빠졌다.

오후 두 시, 춘추좌에서 속달이 왔다. '건강진단을 실시하오니 8일 정오, 이 종이를 지참하고 하기 병원으로 와주십시오'라는 말과, 도라노몬에 있는 어떤 병원 이름이 쓰여 있었다.

말하자면, 제2차 시험 통지였다. 형은 이제 합격한 거나 마찬가지라고 하면서 완전히 마음을 놓았지만 나는 그리 생각하지 않는다. 병원에 가보면 어제 왔던 수험생들이 모두 모여 있을 것 같은 기분마저 든다. 처음부터 다시 한 번 싸워도 될 만큼 충분한 기상을 길러두고 싶다. 다행히 몸에는 아무런 이상이 없겠지만.

밤에는 혼자 음악을 들으며 보냈다. 모차르트의 플루트 협주곡을 들으니 기분이 좋았다.

7월 8일. 토요일.

맑음. 도라노몬에 있는 다케가와 병원에 갔다가 지금 막 집에 들어온 참이다. 덥다, 더워. 실례를 무릅쓰고 팬티 한 장만 입고 일기를 쓴다. 병원에 가보니 합격자는 딱 두 명이었다. 나와, 단발머리의, 언뜻 보면 열네다섯 살 정도로 보이는 꼬마. 이렇게 둘이다. 다른 사람들은 다들 안 된 모양이다. 굉장히 엄정한 심사였다는 얘기다. 섬뜩했다.

의사 세 명이 번갈아가며 우리 몸을 구석구석 살폈다. 너무 상세한 진찰이라 조금 당황스러웠다. 엑스레이도 찍고, 피도 뽑고 소변도 가져갔다. 꼬마는 전염성 결막염 진단을 받고 울상을 지었다. 하지만 일주일 정도 치료를 받으면 나을 정도로 가벼운 것이라는 얘기를 듣더니 바로 생글거렸다. 꼬마는 그렇게까지 귀엽게 생기지는 않았지만, 어쩐지 기분 나쁠 만큼 개성이 있다. 얼굴이 무척 길다. 의외로 천부적인 재능이 있을지도 모른다. 우리는 거의 세 시간 동안 검사를 받았다.

춘추좌에서 사무원인 듯한 사람 한 명이 와 있었다. 집으로 가는 길에는 셋이서 함께 걸었다.

"잘 됐네요." 그 사무원이 말했다. "처음에는 지원서가 가라후토, 신킨[47] 같은 데서도 와서 거의 육백 통 정도였어요."

내가, "그래도, 결과는 아직 모르는 건가요?"라고 물어봤더니, "음, 글쎄요."라는 애매한 대답을 했다.

합격하면 일주일 이내로 정식 통지가 온다고 한다. 우리는 전차 정류장에서 헤어졌다.

형에게 얘기했더니 너무나 기뻐했다. 그렇게 기뻐하는 형을 본 적이 없다.

"잘 됐다, 잘 됐어. 스스무는 역시 배우가 되어야 했던 거야. 육백 명 중에 두 명이라니 정말 대단하잖아. 장하다, 고마워. 내가 정말, 얼마나 기쁜지……." 얘기를 하다 말고, 조금 울었다. 왜 그러는지 모르겠다. 아직 기뻐하기엔 이른데.

••
47_ 가라후토: 사할린. / 신킨: 당시 만주국의 수도로, 현재의 길림성 장춘시.

정식으로 통지가 오기 전까지, 마음을 놓아서는 안 된다.

7월 14일. 금요일.
맑음. 합격 통지가 왔다.

7월 15일. 토요일.
맑음. 푹푹 찌는 더위다. 어제는 형과 둘이서, 봉투에 든 합격통지서를 불단에 놓고 아버지께 보고를 했다. 진짜로 일본 최고의 배우가 될 수 있을 것 같은 기분이 든다. 힘든 건 이제부터겠지. 하지만 '나는 선하고 고귀한 행동을 하는 인간이, 그렇게 행동한다는 것만으로도, 불행을 견딜 수 있다는 것을 몸소 증명해 보이고 싶다.' 이건 베토벤이 한 말인데, 장렬한 각오다. 옛날의 천재들은 모두들 이런 각오로 인생과 싸운 것이다. 뜻을 굽히지 말고 앞으로 나아가자. 어젯밤에는 형과 기시마 씨와 나, 셋이서 사루가쿠켄[48]에 가서 조촐한 축하 파티를 했다. 어머니의 건강을 빌며 건배했다. 기시마 씨는 취해서 찻키리부시[49]라는 노래를 불렀다.

요즘은 학교에 안 간다. 2학기부터 휴학할 생각이다. 형도 그럴 수밖에 없을 거라고 했다. 벌써 다음 주 월요일부터 춘추좌 도장에 매일 다녀야 한다. 바로 공연하는 것도 도와야 한다고 한다. 연구생으로 있는 두 달 동안에도 수당은 매월 십이 엔, 공연 도우미를 할 때는 도장까지 가는 교통비도 합쳐서 조금 더 나온다고 한다. 두 달이 지나면

----

48_ 음식점 이름.
49_ 1927년에 만들어진 시즈오카 현에 위치한 유원지를 홍보하기 위해 만들어진 노래로, 지역 활성화를 위해 만들어진 신민요新民謠의 성격을 가진 노래.

준단원이 되어 매월 화장료 삼십 엔을 받는다. 그리고 이 년간 조금씩 수당이 많아지고 이 년이 지나면 정단원이 되어, 모든 단원과 동등한 대우를 받게 된다. 별 탈 없이 시간이 흐른다면, 내가 열아홉 살이 되는 가을에는 정단원이 될 수 있다. 하지만 지금은 그런 달콤한 공상을 하며 넋을 놓고 있을 때가 아니다. 중요한 것은 당장 눈앞에 닥친 일을 열심히 하는 것이다. 힘들 것이다. 이 년 후 정단원이 되면, 그때부터 진정한 배우 수업修業을 받게 될 것이다. 십 년간 공부하면 스물아홉 살이다. 이런저런 일들이 일어날 것이다. 나 한 명의 연기보다도 어떤 각본을 택하는지가 가장 큰 문제가 될 것이다. 아무튼 열심히 해야지. 반드시 훌륭한 배우가 되어야만 한다. 통나무배를 타고 넓은 바다를 향해 노를 젓기 시작한 꼴이다. 하지만 내가 이번 달부터 약간의 월급을 받을 수 있다니, 민망하다. 쬐끔, 기쁘다. 첫 월급으로 형에게 만년필 한 자루를 사줘야겠다. 형은 내일 누마즈에 있는 외갓집으로 피서를 간다고 한다. 열흘 정도 머물 예정이라고 한다. 나도 평상시 같으면 당연히 함께 가겠지만, 어쨌든 다음 주부터는 '직장에 매일' 몸이니까 마음 가는 대로 살 수는 없다. 올해 여름에는 도쿄에 남아 열심히 살 것이다. 형이 『문학공론』에 내려고 했던 소설은 결국 기일까지 다 못 썼다고 한다. 반 정도 썼을 때 쓰다 씨에게 보여준 부분이 뜻밖에 좋은 점수를 받아서 힘이 됐다고 했었는데, 그다음부터가 잘 써지지 않자 결국 포기해버린 모양이다. 정말 아쉽다. 형은 언제나 발자크, 도스토옙스키와 비교하며 자신의 역량이 부족하다고 한탄하지만, 처음부터 그 사람들을 이기려드는 건 욕심이 지나친 거 아닐까? '역시, 소설은 서른이 넘지 않으면 안 돼.'라고 형이 말했었는데, 그러면 서른이 되기 전에 소소한 산문시 같은 걸 쓰면 어떨까? 어쨌든 형에게는 대단한 재능이 있으니까, 언젠가 형의 필력이 궤도에 오르면 반드시 세계적인 걸작을 쓸 것이다. 형이 쓴 문장은 일본에도 유례가 없을 정도로 아름답다.

오늘 밤에 목욕을 하다가 거울을 보니 얼굴이 너무 수척해져 있어서 깜짝 놀랐다. 겨우 이삼일 만에 얼굴이 이 정도로 변할 수가 있나? 지난 이삼일 동안 마음고생이 심했던 거겠지. 광대뼈가 나와서 완전 어른 얼굴이 됐다. 너무 못생겼다. 대책을 세워야 한다. 나는 이미 배우다. 배우는 얼굴을 소중히 여기지 않으면 안 되는 법이다. 이 얼굴은 정말 마음에 안 든다. 마른 원숭이 같다. 앞으로는 매일 아침 크림이나 수세미 코롱 같은 걸 써서 얼굴 손질을 해야 한다. 배우가 되었다고 해서 갑자기 치장할 필요도 없지만, 이렇게 생기 없는 얼굴로 있어서는 안 된다.

밤에는 모기장 안에서 책을 읽었다. 『장 크리스토프』 제3권.

8월 24일. 목요일.

흐림. 지옥의 여름. 미칠지도 모른다. 싫다, 싫어. 자살을 몇 번이나 생각했는지 모르겠다. 샤미센을 연주할 수 있게 되었지요. 춤도 출 수 있습니다. 매일매일 오전 열 시에서 오후 네 시까지. 연기도장은 지옥의 골짜기다! 학교는 관뒀다. 이제 달리 갈 곳은 아무 데도 없다. 벌이다! 나는, 배우를 얕보고 있었다.

저주받은 자여, 너의 이름은 소년 배우. 몸이 잘도 버텨내는구나 싶어서, 내가 생각해도 이상하다. 각오는 하고 있었지만, 이 정도로 굴욕을 맛보게 될 줄은 몰랐다.

오늘도 점심때 있는 삼십 분 휴식 시간에 도장 뜰에 있는 잔디밭에 누워 있는데 눈물이 쏟아져 나왔다.

"세리카와 씨는 항상 우울해 보이네요." 전에 얘기했던 그 꼬마가 옆으로 다가왔다.

"저리 가!"라고 말했다. 내가 생각해도 어이없을 정도로 진지한 말투였다. 내 고민을 너희 같은 바보들이 알쏘냐!

꼬마의 이름은 다키타 데루오. 옛날에 제국극장 여배우로 유명했던 다키타 세쓰코의 숨겨둔 자식이라고 한다. 아버지는 작년에 돌아가신 재계의 거물, M씨라고 한다. 열여덟 살. 나보다 한 살 위인데, 그래도 꼬마다. 바보 같다. 하지만 연기는 잘 한다. 다양한 재주가 있어서, 나 같은 건 그의 발끝도 못 쫓아간다. 이 녀석이 내 라이벌이다. 평생 라이벌이 될지도 모른다. 나는 항상 이 바보와 비교당하고 꾸지람을 듣는다. 하지만 나는 그 바보 천재의 존재를 완전히 부정하고 있다. 어디 두고 보라지, 하고 생각하고 있다. 서투른 자의 강한 집념처럼 고귀한 것은 없다. 춘추좌에서 다키타에게 의문을 품고 세리카와를 지지하는 사람은 단장인 이치카와 기쿠노스케 한 사람뿐이다. 다른 사람들은 모두 나의 투박함에 질려 있다. 이론가라는 별명이 생겼다. 오늘은 도장 일을 마치고 집으로 오는 길에, 간부 중 우두머리 격인 사와무라 가에몬과 전차 정류소까지 함께 왔다.

"자네는 매일매일 다른 책을 주머니에 넣어 다닌다고 들었는데. 정말 그걸 다 읽는 거야?"라고 살짝 웃으며 말했다.

나는 대답하지 않았다. 마음속으로는 이렇게 말했다. 기노쿠니야 씨[50], 배우는 이제 당신처럼 연기만 잘하는 것 가지고는 안 돼요.

열흘 전쯤 이치카와 기쿠노스케는 나를 레인보우에 데려가서 밥을 사줬는데, 그때 찐 감자를 포크로 휘저으며 문득 이런 말을 했다.

--------

50_ 가부키 배우에게 붙는 가호屋號 중 하나로, 여기에서는 등장인물인 사와무라 가에몬의 가호이다.

"저는 서른까지 별명이 발연기였지요. 그리고 아직도 스스로의 연기를 발연기라고 생각합니다."

나는 울고 싶었다. 단장님의 그 말씀이 없었다면, 나는 오늘쯤 목을 맸을지도 모른다.

새로운 예도芸道를 수립한다는 것. 정말이지 어려운 일이다. 화살이 머리로는 안 날아오고 손과 다리에만 맞는다. 가장 견디기 힘든 고통이다. 겨자씨 한 알, 나무가 될 수 있을까, 나무가 될 수 있을까.

베토벤의 그 말을 다시 한 번 커다랗게 써봐야겠다. '나는 선하고 고귀한 행동을 하는 인간이, 그렇게 행동한다는 것만으로도, 불행을 견딜 수 있다는 것을 몸소 증명해 보이고 싶다.'

9월 17일. 일요일.

흐림. 때때로 비. 오늘은 연습이 없는 날이다. 어제는 도장에서 밤 열한시 반까지 연습이 있었다. 현기증이 나서 무대 위에서 쓰러질 뻔했다. 가부키좌, 10월 1일, 공연 첫날. 상연작은 <스케로쿠>[51], 소세키의 <도련님>, 그리고 <이로모요촛또카리마메>[52].

나의 첫 무대다. 내 역할은, <스케로쿠>에서는 등불을 들고 가는 사람, <도련님>에서는 중학생, 그것뿐이다. 그런데도 그 연습을 쉼 없이 되풀이했다. 집에 와서 잘 때도 계속 이상하고 불쾌한 꿈만 꿔서 이리저리 뒤척이기만 했다. 너무 피곤하면 오히려 잠을 더 못 잔다.

오늘 아침 여덟 시 반에 시타야의 누나에게서 전화가 왔다. 중요한

51_ 助六 가부키 18번 중 가장 유명한 작품으로, 요시와라를 무대로 검을 찾으러 다니는 무사 스케로쿠의 이야기.
52_ 色彩間苅豆. 요에몬과 가사네를 중심으로 벌어지는 사랑과 복수극을 그린 괴담풍 가부키.

일이 있으니 바로 형이랑 둘이서 시타야로 와줘, 중요한 일, 중요한 일, 이라고 웃으며 말했다. 무슨 일이냐고 물어봐도 가르쳐주지 않았다. 아무튼 와달란다. 하는 수 없이, 형과 둘이서 서둘러 밥을 먹고 시타야로 갔다.

"뭘까?" 내가 물었더니 형은 약간 불안한 표정으로,

"부부싸움을 중재하라는 거면 싫은데."라고 말했다.

시타야에 가보니 아무 일도 없었고, 셋이서 깔깔대며 웃고 있었다.

"스스무, 오늘 아침에 미야코 신문 봤어?" 누나가 말했다. 무슨 일인지 알 수가 없었다. 고지마치 집은 신문을 안 보기 때문이다.

"아니."

"중요한 일이야. 이거 봐!"

미야코 신문의 일요특집 연예란. 내 사진이 다키타 데루오의 사진과 나란히 조그맣게 나와 있었다. 이름이 잘못 나와 있다. 내 사진에는 이치카와 기쿠마쓰. 다키타의 사진에는 사와무라 센노스케. 춘추좌의 두 신인이라는 설명이 붙어 있고, '잘 부탁드립니다.'라고 쓰여 있었다. 어이가 없었다. 나를 뭐로 보는 건가 싶었다. 우리가 이번 첫 무대부터 준단원이 될 거라는 것은 알고 있었지만, 이런 예명까지 붙어 있는 줄은 몰랐다. 우리에게는 아무런 통지도 없었다. 어차피 대충 지은 예명이겠지만, 그래도 본인한테 얘기를 해보고 나서 정해야 되는 거 아닌가? 기분이 암울해졌다. 하지만 이치카와 기쿠마쓰라는 이 묘하게 딱딱한 예명의 뒤편에 단장인 이치카와 기쿠노스케의 무언의 비호가 느껴져서, 그걸 생각하니 마음이 훈훈해지고 기뻤다. 이치카와 기쿠마쓰. 좋은 이름은 아니다. 말단 직원 같은 느낌이다.

"드디어," 스즈오카 씨는 웃으면서 말했다. "본격적으로 시작됐네.

축하하는 의미에서 중국 음식이라도 먹으러 가자." 스즈오카 씨는 무슨 일만 있으면 무조건 중국 요리다.

"그런데 일이 점점 커지는 것 같아서 걱정이야." 누나 부부는 내가 배우가 되고 싶어 한다는 것을 전부터 알고 있었는데, 약간 걱정을 하면서도 묵인해왔다. "어머니께는 아직 알리지 않는 편이 낫지 않을까?" 처음부터 어머니께는 비밀로 하고 있었다.

"물론이지." 형은 강한 어조로 대답했다. "언젠가 알게 될 테지만, 그래도 어머니가 좀 더 건강해지시고 나면 다 말씀드릴 생각이야. 어쨌든 이건 내 책임이니까."

"책임이라니, 그런 골치 아픈 생각은 하지 마." 스즈오카 씨는 배짱이 두둑하다. "배우가 됐든 뭐가 됐든, 열심히 하기만 하면 훌륭한 거야. 나이 열일곱에 월급 오십 엔을 받다니, 아무나 못 하는 일이잖아."

"삼십 엔이에요." 내가 정정했다.

"아니, 월급 삼십 엔이면 수당이다 뭐다 해서 육십 엔은 될 거야." 배우가 은행원 같은 거라고 생각하는 모양이다.

스즈오카 씨 부부, 도시오, 형, 나, 이렇게 다섯이서 중국요리를 먹으러 히비야에 갔다. 모두 들뜬 마음으로 떠들었지만, 나는 어젯밤에 잠도 제대로 못 잔 탓에 전혀 즐겁지 않았다. 지옥 같은 연습이 머리에서 한시도 떠나지를 않아서 그저 암담한 기분이었다. 취미로 배우 수업을 받는 게 아니다. 아무도 내 우울함을 모른다. "잘 부탁드립니다."라. 아아, 크게 되기 위해서는 어째서 다른 사람에게 굽실거려야 하는가! 이치카와 기쿠마쓰. 쓸쓸하구나.


10월 1일. 일요일.

화창한 가을 날씨. 첫 무대. 나는 무대에서 등불을 들고 웅크려 앉아 있었다. 관객석은 무시무시할 정도로 어둡고 깊은 늪이었다. 관객의 얼굴은 하나도 안 보였다. 깊고 푸르고, 몽롱하게 움직였다. 눈을 아무리 크게 떠도 깊고 푸르고 몽롱했다. 개미 소리 하나 들리지 않았다. 쥐 죽은 듯 조용했다. 관객석에 아무도 없는 거 아닌가 싶었다. 미지근하고, 깊고, 커다란 늪. 어쩐지 기분 나빴다. 빨려 들어갈 듯했다. 정신이 아득해졌다. 구역질도 났다.

역할을 마치고 나서 멍하니 분장실에 가보니 형과 기시마 씨가 와 있었다. 기뻤다. 형에게 달려들어 안기고 싶었다.

"바로 알아봤어요. 스스무 씨를 바로 알아봤어요. 어떤 분장을 하고 있든 누군지 알겠어요." 기시마 씨는 몹시 흥분한 듯 말했다. "제가 가장 먼저 알아봤어요. 한눈에 알았어요." 같은 말만 했다.

스즈오카 씨 가족도 1등석에 와 있다고 했다. 쪼끔만 고모도 제자 다섯 명을 데리고 아래층에서 열심히 보고 있다고 했다. 나는 형에게 그 말을 듣고 울 뻔했다. 가족이란 좋은 거구나, 하는 생각이 가슴에 사무쳤다. 기시마 씨는 큰 소리로 이치카와 기쿠마쓰! 이치카와 기쿠마쓰! 하고 두 번이나 외쳤다고 한다. 등불꾼을 연호한다 한들 소용이 없다. 부끄러운 일을 한 것이다.

"제 응원 소리가 들렸나요?"라고 자랑스럽게 말했다. 들리기는커녕, 등불꾼은 무대 위에서 정신이 아득해져서 당장이라도 졸도할 것 같았다.

형이 내 귓가에 대고,

"분장실에 뭐라도 주문해줄까?"라고 세상 물정을 잘 안다는 듯 진지한 표정으로 속삭여서, 나는 웃음을 터뜨렸다.

"괜찮아. 춘추좌에서는 그런 거 안 해."라고 했더니,

"그래?"라고 하면서, 불만스럽다는 표정을 지었다.

두 번째 작품인 <도련님> 때는 비교적 마음이 편안했다. 관객석에서 나는 웃음소리도 희미하게 들려왔다. 하지만 관객 얼굴은, 여전히 하나도 안 보였다. 익숙해지면 관객 웃음소리뿐만 아니라 속삭이는 소리와 아기 울음소리까지 또렷이 들려서 오히려 시끄럽다고 한다. 관객 얼굴도, 어디에 누가 와 있다는 것까지 바로 알게 된다고 한다. 나는 아직 모르겠다. 정신이 없다. 아니, 생사의 경계에 있다.

주어진 역할을 모두 마치고 분장실 목욕탕에 들어갔는데, 내일부터 매일 해야 한다고 생각하니 견딜 수 없는 혐오감이 들어 미칠 지경이었다. 배우가 싫다! 한순간이었지만 괴로움에 몸서리가 쳐질 정도로 고통스러웠다. 차라리 미치고 싶다는 생각을 하던 중에 그 고통이 씻은 듯이 사라지고 쓸쓸함만 남았다. 너는 금식을 할 때, …… 열여섯 살 봄, 일기장 맨 처음에 커다랗게 썼던 그 예수의 말이, 그때 선명하게 떠올랐다. 너는 금식을 할 때, 머리에 기름을 바르고 얼굴을 씻으라. 괴로움은 누구에게나 있는 것이다. 아아, 금식은 미소와 함께 행하라. 앞으로 최소 십 년은 노력하고 나서 그때 진심으로 화를 내라. 나는 아직 창조해 낸 것이 아무것도 없지 않은가? 아니, 내게는 창조의 기술조차, 아직도 아득한 얘기다.

쓸쓸했지만, 우유 한 모금을 마셨을 때의 달콤함을 몸속에 느끼며 목욕탕에서 나왔다.

단장인 이치카와 기쿠노스케의 방으로 인사하러 갔다.

"이보게, 축하하네."라는 말을 듣고, 기뻤다. 내 기분을 종잡을 수가 없다. 목욕탕에서의 암울한 번민이 단장의 발랄한 말 한마디에 싹 날아갔다. 고비키 초에서 첫 무대를 밟는다는 것은 배우로서 가장 축복받은 출발인지도 모른다. 너는 행복하다, 라며 스스로를 타일렀다.

이상이 나의 영광스러운 첫 무대에 대한 기록이다.

집에 와서는 형을 상대로 새벽 한 시까지 천체天体에 대한 얘기를 정신없이 늘어놓았다. 왜 천체에 대한 얘기를 시작했는지는 나도 모르겠다.

11월 4일. 토요일.

맑음. 지금은 오사카. 나카좌中座. 상연작은 <간진초>[53], <우타안돈>[54], <단풍놀이>.[55]

우리 숙소는 도톰보리 한복판에 있다. 호테이야라는 구질구질한 여관이다. 다다미 여섯 장 크기의 방 두 칸에 우리 일곱 명이 지낸다. 하지만, 절대로 타락하지는 않는다!

이치카와 기쿠마쓰는 성인聖人이라고 한다.

11월 12일. 일요일.

비. 죄송합니다. 오늘 밤은 취했어요. 오사카는 이상한 곳이네요. 너무나 쓸쓸한 도톰보리입니다. '야요이弥生'라는 어스름한 바에서 술을 마셨습니다. 그리고 오랜만에 취했습니다. 나는 취한 상태에서도 점잔을 빼고 있었다. '젊어서부터 명예를 지켜라!'

센노스케는 어리석은 녀석이다. 취해도 망측하기 짝이 없다. 그리고

53_ 勸進帳. 헤이안시대의 장군 요시쓰네義経와 그의 충복 벤케이弁慶의 이야기가 담긴 가부키.
54_ 歌行燈. 이즈미 교카의 1910년 소설 원작으로 노能(일본의 전통 가면극)의 세계를 무대로 예술지상주의와 신비주의를 그려낸 작품.
55_ 紅葉狩. 단풍놀이를 간 고레모치維茂가 미녀 일행을 만나 겪게 되는 일을 그린 작품으로, 원작은 노能의 한 작품.

숙소로 오는 길에 파렴치한 말을 내 귓가에 속삭였다. 내가 웃으며 거절하니까 센노스케가 말하기를,

"나는 고독하다."

어이가 없어서 할 말을 잃었다.


12월 8일. 금요일.

햇빛이 나는지 비가 오는지 모르겠다. 하루 종일 울고 싶다는 생각뿐. 나고야에 있다.

어서 도쿄로 돌아가고 싶다. 이제 순회공연은 싫다. 아무 말도 하고 싶지 않다. 쓰고 싶지 않다. 그저, 질질 끌려다니며 살고 있습니다.

성욕性慾의 본질적인 의미를 전혀 모르면서 구체적인 사실만 아는 것은 부끄러운 일이다. 개 같다.


12월 27일. 수요일.

맑음. 나고야 공연도 끝나고 오늘 밤 일곱 시 반에 도쿄역에 도착했다. 오사카. 나고야. 두 달 만에 돌아오니 도쿄는 벌써 연말 분위기다. 나도 변했다. 형이 도쿄역에 마중 나와 있었다. 나는 형의 얼굴을 보고 그저 당황스러울 뿐이었다. 형은 온화한 미소를 짓고 있었다.

나는 이미 형과는 완전히 다른 세계에 살고 있다는 것을 깨달았다. 나는 햇볕에 그을린 생활인이다. 이미 로맨티시즘은 없다. 혈관이 불거진, 심술궂은 현실주의자다. 변했구나.

검은 중절모를 쓰고 양복을 입은 소년. 화장용 분 냄새가 풍기는 가방을 안고, 도쿄역 광장을 걷고 있다. 이 사람이 그, 열여섯 살 봄부터 심한 고통을 견뎌낸 끝에 한 방울의 결정체가 되어 똑 하고 떨어진

진주의 모습이란 말인가? 그 기나긴 고뇌의 총결산이, 이 작디작고 추위 보이는 모습 하나다. 스쳐가는 사람들 중에, 이 년에 걸친 나의 엄청난 노력을 알아주는 사람은 한 명도 없겠지. 나는 죽지 않고, 미치지도 않고 잘도 버텨왔다고 생각하지만 다른 사람들은 그저 눈살을 찌푸리며, 그 난봉꾼이 결국 배우로 전락했구나, 라고 말하겠지. 예술가의 운명이란 언제나 그러한 법이다.

내 묘비에 다음과 같은 구절을 새겨줄 사람 없을까?

'그는, 다른 사람에게 즐거움을 주는 것을 그 무엇보다도 좋아했다!'

이것은 내가 태어난 그 순간부터 내게 주어진 숙명이다. 배우라는 직업을 택한 것도 오로지 이것 하나 때문이었다. 아아, 일본 최고의, 아니, 세계 최고의 명배우가 되고 싶다! 그리하여 모두를, 특히 가난한 사람들을, 정신이 혼미해질 정도로 즐겁게 해주고 싶다.

12월 29일. 금요일.

맑음. 춘추좌, 연말 총회. 내가 기획부 위원으로 당선됐다. 각본을 선정하고 그 밖의 극단 방침을 심의하는 간부 직속 위원이다. 막중한 책임감을 느낀다.

그리고 1월 2일 라디오 방송, 「종업원의 신」[56] 낭독을 이치카와 기쿠마쓰 한 사람에게 맡긴다고 한다. 두 달에 걸친 순회공연에서 내가 보여준 분투를 인정받은 결과라는 것 같다. 하지만 나는 지금 절대로 자만하지 않는다.

자기 혼자만 현명하기를 바라는 것은 큰 어리석음일 뿐이다.(라 로슈

---

56_ 시가 나오야의 1920년 단편소설. 생선초밥을 먹고 싶어 하는 가난한 종업원과, 그에게 생선초밥을 사주는 귀족원의원A를 중심으로 그들의 내면 심리를 그린 이야기.

푸코)

열심히 노력할 뿐이다. 앞으로는 단순히, 정직하게 행동하자. 모르는 것은 모른다고 하자. 못 하는 것은 못 한다고 하자. 잘난 척만 하지 않는다면 인생은 의외로 평탄한 것인 듯하다. 반석 위에 작은 집을 짓자.

설날에는 가장 먼저 사이토 선생님 댁에 새해 인사를 드리러 갈 생각이다. 이번에는 만나주실 것 같은 기분이 든다.

나는 내년에, 열여덟 살.


내가 가는 길이
꽃향기가 가득하고 평화롭기를 바라지는 않네
— 찬미가 제313

후기

  '정의와 미소'는 청년 가부키 배우 T군의 소년시절 일기장을 읽고
그것에서 얻은 작가의 환상을 자유롭게 써서 엮은 소설이다. R대나
가모메좌, 춘추좌라는 것도 모두 작가의 책상에서 떠오른 공상의 산물에
지나지 않는다. 이건 우리 애기를 쓴 거라는 둥, 이상하다는 둥 그런
식의 불평을 작가한테 늘어놓는다면 오히려 자네들이 부끄러운 일을
당할지도 모른다.
  그리고 T군의 일기는 쇼와 10년<sup>1935년</sup>경의 일기로 보이며, 따라서
이 「정의와 미소」의 배경도 그 무렵의 일본이라는 것에 대해 미리
양해를 구하고 싶다. T군은 지금 예전보다도 더 활발하게, 무대에서
백방으로 활약하고 있다.
  작년 가을, 작가는 군의 징용 통지를 받았으나 좌흉부의 미미한
고장으로 인해 귀가를 명받았고, 군의관도 요양을 하라고 권했지만
작가는 조금도 요양을 하지 않았다. 직역봉공職域奉公. 오히려 일을 더
많이 했다.
  작가의 몸은, 일을 하면 할수록 더 튼튼해지는 모양이다.


                                          쇼와 17년<sup>1942년</sup> 따뜻한 봄날
                                          다자이 오사무

小さなアルバム

作은 앨범

太宰治

## 「작은 앨범」

1942년 7월 『신조新潮』에 발표되었다.

자조를 섞은 자서전 성격의 작품이기에 소설이라기보다는 수필에 가깝다. 사진을 설명하면서 자신을 대상화하는 수법을 처음부터 끝까지 이용한 작품으로, 다자이의 대표작인 「인간 실격」의 머리말에도 같은 수법이 쓰였다.

모처럼 와주셨는데 아무런 대접도 못 해드리고, 이거 미안하게 됐습니다. 문학론도 이제 지겹습니다. 특별할 것도 없고 남 험담만 하잖아요. 문학도 싫어졌습니다. 이렇게 말하는 건 어떨까요? '그는 문학이 너무 싫은 나머지 문사文士가 되었다.'

진짜예요. 원래 싸움을 싫어하는 국민이 참고 있을 때가 아니라며 들고 일어나면 더 센 법이지요. 적수가 없어요. 당신들도 좀 더, 문학을 싫어해보지 그래요? 진정 새로운 것은, 그런 데서 생겨납니다.

뭐 제 문학론은 이것뿐이고, 그것 말고는 울지 않는 반딧불이[1], 침묵의 해군[2] 정도입니다.

모처럼 놀러와 주셨는데 이렇게 무뚝뚝하게 계시면 제가 기운이 빠집니다. 술이라도 있으면 좋을 텐데, 공교롭게도 이삼일 전에 배급받은 술은 그날 다 마셔버렸네요. 어디 술 마시러 가고 싶네요. 하지만, 이 또한 공교롭게도, 아하하하, …… 돈이 없어요. 이번 달은 돈을

1_ 울지 않는 반딧불이가 몸을 태운다鳴かぬ螢が身を焦がす. 반딧불이는 울지 못해서 자기 생각을 빛으로 표현하기 위해 몸을 태우고 있다는 뜻의 관용구에서 온 말.
2_ 나라를 지킬 때에는 큰소리치지 않고 임무에 충실하다는 말.

너무 많이 써서 집에 틀어박혀 있어요. 책을 팔아서까지 술을 마시고 싶지도 않고, 뭐 좀 참고, 차라도 마시면서 오늘 밤엔 뭘 하며 놀지, 천천히 생각해볼까요?

당신은 놀러 온 거죠? 어디를 가도 무시당하고, 주머니도 얄팍하고, D집에 가기라도 하면 기분 전환이 될지도 모른다 싶어서 온 거죠? 영광스런 일입니다. 그렇게나 저를 의지해주시는데, 무엇 하나 기대에 부응하지 못한다는 것도, 비참한 일이네요.

그렇지. 오늘 밤은 제 앨범 하나를 보여드리지요. 재미있는 사진이 있을지도 몰라요. 손님 접대를 위해 앨범을 꺼낸다는 건, 어지간히 열정이 없다는 증거죠. 적당히 때우다가 그럴싸하게 돌려보내려 할 때쯤 이 앨범이라는 게 나오는 법이에요. 조심하세요. 화내면 안 돼요. 제 경우는 그런 게 아닙니다. 오늘 밤엔 공교롭게도 술도 없고 돈도 없어요. 문학론도 싫어요. 하지만 당신을 이렇게 허무하게 돌려보내기도 미안해서, 말하자면 궁여지책으로, 이런 보잘것없는 앨범을 꺼내는 겁니다. 원래 저는 제 사진 같은 걸 남에게 보여주기를 정말 싫어하죠. 그건 버릇없는 일이에요. 아주 친한 사이가 아니면 보여주는 게 아니죠. 나이도 먹을 만큼 먹은 남자가, 한심해라. 저는 도무지 사진이라는 것에 애당초 흥미가 없어요. 그러니까 내 사진이든 남의 사진이든, 소중하게 보관한 적이 없어요. 대체로 이런, 책상 서랍 같은 데 넣어두기 때문에 대청소나 이사할 때마다 조금씩 없어지고 남는 건, 거의 없다시피 하지요. 지난번에 집사람이 그 없다시피 한 사진을 정리하면서 이런 앨범을 만들기에 처음엔 저도, 뭐 그렇게까지 하냐며 반대를 했는데 그래도, 이렇게 만들어진 걸 천천히 보는 중에 약간 감개感慨 같은 것도 끓어올랐어요. 하지만 그건 저 혼자만의 은밀한 감개일 뿐, 다른 사람들이 이런 걸 본다 한들 하나도 재미없을지도 몰라요. 오늘 밤엔 아무래도 달리 얘깃거리도 없고, 모처럼 와 주셨는데 대접할 것도 아무것도 없으니, 이대로라면 너무 썰렁해서 난처한 나머지 이런 걸 꺼낸 거니까, 가난뱅이의 작은 정성이라 봐주시고, 재미는 없겠지만 봐주세요.

설명 하나 해드릴까요? 엉망진창 종이 인형극처럼 될지도 모르지만 비웃지 말고 들어줘요.

아주 오래전 사진은 없어요. 아까도 말했지만 이사나 대청소를 하는 사이에 어느새 없어져버렸어요. 대체로 앨범 첫 페이지에는, 앨범 주인의 부모님 사진이 붙어 있는 법인데, 제 앨범엔 그것도 없어요. 부모님 사진은커녕, 가족사진 한 장도 없어요. 작년 가을에 바로 위에 누나가 어린 큰딸과 함께 찍은 명함판 사진을 한 장 보내줬는데 정말, 그 사진 한 장뿐이고 다른 가족사진은 한 장도 없어요. 제가 일부러 가족사진을 뺀 건 아닙니다. 십 년 전부터, 고향에 있는 가족들과 연락을 안 하고 있기 때문에 저절로 그렇게 되어버린 거죠. 또, 대체로 앨범에는 앨범 주인의 아기 때 사진이나, 초등학교 시절 사진 같은 것도 있어서 흥을 돋우는 법이지만 제 앨범엔, 그것도 없어요. 고향 집에는 있을지도 모르는데 제 수중엔 없어요. 그러니까 이 앨범만 보면, 남들은 내가 어디서 굴러먹던 사람인지 짐작도 못할 겁니다. 생각해보면, 으스스한 앨범이네요. 앨범을 펼쳤을 때 보이는 제일 첫 페이지에, 주인공은 이미 이렇게 고등학교 학생이 되어 있다니. 정말, 당돌한 첫 페이지죠.

이건 H고등학교 강당이에요. 학생이 마흔 명 정도 얌전히 줄지어 있는데 이 사람들이 모두 제 동급생들입니다. 담임선생님이 앞 줄 중앙에 앉아 있지요. 이 사람은 영어 선생님인데, 저는 가끔 이 선생님께 칭찬받았어요. 웃으면 안 돼요. 정말이에요. 나도 이 시절엔 공부를 많이 했었지.

이 선생님뿐만 아니라 다른 선생님 두세 명에게도 칭찬받았어요. 진짜예요. 1등을 하려고 노력했지만, 도저히 불가능했지요. 세 번째 줄에서 있는 이 왜소한 학생, 이 학생은 아무리 애를 써도 따라잡을 수가 없었죠. 이 녀석은, 진짜 잘했어요. 이렇게 멍하게 생겼는데도 정말 잘했어요. 의욕에 찬 구석은 전혀 없었는데, 정말 성실했어요. 그런 걸 진짜라고 하는지도 몰라. 지금은 조선에 있는 은행에서 일하고 있다는 것 같은데, 이 친구에 비하면 나 같은 사람이 가진 건 촐랑대는 경박한 재주라고 해야 할까요? 찾아보세요, 내가 이 사진 어디에 있는지 알겠어요? 맞아요, 그 담임 선생에게 딱 붙어 앉아서 정말 경박하게, 씨익 웃고 있는 학생이 저예요. 열아홉인데, 이 나이에 이렇게 자기를 꾸며요. 정말 싫다. 왜 이런 식으로 웃고 있을까? 보세요, 마흔 명 정도 되는 학생 중에 웃고 있는 건 나 한 명이잖아요. 정말 엄숙해야 하는 기념 촬영에서 히죽 웃다니, 돼먹지 않았어요. 조심성 없이. 어째서 이럴까? 촬영 전 북새통에 섞여 있다가 어느새 맨 앞 줄 선생님 옆자리에 앉아 히죽거리고 있다니. 기막힌 녀석이죠. 이런 녀석이 커서 소매치기의 명수가 되는 법이죠. 하지만 의외로 어딘가 크게 빠진 데가 하나 있는지, 소매치기의 명수가 되지 못했을 뿐만 아니라, 심지어는, 한심하게도 하는 일마다 실패하다가, 이후 십수 년간, 울고불고 소리 지르고, 추하게 울부짖고 신음하기도 하면서 엄청난 소란을 피워왔죠.

그 사진, 보세요. 이다음 사진에서, 이미 얼간이의 본색을 드러내고 있어요. 이것도 고등학교 시절 사진인데, 하숙집 내 방에서 책상에 턱을 괴고 앉아 쉬고 계신 모습이에요. 정말 아니꼬운 자세죠. 꾸부정하게 상체를 구부리고 가부키에서 선잠을 자는 것처럼 오른손 손바닥을 가볍게 볼에 대고, 입을 작게 오므려서, 치뜬 눈으로 먼 곳을 바라보고 있다니 정말 바보 같아요. 곤가스리³ 옷에 허리띠를 매고 있는 것도 이상한 차림이지. 이건 어때요. 기모노 속옷 깃을 너무 바짝 당겨 입었죠, 정말, 저는 이 깃으로 목을 매어 죽을 작정입니다, 하고 말하는 것 같아요. 너무하다. 느닷없이 이 사진을 찢어버리고 싶어지는데, 그래도 그건 비겁한 짓이겠죠. 내 과거에는 분명 이런 모습도 있었던 거니까요. 교카鏡花⁴의 악영향인지도 몰라요. 비웃어줘요. 도망가지도 않고 숨지도 않고, 벌을 받겠어요. 떳떳하게 보여드리겠습니다. 그렇다 쳐도 정말, 이건 너무했다. 그 시절 고등학교에서는 강경파와 온건파⁵가 대립하고 있었어요. 온건파 학생은 가끔 강경파 학생에게 맞기도 했었는데 저는 이렇게 완전 온건파 같은 모습으로 거리를 나다녀도 한 번도 맞은 적이 없어요. 충고를 들은 일도 없죠. 강경파 사람들도 나의 이런 모습을 보고는 너무 심하다는 생각에 어이가 없어서 멀리했던 건지도 모르겠네요. 전 지금도 상당한 바보지만 이 시절엔 바보보다도 심했어요. 요괴였지요. 마음껏 호화롭게 살면서도 사는 게 싫어져서, 자살을 시도한 적도 있었어요. 뭐가 뭔지 몰랐던 시절이었죠. 완전 온건파라고는 해도 그건 외양만 그랬을 뿐, 실제로는 여자를 무서워했어요. 그저, 무턱대고 잘난 체만 했었지요. 여자 문제로 진짜 사고를 친 건 대학교에 들어가고 나서부터예요.

　이건 대학 시절 사진인데 이때쯤에는 약간 생활고 비슷한 걸 겪고 있었던 터라, 얼굴 표정이 그렇게 별나 보이지도 않고, 복장도 보통

3_ 감색 바탕에 붓이 살짝 스친 듯한 규칙적인 무늬가 있는 무명 옷감.
4_ 이즈미 교카泉鏡花(1873~1939). 소설가. 낭만주의 문학에 독자적 경지를 개척함.
5_ 원문은 경파와 연파. 경파硬派는 여성적인 것을 경시하고 남성다움을 과시하는 청소년의 무리를 의미하며, 그의 반대말인 연파軟派는 이성과의 교제나 화려한 옷차림을 좋아하는 청소년의 무리를 의미한다.

제복에 교모를 쓰고 있지만 어쩐지 이미 다 늙어 지친 그늘도 보이죠. 이 무렵, 저는 어떤 여자와 동거하고 있었어요. 하지만 이렇게 떡 하니 팔짱을 끼고 있는 걸 보니, 이때도 좀 잘난 척을 하고 있네요. 원래 전 사진을 찍을 때, 좀 잘난 척을 해야만 했어요. 제 양쪽에 서 있는 두 미남을 본 기억이 있지요? 맞아요, 영화배우예요. Y와 T죠. 그리고 앞에 웅크려 앉은 두 여자도 본 적이 있지요? 맞아요, 여배우 K와 S예요. 놀랐죠? 이건 말이죠, 제가 대학에 들어간 해 가을에 어떤 사람과 함께 소치쿠[6]의 가마타 촬영소에 놀러 갔었는데, 그때 기념사진이에요. 이 무렵 소치쿠 촬영소는 가마타에 있었어요. 그때 저를 데려간 사람이 영화계에서 상당한 유력자였는지, 우리는 그날 굉장한 환대를 받았지요. 뒤에 뚱뚱한 남자 두 명이 서 있죠? 안경을 쓴 사람이 그 유력자고, 다른 한 명, 피부가 흰 사람이 촬영소 소장이에요. 이 소장은 무척 겸손한 사람이라, 일개 서생에 지나지 않았던 저를 정말 융숭하게 대접해 줬어요. 장사치처럼 구는 불쾌한 구석도 없고 성실하고 예의바른 사람이었어요. 정말, 칭찬할 만한 사람이었어요. 촬영소 안 정원에서 간부 배우들과 기념촬영을 했는데, 세상에서 미남이라고 떠들썩거리던 Y와 T를 봐도 저는 그렇게 미남이라는 생각도 안 들었고, 셋이 나란히 서면 내가 제일 잘생긴 거 아닐까 싶은 마음이 들어서, 그래서 이렇게 떡 하니 팔짱을 낀 건데 나중에 이 사진이 온 걸 봤더니, 역시, 그게 아니었어요. 어째서 저는 이렇게 세련되지 못할까요? Y와 T도 이렇게 보면 정말 말쑥하네요. 경주마 두 마리 사이에 낙타가 우뚝 서 있는 것 같아요. 저는 어째서 이렇게 촌티가 날까요? 이래봬도 꽤 괜찮다는

6_ 일본의 대표적인 영화사로 영화뿐만 아니라 연극, 가부키의 제작과 배급도 하고 있음. 1895년 창업.

생각으로 팔짱을 낀 건데 말이죠. 전 자만심이 강한 남자예요. 최근에 들어서야 제가 굼뜬 촌놈이라는 걸 확실히 깨달았으니 말이죠. 그래도 지금은 제가 촌스럽다는 걸 그렇게 부끄럽게 생각하진 않지만요.

학생 시절 사진은 이 세 장밖에 없어요. 이후 삼사 년간의 생활은 엉망진창이라 사진을 찍을 마음의 여유도 없었고, 또 누군가 사진 찍기를 좋아해서 당시 제 사진을 찍으려 했다고 해도, 제가 끊임없이 두리번두리번 계속 움직이며 한 순간도 가만히 있지 않아서 촬영을 포기하는 수밖에 없었겠죠. 그래도 작업복을 입고 긴자 뒷골목 바 앞에 서 있는 사진 같은 게 두세 장 더 있었을 텐데, 어느새 없어졌어요. 하나도 아깝진 않아요.

이래저래 살다가 큰 병을 앓게 되어, 겨우 병원에서 나와서 지바 현 후나바시[7] 언저리에 작은 집을 빌려서 반 환자 생활을 시작했을 때 모습이, 이겁니다. 너무 말랐죠? 그야말로, 뼈와 가죽이에요. 제 얼굴 같지 않죠? 제가 봐도 어쩐지 좀 기분 나빠요. 파충류 느낌이죠. 스스로도 이제 목숨이 머지않았다고 생각했었어요. 이 무렵 첫 창작집인 『만년』이라는 책이 출판됐는데 그 창작집 초판본에 이 사진을 넣었어요. 그야말로 '만년의 초상'이라는 생각으로 넣었던 거지만 아직 저는 죽지도 않고, 말하자면 대낮의 반딧불이처럼 꼴사납게 어슬렁거리고 있었어요. 눈에 띄게 살이 올랐죠. 이 사진을 보세요. 이 년 정도 후나바시에 있었는데 다시 도쿄로 나와서, 그때까지 육 년간 함께 살던 여자랑 헤어지고 교외 하숙집에서 혼자 뒹굴다가, 이렇게 살이 쪄버렸어요. 최근에는 다시 약간 살이 빠졌지만 하숙생 시절 저는, 두더지처럼 살이

7_ 다자이 오사무가 마약 중독 치료를 위해 입원했던 병원에서 퇴원한 후 1935년에 요양을 위해 잠시 지냈던 곳.

졌었어요. 이 사진은 말하자면 살이 너무 많이 찐 게 부끄러워서 웃고 있는 거예요. 『허구의 방황』이라는 저의 두 번째 창작집에 이 사진을 넣었어요. 친구가, 오리너구리라는 동물이랑 정말 비슷하다고 했어요. 또, 어떤 친구는 위로를 해주면서 더글라스라는 희극 배우랑 닮았다며 한 턱 내라고 했었지요. 어쨌든 굉장히 뚱뚱해졌어요. 이렇게까지 뚱뚱 하면 쓸쓸한 표정을 지어도 전혀 눈에 띄지 않는 법이지요. 이 무렵 저는 뚱뚱한 데다 너무나 쓸쓸했는데, 쓸쓸함은 얼굴에 전혀 나타나지 않고 이렇게 부끄럽게 웃는 듯한 표정을 짓게 되어서, 동정해주는 사람은 거의 아무도 없었어요. 이거 봐요, 이 호숫가에 웅크리고 고개를 숙인 채 무언가 생각에 잠긴 사진, 이건 그 무렵 선배들과 함께 미야케섬에 놀러 갔을 때 사진인데, 저는 몹시 쓸쓸한 기분으로 이렇게 홀로 웅크리고 있었어요. 냉정하게 비판한다면 이건 칠칠맞게 앉아서 졸고 있는 모습이 에요. 우수<sub>憂愁</sub>라곤 쥐꼬리만큼도 없어요. 이건 섬의 왕 A씨가 내가 모르는 사이에 몰래 찍고 이렇게 크게 확대해서 제게 보내 준 거예요. A씨는 섬에서 가장 연장자인데 시를 짓기도 하고, 말하자면 섬의 왕처럼 한가로이 살고 있는 사람이라, 이 여행도 이 A씨가 초대한 거였죠. 그때 우리 일행이 신세를 꽤 많이 졌어요. 저는 편지쓰기를 귀찮아해서 아직도 감사하다는 편지를 쓰거나 연락을 하지는 못하고 있지만, 얼마 전 미야케섬 폭발 때는 설마 피해는 없겠지, 하고 걱정하면서도 귀찮아서 안부편지도 못 드렸죠. 도쿄의 작가는 정말 은혜를 모르는 족속이라는 생각에 A씨도 어이가 없을 거예요.

다음은 고후에 있었을 때 사진이에요. 다시 조금씩 살이 빠졌어요. 도쿄의 교외에 있는 하숙집에서 가방 하나만 가지고 여행을 떠나서, 그대로 고후에 살게 됐죠. 이 년 정도 고후에 지내면서 고후에서 결혼하고, 그다음에 이곳 미타카로 이사 온 거예요. 이 사진은 고후의 다케다 신사에서 처남이 찍어준 건데, 이쯤 되면 정말, 늙었죠. 딱 서른 살이었어요. 하지만 이 사진으로 보면 마흔 살 넘는 아저씨 같네요. 남들만큼 고생한 거겠죠. 아무런 포즈도 취하지 않고 그냥 우두커니 서 있네요. 아니, 발밑에 있는 얼룩조릿대를 신기하다는 듯 바라보고 있어요. 거의, 노망이 난 것 같아요. 다음은 이 툇마루에 앉아 있는 눈 풀린 사진, 이것도 고후에 살던 시절 사진인데, 씩씩한 모습도 없고, 성질을 내는 것 같지도 않고, 호박처럼 무신경해 보이네요. 사흘 동안 세수도 안 한 듯한 표정이에요. 추악하다는 느낌마저 들어요. 하지만 작가의 평상시 표정은 이 정도면 충분해요. 점점 진짜가 된 건지도 모르겠네요. 다시 말해, 진짜 속물 말이죠.

나머지 사진은 모두 미타카로 오고 나서 찍은 사진들이에요. 사진을 찍어주는 사람들도 많아져서, 오른쪽 봐, 네, 왼쪽 봐, 네, 조금 웃고는, 됐어요, 이런 식으로 그 사람들이 시키는 대로 포즈를 취했어요. 재미없는 사진들밖에 없죠. 두세 장, 재미있는 사진도 있어요. 아니, 웃긴 사진이라고 말하는 편이 좋겠다. 나체 사진이 한 장 있어요. 이건 시마온천에 I와 함께 갔을 때, I가 온천에 들어가는 저를 몰래 찰칵 찍은 거예요. 옆모습 사진이라 다행이에요. 정면이었다면 용서하지 않았을 텐데. 큰일 날 뻔했죠. 하지만 이 사진은 I에게 말해서 원판 필름도 받아버렸어요. 추가로 인화하기라도 하면 큰일이니까요. I가 꽤 많이 찍어줬어요. 이건 올해 설날에 K와 둘이서 함께 가문의 문장紋章이 찍힌 예복을 입고 부재중이었던 이부세 씨네 집(작가 이부세 마스지 씨는 군 보도반원으로 그 전년 늦가을에, 남방에 파견됨)에 새해 인사를 하러 찾아갔었는데, 마침 I도 국민복[8]을 입고 새해 인사를 와 있었어요.

그때 I가 우리 둘을 정원 앞에 세워두고 찍은 거예요. 안 어울리죠? 이상하죠? K는 그렇다 쳐도, 제가 예복을 입은 모습은 정말 이상하죠. K의 평에 의하면 모세가 예복을 입은 것 같다는데, 그럴까요? 어차피 제대로 갖춰 입은 건 아니에요. 얼굴이 몹시 야위고, 커진 것 같네요. 보세요. 이건 어떤 친구 출판 기념회 때 사진인데, 이렇게 많은 얼굴 중에 눈에 띄게 큰 얼굴이 있어요. 제 얼굴이에요. 하고꿰꾸[9]채가 죽 늘어서 있고 그중에 눈에 띄게 큰 걸 세 살 여자아이가, 저거 갖고 싶어, 저거 사줘, 라며 떼를 부려서 가게 주인이 대답하기를, 아가씨, 저건 안 돼요, 저건 간판이에요, 라고 하는 우스갯소리랑 비슷하죠. 이렇게 얼굴이 크면 연애 같은 건 절대 못 해요. 고라이야[10] 가문 사람을 닮았다고 하더라고요. 웃으면 안 돼요. 고라이야 사람 중에서도 '너저분한 역할'을 맡은 고라이야 사람이에요. 심지어는, 이발소에 가서 그 사람이 실은 무척 깔끔하고 잘생긴 사람이었다는 게 밝혀지는 장면도 없이, 끝까지 '너저분한 역할'이라네요. '역할'도 아니고, 진짜 '너저분'했어요. 연극도 아니고 뭣도 아니고. 하지만, 어딘가 비슷하대요. 한마디로, 대단하다는 거죠. 취향이 독특한 여자가 나타나기를 기다리는 수밖에 없어요.

제 흥에 겨워 바보 같은 얘기만 했네요. 당신이었는지, 누구였는지 기억은 잘 안 나지만 누군가가, 그런 바보 같은 얘기는 관두세요, 손님들 미움만 사요, 더 진지한 얘기 못 하나요? 삼류 통속소설 작가 같아요, 라고 집에서 충고한 적도 있는데, 괴로울 때, 솔직하게 괴로운 표정을

8_ 제2차 세계대전 중 일본에 널리 보급되었던 군복과 비슷한 남자 옷.
9_ 모감주에 구멍을 뚫고 채색된 새의 잔 깃을 서너 개 꽂은 것으로 배드민턴공과 비슷함.
10_ 高麗屋. 가부키 배우 마쓰모토 고시로(1674~1730)의 가호屋號로, 그 가문 사람들을 총칭.

짓는 사람은 그나마 다행이에요. 긴장하면 긴장한 자세를 취할 수 있는 사람도 다행인 거고요. 저는 괴로울 때, 하하 하고 바보처럼 웃고 싶어져서 큰일입니다. '웃으면서 엄숙한 말을 하라!' 니체도 좋은 얘기를 했죠. 애당초 저는 화가 나면 진심으로 화를 내버려요. 제 표정엔 화와 웃음, 둘 밖에 없는 것 같아요. 의외로 표정이 부족한 남자죠. 하지만 요즘은 화도 1년에 한 번 정도만 내려고 합니다. 거의 참고 웃으려고 애쓰고 있어요. 그 대신 화났을 때는, 아니, 협박 같은 말은 하지 않겠어요. 저 스스로도 불쾌합니다. 화났을 때는, 화났을 때 생각하지요. 이 사진을 보세요. 이건 최근 사진이에요. 점퍼에 반바지, 가벼운 복장이에요. 유모차를 끌고 있죠. 이건 제 작은 여자아이를 유모차에 태우고 근처 이노카시라 자연문화원에 공작새를 보여주러 갔을 때예요. 행복한 풍경이죠. 언제까지 계속될까? 다른 페이지엔 어떤 사진을 붙이게 될까요? 의외의 사진이.

## 「불꽃놀이」

1942년 10월 『문예文藝』에 발표되었다. 나중에 「동트기 전」으로 제목을 바꿨다.

발표 직후 당국의 검열에서 시국에 적합하지 않다는 이유로 전문 삭제 처분, 발매 금지 명령을 받았다. 다자이가 1942년 10월 17일 다카나시 가즈오에게 보낸 편지에는 그 일에 대해 다음과 같은 언급이 있다.

❝「불꽃놀이」는 전쟁 중에 불미스런 일을 썼다고 해서 삭제되었다고 합니다. 물론 그런 처분은 그 한 작품에 한한 것이고, 작가의 향후 활동에는 전혀 지장이 없다니까, 뭐, 저도 평소대로 일을 계속해 나갈 것입니다.

「불꽃놀이」는 언젠가 보여드리지요. 당장은 창작집에도 못 싣겠지만, 때를 기다릴 것입니다. ❞

1925년경, 도쿄의 어느 가정에서 이상한 사건이 일어났다. 요쓰야 구의 어떤 동네에 쓰루미 센노스케라는 꽤 저명한 서양화가가 살고 있었다. 그 무렵 이미 쉰을 넘은 나이였다. 도쿄에서 의사의 아들로 태어나, 젊은 시절 프랑스로 건너가서 르느아르라는 거장 밑에서 서양화를 배우고 일본으로 돌아와서 일본 화단의 꽤 높은 지위에 오를 수 있었다. 부인은 무쓰 출신이다. 교육자 집안에서 태어나, 아버지가 다른 곳으로 발령 날 때마다 가족들이 함께 움직였다. 그녀의 아버지가 독일어 학교 주사主事로 승진해서 도쿄로 온 것은 부인이 열일곱 때였다. 곧이어 아는 사람의 소개로 일본으로 막 돌아온 참이었던 센노스케 씨와 결혼했다. 1남 1녀를 낳았다. 가쓰지와 세쓰코다. 그 사건이 일어난 것은, 가쓰지가 스물세 살, 세쓰코가 열아홉 살이 되던 해의 한여름이다.

사건이 일어나기 삼 년 전부터 이미 사건의 조짐이 보이고 있었다. 센노스케 씨와 가쓰지의 충돌이 시작된 것이다. 센노스케 씨는 몸집이 작고 품위 있는 신사다. 젊었을 때는 꽤 독설가였던 모양이지만 지금은 정말 말이 없다. 평소에 가족들과도 거의 이야기를 하지 않는다. 용건이 있을 때만 낮은 목소리로 조용히 말한다. 쓸데없는 말은 하기도 싫어하고 듣기도 싫어하는 것 같다. 담배는 피우지만 술은 안 마신다. 아틀리에와 여행. 센노스케 씨의 생활은 이 두 군데서만 이루어지는 듯했다. 하지만 화단 일각에서, 센노스케 씨는 항상 금고 옆에서 산다는 이상한 소문도 돌았는데, 그게 맞는다면 센노스케 씨가 생활하는 곳도 다 합쳐서 세 군데가 되는 것이다. 그런 소문은 빈곤하고 방종한 화가들 사이에만 퍼진 것 같고, 센노스케 씨의 히스테리에 대해 복수하듯 씹어대는 것이 니, 곧이곧대로 믿을 수도 없다. 어쨌든 보통 세상 사람들은 센노스케 씨를 상당히 존경하고 있었다.

가쓰지는 아버지와는 달리 덩치도 크고 외모도 굵직하게 생긴 데다 툭하면 신경질을 내는 성격이었고, 예술가 천성이라고 부를 만한 구석은 정말 눈곱만큼도 없었다. 어린 시절부터 개를 무척 좋아해서, 중학교 때는 싸움개를 두 마리나 키운 적이 있다. 힘이 센 개를 좋아했다. 개가 지겨워질 때면 자기 주먹질에 열중했다. 중학교에서 두 번이나 낙제하고 겨우 졸업한 그해 봄, 아버지와 심한 충돌이 있었다. 아버지는 그때까지 가쓰지에 대한 것은 거의 방임하고 있는 듯했다. 어머니만이 가쓰지의 장래를 생각하며 마음을 졸이는 것 같았다. 하지만 이번에, 가쓰지의 졸업을 계기로 아버지가 가쓰지에게 어떤 생활 방침을 바라고 있었는지, 모든 것이 드러났다. 뭐, 다들 보통 그렇게 산다. 하지만 약간 지나친 것 같기도 하다. 의사가 되어라, 라는 것이었다. 그리고 그 외의 것은 절대로 안 된다. 의사가 아니면 안 된다. 가장 쉽게 입학할 수 있는 의학교를 찾아서 그 학교에, 두 번이고 세 번이고 합격할 때까지 계속 시험을 쳐라, 그게 가쓰지가 가야 할 최선의 길이다, 이유는 말하지 않겠지만 나중에 반드시 깨닫는 바가 있을 것이다. 어머니를 통해 이런 얘기를 가쓰지에게 통보했다. 이에 비해 가쓰지의 장래희망은 너무나 동떨어진 것이었다.

가쓰지는 티베트에 가고 싶었다. 어째서 그런 모험을 생각했는지, 소년 항공 잡지에서 무언가를 읽고 큰 감동을 받기라도 했는지, 이유는 확실치 않지만, 어쨌든 티베트에 가겠다는 희망만큼은 확고부동하여 끄떡도 하지 않았다. 어머니는 두 사람의 생각이 달라도 너무 달라서 당황했다. 티베트는 아무리 생각해도 너무 뜬금없다. 어머니는 우선 가쓰지에게 그 얄팍한 희망을 포기해 달라고 했다. 가쓰지는 고집을 부리며 어머니의 부탁을 듣지 않았다. 티베트에 가는 건 내가 몇 년 동안 품어온 꿈이고, 중학교 때 학업보다도 몸을 단련하는 데 집중한 것도 실은 티베트에 가기 위한 준비였다, 인간은 자기가 제일 좋다고 믿는 길로 나아가지 않으면 살아도 죽은 거나 마찬가지다, 어머니, 인간은 언젠가 반드시 죽는 법입니다. 자기가 좋아하는 길로 나아가서 노력하다가 도중에 쓰러진다 한들, 이건 저의 숙원입니다. 그렇게 덩치 커다란 남자가 몸을 떨면서 뜨거운 눈물을 흘리며 그렇게 말하는 모습에서는 소년의 순수하고 올곧은 열정이 느껴져서 가련하다는 생각마저 들었다. 어머니는 당혹스러울 뿐이었다. 어머니가 그 티베트 어쩌고 하는 십만억토十万億土[1]로 가버리고 싶은 심정이었다. 무슨 말을 해도 가쓰지는 뜻을 굽히지 않았고, 굽히기는커녕 자신의 비장한 결의를 굳힐 뿐이었다. 어머니는 난처했다. 무거운 마음으로 아버지에게 보고했다. 하지만 티베트라는 말을 꺼내기는 어려웠다. 아버지에게는 만주로 가고 싶어 한다고 말했다. 아버지는 표정을 바꾸지 않고 잠시 생각했다. 그가 한 대답은, 정말 의외였다.

..
1_ 불교용어로, 이승에서 극락정토에 이르는 사이에 있다고 하는 수많은 불토佛土를 의미한다.

"가면 되잖아."

그렇게 말하고는 팔레트를 다시 잡고 말했다.

"만주에도 의학교는 있어."

이렇게 되면 문제가 더 꼬일 뿐이다. 어머니는 이제 와서 티베트라고 말을 바꾸기는 어려웠다. 그대로 물러서서 티베트는 포기하고 적어도 만주에 있는 의학교 정도로 참아주지 않겠냐고, 가쓰지를 필사적으로 설득하려 했지만 가쓰지는 아랑곳하지 않았다. 피식 웃고는, 만주라면 같은 반에 있는 소마랑 신도 간댔어, 만주 같은 데는 그런 풋내기들이 가기 딱 좋은 데야, 신비롭지가 않잖아, 난 어쨌든 티베트로 갈 거야, 일본 최초의 개척자가 될 거야, 양을 만 마리 기르고 또, 어쩌고저쩌고 철없는 공상을 부질없이 늘어놓았다. 어머니는 울었다.

결국 아버지의 귀에 들어갔다. 아버지는 살짝 웃고는 가쓰지 앞에서 조용히 말했다.

"못난 것."

"상관없어. 난 갈 거야."

"가봐. 걸어가?"

"날 우습게보지 마!" 가쓰지는 아버지에게 덤벼들었다. 이것이 불효의 시작이었다.

티베트 행은 호지부지됐지만, 가쓰지는 그 이후 무시무시한 가정 파괴자가 되어 점점 더 흉악한 인격을 드러내기 시작했다. 의학교 시험을 친 건지, 안 친 건지, (가쓰지는 시험을 봤다고 한다) 또, 다음 시험에 대비하여 공부를 하고 있는지 안 하는지, (가쓰지는 공부하고 있다고 한다) 전혀 믿음이 안 간다. 가쓰지의 말을 믿기 힘들어하던 어머니가 식사 중에 '진짜야?' 라는 말을 무심코 내뱉은 그 순간, 어머니는 된장국을 쫙 뒤집어썼다.

"너무해." 쾌활하게 웃으며 그렇게 말하고는 재빨리 어머니의 머리를 앞치마로 닦아주고, 아무 일도 아니라는 듯 그 자리를 얼버무린 사람은 여동생인 세쓰코였다. 아직 여학교 학생이다. 이즈음부터, 세쓰코의 희한한 성격이 나타난다.

가쓰지의 용돈은 한 달에 삼십 엔, 세쓰코는 십오 엔이다. 다달이 어머니로부터 받는 일정액이다. 가쓰지에게는 충분할 리가 없다. 하루 만에 없어지기도 한다. 무엇에 쓰는지, 그건 나중에 차차 알게 됐지만 가쓰지는 처음에, '알잖아, 필요한 책이 있어'라고 했다. 용돈을 받는 날 가쓰지는 세쓰코에게 불쑥 오른손을 내민다. 세쓰코는 끄덕이며 오빠의 커다란 손에 자기가 받은 십 엔 지폐를 놓아준다. 그러고는 그냥 물러서는 경우도 있지만, 그대로 가만히 손을 내밀고 있는 경우도 있다. 세쓰코는 순간 울상을 짓지만 결국 억지웃음을 지으며 가쓰지의 손에 나머지 오 엔짜리 지폐도 얹어준다.

"땡큐!" 가쓰지가 말한다. 세쓰코의 용돈은 한 푼도 안 남는다. 세쓰코는 그날부터 돈을 변통하지 않으면 안 된다. 돈을 변통하기가 도저히 어려워졌을 때는 할 수 없이, 새빨간 얼굴로 어머니께 부탁한다. 어머니는 말한다.

"가쓰지도 저런데, 너까지 이렇게 돈을 막 써서 어쩌니."

세쓰코는 변명도 하지 않는다.

"괜찮아. 다음 달은 괜찮을 거야." 천진난만한 말투로 이렇게 말한다.

그 무렵에는 그나마 괜찮았다. 세쓰코의 기모노도 없어지기 시작했다. 어느새 옷장에서 자취를 감췄다. 한 번도 입지 않은 외출복이 없어진 것을 처음으로 눈치챘을 때는 이제까지는 대범했던 세쓰코도 얼굴색이

변했다. 어머니께 물었다. 어머니는 침착하게, 옷이 혼자 걸어 다니겠냐며 찾아보라고 했다. 세쓰코는 진짜로, 라고 말하다 말고 입을 다물었다. 복도에 서 있는 가쓰지를 본 것이다. 오빠는 세쓰코에게 언뜻 눈짓을 했다. 불길한 느낌이 들었다. 세쓰코는 다시 옷장을 뒤적이다가,

"어머, 여기 있었어."라고 했다.

둘만 남았을 때, 세쓰코는 오빠에게 작은 목소리로 물었다.

"팔아버렸어?"

"난 몰라." 타다닥, 탁, 타다닥, 하고 복도에서 탭 댄스 연습을 하며 말했다.

"난 갚을 줄 모르는 남자는 아냐. 참아. 잠깐이니까."

"정말이지?"

"한심하다는 표정 짓지 마. 이르면 패버릴 거야"

주눅이 든 기색도 없었다. 세쓰코는 오빠를 믿었다. 그 외출복은 결국 돌려받지 못했다. 그 외출복뿐만 아니라 그 뒤에도 기모노가 하나 둘씩, 옷장에서 사라져갔다. 세쓰코는 여자아이다. 기모노에 자기 피부 같은 애착을 가지고 있다. 그 기모노들이 사라졌다는 것을 알았을 때마다 갈비뼈 하나를 잃어버린 듯한, 참기 힘든 허전함을 느낀다. 사는 보람이 없다는 기분이 든다. 하지만 지금은 오빠를 믿고 기다리는 수밖에는 없다. 어디까지나, 오빠를 믿으려 했다.

"파는 건 안 돼." 그래도 때때로 너무 불안한 나머지 가쓰지에게 슬쩍 이렇게 귀띔하기도 했다.

"바보. 나를 못 믿는 거야?"

"믿어."

믿을 수밖에 없다. 세쓰코에게는 기모노를 잃었다는 쓸쓸함 외에도,

만약에 어머니가 이 일을 눈치채면 어쩌나 하는 불안감도 있었다. 어머니께는 핑계를 대고 가까스로 빠져나간 적도 두어 번 있었다.

"화살 깃무늬가 있는 질긴 천으로 된 기모노 있잖아. 그걸 입는 게 어때?"

"괜찮아, 괜찮아. 이게 좋아." 마음속은 생사의 갈림길이다. 위기일발이다.

자취를 감춘 자신의 기모노가 어디에 들어가 있는지, 세쓰코도 조금씩 알게 되었다. 전당포라는 곳의 존재, 기구를 안 것이다. 그 기모노를 어머니에게 꼭 보여줘야만 하는 궁지에 몰렸을 때는 고심 끝에 돈을 마련해서 오빠에게 건넨다. 가쓰지는 올라잇, 같은 말을 하고는 어슬렁어슬렁 집을 나선다. 기모노를 안고서 바로 집으로 들어오는 경우도 있는가 하면, 늦은 밤 취해서 집에 들어와서는 '미안해' 같은 말을 하며 아무 일도 없다는 듯 그냥 있는 경우도 있다. 나중에 오빠가 가르쳐줘서, 세쓰코는 혼자 전당포에 기모노를 받으러 가게 됐다. 끝내 돈을 구하지 못하면, 다른 기모노를 싸가지고 나가서 전당포 창고에 있는 필요한 기모노와 바꿔치기하면 된다는 것도 알게 되었다.

가쓰지는 아버지의 그림을 훔쳤다. 그것은, 명백한 가쓰지의 소행이었다. 그 그림은 작은 스케치판이기는 했지만, 최근에 아버지가 그린 훌륭한 작품 중 하나였다. 아버지의 홋카이도 여행의 수확이었다. 약 스무 장을 그려왔는데 센노스케 씨는 그중에서도 이 작은 설경 그림만이 약간 마음에 들었다. 그래서 다른 그림 스무 장 정도는 바로 그림 판매상에게 건네줬어도, 그 한 장만은 수중에 남겨서 아틀리에 벽에 걸어두었다. 가쓰지는 아무렇지도 않게 그 그림을 가지고 나갔다. 헐값에 팔았어도 백 엔 이상으로 팔렸을 것이다.

"가쓰지, 그럼 어쨌어." 이삼일 뒤 저녁 식사 때, 아버지가 불쑥 말했다. 알고 있었던 모양이다.

"뭐요?" 태연히 반문한다. 당황한 기색이 티끌만큼도 없다.

"어디에 팔았어. 이번만 봐줄게."

"잘 먹었습니다." 가쓰지는 젓가락을 탁 놓고 인사했다. 일어나서 옆방으로 가더니 룰루랄라, 하고 노래를 불렀다. 아버지는 얼굴색을 바꾸더니 일어났다.

"아버지!" 세쓰코는 말렸다. "오해야, 오해."

"오해?" 아버지는 세쓰코의 얼굴을 봤다. "너, 알고 있어?"

"아, 아뇨." 세쓰코는 구체적인 것에 대해서는 몰랐다. 하지만 대강 짐작은 하고 있었다. "내가 친구한테 줬어. 그 친구는 병을 오래 앓고 있어. 그래서 말이지……." 횡설수설했다.

"그래?" 아버지는 물론 그게 거짓말이라는 것을 알고 있었다. 하지만 세쓰코가 애써 하는 말에 져주었다. 누구에게랄 것도 없이, "나쁜 녀석." 이라고 하더니 다시 식사를 계속했다. 세쓰코는 울었다. 어머니도 고개를 숙인 채 있었다.

세쓰코는 오빠의 생활을 대강 알게 되었다. 오빠에게는 불량한 친구가 있었다. 많은 친구들 중, 특별히 친한 사람이 세 명 있었다.

가자마 시치로. 이 사람은 거물이었다. 가쓰지는 의학교 시험을 치기 위한 공부를 하는 사이에, 가짜로 T대학 예과에 적을 두었는데 가자마 시치로는, 말하자면 그 T대학 예과 학생들의 두목이었다. 나이도 거의 서른에 가깝다. 양복을 입을 때가 더 많았다. 좁은 이마, 패인 눈, 큰 입. 정말 기운이 넘치게 생긴 얼굴이었다. 가자마라는 칙선의원[2]의 조카라는데 믿음은 안 간다. 거의 직업적인 악한惡漢이다. 말을 잘한다.

"치루치루(쓰루미 가쓰지의 애칭이다)도 이제 슬슬 손을 씻는 게 어때? 쓰루미 화백님의 아드님이 이렇게 살다니, 딱해 죽겠어. 우리한테 그렇게 신경 쓸 필요는 없어." 신중하고 차분한 말씨다.

치루치루는 그 말에 감격하여 분발하지 않을 수 없다. 서먹한 아버지는 아버지, 나는 나, 자마(가자마 시치로의 애칭이다) 너 하나만 죽게 놔둘 수는 없어, 라는 말도 안 되는 얘기를 하며 가자마와 그 일당에게 더욱 굳건한 충성을 맹세한다.

가자마는 진지한 표정으로 가쓰지네 집에 놀러 오기까지 한다. 무척 예의 바르다. 목적은 세쓰코다. 세쓰코는 아직 여학교 학생이었지만 조숙했고, 오빠와는 달리 얼굴이 단정하고 아름다웠다. 세쓰코는 오빠 방에 홍차를 가지고 간다. 가자마는 새하얀 이를 드러내고 웃으며, 안녕하세요, 하고 인사한다. 호탕한 느낌이었다.

옆방으로 간 세쓰코에게 들릴 정도의 큰 목소리로, "자넨 이런 좋은 가정에 태어났으니 공부를 안 할 수가 없겠군. 다음에는 노트를 가져다 줄 테니 공부해."라고 한다.

가쓰지는 히죽거리며 웃는다.

"정말이야!" 가자마가 딱 잘라 말한다.

가쓰지는 당황해서 쩔쩔매며 말한다.

"응, 뭐, 응. 할게."

둔한 가쓰지도 약간 눈치를 채기 시작했다. 세쓰코를 가자마와 맺어주려는 듯한 위험한 태도를 드러내기 시작했다. 공물로 바치자고 생각한 모양이다. 가자마가 오면 용건도 없이 세쓰코를 방으로 부르고, 자기는

---

2_ 당시 국가에 공훈이 있거나 학식이 있는 서른 살 이상의 남자 중에 천황이 직접 뽑은 의원議員.

슬쩍 자리를 피한다. 바보 같은 짓이다. 밤늦게 가자마를 정류장까지 배웅하라고 하거나 신주쿠에 있는 가자마의 아파트에 필요도 없는 교과서 같은 걸 전해주라고 시키기도 한다. 세쓰코는 언제나 오빠의 명령을 따랐다. 오빠의 말에 의하면 가자마는 부잣집 자제로, 고결한 인격의 소유자라고 한다. 오빠의 말을 믿는 수밖에 없다. 실제로 세쓰코 는 가자마를 의지하고 있었다.

아파트에 교과서를 전해주러 갔을 때,

"고마워. 쉬고 가. 커피 타줄게." 가벼이 권하는 말투였다.

세쓰코는 문밖에 선 채로,

"가자마 씨, 우리를 도와주세요." 기도하는 듯한 그 표정은 비참해 보일 정도였다.

가자마는 흥이 가셨다. 관둬야겠다고 생각했다.

또 한 명. 스기우라 도마. 이 사람은 가쓰지가 가장 대하기 어려워하는 친구였다. 하지만 아무리 해도 멀리할 수는 없었다. 이런 교우관계는 인생에 간혹 있다. 하지만 스기우라와 가쓰지의 관계만큼 웃기고 무의미 한 관계도 드물다. 스기우라 도마는 고학생이다. T대학 야간부에 다니고 있었다. 마르크스주의자다. 그게 사실인지 어떤지는 모르지만, 어쨌든 그는 꽤나 뻑적지근한 말을 하고 다녔다. 그 스기우라 도마가, 가쓰지를 신임하게 되었다.

선천적으로 이론에 약한 가쓰지는 그저 난감할 뿐이었다. 하지만 가쓰지는 아무리 해도 스기우라 도마를 거부할 수는 없었다. 말하자면 뱀이 신임하게 된 개구리처럼, 납작 엎드린 채 꼼짝도 할 수 없었다. 별로 보기 좋은 그림은 아니었다. 이 일에 대해서는 세 가지 원인을 생각할 수 있다. 생활에 아무런 부족 없이 풍요롭게 자란 청년은, 몹시 가난한 집에서 태어나 모든 것을 자력으로 해결하며 사는 청년을 거의 본능적으로 두려워하는 법이다. 다음으로 생각할 수 있는 것은, 스기우라 도마가 술과 담배를 전혀 입에 대지 않는다는 점이다. 가쓰지는 술, 담배는 물론 이미 동정도 잃은 상태였다. 방종한 생활을 하는 자는, 어김없이 금욕적인 생활을 동경한다. 그리고 금욕적인 생활을 하는 사람을 거북해하면서도 거부하지 못하고 무서움에 떨면서, 무턱대고 자신을 비하해가며 관계를 질질 이어나가는 법이다. 세 번째로, 스기우라 도마의 신임을 얻었다는 자부심도 있다. 신임을 얻어 난처해하면서도, 스기우라 같은 고결한 투사에게 '쓰루미는 전도유망하다'는 말을 들으면 내심 싫지만은 않은 마음도 있었던 것이다. 가쓰지는 무엇이 어떻게 유망한지, 이유를 알 수는 없었지만 어쨌든 지금의 가쓰지를 진지하게 칭찬해주는 친구는 스기우라 도마 한 명밖에 없다. 이 스기우라마저도 나를 포기한다면 정말 쓸쓸하겠구나, 라는 생각을 하면 더더욱 스기우라를 멀리할 수 없게 된다. 스기우라는 정말 달변가였다. 밤늦게 트렁크 같은 걸 들고 가쓰지의 집 현관에 나타나서, "아무래도 내 신변이 또다시 위험해진 것 같아. 누군가에게 미행당하고 있는 것 같으니까 네가, 집 주변을 좀 살펴보고 와 줘."라고 소리를 죽여 말한다. 가쓰지는 긴장하며 정원을 통해 슬그머니 밖으로 나가 집 주위를 쭉 둘러보고는 "수상한 사람은 없는 것 같아요."라고 작은 목소리로 보고한다. "그래? 고마워. 이제 나는 오늘을 끝으로 자네와 만날 수 없을지도 모르지만, 내겐 일신에 닥친 위험보다도 프로파간다가 더 중요해. 체포되기 직전까지 나는 프로파간다를 게을리할 수 없어." 이 말 역시 낮은 목소리로 말하지만, 한마디 막히는 법 없이 물 흐르듯 이야기한다. 가쓰지는 술을 마시고 싶어서 견딜 수 없다. 하지만 스기우라의 진지한 태도가 어쩐지 무섭다. 하품을 삼키고, '옳소, 옳소'라며 장단을 맞춘다. 스기우라는 자고 갈 때도 있다. 밖에 나가면 위험하다고 하니 방법이 없다. 돌아갈 때는 당에 돈이 필요하다며 십 엔, 이십 엔을 요구한다. 울며 겨자 먹기로 건네주면, '당케'라고 하고는 돌아간다.

또 한 명, 정말 기묘한 친구가 있었다. 아리하라 슈사쿠. 서른 살이 조금 넘었다. 신진작가라고 말할 때도 있다. 별로 들은 적은 없는 이름이지만 어쨌든, 신진작가라고 한다. 가쓰지는 이 아리하라를 '선생님'이라고 불렀다. 가자마 시치로의 소개로 서로를 알게 되었다. 가자마 일행이 아리하라를 '선생님'이라고 부르고 있었기에, 가쓰지도 그걸 따라 '선생님'이라고 부르게 되었을 뿐, 다른 이유는 없다. 가쓰지는 소설의 세계에 대해서는 아무것도 모른다. 가자마 일행이 아리하라를 천재라고 하며 경의를 표하는 것 같아서, 가쓰지도 아리하라를 인종이 다른 특별한 사람으로 여기며 특별대우를 하는 것이다. 아리하라는 이상할 정도로 아름다운 얼굴을 지녔다. 체격도 훤칠하고 기품이 있었다. 옅은 화장을 할 때도 있다. 술은 얼마든지 마시지만 여자에게 무관심한 척했다. 어떤 생활을 하는지, 주소는 늘 바뀌고 일정하지 않은 듯했다. 이 남자는 어떤 이유에선지, 가쓰지를 옆에 끼고 놓아주질 않는다. 왕이 흑인 장사를 키우며 심심풀이로 삼는 것과 매우 흡사한 꼴이었다.

"치루치루는 피타고라스 정리라는 거 알아?"

"모릅니다." 가쓰지는 약간 기가 죽는다.

"자네는 알고 있어. 말로 표현할 수 없을 뿐이야."

"그렇죠." 가쓰지는 한숨 놓는다.

"그렇지? 정리라는 건 모두 그래."

"그래요?" 억지웃음을 지으며 아리하라의 아름다운 얼굴을 황홀하다는 듯 올려다본다.

가쓰지에게 센노스케의 그림을 억지로 훔치라고 시킨 것도 이 녀석이다. 혼모쿠에 데려가서 가쓰지를 두고 온 것도, 이 녀석이다. 아리하라는 가쓰지가 깊이 잠들어 있는 사이에 홀로 잽싸게 떠나버렸다. 가쓰지는 다음날 계산을 하느라 무척이나 애를 먹었다. 게다가 그 하룻밤 때문에 골치 아픈 병까지 앓았다. 잊으려 해도 잊을 수가 없다. 하지만 가쓰지는 아리하라에게서 멀어질 수 없다. 아리하라에게는 이상한 자존심 같은 게 있어서, 절대로 다른 집에는 놀러 가지 않는다. 거의 항상 전화로 가쓰지를 불러낸다.

"신주쿠역에서 기다리고 있을게."

"네. 바로 갈게요." 이번에도 나간다.

가쓰지의 씀씀이는 커져만 간다. 결국은 하녀 마쓰의 저금까지 빼앗게 되었다. 마쓰는 부엌 구석에서 주인집 아가씨인 세쓰코에게 그 일을 일렀다. 세쓰코는 자신의 귀를 의심했다.

"무슨 말이야?" 오히려 마쓰에게 큰소리를 치고 싶었다. "오빠 그런 사람이 아냐."

"네." 마쓰는 묘한 미소를 띠었다. 스물이 넘은 나이였다.

"돈은 별 상관없지만, 약속……."

"약속?" 어쩐지 몸이 떨려왔다.

"네." 작은 목소리로 말하더니 눈을 내리깔았다.

오싹했다.

"마쓰, 난 무서워." 세쓰코는 선 채로 울음을 터뜨렸다.

마쓰는 딱하다는 듯 세쓰코를 보며 말했다.

"괜찮아요. 마쓰는 어르신께도, 사모님께도 말씀드리지 않을 거예요.

아가씨 가슴에만 묻어두세요."

마쓰도 희생자 중 한 명이었다. 빼앗긴 것은 저금뿐만이 아니었던 것이다.

가쓰지도 분명 괴로울 것이다. 하지만 이 작은 폭군은 사과하는 법을 몰랐다. 사과한다는 건 오히려 매우 비겁한 일이라고 생각하는 모양이다. 스스로 실수를 저지를 때마다 오히려 자기가 더 화를 낸다. 그리고 화를 내는 상대는, 언제나 세쓰코다.

어느 날 가쓰지는 아버지의 아틀리에로 불려갔다.

"부탁해!" 센노스케 씨는 거친 숨소리를 내며 말했다. "그림을 가져가지 말아줘!"

가쓰지는 아틀리에 구석에 수북이 쌓인, 망친 그림들 중에서 비교적 완성된 그림을 골라내어 두세 장을 가지고 나가고 있었던 것이다.

"내가 어떤 사람인지, 자네는 알고 있습니까?" 아버지는 이즈음, 이상하게도 자기 아들인 가쓰지에게 다른 사람을 대하는 투로 말하게 되었다. "난 내가, 일류 예술가라고 생각해. 그렇게 망친 그림이 한 장이라도 시장에 나가면 어떤 결과를 낳는지 자네는 알고 있습니까? 나는 예술가입니다. 이름이 아까워요. 부탁해. 이제 적당히 좀 하고 관둬!" 떨리는 목소리로 말하는 센노스케 씨의 얼굴은 서슬 퍼런 도깨비 같았다. 가쓰지도 몸을 움츠렸다.

"이제 안 할게요." 고개를 숙인 채 눈물을 흘렸다.

"하고 싶지 않은 말도 해야 하는데," 아버지는 나긋나긋하게 말하고는 조용히 일어나서 아틀리에에 있는 큰 창문을 열었다. 이미 초여름이었다. "마쓰를 어떻게 할 겁니까?"

가쓰지는 기겁을 했다. 작은 눈을 부릅뜨고 아버지를 바라볼 뿐,

말을 잇지 못했다.

"돈을 돌려주고," 아버지는 정원의 신록을 바라보며 말했다. "말미를 줄게요. 결혼 약속을 했다고 하는데," 희미하게 웃으며 말을 이었다. "설마 너, 제정신으로 약속한 건 아니겠지?"

"누가 말했어요? 누가!" 갑자기 가쓰지는 금이 간 종처럼 큰 소리를 냈다.

"제길!" 바닥을 쿵 차더니 말했다. "세쓰코가 말했나? 이렇게 배신하다니, 나쁜 녀석!"

가쓰지는 부끄러움이 극에 달하면 언제나 미친 듯이 화를 낸다. 화를 내는 상대는 언제나 세쓰코다. 바람처럼 아틀리에를 뛰어나가서 나쁜 녀석! 나쁜 녀석! 을 연발하며 세쓰코를 찾아 헤매다, 거실에서 발견하고는 인정사정 볼 것 없이 냅다 후려 갈겼다.

"미안해, 오빠, 미안." 세쓰코가 이른 것이 아니다. 아버지 혼자서 어느새 알아낸 것이다. "날 우습게보다니. 나쁜 녀석!" 질질 끌고 가더니 발로 차서 쓰러뜨리고, 자기도 훌쩍훌쩍 울기 시작했다. "날 우습게보지 마! 우습게보지 말라고! 오빠는 말이지, 이래봬도, 다른 사람에게 밥값을 치르게 한 적이 단 한 번도 없어." 뜬금없는 자랑을 지껄였다. 다른 사람에게 유흥비를 내게 한 적이 한 번도 없다는 것이 이 남자의 생애에서 유일하고 필사적인 프라이드였다는 건, 딱한 얘기다.

마쓰는 해고되었다. 가쓰지의 입장은 더더욱 곤란해졌다. 가쓰지는 거의 집에 붙어 있을 수가 없었다. 두 밤이고 세 밤이고 집에 안 들어오는 날이 많아졌다. 마작 도박 때문에 경찰서 유치장에 두 번이나 잡혀 들어갔다. 싸움을 해서 옷이 피투성이가 되어 돌아오는 일도 가끔 있었다. 세쓰코의 옷장에 있던 값나가는 기모노가 없어지는가 싶더니, 이번에는 어머니의 자질구레한 장신구를 죄다 팔아치웠다. 아버지의 인감을 가지고 나가서는, 어느새 집 전화를 저당 잡히고 돈을 빌리고 있었다. 연말이 되자, 근처 국숫집, 초밥집, 요정料亭 같은 곳에서 상당한 고액의 청구서가 날아왔다. 집안 분위기는 험악해져 가기만 했다. 이 상태로는 이 가정이 평정을 되찾을 리가 없었다. 어떤 사건이든 일어나지 않을 수가 없는 상태였다.

한여름, 도쿄 교외의 이노카시라공원에서 사건이 일어났다. 그날 있었던 일은 조금 자세히 써야만 한다. 아침 일찍 세쓰코에게 전화가 걸려왔다. 세쓰코는 언뜻 불길한 예감이 들었다.

"세쓰코 씨인가요?" 여자 목소리였다.

"네." 조금, 안심이 됐다.

"잠시 기다려주세요."

"네에." 다시 불안해졌다.

잠시 후,

"세쓰코야?" 남자의 굵은 목소리.

예상대로 가쓰지다. 가쓰지는 사나흘 전에 집을 나가서 들어오지 않은 상태였다.

"오빠가 감옥에 들어가도 괜찮겠어?" 느닷없이 그런 말을 했다. "징역 오 년이야. 이번엔 큰일이야. 부탁해. 이백 엔이 있으면 안 들어갈 수 있어. 이유는 나중에 말할게. 오빠도 정신 차렸어. 정말이야. 정신 차렸어, 정신 차렸다구. 마지막 부탁이야. 평생을 걸고 하는 부탁이야. 이백 엔만 있으면 돼. 어떻게든 오늘 중으로 가지고 와줘. 이노카시라공원, 고텐야마에 있는 다카라테라는 곳에 있어. 어딘지 바로 알 수 있을 거야. 이백 엔이 안 되면 백 엔이든, 칠십 엔이라도 말이지, 오늘 중으로 부탁해. 기다리고 있을게. 오빠 죽을지도 몰라." 취한 듯했지만 말투에 간절한 구석이 있었다. 세쓰코는 몸을 떨었다.

이백 엔. 가능할 리가 없었다. 하지만 어떻게든 만들어주고 싶었다. 다시 한 번, 오빠를 믿고 싶었다. 오빠도 이게 마지막이라고 한다. 오빠는 죽을지도 모른다. 오빠는 불쌍한 사람이다. 원래 나쁜 사람은 아니다. 나쁜 친구들에게 끌려 다니고 있는 것이다. 나는 한 번 더, 오빠를 믿어보고 싶다.

옷장 속을 뒤져보고, 벽장에 머리를 박고 아무리 찾아봐도 돈이 될 만한 물건은 이미 하나도 없었다. 생각다 못해 어머니께 얘기를 털어놓고 간청했다.

어머니는 경악했다. 만류하는 세쓰코를 냅다 밀치고 이성을 잃은 사람처럼 아아악 하고 소리를 지르며 아버지의 아틀리에로 뛰어 들어가 더니 마루방에 털썩 주저앉았다. 아버지는 붓을 떨어뜨리고 일어섰다.

"무슨 일이야?"

어머니는 말을 더듬으면서도 전화 내용을 모두 말했다. 얘기를 다 들은 아버지는 웅크리고 앉아 붓을 줍고 다시 캔버스 앞에 앉아서 말했다.

"당신도 멍청하다. 그 아이 일은 혼자 해결하게 내버려두면 돼. 징역이라는 거, 거짓말이야."

어머니는 고개를 숙인 채 나갔다.

저녁까지, 집안에는 답답한 침묵이 이어졌다. 더 이상 전화도 오지 않는다. 세쓰코는 그게 오히려 불안했다. 참다못해 어머니께 말했다.

"어머니!" 작은 목소리였지만 그 목소리는 어머니의 가슴을 찔렀다. 어머니는 어쩔 줄을 몰라 하는 모습이었다.

"정신 차릴 거라고 했지? 꼭 정신 차릴 거라고, 그렇게 말했지?"

어머니는 작게 접은 백 엔 지폐를 세쓰코에게 건네주었다.

"다녀와."

세쓰코는 고개를 끄덕이며 나갈 채비를 시작했다. 세쓰코는 그해 봄 여학교를 졸업한 상태였다. 변변치 못한 원피스를 입고 옅은 화장을 한 후, 슬그머니 집을 나섰다.

이노카시라. 이미 해가 저물고 있었다. 공원에 들어서니 맴맴 매미 소리가 쏟아지는 듯했다. 고텐야마. 다카라테가 어디인지는 바로 알았다. 식당과 여관을 겸하는 집으로 오래된 삼나무에 둘러싸여 있었는데, 낡았지만 웅장한 구조였다. 세쓰코는 하녀에게 쓰루미 가쓰지 있나요, 여동생이 왔다고 전해주세요, 라고 또박또박 말했다. 얼마 안 있어 복도에서 우당탕 발소리가 났다.

"이런, 정답, 정답." 가쓰지의 커다란 목소리가 들렸다. 많이 취한 모양이다. "고백하자면 여동생이 아냐, 애인이야." 불편한 농담이다.

세쓰코는 한심하다는 생각이 들었다. 이대로 가버릴까 싶었다.

가쓰지는 러닝셔츠에 팬티 한 장 입은 차림으로 하녀의 어깨에 안기듯 기대어 현관에 나타났다.

"어이, 내 애인. 만나고 싶었어. 우선 들어와. 자, 어서."

이 얼마나 서툴고 끈질긴 연극인가. 세쓰코는 하는 수 없이 얼굴을 붉히며 웃었다. 구두를 벗으면서 견딜 수 없는 슬픔이 밀려들었다. 이번에도 또 오빠에게 속은 거 아닐까 하는 생각이 퍼뜩 들었다.

하지만 둘은 나란히 복도를 걸었다.

"가져왔어?" 오빠의 작은 목소리에, 바로 지폐를 건네주었다.

"한 장이구나." 표정이 사나워졌다.

"응." 소리 내어 울고 싶었다.

"할 수 없지." 깊은 한숨을 쉬고 말했다. "뭐, 어떻게든 해야지. 세쓰코, 오늘은 여기서 푹 쉬다 가. 자고 가도 돼. 적적하니까."

가쓰지의 방은 온통 술잔과 쟁반으로 어지러운 상태였다. 구석에 남자가 한 명 있었다. 세쓰코는 선 채로 꼼짝 않았다.

"멧첸[3]이 왔어요. 내 애인." 가쓰지는 그 남자에게 말했다.

"여동생이지?" 그 남자는 눈치가 빨랐다. 아리하라였다. "난, 이만 갈게."

"뭐 어때요? 맥주 더 드세요. 괜찮잖아요. 군자금은 충분해요. 아, 잠깐 실례." 가쓰지는 오른손에 그 지폐를 들고 사라졌다.

세쓰코는 벽 옆에 굳은 자세로 앉았다. 세쓰코는 알고 싶었다. 오빠가 대체 어떤 고비에 놓였는지, 그 얘기를 듣기 전에는 갈 수 없다고 생각했다. 아리하라는 세쓰코를 무시한 채 조용히 맥주를 마시고 있다.

"어떤 일이," 세쓰코는 생각을 정리하고 물었다. "일어났나요?"

"네?" 돌아보더니, 말했다. "몰라요." 태연한 표정이었다.

잠시 후,

"아, 그렇군요" 끄덕이며 말했다. "생각해보니, 치루치루가 오늘 좀 이상하네요. 전 정말 아무것도 모릅니다. 이 집도 우리가 가끔 놀러 오는 곳이고, 저는 여기 어쩌다 들러본 건데 쟤는 이미 혼자서 많이 취한 상태였어요. 이삼 일 전부터 여기에서 머물고 있었던 모양이에요. 전 오늘은 우연히 온 겁니다. 정말, 아무것도 몰라요. 하지만 뭔가 있는 것 같아요." 조금도 웃지 않고 매우 침착하게 말하는 태도를 보면,

---

3_ 독일어로 어린 여자아이를 의미.

거짓말인 것 같지도 않았다.

"아 이거, 죄송, 죄송." 가쓰지가 돌아왔다. 그 지폐가 이미 오른손에 없는 것을 보고 세쓰코는 무언가를 알아버린 듯한 기분이 들었다.

"오빠!" 좋은 얼굴로 있을 수는 없었다. "이만 갈게."

"산책이라도 할까요?" 아리하라는 아무 일도 없다는 듯한 얼굴로 일어섰다.

달밤이었다. 반달이 동쪽 하늘에 떠 있었다. 옅은 안개가 삼나무 숲 속을 메우고 있었다. 셋은 그 아래를 헤집으며 거닐었다. 가쓰지는 여전히 러닝셔츠와 팬티만 입고, 달밤이란 건 시시한 거다, 새벽인지 저녁인지 한밤중인지를 모르겠어, 라고 중얼거리더니 고래고래 소리를 질러가며 그리운 옛날 긴자 버드나무, 하고 노래를 불렀다. 아리하라와 세쓰코는 조용히 그 뒤를 따라 걸어갔다. 아리하라도 그날 밤은 평소처럼 가쓰지를 야유하지도 않고, 무언가를 골똘히 생각하며 걷고 있었다.

오래된 삼나무 그늘에서 흰 유카타를 입은 작은 사람이 불쑥 나타났다.

"아, 아버지!" 세쓰코는 무서워서 몸을 떨었다.

"으아악." 가쓰지도 신음했다.

"산책이야." 아버지는 살짝 웃으며 말했다. 그런 다음 아리하라 쪽을 보며 살짝 목례를 하고는 말했다. "옛날엔 우리도 이 근처에서 자주 놀곤 했어요. 오랜만에 산책하러 와봤는데, 옛날이랑 그렇게 많이 달라지지는 않은 것 같네."

하지만 어색했다. 그 말을 끝으로 넷은 아무 말도 없이, 느린 발걸음으로 정처 없이 걸었다. 늪 부근까지 왔다. 며칠 전에 온 비 때문에 늪의 수량은 불어나 있었다. 수면은 콜타르처럼 검게 빛나고, 물결도 전혀 없고 쥐 죽은 듯 조용했다. 물가에 배 하나가 버려져 있었다.

"타자!" 가쓰지가 큰 소리로 떠들었다. 어색함을 얼버무리려는 듯했다. "선생님, 타자!"

"싫어." 아리하라는 가라앉은 목소리로 거절했다.

"좋아, 그럼 나 혼자 타겠어." 위태로운 발걸음으로 그 배에 타고 나서 말했다. "여기 노도 있네요. 늪 한 바퀴 돌고 올게." 호랑이 등에 올라탄 기세였다.

"나도 타야지." 아버지가 움직이기 시작한 보트에 훌쩍 올라탔다.

"영광입니다." 가쓰지는 이렇게 말하고 철썩 소리를 내며 노로 수면을 때렸다. 보트가 스르르 물가를 떠났다. 또 철썩 하고 노 젓는 소리가 들렸다. 배는 스르르 미끄러져 나가서 그대로 작은 섬의 그늘진 어둠 속으로 빨려 들어갔다. 아버지, 무사히, 으음, 그리고, 어머니도 만취한 가쓰지의 노랫소리가 들렸다.

세쓰코와 아리하라는 나란히 수면을 바라보고 있었다.

"또 오빠한테 속았다는 느낌이 들어요. 일곱 번씩 일흔 배[4], 라면……."

"사백구십 번이에요." 난데없이 아리하라가 말을 이었다. "우선, 오백 번입니다. 용서를 빌어야만 해요. 우리도 잘못했지요. 쓰루미 군을 좋은 장난감 취급했어요. 서로 존경하지 않는 사귐은, 죄악입니다. 전 약속드릴 수 있어요. 쓰루미 군을 좋은 오빠로 만들어서 당신께 돌려드리겠습니다."

믿음직스럽고 착실한 말투였다.

----

4_ 마태복음 18장 21절 22절에 나온 말. (그때 베드로가 나아가 말하기를 '주여, 형제가 내게 죄를 범하면 몇 번이나 용서해주어야 합니까?' 일곱 번까지 용서해주어야 합니까?' 예수께서 말씀하시기를 '네게 이르노니 일곱 번뿐 아니라 일흔 번씩 일곱 번이라도 할지니라.')

철썩 하고 노 젓는 소리가 들리더니, 작은 섬의 그늘에서 배가 나타났다. 배 위에는 아버지 혼자 있었고, 수면을 스르르 미끄러지더니 쿵 하고 물가에 닿았다.

"오빠는?"

"다리 있는 데서 뭍으로 올라갔어. 많이 취한 모양이야." 아버지는 조용히 말하면서 물가로 올라섰다. "집으로 가자."

세쓰코는 끄덕였다.

다음 날 아침, 가쓰지의 시체는 다리의 말뚝 사이에서 발견됐다.

우선 가쓰지의 아버지, 어머니, 여동생이 조사를 받았다. 아리하라도 증인으로 소환되었다. 가쓰지가 심하게 취한 나머지 떨어진 것이든, 자살이든, 뭐가 되었든 사건은 간단히 마무리되는 듯했다. 하지만 막바지 단계에서 보험회사가 치고 들어왔다. 사건의 재조사를 신청한 것이다. 이 년 전, 가쓰지는 생명 보험에 가입했다. 수령인은 센노스케 씨로 되어 있었고, 액수는 이만 엔이 넘었다. 그 사실은 센노스케 씨의 입장을 몹시 불리하게 만들었다. 검사국은 재조사를 시작했다. 세간에서는 하나같이 센노스케 씨의 무고함을 믿고 있었으며, 당국에서도 설마 쓰루미 센노스케 씨 정도 되는 유명인이 어리석고 잔인한 범죄를 저질렀다고는 생각하지 않았던 듯하지만, 보험회사가 너무 강경하게 나왔기 때문에 하는 수 없이 다시 면밀한 조사를 시작한 것이다.

아버지, 어머니, 여동생, 아리하라가 다시 함께 불려갔는데, 이번에는 경찰서에 유치됐다. 취조의 진행과 더불어 마쓰도 소환됐다. 가자마 시치로는 많은 부하들과 함께 검거됐다. 스기우라 도마도 T대학 정문 앞에서 체포됐다. 센노스케 씨의 진술도 흐트러지기 시작했다. 사건은 의외로 복잡하고 무서운 방향으로 흘러갔다. 하지만 글쓴이의 본의는 이 불쾌한 사건의 자초지종을 얘기하는 것이 아니다. 글쓴이는 단지, 독자 여러분께 다음과 같은 한 소녀의 이상한 말을 전하고 싶었다.

세쓰코는 일단 가장 먼저 석방되었다. 검사는 헤어질 때 차분한 말투로 이렇게 말했다.

"그럼 몸조리 잘하세요. 나쁜 오빠였어도 그렇게 죽으면, 가족들은 슬프겠죠. 세쓰코 양도 슬프겠지만, 기운 내세요."

소녀는 그를 올려다보며 대답했다. 아마 여호와마저도 그 말을 들으면 깊은 생각에 잠길 것이다. 물론 세계 문학에도, 아직 한 번도 나온 적이 없을 정도로 새로운 말이었다.

"아뇨," 소녀는 그를 올려다보며 이렇게 대답했다. "오빠가 죽었으니, 우리는 행복해졌어요."

歸去來
귀거래

大宰治

## 「귀거래」

1943년 6월 『이즈모ㅅ雲』 제2집에 발표되었다. (1942년 11월에 간행될 예정이었던 것이 늦어진 것이다.) 「고향」의 서두 부분에도 이 작품에 대한 언급이 있는데, 「쓰가루」(1944년)와 더불어 다자이 가 가족, 즉 쓰시마 집안과 자신과의 관계에 대해 쓴 자전적 소설 계열에 속하는 소설이다. 바로 뒤에 실린 「고향」과 마찬가지로 십 년 전 동반자살 미수 사건과 도쿄대에서 낙제하게 된 사건 등으로 가족들과 의절하며 살던 다자이가 다시 고향을 찾게 되면서 생긴 에피소드가 그려져 있다.

남들에게 신세만 지고 살아왔다. 아마 앞으로도 그러겠지. 모든 사람들이 내게 잘해줬는데, 그게 당연하다는 듯 태평한 얼굴로 살아왔다. 앞으로도 태평한 얼굴로 살아갈지도 모른다. 내가 입어 온 수많은 은혜에 보답하는 것은, 아마 죽을 때까지 불가능하지 않을까? 그런 생각을 하면 좀 괴롭다.

정말 많은 사람들에게 신세를 졌다. 정말 많은 신세를 졌다.

이번에는 기타 씨와 나카하타 씨 두 분에 대한 얘기를 쓸 생각인데, 다른 은인들에 대한 얘기도, 내가 좀 더 글을 잘 쓰게 된다면 차례로 써보고 싶다. 지금은 아직 글재주가 영 서툴러서 복잡한 관계에 대한 얘기 같은 건 아무래도 잘 못 쓸 것 같은데, 기타 씨와 나카하타 씨에 대한 얘기라면 지금 내 능력으로도 비교적 정확하게 쓸 수 있지 않을까 싶다. 왜냐하면, 관계가 단순하고 명백하기 때문이다. 하지만 물론, 검소한 생활인으로 살아가는 실존 인물을 그리기 위해서는 그에 합당한 세심한 마음 씀씀이가 필요한 것도 사실이다. 그 사람들에게는 내 묘사를 수정하라고 할 기회조차 없으니까.

나는 절대로 거짓말을 써서는 안 된다.

나카하타 씨와 기타 씨 모두, 이래저래 쉰 살. 나카하타 씨가 한 살인가 두 살 적을지도 모른다. 나카하타 씨는 돌아가신 내 아버지의 총애를 받았다는 모양이다. 우리가 살던 마을에서 삼십 리 정도 떨어진, 고쇼가와라라는 마을의 낡은 포목점 지배인이었다는데, 늘 우리 집에 놀러 와서는 이런저런 집안일까지 해주었다고 한다. 아버지는 나카하타 씨를 '초목草木'이라고 불렀다. 나카하타 씨에게는 전혀 남성미가 없기에 거의 서른 살이 되어도 부인을 들이지 않았던 것을 놀리는 의미에서 '초목'이라고 부르곤 했다고 한다. 끝내, 아버지가 나서서 우리 가족과 먼 친척 관계에 있는 좋은 신붓감을 얻어주었다. 나카하타 씨는 곧이어 독립해서 포목점을 열었고, 그게 성공해서 지금은 고쇼가와라의 명사가 됐다. 나는 이런 나카하타 씨 일가에 최근 십 년간, 정말 많은 걱정과 폐를 끼쳤다. 내가 열 살 때 고쇼가와라에 있는 이모 댁에 놀러 가서 홀로 거리를 걷고 있었는데 누군가가,

"슈쨩!" 하고 큰 소리로 불러서 깜짝 놀랐다. 나카하타 씨가 그 근처의 포목점 안에서 부른 것이다. 너무 갑작스러웠기에 나는 정말 깜짝 놀랐다. 나카하타 씨는 그 어스름한 가게에 앉아서 손뼉을 짝짝 치며 손짓으로 나를 불렀는데, 나는 누가 그렇게 큰 소리로 내 이름을 부른 게 부끄러워서 도망가버렸다. 내 본명은 슈지다.

나카하타 씨가 느닷없이 불러서 깜짝 놀란 경험은 중학교 때도 한 번 있었다. 아오모리 중학교 2학년 때였던 것 같다. 아침 등굣길에 한 개 소대 정도의 군인들 옆을 지나려는데 갑자기 큰 소리로,

"슈 짜앙!"이라는 목소리가 들려서 기겁했다. 나카하타 씨가 총을 들고 걷고 있었기 때문이다. 모자를 뒤로 젖혀 쓰고 있었다. 예비군 연습 소집 같은 것이 있어서 훈련을 받고 있었던 거겠지. 나카하타

씨가 군인이라는 게 정말 의외라, 나는 당황해서 어찌할 바를 모르고 있었다. 나카하타 씨가 태연히 생글생글 웃으며 열에서 살짝 벗어나기 시작하는 것을 보고, 더욱 당황해서는 얼굴이 귀 끝까지 빨개져서 도망가 버렸다. 다른 군인의 웃음소리도 들렸다.

나는 나카하타 씨가 내 이름을 불렀던 그 두 번의 기억을, 언제까지나 소중하게 간직하고 싶다.

쇼와 5년<sup>1930년</sup> 도쿄에 있는 대학에 들어갔는데, 그 이후 나카하타 씨는 이미 내게 없어서는 안 되는 사람이 되었다. 당시 나카하타 씨도 독립하여 포목점을 경영하면서 한 달에 한 번씩 도쿄에 물건을 떼러 왔는데, 그때마다 잠깐씩 우리 집에 들렀다. 당시, 나는 어떤 여자와 한 살림을 차리고 있었고 고향 쪽과는 소식을 끊고 있었는데 나카하타 씨는 어머니나 다른 가족들이 은밀하게 부탁한 물건을 내놓으며 이런저런 소식도 같이 전해줬다. 나는 물론 동거하던 여자까지, 우리는 나카하타 씨의 후의를 당연한 것 마냥 여기며 우리 멋대로 정말 다양한 부탁을 했다. 그 무렵의 사정을 가장 단적으로 설명하는 글 한 편이 지금 바로 내 옆에 있으니 그 글을 소개하겠다. 이 글은 내 작품인 「허구의 봄」의 결말 부분에 있는 편지글인데, 물론 허구의 편지다. 하지만 사실이 아니라는 면에 큰 차이가 있겠지만, 분위기나 정황은 사실과 매우 흡사하다고 할 수 있다. 어떤 사람(절대로 나카하타 씨가 아니다)이, 내게 쓴 편지 같은 형식으로 되어 있는데, 물론 이것은 사실도 아니고 아무런 근거도 없다. 나카하타 씨가 이렇게 이상한 편지를 쓴 적은 한 번도 없으니까, 이건 모두 내가 멋대로 날조한 '소설'에 지나지 않는다는 것을 거듭 말씀드리며, 아래에 그 글 한 편을 소개하겠다. 내가 얼마나 주제넘게 우쭐대면서 모두에게 폐를 끼쳤는지, 그것만 이해해주시면 된다.

'지난번에(23일) 어머님의 분부로, 새해 떡과 소금에 절인 생선 한 꾸러미, 오이 한 자루를 보내드렸는데, 편지에 따르면 오이를 못 받으셨다고 합니다. 귀찮으시겠지만 동네 정류장에 나가서 찾아보시고 답장주시기 바랍니다. 이상은 부인께 전해주십시오. 그 밖에, 두세 마디 더 하겠습니다. 저는 열여섯 살 가을부터 현재 마흔네 살에 이르기까지 지난 이십팔 년간, 쓰시마 댁을 오가던 가난한 상인으로, 배운 것이 아무것도 없는 놈입니다. 더 이상 쓴소리를 미룰 수가 없다는 생각이 들어, 부끄럽기 그지없습니다만, 실례를 무릅쓰고 듣기 싫으실 말씀을 올리고자 하니, 부디 용서해주시기 바랍니다. 소문을 듣자 하니, 요즘 다시 돈을 빌리고 다니는 나쁜 버릇이 고개를 들어서, 만난 적도 없는 명사들에게까지 찾아가 돈을 꾸려 하고, 한술 더 떠서 개처럼 매달려 애원하다가 절교까지 당하신다더군요. 그러고도 전혀 부끄러운 기색 없이, 돈을 빌리는 게 뭐가 나쁘냐, 약속대로 갚기만 하면 민폐가 되는 것도 아니고, 그 돈으로 목숨 하나 살릴 수 있는데 뭐가 나빠, 라며 오히려 큰소리를 치신다지요. 그러다가 그날도 사모님께 화로를 냅다 집어 던지시는 통에 유리문이 두 장 깨졌다는 얘기도 들었는데, 이게 과장된 얘기라 해도 남몰래 눈물을 흘리지 않을 수가 없습니다. 귀족원의 원, 2등 훈장 집안이라는 게, 당신네 문학자들에게는 별로 자랑할 것이 못 되는 구닥다리라는 것은 알고 있습니다만, 아버님도 돌아가시고, 세상에 홀로 남겨지신 어머님을 생각해서, 저 같은 놈 체면도 세워주셨으면 좋겠습니다. '나 혼자 나쁜 놈이 되어 가족과 의절하고 호적에서도 지워져서, 고향집에서 추방된 지금, 나 하나만 나쁜 놈이 되고 보니, 온 집안이 평온을 되찾은 모습.' 이런 말은 유감입니다. 이름이 알려지고 집안 분위기가 정돈된 후에는 어쩌시려고, 형님과 누님들께 그리 나쁜 말을 하십니까? 그런 식의 곡해는 정말 쓸데없는 것이라 생각합니다. 지난번에도 야마키타 님께 시집간 기쿠코 누님께서 진심어린 신세 한탄을 하시면서, 누가 나더러 연극으로 치면 마사오카[1]처럼 큰 역할을 하라고 해도, 마음에 안 드는 사람이라면 그게 남편일지라도 그토록 보살펴주지는 않았을 거라고 말씀하셨습니다. 저뿐만 아니라 기쿠코 누님께서도 시댁에서 곤란한 처지에 놓이는 것도 감수하시면서 당신을 돌봐드렸던 것입니다. 그러니까 오늘 이후로는 무슨 일이 있더라도 사람들에게 돈을 꾸고 다니지 마시기를 당부드립니다. 어쩔 수 없는 경우에는 저희 쪽에 얘기해주시고, 어떻게든 견디시기 바랍니다. 이 일이 형님께 알려지면 제가 난처해지니, 이번 한 번만큼은 제가 대신 돈을 빌려드리는 것으로 하여 갚아드리겠습니다. 부디 이 점 유념해주시기 바랍니다. 거듭 말씀드리지만, 저도 제가 싫어하는 분께는 이것저것 귀찮게 말을 하지 않습니다. 그 점 이해해주시길 바라며, 아무쪼록 몸 건강하시기를 빌겠습니다.'

쇼와 11년[1936년] 초여름, 내 첫 창작집이 출판되어 친구들이 우에노의 세이요켄精養軒에서 축하모임을 열어주었다. 그 일이 있기 사흘 전에 나카하타 씨가 우연히 도쿄에 와서 우리 집에도 들러주었다. 나는 나카하타 씨에게 기모노를 달라고 졸랐다. 최고급 마麻로 만든 기모노와 가문의 문장이 수놓인 겉옷과 여름용 하카마일본식 정장, 허리띠, 속옷, 다비를 전부 갖춰서 달라고 부탁했는데, 나카하타 씨도 당황하는 기색이었다.

---

1_ 가부키극 <메보쿠센다이하기伽羅先代萩>의 주요인물. 에도시대 센다이 영주 다테 일가의 유모였던 마사오카는, 자신의 아이를 희생양으로 삼으면서까지 악인의 무리로부터 어린 주인을 지켜낸다.

도저히 시간을 맞출 수가 없어요. 하카마와 허리띠는 바로 마련할 수 있는데 기모노와 겉옷은 이제부터 무늬를 골라 만들어야 하고. 나는 나카하타 씨의 말이 끝나기가 무섭게, 할 수 있어요, 할 수 있어요, 미쓰코시나 다른 큰 포목전에 말해보세요, 하룻밤 만에 지어줘요, 재봉사가 열 명 스무 명 붙어서 한 벌의 기모노를 만드니까 바로 할 수 있어요, 도쿄에서는 뭐든 불가능한 일이 없지, 라며 잘 알지도 못하는 얘기를 자신만만하게 했다. 결국 나카하타 씨도, 그러면 해보겠다고 했다. 사흘 뒤 축하모임 날 아침, 어느 포목전에서 내가 주문한 상품을 모두 보내왔다. 모두 고급이었다. 앞으로 내가 그렇게 고급 기모노를 입을 일은 영원히 없을 것이다. 나는 그걸 입고 축하 모임에 참가했다. 겉옷은, 입으면 연예인 느낌이 났기 때문에 아까웠지만 입지 않았다. 모임 다음날 나는 물건들을 모두 가지고 전당포에 갔다. 그리고 결국은 그대로 팔아버렸다.

이 모임에는 나카하타 씨와 기타 씨 모두에게 꼭 와달라고 했지만 두 사람 모두 안 왔다. 일부러 안 온 것인지도 모른다. 혹은 장사가 바빠서 시간이 없었는지도 모른다. 나는 나카하타 씨와 기타 씨께 나의 좋은 선배들과 친구들을 보여드리며 두 분을 안심시켜 드리고 싶었지만 그것도 나 혼자만의 생각이었는지도 모른다. 그런 축하모임을 보여준다 한들, 나카하타 씨와 기타 씨는 안심하기는커녕 내 장래를 생각하며 더욱 조마조마해 했을지도 모른다.

나는 기타 씨에게도 정말 많은 걱정을 끼쳤다. 기타 씨는 도쿄 시나가와 구의 양복점 주인이다. 양복점 주인이라지만, 보통 양복점이 아니다. 특이하다. 집은 보통 저택이다. 간판도 없고 진열창도 없다. 그리고 안쪽에 있는 방 한 칸에서 숙련된 제자 두 명이 재봉틀을 달각달각 움직이고 있다. 기타 씨는 특정 단골손님의 양복만 만든다. 장인 기질이 있고 제멋대로인 사람이다. 부귀에 연연하지 않는 면도 있다. 아버지와 형 모두 양복은 늘 기타 씨에게 부탁해서 지었다고 한다. 내가 도쿄에 있는 대학에 들어가고 나서 기타 씨는 한결같이 나를 감독했다. 그리고 나는 늘 기타 씨를 속이기만 했다. 정말 나쁜 일을 연거푸 저질러서, 결국 기타 씨의 집 2층에 갇혀 얼마간 식객 같은 생활을 할 수밖에 없었던 적도 있었다. 고향에 있는 형은 나의 한심함에 질려서 가끔 송금을 건너뛰기도 했는데, 그때마다 기타 씨가 일 년만 더 송금해 달라고 형과 담판을 지어줬다. 나는 함께 지냈던 여자와도 헤어지게 됐는데, 그때도 기타 씨에게 정말 많은 폐를 끼쳤다. 일일이 다 설명할 수가 없다. 짐작컨대 거의 스무 편의 장편소설을 쓸 수 있을 정도의 폐를 끼쳤다. 그리고 나는 여전히 태연한 얼굴로 계속 그분들께 신세만 지면서, 신변의 사소한 일조차 스스로 해결하려 들지를 않는다.

내가 서른 살이던 해 설날에 지금 부인과 결혼식을 올렸는데 그때도 나카하타 씨와 기타 씨가 모든 것을 해주었다. 당시 나는 거의 무일푼이라고 해도 좋을 상태였다. 납채[2]는 이십 엔. 그것도 어떤 선배에게서 빌린 돈이었다. 식을 올릴 비용 같은 건 도무지 변통할 재간이 없었다. 당시 나는 고후시에 작은 집을 빌려 살고 있었는데 결혼식 날에 평상복 차림 그대로 도쿄의 그 선배님 댁에 찾아갔다. 선배님 댁에서 신부와 만나 선배에게서 술잔을 받고서 신부를 데리고 고후로 돌아갈 계획이었다. 기타 씨와 나카하타 씨 모두, 그날 나의 부모님을 대신하여 함께 해주시기로 되어 있었다. 나는 아침 일찍 고후를 출발하여 점심 즈음

----

2_ 약혼의 표시로 양가에서 교환하는 돈.

선배님 댁에 도착했다. 나는 정말 평상시 차림대로 입고, 이발도 안하고 겉옷도 안 입고 있었다. 옷 한 장만 걸친 상태였고 주머니에는 거의 한 푼도 없었다. 선배님께서는 서재에서 조용히 일을 하고 계셨다. (이 선배님은 사실 ○○선생님인데 ○○선생님은 전부터 소설과 수필에 이름이 나가는 것을 싫어하셔서, 일부러 선배님이라는 실례가 되는 보통명사를 쓰는 것이다.) 선배님은 결혼식이고 뭐고 다 잊은 듯한 모습이었다. 원고용지를 정리하면서 정원수에 대한 얘기 같은 걸 하고 계셨다. 그리고 문득 깨달았다는 듯,

"기모노가 와 있어. 나카하타 씨가 보내줬어. 좋은 기모노라던데."라고 말했다.

검은 하부타에[3]로 지은 가문의 문장紋章이 들어간 하카마 한 벌, 그리고 비단 줄무늬 기모노 한 벌, 이렇게 조금도 예상하지 못했던 것이었다. 나는 어안이 벙벙했다. 그냥 그 선배님으로부터 결혼의 징표로 술잔을 받고, 그러고 나서 바로 신부를 데리고 가려 했었다. 얼마 안 있어 나카하타 씨와 기타 씨가 웃으면서 함께 왔다. 나카하타 씨는 국민복[4], 기타 씨는 모닝코트를 입었다.

"시작합시다, 시작합시다." 나카하타 씨는 성격이 급하다.

그날은 요리도 정식 코스요리로, 도미 같은 것도 딸려 있었다. 나는 가문의 문장紋章이 수놓인 옷을 입었다. 기념사진도 찍었다.

"슈지 씨 잠시만요." 나카하타 씨는 나를 옆방으로 데려갔다. 그곳에는 기타 씨도 있었다.

나를 앉히고 둘은 내 앞에 똑바로 앉아 나란히 머리를 숙여 절하며,

3_ 부드럽고 광택이 나는 것이 특징으로, 기모노에 쓰이는 직물 중 최고급에 해당된다.
4_ 제2차 세계대전 중 일본에 널리 보급되었던 군복과 비슷한 남자 옷.

"축하합니다."라고 말했다. 그리고 나카하타 씨가,

"요리가 변변치 않아 죄송하지만 이건 기타 씨와 제가 슈지 씨를 위해 마련한 거니까 안심하고 받아주세요. 저희들도 선대先代 이래로 많은 신세를 지고 있으니, 이런 기회에 조금이라도 보답하고 싶어요."라고 진지하게 말했다.

나는 잊지 말아야겠다고 생각했다.

"나카하타 씨가 수고가 많았지요." 기타 씨는 언제나 나카하타 씨에게 공을 돌린다. "이번에 기모노도 그렇고 하카마도 나카하타 씨가 당신 친척들을 이 사람 저 사람 찾아다니며 여기저기서 받은 돈을 모아 맞춰주신 겁니다. 그러니까, 정신 똑바로 차리고 살아야 해요."

그날 밤늦게 신부를 데리고 신주쿠 발 기차를 타고 돌아갈 예정이었는데 나는 그때 거짓말이나 농담이 아니라, 정말 주머니에 이 엔 정도밖에 없었다. 돈이라는 건 없을 때는 정말 없는 법이다. 여차하면 나는 그 납채 이십 엔 중에 반을 돌려받을 생각이었다. 십 엔이 있다면 고후까지 가는 차표 두 장을 살 수 있다.

선배님의 집을 나서면서, 나는 기타 씨에게 "납채 중에 반을 돌려받을 수는 없을까?"라고 작은 목소리로 말했다. "그걸 노리고 있었던 거야?"

그때 기타 씨는 진심으로 화를 냈다.

"무슨 말을 하는 거예요! 당신은 그래서 틀려먹었어. 무슨 생각을 하는 겁니까? 당신은 그러니까 안 되는 거야. 조금도 나아진 게 없잖아요. 그런 말을 하다니, 정말 그건 아니잖아요." 그렇게 말하며 바로 자기 지갑에서 지폐를 꺼내더니 내게 살그머니 건네주었다.

하지만 신주쿠역에서 내가 차표를 사려는데, 이미 신부의 여동생 부부가 우리 차표(2등석 표였다)를 사주어서 나는 돈이 한 푼도 필요 없었다.

그래서 플랫폼에서 기타 씨에게 돈을 돌려주려 했더니 기타 씨는, "용돈 써, 용돈."이라고 말하며 손을 저었다. 아름다웠다.

결혼하고 나서는 나도 그렇게 큰 사고를 치지는 않았다. 그로부터 일 년이 지나 고후의 집을 비우고 도쿄 시외에 있는 미타카에 다다미 여섯 장, 네 장 반, 세 장 크기의 방이 있는 집을 빌려서 얌전히 소설을 썼고, 이 년 후에는 여자아이가 태어났다. 기타 씨와 나카하타 씨는 모두 기뻐하며 멋진 배내옷을 가지고 와주었다.

그제야 기타 씨와 나카하타 씨 모두 내게 약간 마음을 놓은 듯, 이전처럼 가끔 들르지도 않고, 이것저것 잔소리하는 일도 없어졌다. 하지만 나는 예전과 조금도 다름없이 괴롭고 다급한 하루하루를 보내고 있으니, 기타 씨와 나카하타 씨의 발걸음이 뜸해져서 어쩐지 쓸쓸한 기분이 든다. 오셨으면 좋겠다. 그러던 작년 여름 비 오던 어느 날, 기타 씨가 장화를 신고 불쑥 찾아왔다.

나는 곧장 미타카에 있는 잘 아는 돈가스집으로 안내했다. 여 종업원이 우리 테이블로 다가와서는 나를 선생님이라고 불렀는데, 기타 씨 앞이라 몹시 쑥스러웠다. 기타 씨는 나의 당황을 눈치채지 못한 척하면서 종업원에게,

"다자이 선생님은 친절한가요?"라고 물으며 히죽거렸다. 종업원은 이 사람이 옛날부터 나를 보살펴 온 사람인 줄은 모르고, "네, 정말 친절해요."라고, 적당히 농담 어린 말투로 대답했는데 나는 조마조마했다. 그날 기타 씨는 상의할 문제 하나를 가지고 왔다. 상의라기보다는, 명령이라고 하는 게 나을지도 모른다. 자기와 함께 고향 집을 방문하지 않겠느냐는 것이었다. 내 고향은 혼슈의 북단, 쓰가루 평야의 거의

한복판에 있다. 나는 지난 십 년간 고향을 보지 못했다. 십 년 전 어떤 사건을 일으킨 뒤로 고향에 얼굴을 내밀 수 없는 처지가 되었기 때문이다.

"형이 허락했나요?" 나는 돈가스집에서 맥주를 마시며 말했다. "허락했을 리가 없잖아요."

"형님 입장도 있으니, 아직 허락할 수는 없어요. 그러니까 그건 그거고, 저 혼자만의 생각으로 데리고 가는 거죠. 뭐, 괜찮아요."

"위험해요." 나는 마음이 무거웠다. "뻔뻔스럽게 갔다가 문전박대라도 당해서 큰 소란이 나면, 그야말로 긁어 부스럼이니까요. 이대로 좀 더 가만히 있고 싶은데."

"그럴 일은 없어요." 기타 씨는 자신만만했다. "내가 데리고 가면 괜찮아요. 생각해보세요. 실례되는 얘기지만 고향 어머님께서도 이제 일흔이세요. 요즘 부쩍 쇠약해지셨답니다. 언제 무슨 일이 생길지 몰라요. 그때도 이런 상태라면 난처해질 겁니다. 성가셔져요."

"그러네요." 나는 우울했다.

"그렇죠? 그러니까 지금 이 기회에 제가 데려갈 테니, 가족 모두를 만나두세요. 한 번 만나두면 다음에 무슨 일이 생기더라도, 가벼운 마음으로 집으로 달려갈 수 있을 거예요."

"일이 그렇게 잘 풀리면 좋을 텐데 말이죠." 나는 너무나 불안했다. 기타 씨가 무슨 말을 해도 나는 귀향 계획에 대해서는 철두철미하게 비관적이었다. 터무니없는 일이 일어날 것 같다는 예감이 있었다. 나는 지난 십 년 이래 도쿄에서 실로 다양한 추태를 보이고 있다. 절대로 이런 나를 받아들여 줄 리가 없다.

"그까짓 거, 잘 될 거예요." 기타 씨는 홀로 의기양양했다. "당신은 야규 주베가 된 양 마음을 단단히 먹도록 해요. 저는 오쿠보 히코자에몬

역을 맡을게요. 형님은 다지마노카미예요.[5] 틀림없이 잘 될 거예요. 아무리 다지마노카미라도, 히코자의 억지에는 당해낼 수 없죠."

"하지만," 마음 약한 주베는 까닭 없이 회의적이다. "되도록이면 그런 억지는 부리지 않는 편이 좋지 않을까요? 전 아직 주베가 될 자격이 없고, 섣불리 오쿠보 같은 사람이 나서면 터무니없는 일이 벌어질 것 같은 느낌이 드는데."

나는 고지식하고 완벽주의자인 형이 무서워서 견딜 수 없다. 다지마노카미건 뭐건, 그런 농담을 할 상황이 아닌 것이다.

"책임질게요." 기타 씨는 강한 어조로 말했다. "결과가 어찌 되든 제가 전부 책임지겠습니다. 큰 배를 탄 기분으로 히코자에게 맡겨 주세요."

나는 이제 반대할 수가 없었다.

기타 씨는 성격이 급하다. 그 다음날 오후 일곱 시, 우에노<sup>上野</sup> 발 급행을 타자고 했다. 나는 기타 씨에게 모든 것을 맡겼다. 그날 밤 기타 씨와 헤어지고 나서 나는 미타카의 카페에 들어가 술을 진탕 마셨다.

다음날 오후 다섯 시, 우리는 우에노역에서 만나 지하 식당에서 밥을 먹었다. 기타 씨는 마로 된 흰 옷을 입고 있었다. 나는 질긴 천으로 된 홑겹 기모노를 입었다. 하지만 가방 안에는 명주로 된 기모노와 하카마가 준비되어 있었다. 맥주를 마시며 기타 씨는,

"풍향이 바뀌었어요."라고 말하고는 잠시 생각에 잠기는 듯하더니

---

5_ 실존인물을 모델로 한 에도시대 역사 강담 『야규 삼대기<sup>柳生三代記</sup>』의 내용으로, 냉랭한 부자지간 이었던 다지마노카미<sup>但馬守</sup>와 야규 주베<sup>柳生十兵衛</sup>가 오쿠보 히코자에몬<sup>大久保彦左衛門</sup>의 중재로 화해하는 내용. 현재까지도 많은 시대물의 소재가 되고 있음.

말을 이었다. "실은 형님이 도쿄에 와 계세요."

"뭐라고요? 그렇다면 우리가 가는 의미가 없어요." 나는 실망했다.

"아뇨. 고향에 가서 형을 만나는 게 목적이 아니에요. 어머니를 만나면
돼요. 저는 그렇게 생각해요."

"하지만 형님이 없을 때 우리가 쳐들어가는 건 어쩐지 비겁한 일
같은데요."

"그럴 거 없어요. 어젯밤에 형을 만나 조금 얘기해뒀어요."

"슈지를 고향에 데려간다고 했나요?"

"아뇨, 그런 말은 못 해요. 그렇게 말하면 형님은 기타 군 그건 곤란해,
라고 말씀하시겠죠. 내심 어떻게 생각하든, 어쨌든 그렇게 말씀하시지
않으면 안 되는 입장이에요. 그러니까 전 어젯밤에 만나서도, 아무
말도 안 했어요. 말하면 다 엉망이 돼요. 다만 전 동북지방에 볼일이
좀 있어서 내일 7시 급행으로 출발할 생각인데 겸사겸사 쓰가루에
있는 댁에도 들를지도 모른다고, 그렇게만 말해뒀어요. 그걸로 충분해
요. 형님이 안 계신다면 오히려 더 좋은 상황이라고 할 수 있어요."

"형은 기타 씨가 아오모리에 놀러 간다고 하니까 기뻐했죠?"

"네. 집에 전화해서 여기저기 안내를 해주게끔 시켜두겠다고 하시는
걸 제가 거절했어요."

기타 씨는 고집이 세서 이제까지 쓰가루에 있는 우리 집에 놀러
간 적이 한 번도 없다. 다른 사람의 대접을 받거나 신세를 지는 것을
극단적으로 싫어하기 때문이다.

"형님은 집으로 언제 돌아가실까? 설마 오늘 같은 기차로……."

"그럴 일은 없어요. 농담하지 마세요. 이번에는 마을 이장님과 함께
와 계셨어요. 좀 까다로운 일이 있다는 것 같아요."

형은 가끔 도쿄에 온다. 하지만 나를 만나는 일은 절대로 없다.

"고향에 가도 형님을 만나지 못한다고 생각하니 좀 힘이 빠지네요."

나는 형을 만나고 싶었던 것이다. 그리고 말없이 고개를 숙인 채 한참 동안 절을 하고 싶었던 것이다.

"아니죠. 형과는 다음에 또 언제든 만날 수 있어요. 그보다, 문제는 어머님입니다. 이제 일흔, 아니, 예순아홉이신가요?"

"할머님도 만날 수 있겠죠? 이제 아흔 가까이 되셨을 텐데. 그리고 고쇼가와라 이모님도 만나고 싶고……." 생각해보니 보고 싶은 사람이 많았다.

"물론 모두 만날 수 있어요." 단호한 말투였다. 너무나 믿음직스러웠다.

이번 귀향이 점점 즐거운 일로 느껴지기 시작했다. 둘째 형인 에이지 형도 보고 싶었고, 누나들도 보고 싶었다. 모두, 십 년 만이다. 그리고 나는 그 집을 보고 싶었다. 내가 나고 자란, 그 집을 보고 싶었다.

우리는 일곱 시 기차를 탔다. 기차를 타기 전에 기타 씨는 고쇼가와라 의 나카하타 씨에게 전보를 쳤다.

일곱 시 출발. 기타.

이 말만 봐도 나카하타 씨는 무슨 일인지 완벽하게 이해할 수 있을 거라고 한다. 이심전심이라는 것이란다.

"당신을 데려간다는 걸 나카하타 씨에게 확실하게 말하면 나카하타 씨도 입장이 곤란해져요. 나카하타 씨는 모릅니다. 아무것도 몰라요. 그리고 고쇼가와라 정류장에 저를 마중 나올 거예요. 그제야 당신을 보고 놀라는 겁니다. 일이 그런 식으로 풀리지 않으면 나카하타 씨는 나중에 형님께 면목이 없어질 거예요. 나카하타 군은 알면서도 왜 막지 못했냐는 소리를 들을지도 몰라요. 하지만 나카하타 씨는 모릅니다. 고쇼가와라 정류장으로 저를 마중 나왔을 때 그제야 알고 놀라는 거죠. 그리고 모처럼 도쿄에서 온 거니까 한번 어머님을 만나게 놔뒀다고 하면, 나카하타 씨의 책임도 가벼워질 겁니다. 그리고 나머지는 제가 모든 책임을 질 건데, 전 오쿠보 히코자에몬이니까 다지마노카미가 화를 내든 어쩌든 상관없어요." 꽤 복잡한 설명이었다.

"하지만 나카하타 씨는 알고 있는 거죠?"

"그러니까 그게 미묘한 부분이에요. 일곱 시 출발. 그 말이면 충분해요." 오쿠보의 책략은 너무 세세해서 이해하기 힘들었다. 하지만 어쨌든 나는 기타 씨에게 모든 것을 맡겼다. 이러니저러니 불만을 늘어놓을 수는 없었다.

우리는 기차를 탔다. 2등석이었다. 꽤 붐볐다. 나와 기타 씨는 통로를 사이에 둔 두 자리를 겨우 찾아 앉았다. 기타 씨는 갑자기 돋보기안경을 쓰더니 신문을 읽기 시작했다. 차분해 보였다. 나는 조르주 심농이라는 사람의 탐정소설을 읽기 시작했다. 나는 긴 기차 여행을 할 때 되도록이면 탐정소설을 읽는다. 기차 안에서 『프롤레고메나』[6] 같은 책을 읽기는 내키지가 않는다.

기타 씨는 신문을 펼쳐서 내게 건넸다. 받아들고 보니 그 즈음 내가 발표한 「신햄릿」이라는 장편소설의 서평이 세 단에 걸쳐 크게 나와 있었다. 호의가 넘치는 어떤 선배의 감상문이었다. 그야말로 과분한 칭찬이었다. 나와 기타 씨는 말없이 얼굴을 마주 보고 함께 기쁨의 미소를 지었다. 멋진 여행이 될 것 같다는 느낌이 들었다.

••
6_ 칸트 자신이 쓴 『순수이성비판』의 해설서에 해당하는 책.

아오모리역에 도착한 것은 다음 날 아침 여덟 시쯤이었다. 8월 중순인데 꽤 추웠다. 안개 같은 비가 내리고 있었다. 오우선線으로 갈아타고 나서 도시락을 샀다.

"얼마죠?"

"······전!"

"네?"

"······전!"

전! 이라는 건 알았지만 몇 십 전이라는 건지 알 수가 없었다. 세 번을 되물은 끝에 겨우 육십 전이라는 말을 알아들었다. 나는 어안이 벙벙했다.

"기타 씨, 지금 역 판매원이 하는 말 알아들었어요?"

기타 씨는 진지한 얼굴로 고개를 저었다.

"그렇죠? 모르겠죠? 저도 못 알아들었어요. 아니, 도쿄 사람이라고 잘난 척하는 게 아니에요. 저도 쓰가루에서 나고 자란 시골 사람이에요. 도쿄에서는 쓰가루 사투리를 연발해서 다른 사람들이 비웃을 정도죠. 하지만 십 년간 고향을 떠나 있다가 갑자기 순수한 쓰가루 말을 접하니까, 모르겠네요. 전혀 모르겠어요. 인간이란 믿을 만한 게 못 되나봐요. 십 년 떨어져 있으면 서로가 무슨 말을 하는지도 모르게 되는군요."

나는 그 순간 내가 고향을 완전히 배반하고 있었다는 명백한 증거를 똑똑히 본 듯한 기분이 들어서 긴장했다.

차 안 승객들의 대화에 귀를 기울였다. 모르겠다. 이상하게 악센트가 강하다. 나는 열심히 귀를 기울였다. 조금 알아들을 수 있었다. 조금 알아듣기 시작하니, 그 후엔 드라이아이스가 액체로 녹아내리지 않고 갑자기 자욱하게 증발하듯 놀라운 속도로 알아들을 수 있었다. 나는 원래 쓰가루 사람이다. 가와베라는 역에서 고노선線으로 갈아타서 열 시쯤, 고쇼가와라역에 도착했을 때는 쓰가루 말이 더 이상 사투리로 들리지 않았다. 모르는 쓰가루 말 같은 건 한마디도 없었다. 전부 확실히 알아들을 수 있었다. 하지만 내가 순수한 쓰가루 말을 할 수 있을지에 대해서는 자신이 없었다.

고쇼가와라에는 나카하타 씨가 나와 있지 않았다.

"안 오는 게 이상한 건데." 오쿠보 히코자에몬도 그때만큼은 우울한 표정이었다.

개찰구를 나와 작은 역 구내를 둘러봐도 나카하타 씨는 없었다. 역 앞 광장에도 돌멩이와 말똥과 고물 마차 두 대밖에 없었다. 나와 오쿠보는 쓸쓸한 광장에 가방을 들고 풀 죽은 모습으로 서 있었다.

"왔다! 왔다!" 오쿠보는 절규했다.

덩치가 커다란 사내가 웃으며 마을 쪽에서 다가왔다. 나카하타 씨다. 나카하타 씨는 내 모습을 봐도 전혀 놀라지 않았다. 어서 오세요, 하고 아주 평범하게 인사했다. 쾌활한 태도였다.

"이건 내 책임이니까요." 기타 씨는 오히려 약간 우쭐대는 말투로 말했다. "나머지 모든 일은 잘 부탁드려요."

"알았어요, 알았어요." 일본 전통 옷을 입은 나카하타 씨는 사이고 다카모리[7] 같았다.

나카하타 씨네 집으로 안내받았다. 소식을 듣고 이모님도 한달음에 달려와 계셨다. 십 년이 지나, 이모는 작은 할머니가 되어 있었다. 내 앞에 앉아, 내 얼굴을 바라보며 하염없이 눈물을 흘렸다. 이 이모는

7_ 西鄕隆盛(1828~1877). 메이지 유신의 최고 공로자 중 한 명. 사쓰마번의 하급 무사 출신 정치가.

내가 어렸을 때부터 든든한 내 편이었다.

　나카하타 씨의 집에서 나는 명주 재질의 기모노로 갈아입고 하카마를 입었다. 그 고쇼가와라라는 마을에서 30리$^{약 12km}$ 더 떨어진 가나기라는 곳에 내가 태어난 집이 있다. 고쇼가와라역에서 차로 삼십 분 정도 쓰가루 평야 한복판을 가로질러 북쪽으로 똑바로 올라가면 그 마을에 도착한다. 점심때쯤, 나카하타 씨와 기타 씨, 셋이서 차를 타고 가나기로 향했다.

　시야를 가득 채우는 논. 옅은 녹색이었다. 쓰가루 평야가 이런 곳이었구나, 하고 좀 의외라는 생각을 했다. 작년 가을 니가타현에 갔을 때 겸사겸사 사도섬에 가봤는데, 바다에 면한 지역의 초목은 무척 옅은 녹색이었고, 땅은 버석버석 말라 있어서 햇빛까지 약하게 느껴졌기에 괜스레 마음이 심란했는데, 지금 눈앞에 보이는 이 평야도 그것과 완전 똑같았다. 나는 여기에서 태어났는데도, 이런 희미한 풍경이 주는 쓸쓸함을 깨닫지 못하고 한가롭게 놀며 자랐구나, 싶어서 묘한 기분이 들었다. 아오모리에 도착했을 때는 가랑비가 내리고 있었는데 이제는 날씨가 개어, 엷은 햇살도 비치고 있었다. 하지만 썰렁했다.

　"이 근방은 모두 형님 밭이겠죠?" 기타 씨는 나를 놀리듯 웃으며 물었다.

　나카하타 씨가 옆에서 끼어들었다.

　"맞아요." 여전히 웃으며 말했다. "보이는 게 모두 형님 밭이에요." 조금 과장된 말인 것 같기도 했다. "하지만 올해는 흉년이에요."

　저 멀리 내가 태어난 집의 붉고 큰 지붕이 보이기 시작했다. 바다처럼 펼쳐진 연녹색 논 위에 둥실 떠 있었다. 나는 홀로 부끄러워하며,

　"의외로 작다."라고 작은 목소리로 말했다.

"아닌데, 어째서 그런 말을 하죠?" 기타 씨는 나를 나무라는 듯한 투로 말했다. "성이에요."

자동차는 느린 속도로 가나기역에 도착했다. 보니까, 개찰구에 작은 형인 에이지 형이 서 있다. 웃고 있다.

나는 십 년 만에 고향 땅을 밟아보았다. 쓸쓸한 땅이었다. 언 땅 같은 느낌이었다. 해마다 지하 몇 자까지 얼어서 땅이 부풀어 올라, 희끄무레해진 것 같다. 집과 나무, 땅 모두 색이 바랠 정도로 여러 번 빤 것 같은 느낌이다. 길이 하얗게 말라서, 밟아도 발바닥에 느낌이 전혀 없다. 너무나 신통찮은 느낌이다.

"묘소." 누군가 낮은 목소리로 말했다. 모두가 그 말만 듣고서도 무슨 뜻인지 이해할 수 있었다. 넷은 아무 말 없이, 바로 절로 갔다. 그리고 아버지 묘소에 절을 했다. 묘 옆의 밤나무는 옛날 그 모습 그대로였다.

생가의 현관에 들어서니 가슴이 두근거렸다. 안은 쥐 죽은 듯 고요했다. 절의 사무실 같은 느낌이 들었다. 모든 방이 의외로 청결하게 닦여 있었다. 더 낡아서 추레해져 있어야 할 터인데, 정갈하다는 느낌마저 들었다. 나쁜 느낌은 아니었다.

불상이 안치된 방으로 안내받았다. 나카하타 씨가 불단 문을 힘껏 밀어서 열었다. 나는 불단을 향해 앉아 절을 했다. 그리고 형수님께 인사했다. 품위 있는 아가씨가 차를 내와서, 나는 형의 큰딸인가 싶어 웃으며 절을 했다. 그 사람은 하녀였다.

등 뒤에서 슥슥 하고 발소리가 들렸다. 나는 긴장했다. 어머니다. 어머니는 내가 앉은 곳에서 꽤 떨어진 곳에 앉았다. 나는 조용히 고개 숙여 인사했다. 고개를 들어보니 어머니는 눈물을 훔치고 있었다. 작은 할머니가 되어 있었다.

또 등 뒤에서 슥슥 하고 발소리가 들렸다. 갑자기 묘한, (죄스런 말이지만,) 불안감을 느꼈다. 눈앞에 나타나기 전까지, 어쩐지 무서웠다.

"슈지. 오느라 수고했어." 할머니였다. 여든다섯이시다. 목소리가 크시다. 어머니보다 훨씬 건강하시다. "보고 싶었어. 나는 아무 말 없이 있었지만, 한번 보고 싶었어."

활달한 사람이다. 요즘도 반주를 거른 적이 없다고 한다.

밥이 나왔다.

"마셔." 에이지 형이 내게 맥주를 따라주었다.

"응." 나는 마셨다.

에이지 형은 학교를 졸업하고 나서 계속 가나기에 머무르며 큰형을 돕고 있었다. 그리고 몇 년 전에 분가했다. 에이지 형은 형제 중에 가장 체격이 튼실하고 호걸기상을 지닌 사람이었는데, 십 년 만에 만나보니 정말 다정하고 가냘픈 사람이었다. 도쿄에서 십 년간 이런저런 사람들과 싸우며 난폭하고 더러운 생활을 해온 나와는 전혀 격이 다른 사람처럼 품위가 있었다. 얼굴선도 가늘고 아름다웠다. 많은 가족 중에 나만 천박한 거지 근성을 가진 저속하고 추한 남자가 되었다는 것을 확실히 깨닫고, 나는 가만히 쓴웃음을 짓고 있었다.

"화장실은 어디죠?" 내가 물었다.

에이지 형이 이상하다는 표정을 지었다.

"왜 그래," 기타 씨는 웃으며 말했다. "자기 집에 와서 그런 걸 묻는 사람이 있어요?"

나는 일어나서 복도로 나갔다. 복도의 막다른 곳에 손님용 화장실이 있다는 것을 알고는 있었지만 큰형이 없을 때, 집안을 다 안다는 듯

멋대로 뻔뻔스레 돌아다니는 건 좋지 않다는 생각이 들어서 슬쩍 에이지 형에게 물어본 건데, 에이지 형은 나를 웃기는 녀석이라고 생각했을지도 모른다. 나는 손을 씻고 나서도 한동안 그곳에 서서 창밖의 정원을 내다봤다. 나무 한 그루 풀 한 포기도 변함이 없다. 나는 더 돌아다니며 집 안팎을 둘러보고 싶었다. 꼭 한 번 봐두고 싶은 곳이 많았기 때문이다. 하지만 그건 너무 뻔뻔한 짓 같아, 작은 창을 통해 정원을 뚫어지게 바라보는 것만으로 마음을 달래기로 했다.

"올해도 연못에 수련이 서른두 송이나 피었어." 할머니의 큰 목소리가 화장실까지 들렸다. "진짜야. 서른두 송이 피었다니까." 할머니는 좀 전부터 수련 얘기만 하고 있다.

우리는 오후 네 시쯤 가나기 집을 떠나 차를 타고 고쇼가와라로 향했다. 내가 안 좋은 일이 일어나기 전에 가급적 빨리 이곳을 뜨자고 기타 씨에게 미리 얘기해둔 것이다. 이렇다 할 실수 없이, 말하자면 화기애애하게, 기타 씨, 나카하타 씨, 나, 그리고 어머니는 함께 전세 승용차에 탔다. 형수와 에이지 형의 친절 덕분에 어머니도 우리와 함께 고쇼가와라로 가게 되었다. 목적지는 이모 댁이다. 우리는 거기에서 하룻밤 자기로 했다. 기타 씨도 거기서 하룻밤 묵고, 다음날부터 나와 둘이 아사무시 온천과 도와다 호수 등등 여기저기 놀러 다니자는 게 우리가 도쿄를 떠날 때부터 세워두었던 계획이었다. 그런데 오늘 아침 도쿄의 기타 씨 집에서 가나기 집으로 안 좋은 소식이 담긴 전보가 왔다. 기타 씨에게 오늘 밤 아오모리발 급행으로 반드시 귀경해야만 하는 일이 생긴 것이다. 기타 씨네 옆집 아주머니께서 돌아가셨다는 전보였는데, 기타 씨는 이거 큰일이다, 그 집은 사정이 너무 딱해서 자기가 없으면 장례식을 못 치를 거다, 라며 바로 가겠다고 하더니,

한 번 그런 말을 하고 난 뒤에는 무슨 말을 해도 듣지 않았다. 오쿠보 씨는 고집이 센 사람이라 우리도 억지로 말리지는 않았다. 이모님 댁에서 모두 함께 저녁을 먹고, 고쇼가와라역까지 기타 씨를 배웅하러 나갔다. 기타 씨가 또다시 기차를 타면 얼마나 피곤할지를 생각하니, 너무나 마음이 아팠다.

그날 밤은 이모님 댁에서 늦게까지 어머니와 이모님과 나 셋이서 오붓하게 이야기를 나눴다. 나는 웃으며 아내가 미타카 집의 작은 정원을 일구어 이런저런 야채를 키우고 있다는 얘기를 했는데, 그게 정말 두 분 마음에 든 듯, 잘했네, 음, 잘했어, 하고 둘이서 몇 번이고 고개를 끄덕였다. 나도 쓰가루 사투리를 약간 자연스럽게 구사할 수 있게 되었는 데 얘기가 복잡해지면 다시 도쿄 말투를 썼다. 어머니와 이모님 모두 내가 뭘 해서 벌어먹고 사는지 잘 모르시는 기색이었다. 내 원고료와 인세에 대해 설명했지만, 반도 못 알아들었는지, 책을 만들어 파는 장사라면 책방 아니야? 그렇잖아? 하고 물어볼 지경이라, 나는 단념하고 뭐 그런 거예요, 라고 대답해두었다. 수입이 얼마쯤 되냐고 어머니가 물어서, 많이 들어올 때는 오백 엔도 되고 천 엔도 들어온다고 명랑하게 대답했는데, 어머니가 그걸 몇 명이서 나누는 거냐고 진지한 태도로 되물으셔서 맥이 빠졌다. 책방을 경영하고 있다고만 생각하는 모양이다. 하지만 그 덕분에, 원고료건 인세건 나 혼자 힘으로 얻는 것이 아니라 모두의 합작이라고 생각해야 한다, 다 같이 나누는 것이야말로 올바른 태도일지 모른다, 하는 생각이 들기도 했다.

어머니와 이모님이 모두 내 실력을 통 인정해주지 않아서 나는 약간 초조해졌다. 그래서 주머니에서 지갑을 꺼내 두 분 앞의 테이블에 십 엔짜리 지폐 두 장을 나란히 놓고,

"받아주세요. 절에 참배 갈 때 쓰시든, 어디에든 쓰세요. 전 돈 많아요. 제가 일해서 번 돈이니까 받아주세요."라고, 엄청난 부끄러움을 무릅쓰고 말했다.

어머니와 이모님은 얼굴을 마주 보고 큭큭 웃으셨다. 두 분의 사양에도 나는 완강하게 버텼고, 결국 두 분께 그 돈을 드리는 데 성공했다. 어머니는 그 지폐를 커다란 지갑에 넣고는, 그 지갑 안에서 봉투를 꺼내더니 내게 주셨다. 나중에 확인해보니 그 봉투 안에는 내 소설 백 장의 원고료에 맞먹는 액수의 돈이 들어 있었다.

다음날 우리는 헤어졌다. 나는 그 뒤 아오모리에 가서 친척 집에 들러 거기서 하루를 묵은 뒤, 그러고 나서는 아무 데도 들르지 않고 도망치듯 도쿄로 돌아왔다. 십 년 만에 귀향을 했어도 나는 고향의 풍물을 슬쩍 훔쳐봤을 뿐이었다. 다시 천천히 볼 기회가 있을까? 어머니께 만일의 사태가 생긴다면 그때 다시 고향을 볼 수 있겠지만, 그건 괴로운 얘기다.

그 여행을 하고 두 달 정도 지나, 나는 길에서 우연히 기타 씨를 만났다. 기타 씨 얼굴이 창백했다. 기운이 없어 보였다.

"무슨 일 있어요? 야위셨네요."

"네, 맹장염을 앓았어요."

그날 밤 아오모리발 급행으로 도쿄로 돌아왔는데 돌아온 직후에 복통이 시작됐다고 한다.

"이런. 너무 무리한 거예요." 나도 전에 맹장염을 앓은 적이 있다. 그리고 과로가 맹장염의 원인이 된다는 것을, 나 자신의 경험을 통해 알고 있었다.

"어쨌든 기타 씨는 그때 강행군을 했으니 말이죠."

기타 씨는 쓸쓸한 듯 미소를 지었다. 나는 마음이 복잡했다. 모든
게 내 탓이다. 내 악덕 때문에 기타 씨의 수명이 십 년은 단축됐다.
그리고 나는, 변함없이 태평한 얼굴.

太宰治

故鄉
고향

「고향」

1943년 1월 『신조新潮』에 발표되었다. 설명은 「귀거래」 노트 참고 작년 여름, 나는 십 년 만에 고향에 갔다. 그때의 일은 올가을 마흔한 장짜리 단편으로 정리하여 「귀거래歸去來」라는 제목을 붙여 어느 계간 잡지의 편집부에 보냈다. 그 직후에 있었던 일이다. 미타카에 있는 누추한 우리 집에 기타 씨와 나카하타 씨가 함께 찾아왔다. 그리고 고향의 어머니가 중태에 빠졌다는 것을 알려주었다. 오륙 년 안에는 이런 소식을 들을 거라고 내심 예상은 하고 있었지만, 그게 이렇게 빠를 줄은 몰랐다. 작년 여름, 기타 씨와 함께 거의 십 년 만에 고향의 생가에 찾아갔는데, 그때 큰형은 집에 없었지만, 작은형인 에이지 형과 형수와 조카들, 그리고 할머니, 어머니 모두를 만날 수 있었다. 당시 예순아홉이었던 어머니는 몹시 노쇠하여 걷는 것조차 위험해 보였지만, 그래도 병에 걸린 상태는 아니었다. 앞으로 오륙 년은 거뜬하다, 아니 십 년, 이런 식으로 나는 욕심 어린 꿈을 꾸고 있었다. 그때의 일에 대해서는 「귀거래」라는 소설에 가능한 한 정확히 써두었는데 어쨌든 그때는 이런저런 사정으로 인해 고향 생가에 있었던 시간이 겨우 서너 시간 정도였다. 그 소설 말미에도 나는, ……고향을 더 많이 보고 싶었다. 이것저것, 보고 싶은 게 너무도, 무척이나 많았다. 하지만 나는 고향을 홀끗 훔쳐봤을 뿐이다. 언제 다시 고향의 산천을 볼 수 있을까? 어머니께 만일의 사태가 발생한다면 그때는 어쩌면 고향을 한 번 더, 천천히 볼 수 있을지도 모르지만 그건 괴로운 얘기다, 라는 식으로 느낌을 적어뒀는데, 그 원고를 보낸 직후에 '한 번 더 고향을 볼 기회가 찾아올지는 생각지 못했다.

"이번에도 제가 책임을 지겠습니다." 기타 씨는 긴장하고 있다. "부인과 아이도 데리고 가세요."

기타 씨는 작년 여름 나를 고향에 데리고 가주셨다. 이번에는 아내와 소노코(두 살 난 여자아이)를 함께 데리고 가겠다고 한다. 기타 씨와 나카하타 씨에 대한 얘기는 그 「귀거래」라는 소설에 자세히 적어뒀는데, 기타 씨는 도쿄의 양복점 주인, 나카하타 씨는 고향의 포목전 주인으로 두 분 다 옛날부터 우리 가족들과 친하게 지내고 있는 사람들이다. 내가 대여섯 번이나, 아니, 정말 셀 수 없을 정도로 나쁜 일을 하고 생가와 연락을 끊어버리고 나서도, 이 두 분은 말하자면 순수한 호의로 오랜 시간 동안 한 번도 싫은 내색 없이 나를 돌봐주셨다. 작년 여름에도 기타 씨와 나카하타 씨가 고향의 큰형에게 혼날 것을 각오하고 나의 십 년 만의 귀향을 계획해주셨다.

"그런데, 괜찮아요? 아내와 아이까지 데리고 가서 문전박대를 당하면 면목이 없을 텐데." 나는 언제나 최악의 사태만 예상한다.

"그럴 일은 없어." 두 분 다 진지한 표정으로 부정했다.

"작년 여름엔 어땠어요?" 내겐 돌다리도 두드리고 건너는 쩨쩨한 조심성이 다분히 있는 모양이다. "그 이후에 두 분 다 분지 형(큰형의 이름)한테 무슨 얘기 듣지 않았어요? 기타 씨, 그렇지 않습니까?"

"형님 입장에서," 기타 씨는 사려 깊어 보이는 표정으로 말했다.

"친척분들 체면도 있고, 잘 왔다는 말은 못해요. 하지만 제가 데려가면 괜찮을 겁니다. 작년 여름 일도, 그 뒤 형님과 도쿄에서 만났을 때 단 한마디, '기타 군은 사람이 별로네.'라는 말뿐이었어요. 화를 내지는 않았어요."

"그래요? 나카하타 씨는 어땠죠? 형한테 한소리 듣지 않았어요?"

"아뇨." 나카하타 씨는 고개를 들고 말했다. "제겐 한마디도, 아무 말도 안 하셨어요. 이제까지 제가 당신을 도와주기라도 하면 나중에 꼭, 슬쩍 비꼬는 말씀을 하셨지만 형님은 작년 여름일에 대해서는, 아무 말씀도 안 하셨어요."

"그래요?" 나는 약간 마음이 놓였다. "당신들께 폐가 되지 않는다면 전 함께 가고 싶어요. 어머니를 만나고 싶지 않을 리도 없고, 또 작년 여름에는 분지 형도 못 만났는데 이번만큼은 만나고 싶어요. 데려가주시면 전 정말 감사한데, 집사람은 어떨까요? 이번에 처음으로 남편가족들을 만나는 거니까 여자는 기모노다 뭐다 챙겨야 할 것도 있을 테니, 좀 귀찮아할지도 몰라요. 그건 기타 씨가 집사람에게 좀 설명해주세요. 제가 말하면 저 사람은 분명히 투덜댈 테니까요." 나는 아내를 방으로 불렀다.

하지만 결과는 의외였다. 기타 씨가 아내에게 어머니가 위중한 상태라는 얘기를 하고, 한번 소노코를 데리고 가는 게 어떻겠느냐고 하던 중에 아내는 두 손을 바닥에 딱 짚더니,

"잘 부탁드립니다."라고 말했다.

기타 씨는 다시 내 쪽을 보며 말했다.

"언제로 할까요?"

10월 27일로 정해졌다. 일주일 후였다.

그 일이 있고 나서 일주일간, 아내는 준비하느라 부산하게 움직이는 것 같았다. 아내의 고향에서 여동생이 도와주러 왔다. 어쩔 수 없이 새로 사야 하는 것도 여러 가지 있었다. 나는 거의 파산할 지경에 이르렀다. 아무것도 모르는 소노코만이 집안을 아장아장 돌아다녔다.

27일 오후 일곱 시, 우에노 발 급행열차. 만원이었다. 우리는 하라마치까지 다섯 시간 정도 서서 갔다.

**어머님 상태 악화. 다자이 한시라도 빨리 오세요. 기다릴게요. 나카하타.**

기타 씨가 내게 그런 전보를 보여줬다. 고향에 한발 먼저 가 있던 나카하타 씨가 오늘 아침 기타 씨에게 보낸 것이었다.

다음날 여덟 시 아오모리에 도착하여, 바로 오우선으로 갈아타고 가와베라는역에서 다시 고쇼가와라로 가는 기차로 갈아탔다. 그쯤에서부터 기찻길 양 옆은 사과 과수원이었다. 올해는 사과도 풍작인 것 같다.

"어머, 예쁘다." 아내는 수면부족으로 살짝 충혈된 눈을 크게 떴다. "언제 한번 사과가 열린 걸 보고 싶었어요."

손을 뻗으면 딸 수 있을 정도로 가까운 곳에, 사과가 붉게 빛나고 있었다.

열한 시경, 고쇼가와라역에 도착했다. 나카하타 씨의 따님이 마중 나와 있었다. 나카하타 씨의 집은 이 고쇼가와라에 있다. 우리는 나카하타 씨 댁에서 잠깐 쉬면서, 아내와 소노코는 옷을 갈아입고 가나기에 있는 생가로 갈 계획이었다. 가나기는 고쇼가와라에서 쓰가루 철도를 타고 사십 분, 더 북쪽으로 올라간 곳에 있다.

우리는 나카하타 씨 댁에서 점심을 먹으며 어머니의 상태를 자세히 알게 되었다. 거의 위독한 상태인 듯했다.

"잘 오셨어요." 나카하타 씨는 오히려 우리에게 감사 인사를 했다. "언제 오나 싶어서, 안절부절못하고 있었습니다. 어쨌든 이제 저도 마음이 놓여요. 어머니께선 아무 말씀 안 하시지만, 당신 일행을 무척이나 기다리는 것처럼 보였어요."

나는 문득 성서에 나오는 '돌아온 탕아'를 떠올렸다.

점심 식사를 마치고 출발하는데,

"트렁크는 안 가지고 가는 게 나아. 그렇죠?" 기타 씨가 약간 강한 어조로 내게 말했다. "형님이 아직 집에 오는 걸 허락한 것도 아닌데, 트렁크 같은 걸 들고……."

"알겠습니다."

짐은 모두 나카하타 씨 댁에 맡기고 가기로 했다. 기타 씨는 형이 병든 어머니를 만나게 해줄지 어떨지, 그것조차도 아직 모른다는 것을 내게 경고한 것이다.

우리는 소노코의 기저귀 꾸러미만 들고 가기 행 기차를 탔다. 나카하타 씨도 함께 탔다.

기분이 시시각각으로 암울해졌다. 모두 좋은 사람이다. 나쁜 사람은 아무도 없다. 나 하나만 과거에 꼴사나운 짓을 했으며 지금도 여전히 총명하지 못하고, 악평이 자자하고, 하루살이 같은 가난한 작가라는 사실 때문에, 모든 일들이 이처럼 거북해지는 것이다.

"경치가 좋네요." 아내는 창밖의 쓰가루 평야를 바라보며 말했다. "의외로 밝은 땅이네요."

"그런가?" 벼 베기가 끝난, 시야 한가득 펼쳐진 논에는 겨울의 기운이 짙게 내리깔렸다. "내 눈엔 그래 보이지도 않는데."

그때 나는 고향 자랑을 할 기분이 아니었다. 그저, 몹시 괴로울 뿐이었다. 작년 여름에는 이렇지 않았다. 그야말로 두근거리는 가슴으로 십 년 만에 고향의 풍물을 보았었는데.

"저건, 이와키산이야. 후지산과 비슷하다고 해서, 쓰가루후지." 나는 쓴웃음을 지으며 설명했다. 아무런 열의 없이 말했다. "이쪽에 보이는 낮은 산맥은 본주산맥이라고 해. 저게 마하게산이야." 정말 아무렇게나 내뱉는 엉성한 설명이었다.

여기가 내가 태어난 곳이고, 4~5정ᵀ을 더 가면, 이런 식으로 약간 우쭐대며 설명하는 우메가와 추베의 <니노구치무라>¹는 너무나 슬픈 연극인데, 내 경우는 그렇지가 않았다. 추베가 무턱대고 성내는 꼴이었 다. 논 너머로 슬쩍 붉은 지붕이 보였다.

"저게," 우리 집, 이라고 하려다가 잠시 멈칫한 뒤 다른 말을 골라 '형님 집이야.'라고 했다.

하지만 그건 절의 지붕이었다. 우리 집 지붕은 그 오른쪽에 있었다.

"아, 아니다. 오른쪽, 좀 더 큰 거다." 엉망진창이다.

가나기역에 도착했다. 작은 조카와 젊고 예쁜 아가씨가 마중을 나와 있었다.

"저 아가씨는 누구세요?" 아내가 작은 목소리로 내게 물었다.

"하녀겠지? 인사할 필요도 없어." 작년 여름에도 나는 이 아가씨 또래의 고상해 보이는 하녀가 형의 큰딸인가 싶어, 엎드려 절할 정도로 정중하게 인사를 해서 좀 무안했던 적이 있었기 때문에 이번에는 조심성 있게 그렇게 말한 것이다.

---

1_ <新口村>. 가부키 작품으로, 오사카에서 운송업을 하는 가계의 양자로 살던 가메야 추베가 사랑하던 유녀 우메카와를 위해 공금에 손을 대는데, 이 사실이 머지않아 밝혀질 것을 알고 각오한 두 사람이 죽기 전에 추베의 아버지를 만나러 고향인 니노구치무라에 가는 내용이다.

작은 조카란 형의 작은 딸인데, 이 아이는 작년 여름에 만나 알고 있었다. 여덟 살이다.

내가 "시게." 하고 이름을 부르자 시게가 해맑게 웃었다. 나는 조금 마음이 놓이는 것 같기도 했다. 이 아이만큼은, 내 과거를 모르겠지.

집으로 들어갔다. 나카하타 씨와 기타 씨는 바로 2층에 있는 형 방으로 가버렸다. 나는 처자식과 함께 불상과 위패가 안치된 방으로 들어가 부처님께 절하고, 식구들끼리만 사용하는 '조이常居'라는 방으로 가서 그 방 한구석에 앉았다. 큰형수와 작은형수 모두 웃으며 우리를 맞아주었다. 할머니도, 하녀의 손을 잡고 들어왔다. 할머니는 올해로 여든여섯이시다. 귀가 멀어버린 듯하지만, 건강하다. 아내는 소노코에게도 절을 시키려고 애썼지만 소노코는 한사코 절을 하려 들지 않고 뒤뚱뒤뚱 방 안을 돌아다니며 모두를 초조하게 했다.

형이 나왔다. 우리가 있는 방을 그대로 지나 다른 방으로 가버렸다. 안색이 안 좋은 데다 섬뜩할 정도로 말라서, 인상이 험악해져 있었다. 옆방에도 어머니의 병문안 손님이 한 명 더 와 있었다. 형은 그 손님과 잠시 이야기를 나눴다. 얼마 후 그 손님이 돌아가자 '조이' 방으로 와서는 내가 말을 꺼내기도 전에,

"으음." 하고 고개를 끄덕이고는 바닥에 손을 짚고 가볍게 절을 했다.

"여러모로 걱정 끼쳐드려서 죄송합니다." 나는 경직된 태도로 절을 했다. "분지 형님이셔." 아내에게 말해주었다.

형은 아내가 절을 시작하기도 전에 아내를 향해 절을 했다. 나는 조마조마했다. 형은 절을 다 하고서는 재빨리 2층으로 갔다.

뭐지? 싶었다. 뭔가 있었구나, 싶어 불길한 예감이 들었다. 큰형은

예전부터 기분이 나쁠 때만 이런 식으로 이상하게 서먹서먹하고 정중한 태도로 절을 한다. 기타 씨와 나카하타 씨는 아직도 2층에서 내려오지 않는다. 기타 씨가 뭔가 실수라도 했나 싶어 갑자기 불안하기도 하고 두렵기도 해서, 가슴이 철렁했다. 형수가 생글생글 웃으면서 들어오더니 "자, 이제 가요."라면서 우리를 재촉했다. 나는 긴장을 풀고 일어섰다. 어머니를 만날 수 있다. 딱히 어색한 일도 없이, 어머니와 만나도 된다는 허락을 받은 것이다. 이런. 걱정이 좀 지나쳤다.

복도를 지나가는데 형수가 우리에게,

"이삼 일 전부터 기다리셨어요. 정말이지, 애타게 기다리셨어요."라고 했다.

어머니는 집안에서도 외딴 곳에 있는 다다미 열 장 크기의 방에 누워 있었다. 커다란 침대 위에 마른 풀처럼 수척해져서 누워 있었다. 하지만 의식은 또렷했다.

"잘 왔어."라고 말씀하셨다. 아내가 처음 뵙겠다며 인사하자 고개를 들어 끄덕여주었다. 내가 소노코를 안고 어머니의 여윈 손바닥에 소노코의 작은 손을 올려놓자, 어머니는 손가락을 떨며 그 손을 꼭 잡았다. 머리맡에 있던 고쇼가와라의 이모님은 미소를 지으며 눈물을 훔치고 있었다.

병실에는 이모님 외에 간호사 두 명, 그리고 가장 큰누나, 작은형수, 친척 할머니 등 여러 사람이 있었다. 우리는 옆에 있는 다다미 여섯 장 크기의 손님방으로 가서 서로 인사를 주고받았다. 슈지(내 본명)는 하나도 변한 게 없다며, 약간 살이 올라 오히려 젊어졌다고 모두가 말했다. 소노코도 걱정했던 것보다 낯을 가리지 않고 모두에게 웃어주었다. 다 같이 손님방의 화롯가에 둘러앉아 소곤소곤 작은 목소리로 이야기를 하는 동안 긴장도 조금씩 풀려갔다.

"이번엔 오래 있다 갈 거죠?"

"글쎄, 어떻게 될까요. 작년 여름처럼 이번에도 두 시간 정도만 있다가 떠나게 되지 않을까요? 기타 씨 말로는 그게 좋을 거라고 했어요. 전 뭐든 기타 씨가 시키는 대로 하려고요."

"뭐, 그건 그렇죠. 하지만 기타 씨도 설마……."

"아니, 그러니까, 기타 씨와 상의해본다는 거예요. 기타 씨가 시키는 대로만 하면 괜찮을 거예요. 기타 씨는 아직 형님과 2층에서 이야기를 하고 있는 모양인데 뭔가, 복잡한 일이라도 생긴 거 아닐까요? 우리 가족 세 명이, 허락도 없이 뻔뻔스레 몰려와서……."

"그런 걱정은 필요 없을 거예요. 에이지 씨(작은형 이름)도 도련님께 바로 오라는 속달을 보냈다고 하잖아요."

"그건 언제 보내신 건가요? 우린 못 봤는데."

"어머. 우린 또, 그 속달을 보고 오신 줄로만 알았는데……."

"이런, 큰일이네. 엇갈린 모양이네요. 큰일이다. 묘하게 기타 씨가 나선 것처럼 돼버렸네." 어쩐지, 분위기가 이상하다 싶었는데 왜 이런지 알 것도 같았다. 운이 나쁘다고 생각했다.

"난감해할 거 없어요. 하루라도 빨리 오시는 편이 좋았으니까."

하지만 나는 기운이 빠졌다. 일부러 장사를 접고 우리를 데리고 와주신 기타 씨가 딱했다. 적당한 시기에 알아서 알려줄 것을 왜 나서느냐고 생각할 형들의 분함도 알겠고, 어쨌든 아무래도 안 좋은 일이라고 생각했다.

좀 전에 역으로 마중 나왔던 젊은 아가씨가 방으로 들어와서 웃으며 내게 절을 했다. 또 실수를 한 것이다. 이번에는 너무 조심성 없게

굴다가 실수를 했다. 하녀가 아니었다. 큰누나의 아이였다. 이 아이가 일고여덟 살이 될 때까지는 나도 봐서 알고 있었지만 그때는 살결이 검고 작은 아이였다. 이제 보니 키가 훌쩍 커서 기품도 있고, 마치 다른 사람 같았다.

"밋짱みっちゃん이야." 이모님은 웃으며 말했다. "아주 예뻐졌지?"

"예뻐졌네요." 나는 진지하게 대답했다. "살결이 희어졌어."

모두 웃었다. 내 기분도 조금 풀렸다. 그때 문득 옆방의 어머니를 보니, 어머니는 힘없이 입을 벌리고 어깨를 들썩이면서 두세 번 거친 숨을 몰아쉬고 있었다. 파리라도 쫓는 것처럼 야윈 한 손으로 허공을 휘익 저었다. 이상하다 싶었다. 나는 일어서서 어머니 침대 옆으로 갔다. 다른 사람들도 걱정스러운 표정으로 어머니의 머리맡에 조용히 모여들었다.

"가끔 괴로워지는 모양이에요." 간호사가 작은 목소리로 설명하고는 이불 밑에 손을 넣어 어머니의 몸을 열심히 문질렀다. 나는 머리맡에 쪼그리고 앉아, 어디가 아파? 라고 물었다. 어머니는 어렴풋이 고개를 저었다.

"힘내요. 소노코가 크는 걸 봐야죠." 나는 부끄러움을 참고 그렇게 말했다.

갑자기 친척 할머니가 내 손을 잡아 어머니의 손에 쥐어줬다. 나는 한쪽 손뿐만 아니라 두 손으로 어머니의 차가운 손을 꼭 잡고 데워주었다. 친척 할머니는 어머니의 이불에 얼굴을 묻고 울었다. 이모님과 작은형수도 울기 시작했다. 나는 입을 악물고 참았다. 그것도 잠시, 나는 도저히 참을 수가 없어 어머니 곁을 떠나 슬쩍 복도로 나갔다. 복도를 지나 서양풍으로 꾸민 방으로 갔다. 방은 좁고 텅 비어 있었다. 하얀 벽에 양귀비꽃이 있는 유화와 벌거벗은 여자를 그린 유화가 걸려 있다. 벽난로 위 선반에는 못 그린 수채화 하나가 덩그러니 놓여 있다. 소파에는 표범 모피가 깔려 있다. 의자와 테이블 카펫 모두 옛날 그대로였다. 나는 방을 빙빙 돌다가, 지금 눈물을 흘려선 안 돼, 지금 울면 안 돼, 하고 스스로를 타이르며 울지 않으려 부단히 애썼다. 다른 방으로 슬쩍 빠져나와 혼자 울다니, 기특하게도 어머니를 끔찍하게 여기는 마음씨 고운 아들. 아니꼽다. 사려 깊은 척하고 앉아 있네. 그런 싸구려 영화가 있었어. 서른넷이나 먹어서, 뭐야, 맘씨 고운 슈지 씨라는 거야? 네 멋대로 연극하지 마. 이제 와서 효도하는 아들도 못 되고. 멋대로 살다 경찰서 신세나 지고. 그만해. 울면 안 돼. 눈물은 안 돼, 하고 마음속으로 말하며 주머니에 손을 넣고 방을 빙빙 도는데, 당장이라도 울음이 터져 나올 것 같았다. 정말 난감했다. 담배를 피우기도 하고 코를 풀기도 하고, 여러모로 궁리하고 노력한 끝에, 끝내 나는 눈물을 한 방울도 흘리지 않았다.

날이 저물었다. 나는 어머니 병실로 다시 가지 않고, 소파에 가만히 누워 있었다. 별채에 있는 이 방은 지금은 안 쓰는지, 스위치를 돌려도 불이 안 들어왔다. 나는 차가운 어둠 속에 홀로 있었다. 기타 씨와 나카하타 씨 모두 별채로는 오지 않았다. 뭘 하고 있을까? 아내와 소노코는 어머니의 병실에 있는 모양이다. 오늘 밤 우리는 어떻게 될까? 기타 씨가 잡은 원래 일정은, 병문안 후 바로 가나기로 되돌아가서, 그날 밤 고쇼가와라의 이모님 댁에서 하루 묵자는 것이었다. 그런데 이렇게 어머니 상태가 안 좋으면 예정대로 바로 떠나는 것도 오히려 안 좋지 않을까? 어쨌든 기타 씨를 만나고 싶다. 기타 씨는 대체 어디에 있는 걸까? 형과 얘기하다가 일이 결국 복잡하게 꼬인 거 아닐까? 나는 몸 둘 바를 몰랐다.

아내가 어두운 방으로 들어왔다.

"당신 이러다 감기 걸려요!"

"소노코는?"

"잠들었어요." 병실 옆에 있는 손님방에 재웠다고 한다.

"괜찮아? 춥지 않게 해줬어?"

"네. 이모님이 담요를 가져와서 덮어주셨어요."

"어때, 모두 좋은 사람들이지?"

"네." 하지만 역시 불안한 기색이었다. "앞으로 우리는 어떻게 되는 건가요?"

"몰라."

"오늘 밤엔 어디에서 자는 거예요?"

"그런 걸 나한테 물어봐야 소용없어. 모든 건 기타 씨가 시키는 대로 해야 해. 십 년 전부터 그렇게 해왔어. 기타 씨를 무시하고 형님한테 직접 말이라도 걸면, 일이 커져. 그런 상황이야. 모르겠어? 지금 내겐 아무런 권리도 없어. 트렁크 한 개도 마음대로 가져올 수 없었으니까."

"어쩐지, 기타 씨를 좀 원망하시는 것 같네요."

"바보. 기타 씨의 호의는 뼈에 사무칠 정도로 잘 알아. 하지만 기타 씨가 사이에 끼어서, 나와 형님 사이도 묘하게 복잡해진 것 같은 부분도 있어. 어디까지나 기타 씨의 체면이 상하지 않도록 해야만 하고, 나쁜 사람은 한 명도 없고……."

"정말 그래요." 아내도 내 말뜻을 알겠다는 듯 말했다. "기타 씨가 모처럼 데려와주신다고 하는데 거절하기도 좀 그래서, 저와 소노코까지 함께 와서 기타 씨에게 폐를 끼친 건, 저도 죄송스러워요."

"그것도 그래. 생각 없이 남에게 폐를 끼치는 일 같은 건, 할 일이 아니야. 나라는 골칫거리가 문제야. 정말 이번엔 기타 씨도 딱하게 됐어. 일부러 이런 먼 데까지 와서, 우리도 그렇고 형님들도 그리 고마워 하지 않는다면 정말 기타 씨가 딱해져. 우리만이라도, 지금은 어떻게 해서든 기타 씨의 체면이 서게끔 좀 더 머리를 짜내야 하는데, 공교롭게도 그럴만한 힘이 없네. 섣불리 주제넘게 나서면 더 큰일나. 뭐 잠시 이렇게, 우물쭈물하고 있어야지. 당신은 병실로 가서 어머니 손이라도 주물러드 리도록 해. 어머니의 병세, 그냥 그것만 생각하면 돼."

하지만 아내는 바로 가려고 들지를 않았다. 어둠 속에 고개를 숙이고 서 있었다. 이런 어두운 곳에 둘이 있는 것을 다른 사람이 보면 큰일 나겠다 싶어서, 나는 소파에서 일어나 복도로 나갔다. 살을 에는 추위다. 여기는 본토의 북단이다. 복도 유리문 너머 하늘을 봐도, 별 하나 없었다. 그저, 말도 못 하게 어두울 뿐이다. 나는 무턱대고 글을 쓰고 싶어졌다. 무슨 이유인지 모르겠다. 좋았어, 하자. 그냥, 그런 기분이었다.

형수가 우리를 찾으러 왔다.

"아니, 왜 이런 곳에 계세요!" 밝지만 놀란 목소리로 말했다. "식사하 세요. 동서도, 함께 드세요." 형수는 이미 우리에게 아무런 경계심도 품지 않은 듯했다. 나는 그게 무척이나 든든했다. 뭐든 이 사람과 의논하 면 괜찮지 않을까 싶었다.

불상과 위패가 있는 안채의 방으로 안내받았다. 거실을 뒤로 하고, 고쇼가와라의 선생님(이모님의 양자), 그리고 기타 씨, 나카하타 씨, 그리고 그들과 마주한 자리에 큰형, 작은형, 나, 아내 이렇게 일곱 명의 자리가 마련되어 있었다.

"속달이 엇갈려서요." 나는 작은형의 얼굴을 보자마자 무심코 그런 말을 해버렸다. 작은형이 고개를 살짝 *끄덕*였다.

기타 씨는 기운이 없었다. 시무룩한 얼굴이었다. 술자리에서는 언제나 활달한 사람이었던 만큼, 그날 밤의 시무룩한 얼굴은 눈에 띄었다. 역시 무언가 있었던 거라는 확신이 들었다.

그래도 고쇼가와라의 선생님이 약간 취해서 신나게 떠들어주셨기에, 그 자리는 비교적 밝은 분위기였다. 나는 팔을 뻗어 큰형과 작은형 모두에게 술을 따랐다. 이제 형들이 나를 용서했는지, 그렇지 않은지에 대해서는 생각하지 않기로 마음먹었다. 형들은 평생 나를 용서하지 않을 테고, 용서해주기를 바라는 뻔뻔스럽고 제멋대로인 사고방식은 버려야 한다. 결국 문제는, 내가 형들을 사랑하는가 사랑하지 않는가, 이다. 사랑하는 자는 행복하리로다. 내가 형들을 사랑하면 되는 것이다. 미련한 욕심쟁이 같은 사고방식은 버려야 한다고, 나는 내가 스스로 따른 술을 잔뜩 마시며, 하잘것없는 자문자답을 되풀이하고 있었다.

기타 씨는 그날 밤 고쇼가와라의 이모님 댁에서 잤다. 가나기의 집은 환자 때문에 복작거리니까 기타 씨가 그쪽으로 가겠다고 한 것인지, 어쨌든 고쇼가와라에 묵게 되었다. 나는 기타 씨를 정류소까지 배웅했다.

"감사드립니다. 덕분에 일이 잘 풀렸어요." 나는 진심을 담아 그렇게 말했다. 그때 기타 씨와 헤어져버리자니 불안했다. 이제부터는 내게 지시를 내릴 사람이 아무도 없었다. "저희는 오늘 밤에 이대로 가나기에서 자도 상관없는 건가요?"

이것저것 물어두고 싶었다.

"그건 상관없겠죠" 내 기분 탓인지, 약간 쌀쌀맞은 말투였다. "어쨌든 어머니께서 그렇게 안 좋으시니까요."

"그럼 저희는 이삼 일 더 가나기 집에서 자고, ……그러면 뻔뻔한 걸까요?"

"어머니 상태에 따라 다르겠죠. 어쨌든 내일 전화로 얘기해요."

"기타 씨는요?"

"내일 도쿄로 돌아가요."

"이렇게 고생만 하셔서 어쩌죠? 기타 씨는 작년 여름에도 바로 가셔서, 이번에는 아오모리에 있는 가까운 온천에라도 안내해드리려고 준비해 왔는데 말이죠."

"아닙니다, 어머니께서 저렇게 안 좋으신데 온천에 갈 때가 아니에요. 정말 이렇게 상태가 안 좋아지셨을 거라고는 생각도 못 했어요. 의외였지요. 당신이 낸 기차표값은 나중에 계산해서 갚을게요." 갑자기 기차표값 얘기 같은 걸 꺼내서 당황스러웠다.

"그런 말씀 마세요. 돌아가는 차표도 제가 사야 해요. 그런 걱정은 하지 마세요."

"아니, 확실히 계산해봐요. 나카하타 씨 댁에 맡겨둔 당신들 짐도 내일 바로, 나카하타 씨한테 부탁해서 가나기 댁으로 보내기로 하지요. 이제 그것만 하면 제가 할 일은 없어요." 어두컴컴한 길을 성큼성큼 걸어 나갔다. "정류장은 이쪽이었죠? 이제 그만 들어가세요. 정말, 괜찮 아요."

"기타 씨!"

나는 뒤쫓아 가서 붙잡으려 빠른 걸음으로 두세 발짝 나아가 말했다. "형이 무슨 말 하던가요?"

"아뇨." 기타 씨는 걸음을 늦추더니 차분하게 말했다. "그런 걱정은 이제 안 하셔도 됩니다. 전 오늘 밤에 너무 좋았어요. 분지 씨와 에이지 씨와 당신, 멋진 삼 형제가 나란히 앉아 있는 걸 보니, 눈물이 날 정도로 기뻤어요. 이제 전 아무것도 필요 없습니다. 만족해요. 전, 애초에 보답

같은 건 한 푼도 바라지 않았어요. 그건 당신도 알고 있죠? 전 그저, 당신들 형제 셋이 나란히 앉은 걸 보고 싶었어요. 흐뭇하네요. 만족합니다. 슈지 씨도 이제, 앞으로 정신 똑바로 차리고 사세요. 우리 노인들은, 슬슬 물러가도 좋을 시기예요."

기타 씨를 돌려보내고 나는 집으로 돌아왔다. 이제 앞으로는 기타 씨에게 기대지 않고 내가 직접 형들과 얘기해야만 한다고 생각하니 기쁨보다도 공포를 느꼈다. 혹시 또다시 얼간이 같은 무례를 범해서 형들의 화를 돋우는 거 아닐까, 하는 비굴한 불안감으로 머릿속이 꽉 찼다.

집안은 문병객들로 붐볐다. 나는 문병객들의 눈에 띄지 않도록 부엌 쪽으로 살그머니 들어가서 별채의 병실로 가던 중, 문득 '조이' 방 옆의 '작은 방'을 들여다봤다. 거기 작은형이 홀로 앉아 있는 게 보였는데 무언가 불가항력의 무서운 것에 끌려가듯, 스르르 옆으로 가서 앉게 됐다. 내심, 적잖이 벌벌 떨면서,

"어머니는 무슨 수를 써도 이제 틀린 건가요?"라고 물었다. 너무 당돌한 질문이었기에, 내가 생각해도 이건 아니다 싶었다. 에이지 형은 쓴웃음을 지으며 슬쩍 주위를 둘러보며,

"음, 이번엔 어렵다고 생각해야 돼."라고 말했다. 그때 갑자기 큰형이 들어왔다. 약간 허둥거리면서 여기저기를 돌아다니며 옷장을 여닫기를 되풀이하다가, 작은형 옆에 떡하니 양반다리를 하고 앉았다.

"큰일이야, 정말 큰일이야." 그렇게 말하며 고개를 숙이고, 안경을 이마 쪽으로 끌어올리더니 한 손으로 두 눈을 눌렀다.

문득 정신을 차려보니 어느새 내 등 뒤에 큰누나가 가만히 앉아 있었다.

大宰治

禁酒の心
금주의 마음

## 「금주禁酒의 마음」

1942년 12월 『현대문학現代文學』에 발표되었다.

이 작품에 그려진 술 부족 현상은 태평양전쟁 시기의 일본의 실제 상황이었다. 이 작품이 발표된 해에 일본 군부가 국민의 불만을 억압하기 위해서 만든 표어 중에 '원하지 않겠습니다, 이길 때까지는.'이라는 표어가 있었다. 이 표어의 의미, 국가가 전쟁 승리를 위해 가난을 강요하더라도 전쟁에 이길 때까지 가지고 싶은 것, 먹고 싶은 것 등을 참고 전쟁에 협력, 복종하겠다는 것이다. 이러한 시대상을 반영한 이 작품은 시대의 미덕인 '금주'를 권장하면서도 술을 끊으려야 끊을 수 없는 사람의 미묘한 마음을 다루고 있다.

나는 금주를 하려고 한다. 요즘 들어 술은 인간을 너무 비굴하게 만드는 것 같다. 옛날에는 이걸로 소위 호연지기를 키웠다는데, 지금은 그저 정신을 천박하게 만들 뿐이다. 요새 나는 술을 극도로 증오한다. 적어도 훌륭한 일을 하는 사람은, 오늘 지금 당장, 단연코 술잔을 부숴야만 한다.

평소에 술을 좋아하는 자의 정신이 얼마나 인색하고 하찮아지고 있는지 보라. 배급된 한 되짜리 술병에 15등분 눈금을 그어 매일 딱 한 눈금씩 마시며, 가끔 그 양을 넘기고 두 눈금을 마셨을 때는 곧바로 그만큼 물을 채워 넣고서 병을 옆으로 안고 흔들어 술과 물의 화합 발효를 꾀하기까지 하니, 정말 실소를 금할 수가 없다. 또 배급받은 소주 세 바가지에 주전자 한 개 분의 질 낮은 엽차를 부어 그 갈색 액체를 작은 유리잔에 따라 마시고, 이 위스키에는 찻줄기가 서 있네[1], 기분 좋다, 라는 식의 허영 어린 억지를 부리고 호방하게 웃어 보이지만, 옆에 있는 부인은 조금도 웃지 않으니 그 풍경은 더욱 비참해진다.

. .
1_ 질 낮은 엽차를 찻잔에 따랐을 때 곧추 뜨는 차의 줄기를 말하는데, 일본에서는 이를 길조라 여긴다.

옛날에는 한창 반주를 곁들여 저녁을 먹는 중에 느닷없이 옛 친구가 찾아오면, 여어, 이거 참 딱 좋을 때 와줬다, 마침 술친구가 필요했던 참이야. 아무것도 없지만, 뭐 어때. 한잔 할래? 라고 하면서 갑자기 활기를 띠기도 했지만, 지금은 몹시 우울하다.

"어이, 이제 슬슬 한 눈금을 마시기 시작할 테니, 현관을 닫고 걸쇠를 잠그고, 덧문도 닫아둬. 다른 사람이 보고 부러워하면 큰일이니까." 반주 한 눈금을 마신다고 해도 아무도 부러워하지 않을 텐데, 그의 정신 상태가 인색하고 하찮아진 탓에 이런 말이 나오는 것이다. 정말 바람소리 학 울음소리에도 놀라고, 바깥에서 나는 발소리에도 일일이 간담이 서늘해지고, 자기가 무슨 큰 죄라도 짓는 듯하다. 그리고 세상 사람들 모두가 자신을 심하게 원망하고 있는 듯한 기분이 들어 공포와 불안과 절망과 울분과 원망과 기도 등등, 정말 복잡한 심경으로 방에 있는 불을 다 끄고 쪼그려 앉아, 홀짝홀짝 핥다시피 해서 술을 마시고 있다.

"실례합니다." 현관에서 소리가 들린다.

"올 게 왔구나!" 갑자기 정색을 하며 꼿꼿이 앉는다. 이 술을 마시게 놔둘쏘냐. 자, 이 병은 선반에 숨겨. 아직 두 눈금 남아 있어. 내일이랑 모레 마실 양이야. 이 술병에도 아직 세 잔 정도 남아 있는데 이건 내일 자기 전에 마실 거니까 이 술병은 이대로 둬. 건드리면 안 돼. 보자기라도 씌워 놔. 자 이제 빠뜨린 건 없나 하고 방 안을 두리번거리다가 갑자기 간지러운 목소리로,

"누구시죠?"

아아, 쓰면서도 구역질이 난다. 이런 상태까지 갔다면, 그건 이미 틀려먹은 인간이 됐다는 얘기다. 호연지기고 나발이고 없다. '달을 보면

서, 아침의 눈을 구경하면서, 그리고 꽃나무 아래에서 여유롭게 이야기를 나누며 술잔을 주고받는 것은 최고의 기쁨이다.[2]라고 말한 옛 사람의 우아한 심경을 조금이라고 배우고, 반성해야 한다. 그렇게까지 술을 마시고 싶은가? 새빨간 석양을 받고 땀을 폭포수처럼 흘리며 수염을 기른 멋진 남자들이 호프집 앞에 얌전히 줄을 서서, 이따금 까치발을 들고 호프집 둥근 창으로 내부를 들여다보고, 고개를 저으며 한숨을 쉬고 있다. 차례가 좀처럼 돌아오지 않는 모양이다. 내부는 몹시 혼잡하다. 사람들의 팔꿈치가 다 맞닿아 있고, 서로 옆자리 손님을 견제하며 지지 않고 목소리를 높여, 어어이 맥주 빨리, 어어이 맥주 달랑께, 라는 식의 동북지방 사투리를 쓰는 사람도 있고, 몹시 떠들썩하다. 겨우 맥주 한 잔을 손에 넣고 거의 무아지경 상태에서 맥주를 다 마시자마자 미안하다는 말도 없이, 다음 손님의 예사롭지 않은 검은 눈빛이 자신을 의자에서 밀어내며 비집고 들어온다. 다시 말해, 얼떨결에 자리를 떠야만 한다. 마음을 추스르고 좋아, 한 번 더, 라는 생각으로 다시 바깥의 긴 뱀처럼 늘어선 줄 끝에 서서 순번을 기다린다. 이것을 서너 번 정도 되풀이하다가 심신이 다 지쳐 극심한 피로를 느끼고는, 아아 취했다, 하고 힘없이 중얼거리며 집으로 돌아간다. 절대로 국내에서 술이 그렇게까지 많이 부족할 리가 없다. 내 생각엔 요즘 마시는 사람이 많아진 거 아닐까 싶다. 조금 부족해졌다는 소문이 돌자 이제까지 술을 마신 적이 없는 사람까지 좋아, 이참에 한번 그 술이라는 걸 마셔두자, 뭐든 경험해보지 않으면 손해다, 실천에 옮기자, 라는 식의 이상한, 소인배 같은 욕심을 부리는 것이다. 그래서 어쨌든 배급되는 술도 받고, 호프집

2_ 일본 수필문학의 선구 요시다 겐코의 『도연초徒然草』(1330~1331?) 제175단 중 한 구절.

이라는 곳도 한번 찾아가서 인파에 시달려보고 싶다, 뭐든 지면 안 돼, 어묵집이라는 곳도 한번 가보고 싶다, 카페라는 곳도 얘기는 들었는데 대체 어떤 곳인지 지금 꼭 가보고 싶다, 라는 식의 하찮은 욕망으로 술을 마시기 시작하여, 어느새 어엿한 술꾼이 되는 것이다. 그리하여 돈이 없을 때는 술 한 눈금을 애지중지하고 찻줄기가 선 위스키를 보고 기뻐하며, 이젠 끊을 수 없게 된 사람들도 꽤 많은 거 아닌가 싶다. 어쨌든 소인배는 구제불능이다.

가끔 술집 같은 곳에 들어가봐도 정말 불쾌한 일이 많다. 손님의 천박한 허영과 비굴함, 술집 주인의 거만함과 탐욕, 아아 이제 술은 싫다 싶어서 나는 갈 때마다 술을 끊자는 결의를 새로이 다지는데, 시기가 무르익지 않았다고나 할까, 아직도 실천에 옮기지 못하고 있다.

가게에 들어선다. 종업원이 '어서 오세요.' 같은 말을 하며 미소로 맞아준다는 건 옛날 얘기다. 지금은 손님이 미소를 짓는다. 손님이 가게 주인과 종업원들을 보고 만면에 비굴한 미소를 띠며 '안녕하세요?' 라고 인사하고, 묵살당하는 것이 관례가 된 듯하다. 세심하게 모자를 벗어 인사를 하고 가게 주인을 '나리'라고 부르며 생명보험 가입을 권하러 왔나 싶은 신사도 있는데, 그런 사람도 술을 마시러 온 손님이며 이 또한 묵살 당하는 것이 보통이다. 더 치밀한 자는 들어가자마자 가게 카운터 위에 놓인 화분을 만지작거린다. 가게 주인보고 들으라는 듯, "이거 안 되겠다. 물 좀 줘."라고 중얼거리고 나서는 직접 화장실에서 두 손으로 물을 떠다가 화분에 쫙 끼얹는다. 몸짓만 보면 대단한 일처럼 보이지만, 화분에 뿌리는 물은 단 두세 방울이다. 주머니에서 가위를 꺼내어 가지를 똑똑 자르며 가지 모양을 다듬는다. 담당 정원사인가 싶지만 그렇지 않다. 의외로 은행의 중역인 경우도 있다. 가게 주인의 기분을 맞추기 위해 일부러 주머니에 가위를 숨기고 오는 것이겠지만, 애쓴 보람도 없이, 그 역시 주인에게 묵살 당한다. 촌스런 재주건 화려한 재주건, 이도저도 도움이 안 된다. 하나같이 차갑게 묵살 당한다. 하지만 손님도 그 묵살에 기죽지 않는다. 어떻게든 한 병이라도 더 마시고 싶은 마음에, 결국은 자기가 가게 관련자도 아니면서 가게에 누가 들어올 때마다 일일이 '어서 오세요.'를 외치고, 또 누군가 갈 때면 반드시 '감사합니다!'라고 큰 소리로 외친다. 명백한 착란, 발광 상태다. 정말 딱하다. 술집 주인은 홀로 침착하게,

"오늘은 도미소금구이가 있어."라고 나직이 말한다.

그 즉시 한 청년이 탁자를 두드리며,

"고마워요! 저 그거 진짜 좋아하는데. 정말 잘됐다."라고 한다. 마음속으로는 하나도 좋지 않다. 그건 비싸겠지. 나는 이제까지 도미소금구이 같은 건 먹어본 적이 없다. 하지만 지금은 몹시 기쁜 척하지 않으면 안 된다. 괴로운 상황이다. 제길! "도미소금구이라니, 미치겠다." 정말 미치겠다.

다른 손님들도 이에 질 수 없는 상황이다. 나도, 나도, 하며 한 접시에 이 엔이나 하는 도미소금구이를 주문한다. 어쨌든 이걸로 한 병은 마실 수 있다. 하지만 주인은 무자비하다. 쉰 목소리로,

"돼지고기 찜도 있어요."

"뭐? 돼지고기 찜?" 노신사는 빙그레 웃으며, "기다리고 있었어요."라고 말한다. 하지만 내심 난처해하고 있다. 노신사는 이가 안 좋아서 애당초 돼지고기를 씹을 수가 없다.

"다음은 돼지고기 찜인가? 나쁘지 않네. 주인 양반, 우리 좀 통하는데?" 이런 식으로 속이 빤히 들여다보이는 멍청한 인사치레를 하며,

다른 손님들도 서로 지지 않으려는 듯 그 수상한, 한 접시에 이 엔짜리 찜 요리를 주문한다. 하지만 불안한 마음에 이쪽에서 나가떨어지는 사람도 있다.

"난 돼지고기 찜 필요 없어." 너무나도 의기소침하게, 개미가 기어들어가는 목소리로 이런 말을 하고 일어나서 "얼마에요?"라고 묻는다.

다른 손님들은 이 불쌍한 패배자의 퇴진을 말없이 배웅하고, 바보 같은 우월감에 설레는지,

"아, 오늘 자알 먹었다. 사장님, 뭔가 더 맛있는 거 없어요? 한 접시 더 부탁해요."라고 이성을 잃은 듯한 말까지 지껄인다. 술을 마시러 온 건지, 음식을 먹으러 온 건지 잊어버린 모양이다.

정말이지, 술은 마물魔物이다.

黄村先生言行録

오손 선생 언행록

太宰治

## 「오손 선생 언행록」

1943년 1월 『문학계文學界』에 발표되었다.

오손 선생을 다룬 작품은 이 작품 밖에도 「꽃보라」와 「수상한 암자」가 있다. 처음부터 끝까지 희극으로 받아들이며 가볍게 즐길 수 있는 작품이라고 해도 별 지장이 없지만, 연구자 야마시타 마사후미는 오손 선생을 소재로 한 이들 세 작품에 대해 다음과 같은 지적을 했다.

> ❝오손 선생을 그린 일련의 작품들에는, 고대를 방불케 하는 도롱농, 남자의 진가라 할 수 있는 무술, 풍류의 극치인 다도茶道에 깊은 관심을 보이면서도 끝내 그것들을 자신의 것으로 만들 수 없는 오손 선생의 모습이 우스꽝스럽게 그려져 있어, 작가는 일본적인 것에 대한 예찬을 상대화하고 있는 것으로 보인다. ❞
>
> —안도 히로시 외 편, 『다자이 오사무 작품 연구 사전』
> (멘조사勉誠社, 1995) 참고.

이처럼, '일본적인 것'을 지향하면서도 그것을 손에 넣지 못하는 오손 선생의 모습이 우스꽝스럽게 그려진 이들 작품에서, 당시 횡행하던 '닛뽄 이데올로기'(도사카 준)를 비판적으로 바라보는 다자이의 태도를 엿볼 수 있다는 평가도 있다.

(먼저, 오손 선생님이 도롱뇽에 빠졌다가 큰 손해를 본 이야기를 들려드리지요. 알려지지 않은 에피소드가 많은 사람이라, 앞으로도 가끔 이런 식으로 소개해드리고 싶습니다. 서너 개를 소개하다 보면 독자 여러분도 오손 선생님이 어떤 인격의 소유자인지 자연히 아시게 될 테니, 지금은 선생님에 대한 추상적인 해설은 피하겠습니다.)

오손 선생님이 도롱뇽처럼 이상한 것에 빠지게 된 데는, 내게도 다소 책임이 있다고 하지 않을 수 없다. 어느 이른 봄날, 오손 선생님은 언제나처럼 사냥모자(지나치게 화려한 격자무늬 사냥 모자인데, 선생님께 전혀 어울리지 않는다. 보다 못한 나는 실례인 줄 알면서도 안 쓰는 게 어떻겠느냐고 말한 적이 있는데, 그때 선생님은 나도 그렇게 생각한다고 진중한 태도로 수긍하셨지만, 여전히 쓰고 다니신다.)를 젊은이처럼 뒤로 젖혀 쓰고 우리 집에 놀러 오셔서 함께 집 바로 근처에 있는 이노카시라공원에 갔다. 선생님은 풍류라는 것을 모르는 사람이라, 나는 이럴 때 언제나 아쉽다. 나는 꽤 오래전에 그것을 알아챘다.

"선생님, 매화." 나는 손가락으로 꽃을 가리켰다.

"아아, 매화." 제대로 보지도 않고 맞장구를 쳤다.

"역시 매화는 붉은 매화보다 흰 매화가 예쁜 것 같네요."

"예쁘네." 성큼성큼 지나가려고 하신다. 나는 뒤쫓아 가서 말했다.

"선생님, 꽃을 싫어하시나요?"

"진짜 좋아하지."

하지만 나는 다 알고 있다. 선생님에게는 풍류를 이해하는 마음이 눈곱만큼도 없다. 공원을 산책해도 그저 성큼성큼 걷기만 하면서 매화나 버드나무도 돌아보지 않고, 가끔 내게 '미인이다'라는 불결한 말을 속삭인다. 스쳐지나가는 여자에게만큼은, 눈이 무척이나 빨리 돌아간다. 정말 꼴사나워 죽겠다.

"미인 아닌데요?"

"그래? 이팔청춘처럼 보였는데."

어이가 없을 따름이다.

"지친다. 쉴까?"

"그러죠. 건너편 찻집은 전망이 좋아서 괜찮을 것 같은데."

"다 똑같아. 가까운 데로 가자고."

가장 가까이 있는, 더러운 찻집으로 태연스레 들어가서 앉는다.

"뭔가 먹고 싶다."

"그러네요. 감주나 단팥죽 같은 거."

"뭔가 먹고 싶다."

"글쎄요, 그것 말고 맛있는 건 아무것도 없잖아요?"

"닭고기 계란덮밥 같은 거 없나?" 노인인데도 대식가다.

나는 얼굴이 붉어질 뿐이다. 선생님은 닭고기 계란덮밥. 나는 단팥죽. 다 먹고 나서 말한다.

"그릇도 크고 밥도 많네."

"그래도 맛없었지요?"

"맛없네."

다시 일어나서 성큼성큼 걷는다. 선생님에겐 침착한 구석이 전혀 없다. 나카노시마에 있는 수족관에 들어간다.

"선생님, 비단잉어 멋있죠?"

"멋있네." 바로 다음으로 간다.

"선생님, 이건 은어예요. 정말 예쁘게 생겼군요."

"아아, 헤엄친다." 다음으로 간다. 전혀 안 보고 있다.

"이번엔 장어예요. 재밌네요. 모두 모래 위에 배를 깔고 누워 있네. 선생님, 어디 보세요?"

"음, 장어. 살아 있네." 얼간이 같은 말만 하며, 성큼성큼 앞으로 걸어간다.

선생님이 갑자기 요란하게 소리를 질렀다.

"와아! 자네 이거 봐, 도롱뇽이다! 도롱뇽. 틀림없이 도롱뇽이야. 살아 있잖아, 이거 봐, 무섭게 생겼네." 전생에 인연이라도 있는지, 선생님은 그 수족관의 도롱뇽을 보자마자 바로 흥분했다.

"처음이다." 선생님은 신음하듯 말했다. "처음 봤다. 아니, 전에도 몇 번인가 본 적은 있는 것 같은데, 이렇게 가까이서 똑똑히 본 건 처음이야. 이봐, 고대의 냄새가 나지 않나? 깊은 산 속의 기운嵐氣이 피어오르는 듯해. 깊은 산 속 기운이라는 말을 쓸 때, 깊은 산을 의미하는 말은 말씀 언言 자에 실 사糸 자를 두 개 붙이고 산山 자를 써. 깊은 산의 정기라도 해도 되겠지. 놀라워. 으음." 감탄이 지나치다. 사람들 보기 민망해 죽겠다.

"도롱뇽이 마음이 드셨다니 의외네요. 어디가 그렇게 좋은 겁니까?

하기는, 저희 선배 중에 도롱뇽이라는 소설을 쓰신 분도 있긴 있지만요."

"그렇지?" 선생님은 아는 척을 하며 고개를 끄덕이고 말했다. "그건 정말 걸작이지. 자네들은 아직 이 깊고 그윽한 짐승, 아니 어류, 아니," 몹시 당황하기 시작했다. 얼굴을 붉히고 수염을 문지르더니 다시 말했다. "이건 뭐라고 해야 하는 거지? 수족水族, 즉, 물개류인 거지, 물개……." 정말 엉망진창이었다.

선생님은 그게 너무나 아쉬웠던 모양이다. 자신의 얕은 동물학 지식을 다 들켰다는 게 무척 유감스러웠는지, 내가 그로부터 한 달 뒤에 아사가야에 있는 선생님 댁에 들러보니, 선생님은 이미 어엿한 동물학자가 되어 있었다. 무엇이든 지기 싫어하는 선생님이니까, 그 수족관에서의 치욕을 씻기 위해 늦은 밤 몰래 동물학 책 같은 것을 읽은 모양이다. 내 얼굴을 보자마자 말했다.

"뭐냐, 요전에 본 그 동물, 그건 양서류에 속하는 유미류有尾類잖아." 누구나 다 아는 걸 정말 자랑스럽게 말한다. "모르나? 그거, 읽으면 글자 그대로잖아. 꼬리가 있으니까 유미류야. 아하하하." 선생님도 이런 말을 하기가 부끄럽나보다. 웃었다. 나도 웃었다.

"그런데," 선생님은 진지한 얼굴로 말했다. "그건 흥미로운 동물이니, 그렇다면, 진귀한 동물이라고도 할 수 있겠지." 표정이 점점 더 경직되어 갔다. 나는 툇마루에 앉아 마지못해 주머니에서 수첩을 꺼냈다. 이처럼 선생님이 굳은 표정으로 무슨 말씀을 하실 때면, 내가 바로 수첩을 꺼내 그걸 바로 받아 적지 않으면 안 되는 습관이 있었다. 그렇게 하지 않았으면 좋았을 것을, 선생님의 비위를 맞추려는 심산으로, 선생님 말씀은 정말 재미있습니다, 좀 받아 적겠습니다, 라면서 수첩을 꺼냈더니 선생님은 그걸 무척 마음에 들어 했다. 그 뒤로는 걸핏하면 자세를 고쳐 앉고서 천천히 이야기하고 싶어 하고, 내가 수첩을 꺼내지 않으면 뭐라 표현할 수 없는, 떫고 불만스런 표정으로 톡톡 쏘는 듯, 묘하게 속이 꼬인 양 얘기하기에, 나는 아무래도 수첩을 꺼내지 않을 수가 없다. 나는 사실 이 습관이 내심 몹시 난처하지만, 이것도 내 시시한 아첨의 응보임에 틀림없으니 남을 원망할 수가 없다. 이하는 그날의 좌담 필기 전문이다. 괄호 안은 그 말을 받아 적은 내 마음속 감회다.

자, 오늘은 무슨 얘기를 할까요? 얘기할 만큼 신기한 일도 별로 없지만, (이렇게 으스대지만 않으면 좋은 선생님인데) 정말, 언제나 비슷한 얘기를 해서 여러분도 (아무도 없다) 지겨울 테니, 오늘은 한번 도롱뇽이라는 진기한 동물에 대해, 얕은 지식의 일부분을 들려드리겠습니다. 일전에 제가, 멋진 서생의 권유로 (짜증난다) 이노카시라공원에 매화를 보러 갔는데, 붉은 매화, 흰 매화가 드문드문 방긋 피어 (붉은 매화는 안 피어 있었다) 얌전하게 아름다움을 다투고 있었지요. 정말 고요한 선경仙境이란 이런 건가 싶어 이 사람 저 사람 모두 꿈속에서 또 꿈을 꾸는 듯한 마음으로 정처 없이 걷다가, 여기가 속세라는 것을 거의 망각할 지경이었는데 (닭고기 계란덮밥, 닭고기 계란덮밥) 문득 눈앞을 보니 깊은 정취가 느껴지는 태고의 동물, 깊은 산(말씀 언言 자에 실 사糸 자가 두 갠가)의 기운氣에 흔들리는 고귀한 모습이, 바스락 바스락 꿈실거리고 있었습니다. 아니, 놀랄 필요 없습니다. 이게 바로 그, 도롱뇽이었던 것입니다. 우리는 매화 향에 도취되어 휘청휘청 걷다가 어느새 공원의 수족관에 들어섰습니다. 도롱뇽. 저는 그 모습을 보고 바로 알았습니다. 이거다! 이거야말로 내가 긴 세월 동안 찾아 헤맨 연인이다. 그야말로 고대古代의 냄새. 순수한 야마토[1]. (조금 억지)

이것은 완벽한 일본의 것이다. 저는 함께 있던 그 서생에게 이 도롱뇽의
고마움에 대한 이야기를 천천히 들려주려고 했는데 그 순간, 그 서생이
갑자기 미친 사람처럼 웃음을 터뜨렸기에, 저는 너무나 불쾌해져서
설명을 멈추고 바삐 집으로 돌아갔습니다. 오늘은 우선 이 도롱뇽에
대한 학문적인 설명을 여러분께 들려드리지요. 일본의 큰 도롱뇽은,
전 세계적으로 대단히 유명한 것이라고 합니다. 저는 최근에 이시카와
치요마쓰 박사의 저서 등을 공부했는데, 그에 따르면 지금으로부터
이백 년 전쯤에 독일 남부에서, 이제까지 본 적이 없는 기묘한 형태의
화석이 나왔다고 합니다. 어떤 덜렁이 학자가 이건 인간의 뼈다, 인간은
옛날에 이런 추한 모습으로 기어 다녔다, 부끄러운 줄 알아라, 라는
말로 학계의 신사들에게 으름장을 놓아서 그 돌은 굉장히 유명해졌다고
합니다. 귀부인들은 이것을 싫어했으며, 추남들은 갈채를 보냈고, 종교
인들은 당황했고, 유객꾼들은 긍정적으로 생각하는 등, 무시할 수 없을
정도로 큰 사회문제가 되었기 때문에, 당시 학계의 권위자들이 모여들어
연구를 했지요. 그 결과, 안심해라, 이건 인간의 뼈가 아니다, 하지만
무엇인지는 알 수 없다, 미국의 계류에 사는 도롱뇽이라는 작은 동물
모양과 매우 비슷하지만, 미국에 있는 그 도롱뇽은 그렇게 크지 않다,
둘 사이에는 그 크기에 있어 말과 토끼 정도의 차이가 있다. 결국,
뭔지는 모르지만, 뭐, 큰 도롱뇽이라고 할 수 있겠지, 라는 식의 적당한
말로 상황을 무마한 뒤, 현재 그 큰 도롱뇽이라는 건 멸종되어 세계
어디에도 없다, 없어! 하고 큰소리를 치며 사람들의 입막음을 했습니다.
그래서 일단 분위기가 가라앉았는데, 그 이후에 시볼트라는 사람이

1_ 야마토시대는 250~710년에 해당하는 시대로, '야마토'라는 단어는 일본 고유의 물건이나
방식을 일컫는 뜻으로도 쓰임.

일본에 와서, 어떤 우연한 기회에 바로 그 동물 한 마리가 느릿느릿 걷고 있는 걸 발견하고 기겁을 했어요. 몇천 년 전에 이미 지구상에서 자취를 감췄다고만 생각했던 고대의 괴물이, 살아서 어슬렁어슬렁 돌아다니고 있다니, 아아, 일본에 큰 도롱뇽이 살아 있다는 것을 전 세계의 학계에 알렸지요. 전 세계의 학자들도 이 사실에 당황했어요. 거짓말일 거라는 둥, 시볼트라는 녀석은 원래부터 허풍쟁이였다는 둥, 잘난 척하며 그 사실을 부정하는 학자도 있었지만, 점점 그 일본의 큰 도롱뇽의 골격이 유럽에서 발견된 화석과 똑 닮았다는 사실이 명백해져서, 모른 척할 수도 없게 되었지요. 그래서 일본의 도롱뇽이 전 세계 학자의 중요한 연구 대상이 되어, 고대 동물에 관심을 가진 사람이라면 꼭 한 번 일본의 큰 도롱뇽을 보지 않으면 안 된다는 얘기까지 돌 정도가 되었으니, 참으로 통쾌하기가 비할 데 없고, 경사스럽기 그지없었지요. 생각해보십시오. (또 거드름이 시작됐다) 태고의 동물이 태고의 모습 그대로, 지금도 유유히 이 일본의 골짜기에 서식하고 번식하면서 가만히 무언가를 생각하는 모습은 그야말로 마치 신의 모습과 같으니, 저는 아름다운 일본[2]의, 고시의 야마타노오로치[3], 혹은 이나바의 토끼[4] 가죽을 벗긴 악어, 이런 것들이 모두 이 도롱뇽이 아니었을까 (하던 얘기가 이게 아닌데, 이게 아닌데) 싶습니다만, 반대 의견을 가진 학자도 있을지 모릅니다. 틀림없다며 고집을 부리는 건 아니지만, 오카야마 현 동북부

2_ 원문은 豊葦原瑞穂國. 일본의 가장 오래된 역사서 고지키古事記에 나오는 말로, 일본을 미화한 말.

3_ 일본 신화에 나오는 괴물로, 여덟 개의 머리와 꼬리를 가졌으며 눈이 새빨갛고, 등에서는 나무와 이끼가 자란다. 여덟 개의 골짜기와 산봉우리를 뒤덮을 만큼 거대했으며 매년 고시高志라는 지역에 사는 부부의 집에 찾아와서 딸들을 잡아먹었다.

4_ 일본 신화에 나오는 토끼로, 악어에게 거짓말을 했다가 그것을 안 악어가 가죽을 벗기게 된다.

의 쓰야마에서 90리 정도 산속으로 들어가면 무코유바라무라라는 곳이 있는데, 거기에 한자키 신을 모시는 신사가 있다고 합니다. 한자키란 도롱뇽의 방언 같은 것으로, 반으로 찢어져도 살아 있을 정도로[5] 생활력이 강하다는 의미가 아닐까 싶습니다만, 그 한자키 신으로 모셔지고 있는 도롱뇽도 무척 강하고 거칠어서, 빈번히 인간을 먹었다는 전설이 있는데, 그건 『사쿠요시<sup>作陽誌</sup>』[6]라는 책에도 나와 있다고 합니다. 인간을 너무 많이 먹어서, 어떤 용사가 결국은 큰 도롱뇽을 죽이고 후에 뒤탈이 없도록 신으로 받들어 모시며 잘 처리했다는 얘기가, 그 사쿠요시라는 책에 자세히 쓰여 있습니다. 지금은 자그마한 신사지만 옛날에는 굉장히 큰 신사였다는데, 어딘가 야마타노오로치 얘기와 비슷한 점도 있지 않습니까? 꼭 그렇다고 우기는 건 절대 아닙니다. 사쿠요시에 의하면 그 한자키의 크기가 서른 자<sup>약 9m</sup>나 된다는데 그게 학자들에게는 의심스러울지 모르지만, 아무래도 저는 다른 사람의 이야기를 의심하는 녀석은 정말 싫으니, 서른 자라고 하면 서른 자라고 믿으면 되지 않을까 싶습니다. (받아 적고 있는 사람에게 화를 낼 필요는 없다) 어쨌든 저는, 옛날에는 여기저기 도롱뇽이 있었고, 꽤 큰 것도 있었다는 얘기를 믿고 싶습니다. 그 동물은 대체로 몸이 편평하고 나이를 먹을수록 머리가 괴상하게 커집니다. 그리고 입이 커져서, 요즘 젊은이들이 그로테스크 어쩌고 하며 멀리하는 풍모로 변해가니까, 옛사람들이 이것을 범상치 않은 동물이라며 두려워했다는 것도 그럴 만하다 싶습니다. 또한 실제로 지금 일본의 산골짜기에 서식하고 있는 두 자나 두 자 다섯 치 정도 길이의 도롱뇽도, 달려들어 물기라도 하면 큰일이 난다고 합니다. 날카

5_ '한'은 '반', '자키'는 '찢어지다'라는 뜻.
6_ 1671년에 편찬된 지리서.

로운 이빨은 없지만 워낙 힘이 세니까 사람 손가락 한두 개쯤은 간단하게 물어뜯는다고 하니, 정말 싫습니다. (실언) 그 점에 있어서도 저는 도롱뇽에게 항상 충분한 경의를 가지고 그것을 대할 생각입니다. 비교적 얌전한 동물이지만 화가 나면 굉장히 무서운 동물이라 하니, 저는 이나바의 토끼도 어쩌면 이 녀석에게 당한 거 아닐까 하고 주목하고 있는데, 이에 대해서는 연구의 여지도 있는 것 같습니다. 이상하게도, 그처럼 둔중해 보여도 먹을 때는 무척 재빨라서, 조용히 명상에 잠겨 있다가도 자기 머리 쪽으로 다른 동물이 오면 머리를 홱 구부려서 덤벼드는데, 그 동작이 너무나 재빠르다고 하니 말만 들어도 오싹할 지경이지요. 머리를 갑자기 구부려서 꿀꺽하고, 다시 조용히 명상에 잠긴다고 합니다. 일본의 도롱뇽은 산천어라는 물고기를 먹는데, 어떻게 그렇게 민첩한 물고기를 잡아먹을 수 있는지, 이상할 정도입니다. 그것은 도롱뇽의 피부색 덕분이라고 합니다. 도롱뇽이 골짜기의 바위 밑으로 조용히 몸을 담그고 있으면, 진흙인지 뭔지 전혀 알 수가 없습니다. 그래서 도롱뇽이 바위 구멍의 출구 쪽에 큰 머리를 두고, 깊은 생각에 잠겨 있으면 산천어가 슬쩍 그 바위 밑에 다가옵니다. 그러면 갑자기 큰 입을 벌려 그걸 덥석 물어버립니다. 몸이 무거워서 먼 데까지 쫓아갈 수는 없고, 그 대신 자기 머리 바로 옆에 오면 절대로 놓치지 않고 덥석 잡아먹는데, 그 동작이 정말 재빠르다고 합니다. 낮에는 대체로 바위 밑 같은 곳에 잠겨 있다가, 밤에는 느릿느릿 산책을 하러 나옵니다. 그리고 꽤 먼 하류까지 가는지, 굉장히 큰 강의 초입에 그물을 치면 그 그물에 걸린다는 얘기도 있습니다. 대체로 일본의 어느 지역에 많은지에 대해서는 시볼트 씨 외에도 네덜란드의 한델호멘, 독일인인 라인, 지리학자인 봄 같은 사람도 어느 정도 조사를 했고, 일본에서도 옛날 사람으로는 사사키 추지로인가 하는 사람과, 이시카와 박사 같은 사람들이 현장에 가서 깊은 산 속을 돌아다니며 조사했습니다. 그 결과, 기후 내륙의 구조 군에 하치만이라는 곳이 있는데, 하치만은 그곳의 동쪽 경계에 있어서, 더 동쪽으로 가면 도롱뇽은 없다고 합니다. 그리고 하치만에서 서쪽, 중앙 산맥을 지나 혼슈 끝까지 도롱뇽이 있다고 합니다. 지금은 그렇게 알려져 있습니다. 야마구치현 동부의 나가토에도 있고, 시마네현 근처에도 있다고 합니다. 그리고 또 한 군데는, 비와 호수 근처부터 이세, 이가, 야마토 근처에 산맥이 있는데 그 산맥에도 드문드문 있다고 합니다. 그 밖에, 시코쿠와 규슈에는 지금은 없다지만, 하코네 도롱뇽이라는 게 관동지방에 서식하고 있는데, 그건 구조가 전혀 다르며, 크기는 적어도 영원[7] 정도고, 그 이상으로 커지지는 않습니다. 일본의 도롱뇽은, 어쨌든 고대 화석과 비슷할 정도로 크다는 점에 거룩함이 있기에 군말 없이 세계 최고이며, 이 점 때문에 저의 열정도 절로 끓어올라서 열의를 더하게 되는 것입니다. 최근에 일본에서 발견된 도롱뇽 중에서 가장 큰 것은 네 자 다섯 치, 거의 1미터 반이라는데, 그 이상의 도롱뇽은 발견되지 않고 있다고 합니다. 하지만 돗토리현 서부의 요도에무라 라는 곳에 사는 한 할아버지가 어릴 때부터 자기 집 정원 호수에 도롱뇽 한 마리를 길렀는데, 육십 년 정도 흐른 지금은 그게 열 자 이상의 커다랗고 멋진 도롱뇽이 되어, 가끔 수면으로 고개를 내미는데 그 머리의 폭만 해도 대단해서, 폭 세 자, 장엄하지요, 길이가 열 자라니. 하지만 이 노인은 굉장히 뻔뻔한 노인이라, 호수의 물을 필요 이상으로 탁하게 만들어서 수면에는 수련을 무성하게 기르고,

---

7_ 도롱뇽과 비슷하고 몸빛은 흑갈색이며 배는 빨간 바탕에 흑색 반점이 있는 동물.

그 도롱뇽의 모습을 아무도 못 보게 꾸며서, 자기 혼자서만 보고 즐기며 머리 폭이 세 자, 길이가 열 자, 라고 허세를 부리고 있다 합니다. 그건 어떤 학자의 보고서에도 쓰여 있었는데, 그 학자는 일부러 돗토리현 요도에무라까지 가서 그 노인을 만나, 만약에 정말 열 자라면 굉장히 큰 금액에 살 테니 한번 보여 달라고 애원했지만, 노인은 히죽거리며 넣을 것은 가져왔냐고 했다고 하니, 정말 기분 나쁜 사람이었지요. 그 학자도 그 보고서에, '이상야릇하면서도 극도로 늙은 얼굴임'이라고 적었을 정도인데, 발을 동동 구르며 몹시 분해하는 모습을 그 한 구절을 통해서도 충분히 엿볼 수 있습니다. 그 도롱뇽이 그 후에 어떻게 되었는지, 저도 실은 그렇게 큰 도롱뇽 한 마리를 가지고 싶은데, 그 노인이 넣을 것을 가지고 왔냐고 묻는다면 곤란해지겠지요. 양동이 정도로는 안 됩니다. 하지만 저는 언젠가, 열 자 정도의 도롱뇽을 내 것으로 만들어, 밤낮으로 가까이 지내며 고대의 분위기를 직접 느끼고 싶고, 심산유곡의 기운을, 그 기운에 도취될 정도로 접하고 싶습니다. 근자에 수족관에서 두 자 정도 크기의 도롱뇽을 보고 느낀 바가 있어, 도롱뇽에 대한 각종 문헌을 이것저것 조사했습니다. 문헌을 살펴보다 보니 어떻게든 일본에서 제일, 아니 일본에서 제일이라는 것은 다시 말해 세계에서 제일이라는 말인데, 죽기 전에 제일 큰 도롱뇽을 한번 보고 싶다는 소망으로 가슴이 타들어갈 지경입니다. 이게 늙은이의 별난 취미라고, 가난한 서생 (너무하다) 같은 사람에게 비웃음을 사는 것도 당연하다는 생각이 듭니다만, 신이시여, 저는 그저 큰 도롱뇽을 보고 싶은 것입니다, 인간이 큰 것을 보고 싶다는 것은 천성이지, 논리나 무슨 다른 이유가 있는 게 아닙니다! (이것이 선생님의 속내인가보다) 얼마나 멋있을까? 열 자가 아니라 여섯 자라도 좋아요, 상상만 해도 마음이 부서지는

것 같습니다. 우선 오늘은 이 정도까지 해둡시다. (바보 같다)

　그날의 담화는, 이처럼 매우 기이한 것이었다. 오손 선생님이 아무리 괴짜라고는 해도, 이렇게 기괴한 좌담을 한 적은 거의 없다. 때에 따라 속기자도 절로 자세를 바로잡고 싶을 정도로 너무나 딱딱한 시국담, 혹은 뜻 깊은 인생론, 조금 웃긴 회고담이나 풍자, 범상치 않은 기질의 편린을 보여주는 일도 있었지만, 오늘 얘기는 정말, 뭣도 아니다. 하나도 배울 게 없었다. 붉은 매화 흰 매화가 아름다움을 경쟁했다는 둥, 꿈속에서 꿈을 꾸는 듯한 기분이었다는 둥 적당한 거짓말만 늘어놓고, 결국 도롱뇽, 산의 기운에 흔들리는 고귀한 모습이 굼실거리고 있고, 밤의 그물에 걸렸다는 둥, 잽싸게 덥석 먹는다는 둥 어쨌다는 둥 하다가, 결국은 떨리는 목소리로 열 자짜리 도롱뇽을 보고 싶다, 적어도 여섯 자짜리라도 좋다, 그건 얼마나 멋질까, 이런 얘기를 할 지경이라, 정말 실망스러웠다. 나는 선생님이 도롱뇽의 독기에 쩔려 결국 미치신 거 아닐까 하는 의심이 들었기에, 앞으로는 이런 시시한 좌담 필기는 과감히 거절해야겠다고, 마음속으로 굳게 결심했다. 그날은 나도 너무 어이가 없었고, 선생님의 표정이 어쩐지 으스스한 느낌마저 들었기에, 필기를 마치고 바로 집으로 갔다. 나는 그로부터 사오 일 후에 고슈로 여행을 갔다. 고후 시외의 유무라 온천은 전혀 별다를 게 없는 논두렁에 있는 온천인데, 도쿄와 가까운데도 불구하고 시골 냄새가 풍기고 조용하며, 숙박비도 싸기 때문에, 나는 일이 밀리면 가끔 그곳에 가서 천보관天保館이라는 낡은 여관의 방 한구석에 틀어박혀 일을 했다. 하지만 그때의 여행은 완전 실패였다. 2월 말에 있었던 일인데, 매일 센 바람이 휘몰아치고 덧문이 덜컹이고 찢어진 장지문에서 펄럭거리는 소리가 나는 통에,

나는 밤에도 잠들지 못하고 마음의 안정을 찾지 못해서 하루 종일 고타쓰[8]에 매달려 있었다. 일은 하나도 못 하고 완전히 엇나가고 있었는데, 그때 숙소 바로 앞 공터에 가설 공연장이 생기는가 싶더니 북소리 징소리 야단법석이 시작됐다. 하필이면 그럴 때 내가 간 것이다. 매년, 딱 그맘때 유무라에는 액막이 지장地蔵 축제가 있다고 한다. 굉장히 영험한 지장님이라 하여, 나가노 현, 야마나시현의 미노부산 쪽에서도 밤낮으로 참배객이 줄지어 찾아든다. 그 참배객들을 대상으로 하는 공연장에서 북소리 징소리 야단법석을 시작한 것이다. 나는 너무 분해서 발을 구를 지경이었다. 2월 말 유무라에 액막이 지장 축제가 있다는 것은 전부터 들어 알고 있었는데, 깜빡 잊고 있었다. 엉망진창이 됐다. 나는 일을 단념했다. 그리고 숙소의 방한용 옷에 겉옷을 걸치고, 이렇게 된 이상 그 지장님께 참배라도 하고 나서 이곳 생활을 접기로 결심했다. 숙소를 나서자, 바로 눈앞에 공연장이 있었다. 텐트가 심한 바람에 나부꼈고, 공연장 문지기는 갈라진 목소리로 손님을 끌고 있었다. 문득 그림 간판을 보니 커다란 늪에서 남녀노소 할 것 없이 다양한 사람들이 모여 그물을 당기고 있는 모습이 그려져 있어 약간 호기심이 일었다. 나는 멈춰 섰다.

"돗토리현 요도에무라 백성, 다로자에몬이 오십팔 년간 공들여 ……." 문지기가 외쳤다.

돗토리현 요도에무라. 잠시 생각에 잠겼다가 깜짝 놀랐다. 온몸의 피가 거꾸로 솟았다고 해도 과언이 아니다. 그거다! 그 얘기다.

"길이 열 자, 머리 폭은 세 자……." 문지기가 계속 외친다. 내 피는

8_ 일본의 실내 난방 장치의 하나로, 나무틀에 화로를 넣고 그 위에 이불, 포대기 등을 씌운 것.

더욱 거꾸로 솟고 미쳐 날뛴다. 그거다! 틀림없이, 그거다. 돗토리현 요도에무라. 틀림없다. 이 그림 간판의 늪은 그 '극도로 늙은 얼굴'을 가진 사람의 정원 연못을 신비롭게 그린 거겠지. 그렇다면, 그게 정말로 '극도로 늙은 얼굴'을 가진 사람의 연못에 서식하고 있었던 게 분명하다. 길이 열 자, 머리 폭 세 자라는 말에는 약간의 과장도 있겠지만, 어쨌든 그, 큰…… 도롱뇽이 있었던 것이다! 그리고 지금 내 눈앞에 있는, 너저분한 가설 공연장 안에 그 고귀한 몸을 누이고 있는 것이다. 이게 웬 떡인가! 오손 선생님이 그렇게 노년의 마음을 태우며 보고 싶어 하는 일본 제일의, 아니 세계 제일의 마물, 아니 마물이 아니다, 그런 불경스런 게 아니라, 영물이, 생각지도 않게 유무라의 공연이 되어 있었다니, 그야말로 꿈속에서 꾸는 꿈같은 얘기다. 아무도 그 영물의 진가를 모르겠지. 이건 어떻게 해서든지 오손 선생님께 알리지 않으면 안 된다. 담화 필기를 했을 때는 그렇게나 선생님 얘기를 비웃었고, 이야기의 주제였던 도롱뇽 같은 동물에도 전혀 관심이 없었으며, 떨리는 목소리로 얘기하는 선생님의 얼굴도 어쩐지 기분 나빴었다. 그렇게 무례한 감정을 품고 있었거늘, 눈앞에 실제로 그 돗토리 현 요도에무라의 열 자짜리 도롱뇽이 나타나니 갑자기 부산을 떨게 되었다. 역시 선생님 말씀대로, 인간은 커다랗고 희귀한 동물에 대해서는 논리도 뭣도 없고, 도저히 냉정한 마음으로는 있을 수 없는 법이다.

나는 입장료 십 전을 내고 맹렬한 기세로 공연장 안으로 들어갔는데, 힘이 넘친 나머지 공연장 안의 거적때기 가림막을 뚫고 뒤편의 논으로 나가버렸다. 다시 거적을 헤집고 공연장에 들어갔더니, 보였다. 공연장 중앙에 한 평 정도 크기의 웅덩이가 있었고, 그 웅덩이는 불그스름하고 탁한 색이었는데, 이따금 물이 출렁 하고 움직였다. 한 평 정도의 작은 웅덩이에 열 자짜리 영물이 있다니, 조금 의심스러웠지만, 영물도 몸을 구부려서 객지의 불편을 참고 있을지도 모른다. 정확히 열 자는 아니더라도, 돗토리현 요도에무라의 그 유명한 도롱뇽이라면 적어도 일곱 자, 혹은 여덟 자 정도는 되겠지. 어쨌든 그 요도에무라의 도롱뇽은, 세계의 학계에서도 유명한 것이다. 아는 사람은 아는 것이다. 문헌에 정확히 기재되어 있는 것이다.

물이 출렁인다. 미끄덩한 암갈색의 무언가가 살짝 보였다. 확실하다. 요도에무라다. 지금 보인 것은 틀림없이 폭이 세 자인 머리의 일부분이다. 나는 숨이 막혀올 정도로 흥분했다. 공연장을 뛰쳐나가서 차가운 바람에 비틀거리며 유무라 마을의 변두리에 있는 우체국에 갔다. 어깨로 거친 숨을 몰아쉬며 전보문을 적었다.

**도롱뇽 발견. 천보관. 요도에무라의 도롱뇽. 유무라에서.**

도통 무슨 소린지 알 수 없는 전보문이었다. 그건 찢어버리고 전보용지를 한 장 더 받아서, 이번에는 잠시 생각한 뒤에, 우선 내가 있는 곳과 이름을 확실히 적고, 큰 도롱뇽 발견이라는 말만 적어 보내기로 했다. 바로 오라고 하지 않아도, 선생님은 발바닥에 불이 난 듯 날아오겠지 싶었다. 과연 그날 밤 선생님은 퉁탕거리며 여관 계단을 올라오더니 내 방문을 드르륵 열었다.

"도롱뇽은 어떤 거야, 어딨어?"라고 말하며, 방 안을 둘러봤다. 여관방을 느릿느릿 기어 다니는 걸 보고 전보로 알렸다고 생각한 모양이다. 역시 선생님은, 나 같은 사람과는 격이 다를 정도로 비상식적인 사람이다.

"공연에 나와요." 나는 사정을 간추려 보고했다.

"요도에무라! 그렇다면 틀림없어. 얼마야?"

"열 자요."

"무슨 소리야? 가격 말이야."

"십 전입니다."

"싸네. 진짜야?"

"네. 군인과 아이는 반값이에요."

"군인과 아이? 그건 입장료잖아. 난 그 도롱뇽을 살 생각이야. 돈도 준비해왔어." 선생님은 주머니에서 커다란 종이봉투를 꺼내어 고타쓰 위에 놓더니 히죽 웃었다. 나는 그 얼굴을 보고, 왠지 또다시 으스스한 느낌이 들었다.

"선생님, 괜찮으세요?"

"괜찮아. 한 자에 이십 엔이라고 치고, 여섯 자면 백이십 엔, 일곱 자면 백사십 엔, 열 자면 이백 엔이라고, 기차 안에서 생각했어. 자네, 미안하지만 공연 책임자를 여기로 불러주지 않겠나? 그리고 여관 사람에게 술을 내오라고 하고, 으으, 이 방은 왜 이리 더러운가. 자넨 이런 데서 잘도 지내는군. 뭐 어쩔 수 없지, 여기서 그 책임자와 술을 마시면서 천천히 얘기해봐야겠네. 상담商談에는 향응이 붙는 법이지. 이봐, 부탁해."

나는 마지못해 카운터로 가서 술을 달라고 한 뒤에 말했다.

"저, 이상하게 들리시긴 하겠지만." 아무래도 말을 꺼내기가 정말 힘들었다. "앞에서 하는 공연 말이죠, 책임자를 제 방으로 불러주셨으면 합니다. 아니 사실은, 그 공연의 괴물고기를 (공연 간판에는 천연의 큰 괴물고기라고 쓰여 있었다) 그걸, 꼭 사고 싶다는 사람이 있어요. 그 사람은 제 선생님인데, 믿을 만한 사람이니 안심하시고요, 어쨌든 그렇게 말하고 책임자를 데려와주시겠어요? 부탁해요 선생님은 비싸더라도 살 의향이 있다니까. 어쨌든 좀 부탁해요." 나도 이런 이상한 부탁은, 태어나서 처음 해봤다. 말하면서 얼굴이 새빨개지는 것을 느꼈다. 그야말로 식은땀이 흐르는 일이었다. 여관 지배인은 조금도 웃지 않고 이상한 표정을 지으며 게다를 신고 나갔다.

나는 방에서 선생님과 조용히 술잔을 주거니 받거니 하고 있었다. 둘 다 너무 긴장한 나머지 기분이 좋지도 않았기에, 서로를 외면해야겠다는 마음으로 잠자코 술만 마셔댄 것이다. 문이 열리고, 성실해 보이고 몸이 왜소한 마흔 정도의 남자가 허리를 구부리고 들어왔다. 공연장 입구에서 쉰 목소리로 소리 지르던 남자다.

"자, 여기, 여기 앉아요." 선생님은 일어서서 그 남자의 어깨 위에 손을 올리더니 억지로 고타쓰 안으로 끌어다 앉히고는 말했다. "자 한 잔 받으시게. 사양할 필요 없어요. 자."

"네." 남자는 쓴웃음을 지으며 말했다. "이런 꼴로 죄송합니다." 보니까 입구에 있을 때와 마찬가지로 감색 모모히키[9]에 재킷을 입었다.

"저, 공연장은 어떻게 하셨나요?" 나는 마음에 걸려서 물어봤다.

"지금 잠시, 닫아놓고 왔습니다." 야단법석을 떠는 북소리 징소리도 안 들리고, 장사꾼들의 목소리와 참배인의 게다 끄는 소리만이 바람 소리에 섞여 희미하게 들린다.

"당신이 책임자입니까? 공연 책임자 맞죠?" 선생님은 아무것도 개의치 않는 느긋한 태도로 그 책임자에게 술을 따랐다.

"음, 저기," 책임자는 왼쪽 손으로 술잔을 입으로 옮기며 오른손 새끼손가락으로 머리를 긁적였다.

---

9_ 타이츠와 비슷한 바지 모양의 남성용 의복.

"책임자 맞습니다."

"음." 선생님은 고개를 크게 끄덕였다.

그러고 나서 선생님과 책임자 사이에 아주 신기한 상담商談이 시작됐다. 나는 그저, 조마조마한 마음으로 듣고 있었다.

"제게 넘겨주시겠습니까?"

"네?"

"그거 도롱뇽이죠?"

"그렇습니다만."

"실은, 저는 그 도롱뇽을 오랫동안 찾고 있었어요. 돗토리현 요도에무라. 음."

"실례지만, 나리는 학교 관계자이신가요?"

"아니, 어디 소속은 없습니다. 저기 있는 서생은 작가예요. 아직 무명작가. 전 실패한 사람이에요. 소설도 쓰고, 그림도 그리고, 정치도 했고, 여자에게 반한 적도 있어요. 하지만 모두 실패했지요, 뭐 은자隱者라고, 그렇게 생각해주세요. 세속을 초월한 은자는 오히려 훤한 대낮의 시중市中에 살며 초연히 지낸다고." 선생님은 약간 취한 듯했다.

"헤헤," 책임자는 애매하게 웃었다. "은거하시는군요."

"말씀이 가차 없으시네. 한 잔 받으시죠."

"이미 많이 마셨어요." 책임자는 가볍게 인사하고 일어섰다. "그럼 이제 실례하겠습니다."

"기다려, 기다려요." 선생님은 극도로 당황하여 책임자를 멈춰 세우고 말했다. "어디 가세요? 얘기는 이제부터 시작인데."

"그 얘기를 대강 알 것 같아서 이만 실례하려고 한 겁니다. 나리, 바보 같아 보여요."

"말씀을 가차 없이 하시는군. 아무튼 앉으세요."

"전 시간이 없어요. 나리, 도롱뇽을 술안주로 삼는다 해도, 그건 무립니다."

"기분 나쁜 말을 하는군. 그건 오해입니다. 도롱뇽을 구워 먹는 사람이 있다는 얘기는 책에도 나와 있었지만 전 안 먹어요. 먹으라고 해도, 저는 젓가락도 대지 않겠지요. 도롱뇽 고기를 술안주로 한다니, 저는 그런 호걸이 아닙니다. 전 도롱뇽을 존경하고 있어요. 할 수만 있다면 우리 집 정원 연못에 들여놓고 아침저녁으로 어울리며 지내고 싶은데 말이죠." 열심이다.

"그러니까, 그게 마음에 안 든다는 겁니다. 의학을 위해서라든가, 또는 학교 교육 자료라든가, 그런 거라면 알겠는데, 도락은거 道楽隠居를 하는 사람이 비단잉어에도 질렸고, 독일 잉어도 재미없는데, 도롱뇽은 어떨까, 아침저녁으로 가까이 지내고 싶다, 일단 한 잔 받아, 그런 농담 같은 얘기를 진지하게 받아들일 수 있습니까? 술주정도 적당히 하세요. 전 중요한 장사를 내팽개치고 온 겁니다. 이 벽창호 같은 사람아. 바보 같다는 생각을 넘어서서 화가 나는군요."

"이런, 이런. 유한계급에 대한 울분과 원한이군. 어떻게 사태를 원만하게 해결할 방법은 없는 건가? 이건 정말 의외의 전개네."

"속이려 하지 마시죠. 속이 빤히 들여다보입니다. 침착한 척을 해도 고타쓰 안에 있는 무릎이 아까부터 후들후들 떨리고 있잖습니까."

"무례하군. 얘기가 너무 저속해졌어. 좋아. 그럼 나도 까놓고 얘기해야지. 한 자에 이십 엔. 어때요?"

"한 자 이십 엔이라니, 무슨 얘깁니까?"

"진짜로 돗토리현 요도에무라 농민의 연못에서 나온 도롱뇽이라면 길이가 열 자는 되겠지요. 그건 책에도 나와 있어요. 한 자에 이십 엔, 열 자면 이백 엔."

"죄송하지만 세 자 다섯 치입니다. 열 자짜리 도롱뇽이 이 세상에 있다고 믿고 있다는 게 애처롭네요."

"세 자 다섯 치! 작다. 너무 작아. 돗토리 현 요도에무라의……."

"관두세요. 공연물로 쓰는 도롱뇽은 어떤 거든 다 돗토리 현 요도에무라에서 나왔다고 합니다. 옛날부터 그랬어요. 너무 작다니? 그것 참 미안하네. 그래도 그 기특한 녀석이 우리 가족 세 명을 먹여 살려줍니다. 만 엔이라도 안 팔아요. 한 자 이십 엔이라니, 웃기고 있네. 나리. 바보 같아요."

"다 틀렸다."

"입이 걸은 것은 제 친절의 표현입니다. 별난 욕심은 부리지 마셨으면 합니다. 그럼 실례합니다." 진지하게 말하며 인사했다.

"배웅하지."

선생님은 비틀비틀 일어섰다. 나를 보고 슬픈 듯 미소 지으며 이렇게 말했다.

"이봐, 수첩에 써 주게나. 취미로 고대론을 즐기는 자, 바삐 사는 생활인으로부터 질타받다. 남방의 강함인가, 북방의 강함인가."[10]

취기와 낙담 탓인지 발걸음이 위태로워 보였다. 공연 책임자를 보내고 방에서 나가더니 갑자기 드르륵 쿵 하는 큰 소리가 났다. 계단에서 발을 완전히 헛디딘 것이다. 허리 부분에 꽤 큰 타박상을 입었다. 나는

· ·
10_ 『중용』 제10장에 나오는 말로, 자로子路가 '강함'에 대한 가르침을 청했을 때, 공자는 '남방의 강함인가, 그렇지 않으면 북방의 강함인가. 너그럽고 부드러운 것으로써 가르치고 무도한 행위에도 보복하지 않음은 남방의 강함이니 군자가 이렇게 산다. 창과 검과 갑옷을 깔고 누워 죽어도 한탄하지 아니함은 북방의 강함이니 굳센 이가 이렇게 산다.'라고 했다.

그다음 날 신슈의 온천지로 여행을 떠났는데, 선생님은 상처 치료 때문에 홀로 천보관에 남아 온천욕을 하며 3주 정도 요양을 했다. 가지고 간 돈을 거의 다 요양비로 쓴 꼴이 되었다.

이상이 선생님의 도롱뇽 사건의 전말인데, 이런 어처구니없는 실패는 선생님에게도 거의 전례가 없는 일이다. 나는 단순히 도롱뇽의 독기에 당한 거라고 해석하고 싶지만, '취미로 고대론을 즐기는 자, 바삐 사는 생활인으로부터 질타받다. 남방의 강함인가, 북방의 강함인가.'라는 선생님의 수수께끼 같은 한마디를 생각하면, 또 묘하게 낯간지러워지는 것도 사실이다. 아시겠지만, 남방의 강, 북방의 강이라는 말은 중용 제10장에도 나와 있는데, 나는 그 말과 이번 일에는 그다지 깊은 관계가 없다고 생각한다. 어쨌든 오손 선생님은 자기가 큰 실수를 저지르고 나서, 그 실패를 우리에게 줄 교훈의 재료로 삼는 분이신 것 같다.

## 「꽃보라」

1944년 8월 하지메서방에서 간행된 『길일』(원제: 佳日)에 처음으로 수록되었다. 설명은 「오손 선생 언행록」 노트 참고.

하나

꽃보라라는 말을 들으면 바로 떠오르는 것은 나코소노세키[1]다. 꽃보라를 맞으며 말을 달리는 하치만타로 요시이에[2]의 모습은 일본 무사도의 상징일지도 모른다. 내가 이제부터 할 이야기의 주인공은 벚꽃 꽃보라를 맞으며 싸운다는 점 하나는 요시이에와 약간 비슷하지만, 매우 심약한 인물이다. 똑같은 뜻을 품었다 해도 사람은 저마다 다르고, 그늘진 길만 걸으며 한평생을 보내는 숙명도 있다. 똑같은 것을 이룰 생각으로 거의 비슷한 노력을 하며 살아도 어떤 사람은 성공하고, 어떤 사람은 실패한다. 하지만 성공한 사람이 세상의 모범이라고 칭송받듯, 실패한 사람 또한 우리의 본보기라고 말한다면, 사람들이 내게 화를 낼까?

· ·

1_ 헤이안시대 후기의 무장인 미나모토 요시이에源 義家(1039~1106)가 지은 시 중에, '吹く風を勿來の關と思えども道もせに散る山櫻かな'(부는 바람, 이곳은 나코소노세키인데 길을 막을 정도로 벚꽃은 흩날리네.)라는 시가 있다. '나코소노세키'의 '나코소'라는 한자는 오면 안 된다는 의미로, 나코소노세키는 적이 침입하지 못하도록 만든 문의 이름이다. 반란이 일어났기 때문에 오면 안 되는 문을 또 지나가야만 하는 상황인데, 불면 안 되는 바람도 불어오고, 자신의 마음을 아는지 모르는지 산의 벚꽃은 길을 막을 정도로 흩날린다는 의미의 시이다.

2_ 八幡太郎義家. 미나모토 요시이에의 다른 이름.

타산지석이라는 속담도 있지 않은가. 이 세상에 무용지물이란 없다. 하다못해 성품이 선하며 지향하는 바가 무척 고상하고 원대한 우리 오손 선생님도 그렇다. 오손 선생님은 조용히 사시는 분인데 가끔씩 큰 실수를 저질러서, 선생님 성함인 오손이란 큰 손해[3]를 뜻하는 게 아닐까 하는 의심이 들 정도지만, 그 얼빠진 언동이 항상 우리에게는 소중한 교훈이 된다는 점에 있어 좀처럼 잊을 수 없는 선생님이다. 나는 올해 1월 어떤 문예잡지에 「오손 선생 언행록」이라는 제목으로 선생님이 도롱뇽에 탐닉하다가 큰 손해를 봤던 일을 소개했는데, 세상의 현자들에게 이게 뭐냐, 바보 같다는 식의 빈축을 샀기에, 나 자신도 무언가 큰 손해를 본 듯한 기분마저 든다. 세상의 현자들은 이제부터 얘기할 선생님의 꽃보라 격투사건 또한 비웃을지도 모른다. 하지만 도롱뇽에 관한 실패담도 그렇고, 이번 일도 아마 선생님에게는 상당히 비통한 일이었을 것이다. 그런 생각이 들기에 나는 지난 작품의 평판이 안 좋았음에도 불구하고, 이렇게 또다시 선생님의 언행을 기록하는 것이다. 선생님의 실패는 우리 후배들에게 좋은 교훈이 될 것 같은 느낌이 든다고 지난번에도 말했는데, 그렇다면 대체 어떤 교훈이냐, 한마디로 표현해서 뭐냐고 다그친다면, 나는 몹시 난감해진다. 인간이여, 격에 맞지 않는 일을 하지 말라, 라는 교훈인 것 같기도 하고, 아니지, 정열이 치솟는 곳으로, 망설임 없이 나아가라! 남자에게 뜻이 있다면, 타락하더라도 뭐든 해봐야 한다며 격려하는 것 같기도 하고, 결국 나도 뭐가 뭔지 모르겠다. 하지만 뭐가 뭔지 이해할 수 없는 이야기에서 문득 느껴지는 쓸쓸함이야말로, 진정한 교훈인 것 같은 기분도

---

3_ 일본어로 큰 손해를 뜻하는 말. 大損을 '오손'이라고 읽는다.

든다. '부는 바람 나코소노세키'라는 시에 담긴 마음을 한마디로 다 표현하는 게 어려운 것과 마찬가지로, 교훈이 명백할수록 한마디로 표현하기가 아무래도 어려운 모양이다. 나는 얼마 전 오랜만에 아사가야에 있는 오손 선생 댁에 찾아갔는데, 선생님은 네 명의 문과文科 대학생을 상대로 기염을 토하고 있었다. 나도 바로 네 명의 대학생 사이에 끼어들어서 선생님의 훌륭한 학설을 들었는데, 이번 말씀은 꽤 시원시원한 분위기라 도롱뇽 강의 같은 것에 비해 격이 다른 것 같았기에, 나는 선생님이 재촉하기도 전에 자발적으로 주머니에서 수첩을 꺼내어 받아 적기 시작했다. 이하는 그 좌담 필기의 전문이며 군데군데 있는 괄호 안의 문장은 전 작품과 마찬가지로 내 사족 같은 설명이다.

까짓것, 어려울 건 없습니다. 시시한 지식에 휘둘리니까 안 되는 거지. 여자는, 순진함. 이것 말고는 아무것도 필요 없어요. 시골에서 자주 보는 풍경인데, 보리밭에서 젊은 농부가 어이 사토야, 하고 부르면, 아득히 먼 곳에서 사토 씨가, 네에에, 라고 정말 기쁘고 부끄러운 듯 대답을 해요. 그거야. 그거. 그거면 돼요. 여러분이 만약 연애소설을 쓴다면, 그런 건강한 연애 이야기를 써야 합니다. 남자와 여자가 커피라고 하는 콩을 우린 물에 설탕을 넣은 거나, 오렌지인가 뭔가 하는 노란색 귤 껍데기 쪼가리를 띄운 너저분한 것을 꿀꺽꿀꺽 마셔대다가 번갈아가며 소변을 보러 가는, 그런 연애는 전부 천박한 것입니다. 얼마 전 저는 근처에 있는 다카스나관에 가서 오랜만에 영화를 보고 왔는데, 어떤 옛날 작품에 좀 괜찮은 장면이 하나 있었어요. 젊은 무사가, 검술 도구를 등에 지고 도장에서 집으로 돌아가는 중에 소나기가 내려서 어떤 집 처마 밑에서 비를 피했는데, 그 집에는 열예닐곱 되는 아가씨가 있었지요. 아가씨는 그 젊은 무사에게 우산을 빌려줄까 어쩔까 하고 현관 안쪽에서 우산을 안고 갈팡질팡하고 있었습니다. 정말 귀여웠어요. 저는 그 젊은 무사에게 질투를 느꼈지요. 여자는, 그래야 합니다. 젊은 남자 손님에게 차를 내올 때도 너무 긴장한 나머지, 당신들이 쓰는 말을 빌리자면 '의식 과잉' 상태가 되어 밥그릇을 엎기도 하는, 정말 귀여운 아가씨도 있는데 말하자면 그런 사람이, 여성의 본보기라고 해도 좋습니다. 남자는 뭐냐 하면, 이건 나도 최근에 겨우 깨달은 거라 이 대단한 발견을 여러분에게 이렇게 아무렇지 않게 털어놓는 게 아까울 정도인데, (그런 말씀은 하지 마시고요, 헤헤, 라고 말한 학생 있음. 스승을 우습게보는 것은 예로부터 내려오는 문과 학생의 공통적인 폐해다.) 방금 불현듯 자리 한구석에서 간절히 애원하는 소리가 난 것 같기도 하니, 뭐 할 수 없지, 전수해드리지요. 남자의 진가는 무술에 있다는 겁니다! (좌중에 있던 사람들 모두 낯빛을 바꿈. 도망갈 준비를 하는 겁쟁이 학생도 있었다.) 강해져야만 합니다. 유도 5단, 검도 7단, 혹은 궁술, 가라테, 총검술, 뭐든 좋은데, 2단이나 3단 정도로는 불안합니다. 적어도 5단 이상은 되어야 합니다. 어리석은 생각이라고 생각하는 분도 계실 텐데, 원래 옛날에는 나라가 평화로울 때라도, 남자는 항상 무술 연마에 힘써야만 했습니다. 과학자, 정치가, 종교가, 또는 저기 (자신의 말을 받아쓰고 있는 내 쪽으로 턱을 치켜올리고,) 계신 병아리 예술가도, 우선은 열 일 제치고 무술 연마를 위해 노력하지 않으면 안 되거늘, 멍청하게도 이걸 게을리해서, 보시는 바와 같이 여러분 모두 예외 없이 비굴합니다. 화내지 마세요. 저도 여러분과 똑같습니다. 저는 옛날에 정치운동을 한 적도 있어요. 연극 단체에 관여한 적도 있고, 공장을 경영한 적도 있고, 위장병 약을 발명한 적도 있어요. 또,

신체시新體詩라는 것을 지어본 적도 있지요. 하지만 하나같이 잘 된 일이 없습니다. 항상 벌벌 떨면서 자신의 능력에 회의를 느끼고, 마음의 안정을 찾을 데가 없어서 절에 다니며 선禪을 배우거나, 방에 틀어박혀 만 권, 아니 천 권 정도의 책을 닥치는 대로 읽어치우기도 하고, 말술을 마시기도 하고, 여자에게 반한 척하기도 하면서, 이런저런 궁리를 해봤지만, 아무래도 내 삶에 대해 자신감을 가질 수가 없었습니다. 신극新劇운동을 하면서도, 참가하자마자 이대로 살아도 괜찮나, 하는 의문이 생겨서, 딱 사흘이 지나고 나니 그게 싫어졌어요. 내게 뭔가 근본적인 결함이 있는 거 아닌가, 하고 심사숙고한 끝에 무릎을 탁 쳤지요. 무술! 이겁니다. 저는 남자의 가장 중요한 수행을 잊고 있었던 겁니다. 남자는 무술 말고는 아무것도 필요 없습니다. 남자의 일생은 싸움터예요. 여러분이 어떤 일을 하시건, 기량에 자신이 없으면 안 됩니다. 뭐가 웃깁니까? 저는 진지하게 말하고 있는 겁니다. 완력이 약한 남자는 이 세상에서 영원한 패배자입니다. 다른 사람과 대담을 하거나 단상에서 우국의 열변을 토할 때, 술집에서 혼자 술을 마시고 있을 때도, 기량에 자신이 없는 남자는 아무래도 침착하지 못하고 눈빛이 불쾌해서 남에게 불쾌감을 주고, 멸시당하는 법입니다. 문학의 경우도 마찬가지예요. (눈을 번뜩이며 나를 노려본다.) 문학과 무술은 너무나 동떨어진 것이고, 창백하고 마르고 긴 얼굴이야말로 문학자에게 적합한 얼굴이라고 생각하고 있는 사람도 있는 것 같은데, 말도 안 됩니다. 유도 7단이라도 되어 보세요. 여러분의 작품에 대해 험담을 하는 사람은 한 명도 없을 겁니다. 나중에 맞을 것이 두려워서 험담을 안 하는 게 아닙니다. 여러분의 작품이 훌륭해서 그래요. 저기 계신 선생님 (또 다시, 내 쪽으로 턱을 휙 치켜올리며,) 가끔 신문 문예란을 보면 저 선생님의 작품이, 푸념과 비아냥거림밖에 없는 거 아니냐는 식으로 비웃음을 사고 있는 것 같아 딱하게 생각합니다만, 그 또한 어쩔 수 없는 일입니다. 지금까지 삼십 몇 년간, 무술을 게을리했고 확고한 자신감이 없어서, 오늘은 왼쪽 내일은 오른쪽으로 가는 갈지자 걸음걸이 생활에서 어떤 문예가 만들어질지 대강 알 만도 합니다. 이제부터라도 유도나 검도 도장에 다니는 게 좋습니다. 정말 웃을 일이 아니에요. 메이지, 다이쇼시대를 통틀어 최고의 문호는 누구일까요? 아마 오가이, 즉 모리 린타로森 林太郎[4] 박사일 겁니다. 그 사람은 무술에 소양이 있었기 때문에 역시 문장에도 늠름한 기운이 있었습니다. 그 사람이 쉰 가까이 되어 군의총감軍醫總監이라는 무거운 직책을 맡았을 때에도, 연회 같은 데서 무례한 사람이 있으면 과감하게 주먹을 휘두르곤 했습니다. (설마, 라는 의견 있음.) 아니 진짜로, 기록으로 남아 있어요. 치고받고 대격투를 벌였다고 합니다. 오가이는 그런 사람이었습니다. 더구나 예부터 큰 인물은 모두 주먹이 셌지요. 그냥 평범한 학자, 정치가 같은 사람도 여차하면 비범한 무술을 발휘했습니다. 잔재주만 있어서는 소용이 없습니다. 무술의 달인은 성격이 차분하지요. 이 차분함이 없다면 남자는 어떤 일이라도 끝까지 해낼 수가 없습니다. 이토 히로부미[6]도 그냥 평범한 재사才士가 아닙니다. 칼에 맞을 위기를 몇 번이나 넘겼어요. 지혜의 결정체라 불리는 가쓰 가이슈[6]도 마찬가지입니다. 무술에 능한 사람이 아니면 절대로 그 속을

4_ 모리 린타로森 林太郎는 모리 오가이森 鷗外(1862~1922)의 본명이다. 육군의 군의관으로 유럽에 유학, 고급 관료이자 소설가로, 나쓰메 소세키와 더불어 메이지 문단을 대표하는 소설가.
5_ 伊藤 博文(1841~1909). 일본 내각 제도를 만들고 초대 총리대신이 된 정치가. 초대 한국 통감이 되나, 안중근 의사에게 암살당함.
6_ 勝 海舟(1823~1899). 에도시대 말기의 무사이자 메이지 초기 정치가. 일본사상 희대의 정치수완과 혜안을 지닌 정치가이자 전략가라는 평가를 받음.

몰라요. 책 만 권을 읽는 것만으로는 안 됩니다. 스님도 마찬가지입니다. 훌륭한 종교가는 예외 없이 주먹이 강합니다. 몬가쿠 대사[7]의 완력은 유명하고, 니치렌 대사[8]도 강해 보이지 않습니까? 연기자도 그렇습니다. 달인이라고 부를 만한 연기자들은, 반드시 무술에 소양이 있었지요. 일상생활에서, 무턱대고 주먹을 휘두르는 건 좋지 않지만 그래도 뒤에서 무술을 연마해서, 남모르게 검도 7단 정도의 실력이 된다면 좋겠지요. (선생님과 학생 모두 한숨 쉼.) 아니, 하지만 이건, 할 일 없는 사람이 하는 동경으로 끝내서는 안 됩니다. 여러분은 이제부터 바로 도장에 다녀야 합니다. 정성이 지극하면 바위도 뚫습니다. 전 이미 나이가 들어서 이제 늦었을지도 모르지만, 아니, 그래도 저도……. (입을 다물었다. 하지만 무언가를 굳게 결심한 듯 보였다.)


둘


무술에 관한 오손 선생님의 이번 좌담은, 내 마음속 깊이 와 닿는 부분이 있었다. 남자는 역시 결국 주먹에 기대는 수밖에 없는 것 같기도 하다. 말을 잘하고 뻔뻔한 데다 반성하는 면이 전혀 없는 녀석에게는, 다른 소리를 하고 싶지도 않다. 느닷없이 능수능란하게 업어치기를 한 방 먹이고, 그 녀석의 몸을 크게 공중에서 한 바퀴 돌려친 순간, 으악 하는 소리를 등 뒤로하며 침착하게 돌아서는 풍경은, 생각만 해도

7_ 文覺(1139~1203). 헤이안시대 말기~가마쿠라시대 초기의 무사이자 진언종의 승려.
8_ 日蓮(1222~1282). 가마쿠라시대의 승려. 가마쿠라 불교 중 하나인 니치렌슈(일련종日蓮宗)의 창시자.

가슴이 후련하다. 시인이었던 사이교[9] 같은 사람도 힘이 셌다고 한다. 난폭한 스님인 몬가쿠는 항상 사이교에게 꼴 보기 싫은 놈이라며 다음에 만나면 때려주겠다고 하다가도, 막상 만나면 아무래도 자기보다 센 것 같아서 오히려 사이교를 융숭하게 대접했다는 이야기도 전해질 정도다. 정말 오손 선생님의 말대로 무술 연마는 문인에게도 꼭 필요한 것인지도 모른다. 내가 아침이고 낮이고 밤이고 언제나 무언가에 쫓기듯 끊임없이 안절부절못하고 안정을 찾지 못하는 가장 큰 이유는, 내 주먹이 약하기 때문이었던 것일까? 나는 우울해졌다. 나는 오륙 년 전부터 몸 상태가 안 좋아져서 탁구만 쳐도 열이 날 정도다. 이제 와서 도장에 다니며 무술을 연마할 수 있을 것 같지가 않다. 나는 평생, 틀려먹은 남자인지도 모른다. 그렇다 해도, 오가이가 나이도 먹을 만큼 먹어서 술자리에서 치고받고 싸웠다는 건 처음 듣는 얘기다. 진짜일까? 오손 선생님은 기록에 제대로 남아 있다고 단언했지만, 아니지 않을까? 나는 반신반의하며 오가이 전집을 구석구석 뒤져봤다. 그런데 그게 정말 엄연한 사실로서 전집에 실려 있는 것을 발견하고, 나는 기분이 더 우울해졌다. 그런 품위 있는 신사인 오가이마저도, 완력을 쓸 때는 쓴 것이다. 나는 틀렸다. 이삼 년 전 혼고산초메 길모퉁이에서 술 취한 대학생이 싸움을 걸어왔을 때, 나는 굽 높은 게다를 신고 있었는데, 가만히 서 있어도 그 굽 높은 게다에서 달각달각달각 하는 소리가 났다. 솔직하게 고백하는 수밖에 없다고 생각했다.

"모르겠어? 나는 이렇게 떨고 있어. 굽 높은 게다에서 이렇게 달각달각 소리가 나는 걸, 자네는 모르겠나?"

9_ 西行(1118~1190). 헤이안시대 말기~가마쿠라시대 초기의 무사이자 승려, 시인.

내가 이렇게 말하니 대학생도 김이 샌 모양이었다. "이봐, 미안하지만 불 좀 빌려줘."라고 말하고는 내 담배에서 그의 담배로 불을 옮겨붙이고 그대로 물러갔다. 하지만 나는 그 후 이삼일 동안 기분이 안 좋았다. 내가 유도 5단 정도 됐다면 그런 무례한 놈은 가만두지 않았을 텐데, 싶어서 분한 마음이 사그러들지 않았다. 하지만 오가이는 과감하게 일을 냈었다. 전집 제3권에 「친목회」라는 단편이 있다.

(전략)

이때 술자리 구석을 돌아 오른쪽에, 아무도 앉지 않은 방석이 두 개 정도 남아 있었다. 그 앞쪽 방석 자리에 좀 전에 춤추던 기자가 와서 양반다리를 하고 앉았다. 옆에 있던 화로를 앞으로 끌어당기고, 두 손으로 화로 끝을 누르며 어깨를 쫙 펴고 으스댔다. 그리고 턱을 젖히며 내가 있는 대각선 방향을 보았다. 옆으로 오기에 봤더니 갈색 팔자주름이 살짝 있고, 그 주름은 위를 향해 휘어 있다. 처음 보는 얼굴이다.

"흠, 맘에 안 드는 녀석이군. 오누마 녀석은 바보였지만 그나마 강직하고 무게가 있었어."

이렇게 말하면서 화로를 살짝 들더니, 화로 끝으로 바닥을 두어 번 탁탁 쳤다. 오누마의 무게를 눈으로 보여줄 생각인 듯하다.

"이번에 온 녀석은 건방지게 잔꾀를 부려. 두고 보자, 대신님께 말할 거니까. (침묵.) 얼마 전에 위원회에 대해 물어볼 게 있어서 갔더니, 간사한테 물어보라고 하면서 돌려보냈지. 어이없게시리. 다음에 만나면 길가로 끌어내 주마. 길에서 칼을 뽑게 해줄 테다."

왼쪽 옆 사람의 노래는 아직 끝나지 않았다. (중략) 오른쪽 귀에는 이렇게 협박하는 소리가 들린다. 나는 뜻밖의 얘기에 잠시 어안이 벙벙한 채로 있었다. (중략) 그리고 다음에 만나면, 이라는 말을 되풀이하는 것을 듣고 다른 생각을 할 겨를도 없이 이렇게 말했다.

"왜 지금 안 하는데?"

"음. 해야지."

이렇게 소리 높여 말하고는 일어선다.

이상은 오가이의 문장을 옮긴 것인데, 이게 싸움의 시작이었고 결국 치고 받는 싸움으로 발전했다.

(중략)

그는 나를 정원으로 내동댕이치려 한다. 나는 그의 손을 놓치지 않으려 한다. 우리 둘은 서로의 손을 잡은 채 마루에서 떨어졌다.

나는 떨어질 때 손을 놓쳐 왼쪽으로 쓰러졌고, 왼쪽 손을 화강암에 찧어 손등이 벗겨졌다. 일어서서 보니 그는 내 앞에 서 있다.

나는 이때 처음으로 싸우자는 생각이 들었다. 하지만 때는 이미 늦었다.

술자리 손님들의 과반수가 정원으로 내려오더니 제각기 그와 나를 둘러싸서 둘 사이를 막아버린다. 그를 둘러싼 패거리는 정원수 사이를 지나 정원 입구 쪽으로 그를 몰고 가고, 네댓 명은 나를 말리며 마루로 끌어 올린다. 왼쪽 손등이 피투성이여서 물로 씻으라는 사람도 있다. 술로 씻으라는 사람도 있다. 근처 병원으로 가서 탄산수를 받아오라고 말하는 사람도 있다. 손을 감싸라며 종이를 내밀고, 수건을 내민다.
(중략)

오가이의 묘사는 산뜻하다. 소동이 눈에 보이는 듯하다. 그러고 나서 오가이는 '모두가 권하는 통에, 마시기 싫은 술을 대여섯 잔 마셨다.'라고 썼다. 찌푸린 얼굴로 꿀꺽꿀꺽 마셨겠지. 홧김에 술을 마셨나보다. 이 작품의 발표 시기는 메이지 42년[1909년] 5월이라고 쓰여 있다. 우리가 태어나기 전이다. 오가이의 연보를 찾아보니 오가이는 이때 사십팔 세였다. 그로부터 이 년 전인 메이지 40년, 11월 15일에 육군 군의총감에 임명되어 육군성 의무국장을 지냈다. 그 전년인 메이지 39년에 공3급의 훈위와 금시훈장金鵄勳章, 훈2등의 훈위를 받았으며, 아사히 중광장旭日重光章이라는 표창도 받은 뒤였다. 자중하지 않으면 안 되는 사람이었는데, 불량소년 같은 신문기자와,

"왜 지금 안 하는데?"

"음. 해야지."

이런 식으로 싸움을 시작하다니, 오가이도 어지간히 용기가 넘치는 사람이었을 것이다. 이 싸움에서 오가이의 전세는 그다지 좋지 않았고 전적으로 수세였던 것 같은데, 정원으로 떨어지고 왼손에 상처를 입고 난 뒤에 '나는 이때 처음으로 싸우자는 생각이 들었다'라는 말을 썼으니, 놀라운 일이다. 다른 이가 말리지 않았다면 큰일 났을 것이다. 주먹에 자신이 있는 사람이 아니라면 이렇게 힘찬 문장을 쓸 수가 없다. 하지만 이것은 오가이의 소설이다. 소설이 허황된 이야기라는 것은, 예로부터 기정사실이다. 여기 쓰여 있는 소동을 그대로 사실이라고 믿을 수는 없다. 나는 전집에 있는 일기를 찾아보았다. 역시 있었다.

메이지 42년, 2월 2일(화). 흐리고 바람 없고 춥지 않음. (중략) 저녁에 아카사카에 있는 야오칸에 갔다. 소위 북두회北斗会라고 하는, 육군성에 출입하는 신문기자들의 모임이다. 그 자리에서 도쿄아사히신문 기자 무라야마 모 씨와 고이케가 무식하게도, 너는 경박하다고 소리치며 내게 폭력을 가했다. 나는 무라야마 모 씨와 정원 비석 사이로 쓰러져서 왼손에 상처를 입었다.

이걸 보면, 그 「친목회」라는 소설은 거의 실제로 있었던 일이라고 단정 지어도 큰 지장은 없을 듯하다.

나는 패기 없는 나의 일상을 돌아보며, 부끄러움과 쓸쓸함이 밀려들었다. 이길 수 없을지언정, 해보는 게 어떤가. 너에게도 네가 미워하는 적敵이 두세 명은 있지 않은가? 그런데 너는 언제나 꾹 참고 넘어간다. 과감하게 일을 저질러보면 어떨까? 오른뺨을 맞는다면 왼뺨도 내밀라는 말은, 이길 수 있는 힘이 있더라도 참고 왼뺨을 내밀라는 의미인 것 같기도 한데, 네 경우는 정말 쩔쩔매면서, "부디 오른쪽 왼쪽 마음껏 때려주세요, 에헤헤, 이렇게 해서 마음이 풀리신다면 부디, 아, 아파, 아파!" 하며 지갑만 꼭 쥔 채 두 볼을 마구 얻어맞고 있는 꼴이 아닌가? 그리고 혼자 투덜거리면서 억울함을 꾹 참는다. 예수도 여차하면 일을 냈었다. '너희는 내가 땅에 평화를 주기 위해 왔다고 생각하지 말라, 평화가 아니라, 칼을 주러 온 것이다.'[10]라는 말도 하지 않았는가? 어쩌면 검술에 소양이 있었을지도 모른다. 화났을 때는 밧줄을 휘두르며 예루살렘 궁의 상인들을 때렸을 정도다. 살결이 희고 성품이 부드러운 사람은 절대 아니다. 어떤 신학자의 말에 따르면, 성품이 부드럽기는커녕 체격이 건장하고 다부진 대장부였다지 않은가. 벌레도 죽이지 않는 자비로우신 부처님도 젊었을 때는 야소다라 공주라는 아름다운 공주를 왕비로 맞이하고 싶은 나머지, 연적 오백 명과 무예를 겨루고, 아무도 당기지 못한 강한 활로 야자나무 일곱 그루와 철로 된 멧돼지를 명중시키고, 영예롭게 야소다라 공주를 왕비로 맞이하셨다는 일화도 들은 적이 있다. 야자수 일곱 그루와 철로 된 멧돼지를 명중시켰다니, 정말 놀랄

[10]_ 마태복음 10장 34절.

만한 힘이다. 정말, 그러니까 제자들도 진심으로 존경하고 따랐던 것이다. 오손 선생님께서도, 힘이 센 녀석은 어딘가 침착한 구석이 있다고 말씀하셨다. 그 침착함이, 세상 사람들의 마음을 끄는 것이다. 미나모토 씨源氏가 지금도 인기 있는 것은, 미나모토 씨 가문 사람들의 무술이 특출하게 강했기 때문이다. 요리미쓰를 비롯하여, 친제 하치로, 아쿠겐타 요시히라[11] 같은 사람의 무용武勇에 대해서는 모르는 사람도 없겠지만 하치만타로 요시이에도 풍류, 인덕, 병법이 뛰어났을 뿐 아니라 사내대장부로서 힘이 있었으니까 사람들이 무예의 신으로 숭상하는 것이다. 궁술이 천재적이었던 모양이다. 화살을 잇달아 갈아 메기고 쏘는 달인이라, 적진을 향해 기관총을 쏘듯 화살 수백 개를 눈 깜짝할 사이에 쐈는데, 그게 다 백발백중이었다는 얘기가 있다. 그건 과장된 무용담 같지만, 미나모토 씨 가문에 이상할 정도로 무술의 천재가 잇달아 나타난 것만큼은 사실이다. 혈통이라는 것은 무서운 것이다. 술꾼의 자식은 거의 다 술꾼이다. 요리토모[12]도 그저 시기심이 강하고 남을 공략하는 데만 신경 쓰는 사람은 아니었다. 헤이지의 난[13]에서 패배하고 일가족 모두가 동쪽으로 향하는 도중에 당시 열세 살이었던 요리토모는, 말 위에서 꾸벅꾸벅 졸다가 홀로 일행과 멀어졌다. 헤이지모노가타리[14]에 따르면, '12월 27일 심야의 일이었다. 몹시 어두워서 앞도 안 보이는데 말을 탄 사람 하나가 불안하게 여관 쪽으로 다가왔다. 모리야마의 여관 사람들

• •

11_ 미나모토노 요리미쓰源 賴光(948~1021) 헤이안시대 중기의 무장. 친제하치로鎭西八郎: 미나모토노 다메토모源 爲朝(1139~1170). 헤이안 말기의 무장. 아쿠겐타요시히라惡源太義平: 미나모토노 요시히라源 義平(1141~1160). 헤이안 말기의 무장.

12_ 미나모토노 요리토모源 賴朝(1147~1199) 헤이안시대 말기~가마쿠라시대 초기의 무장.

13_ 平治の亂. 헤이안시대 1159년 천황파와 상황파가 교토에서 벌인 내전.

14_ 헤이지의 난의 경위를 기록한 가마쿠라시대 초기의 군담소설로 작자 미상.

은 '오늘 밤 끊임없이 발소리가 들리는 걸 보면 싸움에 지고 도망가는 사람일 것이니, 잡자.'며 떠들어댔다. 이때 겐나이효에 사네히로라는 자가 약식 갑옷을 걸치고 긴 칼을 휘두르며 나오더니 요리토모 님에게 달려들었다. 그는 요리토모 님이 타고 있던 말의 주둥이에 들러붙어서는, '도망가는 자를 잡기 위해 로쿠하라에서 왔다'고 소리치며 넘어뜨리려 했다. 그러자 요리토모 님은 히게키리라는 명검을 뽑아 휘둘러, 정면에서 그를 둘로 베어 넘겨 죽였다. 뒤이어 또 한 사내가 '바보 같은 놈'하고 소리치며 말의 주둥이에 들러붙자, 요리토모 님이 다시 칼을 휘둘렀는데, 이번에는 갑옷의 팔 덮개 앞쪽 팔을 베어버렸다. 그리고 그는 물러갔다. 그 후로는 덤벼드는 자가 없었고……'라고 쓰여 있는데, 고작 열세 살의 나이에 얼마나 많은 수련을 했을지 짐작이 된다. 내가 열세 살 때는 하녀에게 무서운 얘기를 듣고 이삼일 동안 밤에 혼자 변소도 못 갔다. 농담이 아니다. 정말, 너무 다르다. 무인이 무술에 능숙한 건 자연스러운 일이지만, 문인 중에서도 오가이 같은 사람은 완력이 필요할 때면 썼던 사람이다. '나 떨고 있는 거 모르겠어?' 같은 이상한 말을 지껄이지는 않았다. 상대를 붙잡고서 정원으로 떨어지고, 다시 공격을 하려고 했다. 소세키[15]도 목욕탕에서 무례한 목수를 잡고 바보 녀석! 하고 호통을 치고서 그 목수에게 사과를 받아낸 적이 있다고 한다. 그 목수가 무심코 찬물인지 뜨거운 물인지를 소세키에게 끼얹어서, 소세키는 우레와 같은 목소리로 꾸짖었다고 한다. 알몸으로 소리를 지른 것이다. 알몸으로 싸우는 것은, 힘에 어지간히 자신이 있는 사람이 아니면 할 수 있는 일이 아니다. 소세키는 무술에 대한 소양이 어느

15_ 나쓰메 소세키(1867~1916). 일본 근대문학에 가장 많은 영향을 끼쳤다고 볼 수 있는 소설가이자 평론가, 영문학자로, 대표작으로는 『도련님』, 『행인』, 『마음』 등이 있다.

정도 있었다지만, 경솔한 일을 저지른 적은 없었던 것 같다. 소세키는 목욕탕에서 있었던 자신의 일화를 류노스케[16]에게 말했고 류노스케가 두려움에 떨며 이것을 세상에 공표했다는 모양인데, 류노스케는 소세키 노년 시절의 제자니까 이 목욕탕 사건도 소세키가 나이를 먹을 만큼 먹었을 때의 일인 듯하다. 멋진 콧수염을 기르고 있었다. 오가이도 멋진 콧수염을 기르고 군의총감이라는 요직에 있으면서, 어쩔 수 없이 불량한 신문기자와 싸우다가 함께 마루 끝에서 떨어졌다. 나는 아직 서른을 갓 넘긴 일개 무명작가에 불과하다. 자중이고 뭐고 그런 게 있을쏘냐. 어째서 싸우지 않는 것인가? 실은 몸이 좀 안 좋아서 안 한다는 식으로 둘러대며 병자처럼 있어도 안 된다. 옛날 무사들은 피를 토하면서도 도장에 다니곤 했다. 미야모토 무사시도 병든 몸이었다. 자신의 무력함을 보완하기 위해서 니텐이치류二刀流를 고안했다는 얘기도 들은 적이 있다. 무사시의 「독행도独行道」를 읽었는가? 검의 달인은, 인생의 달인이다.

하나. 세상의 도道를 등지지 말 것.
둘. 모든 면에서 편애하지 말 것.
셋. 몸의 편안함을 꾀하지 말 것.
넷. 한평생 욕심을 부리지 말 것.
다섯. 내가 한 일을 후회하지 말 것.
여섯. 다른 이를 시샘하지 말 것.
일곱. 이별을 아쉬워하지 말 것.

16_ 아쿠타가와 류노스케(1892~1927) 다자이에게 큰 영향을 준 소설가 중 하나로, 대표작으로 『코』, 『라쇼몬』, 『어느 바보의 일생』 등이 있다.

여덟. 자타 공히 원망하는 마음을 품지 말 것.

아홉. 연모하는 마음을 품지 말 것.

열. 모든 면에서 풍류를 좋아하지 말 것.

열하나. 집에 욕심을 내지 말 것.

열둘. 미식美食을 탐하지 말 것.

열셋. 낡은 도구를 소지하지 말 것.

열넷. 다른 존재를 기피하지 말 것.

열다섯. 무기는 자기 것만 각별히 선호하지 말 것.

열여섯. 도道를 위해서라면 죽음을 두려워하지 말 것.

열일곱. 노후의 재산 영유에 마음을 두지 말 것.

열여덟. 신불을 숭경하되 신불에 청을 하지 말 것.

열아홉. 언제나 병법의 도道를 잊지 말 것.

모범적인 남자란 바로 이런 마음을 지닌 사람을 말하는 거겠지. 그에 비해 나는 어떤가? 말도 못 꺼내겠다. 내가 생각해도 어이가 없어서 다시 평소의 혼탁한 심경에 빠지지 않도록, 스스로를 꾸짖으려는 엄숙한 의도로 이하 나의 19개 조항을 나열해보겠다. 어리석은 자의 참회다. 신이시여, 그리고 현자賢者 여러분, 용서해주십시오.

하나. 세상의 도道를 모름. 배워도, 이상하게 겸연쩍어서 실천하지 않음.

둘. 모든 면에서 편애를 함. 건방지고 젊은 시인들을 이유 없이 싫어하는 일도 많음. 소심하고 공부를 열심히 하는 학생 두세 명에게는 항상 싱글벙글한 태도로 대함.

셋. 오로지 몸의 안락만 생각함. 가족 중에서 제일, 심지어는 아이보다도 일찍 자고, 가장 늦게 일어날 때가 있음. 아내는 자기가 병이 날 지경이라며 화를 냄. 빨리 안 일어나면 가만두지 않겠다고 협박하는 투로 지껄임. 아내가 아프면 가장이 해야 할 잡다한 일이 많아짐. 사색에 잠긴다는 명목으로 이불을 휘감고 누워 코를 고는 일도 있음.

넷. 보통 이상으로 욕심이 많음. 장난감 가게 앞에 서서 이것도 싫고, 저것도 싫다고 해서, 그러면 뭐가 좋으냐고 물었더니, 하늘에 있는 달님을 가리키는 아이와 닮은 구석이 있음. 너무 큰 욕심은 욕심이 없는 것과 비슷함.

다섯. 나는 하는 일마다 족족 후회함. 천마天魔[17]에 홀린 사람 같음. 틀림없이 후회하게 되리라는 것을 알면서도 훌쩍 발을 들인 뒤 나중에 땅을 치고 후회함. 후회의 맛을 끊을 수 없는 사람 같음.

여섯. 질투하는 것은 아니지만 어째서인지, 성공한 사람의 험담을 하는 경향이 있음.

일곱. '이별이 인생'이라고 하는 선배가 지은 시구詩句를 읊조리며 술에 취해 운 적이 있음.

여덟. 다른 사람을 원망하지는 않지만, 나만큼 스스로를 자주 원망하는 사람은 없을 것임.

아홉. 자나 깨나 마음속에 연모의 정이 끊이지 않음. 하지만, 모두 덧없는 공상으로 끝남. 아마 여자에게 나보다 더 인기 없는 사람은 없을 것임. 얼굴이 너무 크기 때문일까? 이유를 알 수 없음. 어쩔 수 없이 나는 고지식하고 아무것도 모르는 인간인 척함.

---

17_ 불교에서 이르는 사마四魔 중 하나.

열. 풍류를 멀리하려고 해도 그럴 수가 없음. 맛있는 술을 좋아함. 탁주도 가리지 않음.

열하나. 우리 집에는 다다미 여섯 장, 네 장 반, 세 장 크기 방, 이렇게 방 세 개가 있음. 방 하나를 더 가지고 싶다는 생각을 하지 않을 수 없음. 아이들이 뛰어 노는 방에서 일하기는 정말 힘드니까 문득문득 이사할까 싶기도 하지만, 앞으로 내 수입이 얼마나 될지도 걱정이고, 둘도 없는 게으름뱅이라, 다 쓸데없는 생각임. 방 한 칸이 더 있었으면 좋겠다는 마음은 분명히 있음. 그러므로 집에 욕심이 없는 사람의 심경과는 만 리 정도의 거리가 있음.

열둘. 꼭 미식을 선호하는 건 아니지만 오늘 반찬은 뭐야? 하고 한 남자가 부엌을 향해 묻는 일이 있음을 고백함. 천하기 그지없음. 부끄럽기 그지없음.

열셋. 우리 집에 낡은 도구가 하나도 없는 것은, 내게 팔아넘기는 나쁜 버릇이 있기 때문임. 장서를 파는 것 같은 일은 가장 빈번함. 조금이라도 좋은 가격에 팔고 싶어서 조르는 건, 내가 생각해도 한심함. 물욕이 전혀 없고, 모든 도구에 대한 애착을 끊고 개운하게 살 수 있는 사람과 겉모습은 약간 비슷하지만, 그 심경의 깊이에는 정말 천 길의 차이가 있음.

열넷. 나는 기피하는 것이 많음. 개, 뱀, 송충이, 요즘은 또 파리가 시끄러움. 허풍쟁이를 가장 싫어함.

열다섯. 우리 집에 서화 골동품류가 전혀 없는 것은 가장이 인색하기 때문임. 우리 집 가장은 접시 한 장에 오십 엔, 백 엔, 아니, 억만금을 투자하는 사람의 마음을 절대 이해할 수 없음. 어느 날, 이 가장이 한 친구를 방문했음. 친구는 정원에 있는 아름다운 장미 몇 송이를 꺾어 선물로 주려 했지만, 그는 그것을 거절하며 야채라면 받을 텐데, 라고 함. 이 얘기로 모든 것을 짐작해도 됨. 검의 달인이 무기 외의 모든 도구를 멀리하고 오로지 정진 한 길로만 가려고 했던 것과 비슷한 듯하면서 전혀 다르다는 것이 명백함. 또한, 이 남자에게 무기는 당분간 금물임. 미친 자에게 칼을 쥐어 준다는 비유도 있음. 무엇을 할지 모름. 약한 개는 사람을 자주 무는 법임.

열여섯. 죽음을 구태여 꺼리는 사람은 아님. 내가 죽는다면 처자식은 불쌍하지만 어쩔 수 없음. 하지만 지금은 전사戰死 외에 다른 죽음은 허용되지 않음. 그래서 억지로 살아 있음. 이 목숨을 가지고, 지금은 어떻게든 나라에 도움이 되고 싶음. 이 항목을 굳이 검의 성인聖人에게 양보하고 싶지는 않지만, 달리 생각해보면, 죽기 싫은 목숨이라도 버려야 한다는 점에 고귀함이 있으므로, 어떻게든 죽고 싶어서 죽을 곳을 찾아 헤매며 어슬렁거리는 건 응석에 불과하니, 아아, 이 항목도 역시 틀렸음.

열일곱. 노후 재산 영유에 신경 쓰기는커녕, 눈앞에 닥친 하루하루의 생활에 급급한 상태라 쓴웃음밖에 안 나오지만, 속으로는 노후 혹은 내 사후에 가족들이 곤란하지 않을 정도의 재산은 있는 편이 낫겠다는 생각을 함. 하지만, 내가 재산을 남긴다는 건 기적에 가까움. 재산은 없지만 작품이 남아 있다면 어떻게든 되지 않을까, 라는 식의 태평하고 천진난만한 공상을 하고 있으니, 이것도 틀렸음.

열여덟. 괴로울 때는 신께 소원을 빔. 원체 한평생 괴로울지도 모르니까, 평생 신불을 잊지 않는다고 한들, 그것도 신불에 소원을 비는 것임. 검의 성인의 생각에 어긋나기 짝이 없음.

열아홉. 부끄럽지만 내 적은 주방에 있음. 이 사람을 속이고, 화내지 않게 함으로써 내 빈약함을 덮으려는 것이 내 병법의 전부임. 이 사람과 싸웠을 때, 때가 불리한 탓에 항복하고 집을 뛰쳐나와 가까운 곳에 있는 이노카시라공원의 연못가를 홀로 거닐 때의 우울한 기분은 말할 나위가 없음. 전 세계의 고뇌를 홀로 짊어진 듯한 심각한 얼굴로 걸으며, 끊임없이 부부싸움의 뒤처리를 어떻게 해야 할지 궁리하니 말할 것도 없음. 모든 것이, 그저 기가 막힌다고 할 수밖에 없음.

검의 성인이 남긴 「독행도」와 한 항목씩 비교하며 읽어 보시길. 불성실한 주정뱅이 말투 같기도 하지만, 진리는 웃으면서 말해도 진리다. 이 어리석은 자의 꾸밈없는 고백도, 현명한 독자 제군에게 조금이라도 반성의 자료가 되었으면 좋겠다. 어린아이들이 가지고 노는 카드놀이에도 있지 않은가, 타, 타산지석, 이라고.


셋


어쨌든 나는, 지긋지긋하다. 아무래도 이대로는 틀렸다. 정말이지, 미래가 없다. 남자는 무술. 수행을 게을리 하는 남자는 영원히 가치가 없다는 것을, 오손 선생님께 배우고 깨달아, 뼈저리게 느끼는 바가 있었다. 문헌 두세 개를 찾아봐도 모두 오손 선생님의 말씀대로였으니, 그 말씀이 옳다는 게 명백해졌다. 그에 비해 지금의 내 상태를 생각해보니, 정말 이건 너무 심하다. 붙잡을 데가 하나도 없는 절벽을 마주한 기분이라, 나는 그저 한숨만 짓고 있었다. 우리 집 근처에 정골원整骨院이 있는데, 거기 주인은 유도 5단인가 그래서, 작은 도장도 갖추어져 있다.

저녁에 직장 일을 마치고 온 산업 전사[18]들이 그 도장에 들러서 마구 날뛰며 무술을 연마한다. 나는 산책 중에 그 도장 창가 아래 멈춰 서서 발돋움을 하고 도장 내부를 슬쩍 들여다봤다. 정말 장렬했다. 나는 태어나서 처음으로 젊고 탄탄한 육체가 부러운 마음에 가슴이 타들어갈 지경이었다. 고개를 숙이고 바로 가까이 있는 센린지禪林寺에 가봤다. 이 절의 뒤편에는 모리 오가이의 묘가 있다. 어떤 이유로 오가이의 묘가 이런 도쿄의 구석진 미타카에 있는지는 모르겠다. 하지만 그 묘지는 깔끔하고 오가이가 쓴 문장의 분위기가 감돈다. 내 더러운 뼈도 이런 아담하고 깔끔한 묘지 한구석에 묻힌다면 사후에 희망이 있을는지도 모르겠다며, 남몰래 달콤한 공상에 젖었던 적도 없지는 않지만[19] 지금은 이미, 마음이 위축되어 그런 공상 같은 건 흔적도 없이 사라졌다. 내겐, 그럴 자격이 없다. 내게는, 훌륭한 수염을 기르면서 취객을 상대로 과감하게 싸우다가 마루에서 떨어질 정도의 호걸과 같은 묘지에 잠들 자격이 없다. 나는 묘지를 고를 수 있을 정도의 신분의 사람이 못 된다. 분수를 확실히 알아야 한다. 나는 그날, 오가이의 단정하고 검은 묘비를 곁눈으로 흘끔거리기만 하다가 서둘러 집으로 돌아왔다. 집에 오니까 편지 한 통이 나를 기다리고 있었다. 오손 선생님으로부터 온 편지다. 아아, 여기 선구자가 있었다. 영광스럽고 비장한 우리의 선구자가 있었다. 이하는 그 편지의 전문이다.

(전략) 그 뒤로 잘 지내고 있는가? 나는 요즘 백 씨가 말하는 소위

---

18_ 태평양전쟁 하에 노동자들은 '산업전사産業戰士'라 불리며 전쟁터에 나가 있는 군인들과 마찬가지로 전쟁을 수행하는 존재로 인식되었다.
19_ 현재 다자이의 유골도 이 절에 안치되어 있다.

쓸데없는 일[20]을 하며 스스로를 비웃는 심정으로 지내네. 지난번에 왔을 때 남자의 진면목은 무술에 있다는 얘기를 하고, 여러분도 진심어린 동의를 표해주었는데, 가르치는 자가 직접 솔선하여 실행하지 않으면 탁상공론처럼 의미 없는 것이 되지 않는가? 나는 원래 우매한 사람이지만 가르친 것에 책임을 지지 않는 몰지각한 선생은 아니어서, 지난 밤, 이 늙은 몸이 분발하여 궁도장을 방문했네. 슬프게도, 몸이 늙은 탓에 굽어서 손발이 충분히 펴지지 않는지라, 와들와들 떨며 한껏 활시위를 당겨서 쏜 활은 과녁에 안 꽂히고, 바로 눈앞의 모래밭 위에 툭툭 떨어졌지. 그 슬픔, 상상해보거나. 궁술의 신이시여! 하고 눈을 감고 신중하게 쏜 화살은, 휙 하고 내 귀로 날아왔고, 그 자리에서 펄쩍펄쩍 뛰며 소리를 지르고 싶을 정도의 엄청난 고통을 느꼈지만, 쉰 목소리로 궁술의 신이시여! 하고 신음하며, 간신히 참고 견뎠네. 하지만 이런 일이 있다고 해서 내가 무술에 재능이 없다고 생각한다면 그건 경솔한 생각이네. 어느 누가 고작 하루를 수행하고 무술의 깊은 경지를 알 수 있겠는가? 정성이 지극하면 바위라도 뚫는다는 말도 있고, 사내대장부는 자신을 되돌아보면 비루하고 천하게 느껴지기 마련이라는 말도 있으니, 꾸준히 노력하여 늙고 마른 팔에 하치로[21] 못지않은 강철 같은 근육을 키우고야 말겠다는 굳은 결심을 했네. 그런 결심을 하고서 그날 밤 훈련은 관두고, 집에 오는 길엔 나리세 의원에 들러 귀 진찰을 받았는데 고막은 딱히 아무렇지도 않다는 진단을 받고 안심했네. 그래서 백배의 용기를 얻고, 아사가야의 전철 건널목 옆 포장마차에 들렀지. 술이 부족한 때이니,

---

20_ 중국 중당시대 시인 백거이白居易(백낙천)(772~846)의 시 「가릉야유회嘉陵夜有懷」 마지막 구절에 나오는 말로, 원문은 閒事.

21_ 친제 하치로鎭西八郎: 미나모토노 다메토모源 爲朝(1139~1170). 헤이안 말기의 무장.

나도 요즘은 이 포장마차의 생포도주로 갈증을 달래네. 4월이네. 꽃잎이 정신없이 떨어지는 따뜻한 봄. 포장마차 뒤에도 커다란 산벚나무가 있는데, 산들바람이 불 때마다 엄청난 꽃잎이 흩날려서, 떨어진 꽃잎이 포장마차 안까지 날아 들어와, 의기양양한 궁술 수행자가 취하지 않으려야 취하지 않을 수 없는 운치가 있었지. 이건 상상에 맡기네. 그런데 갑자기 그 순간, 불길한 느낌의 방해꾼이 나타났네. 이 사람은 우리 집 근처에 사는 나이든 화백으로 삼십 년 동안 꾸준히 정부 주최 전람회에 유화를 냈는데, 삼십 년 동안 계속 낙선한 사람이지. 심지어는 그 전람회에 반기를 들 만한 의기도 없고, 굽실거리며 심사위원 선생들에게 송이버섯 같은 걸 보낸다는 소문도 있는데, 그러는 보람도 없이 삼십 년 연속 낙선한, 아무런 장점도 없는 특이한 사람이지. 아버지 대부터 내려오는 꽤 많은 재산을 대대로 소중히 지키려고 애쓰고 있는 것 같기도 해. 하지만 인간의 가치가 그 재산에 의해 결정되는 것이라면 나는 지금 당장, 할복을 해도 좋네. 스기타 노화백은 손자도 몇이나 있으면서 붉은 넥타이 같은 걸 매서 이상하게 외모를 젊어보이게끔 치장하니, 이걸 보면 나를 항상 견제하려는 의도가 빤히 보이지. 이 또한 가소롭기 짝이 없고, 나는 요란한 복장이 하나도 부럽지 않으니, 봐도 본 척도 안 하려고 애쓰곤 하네. 이 사람은 키가 여섯 자<sup>약 180㎝</sup> 얼굴은 검붉은 색이며, 윤기가 흐르는 두꺼운 팔은 커다란 소나무 같고, 근처에 있는 전당포 개를 발로 차 죽였다는 소문도 언뜻 들었는데, 왠지 정말 기분 나쁘니까, 나는 이 사람에게는 노골적으로 경멸하는 기색을 보이지 않고, 언제나 억지웃음을 지으며 인사하지. 그런데 이 수상쩍은 사람이 포장마차에 불쑥 들어와서는, 여어 노인, 여기 계시는구먼, 하고 소리치는 걸세. 그는 이미 좀 취한 것처럼 보였는데, 노인 여기 계시는구먼,

이라니 무례한 녀석이라는 생각이 들어 속으로 어이없어하고 있었네.
그러는 자기도 노인 아닌가? 무사끼리는 서로 동정하고 돕는다는 말도
모르나? 철없는 행동이다 싶어서 나는 좀 불쾌해하고 있었는데, 또
다시, 노인도 요즘 한물갔구먼요, 이런 가게에 똬리를 틀고 있을 줄은
몰랐네, 라고 하며 언제나처럼 사람을 깔보는 듯한 무례한 태도로 나를
비웃고 있었네. 나는 뱀이 아닌데. 똬리라니 이 무슨 무례 천만한 말인가
싶었지만, 상대는 키가 여섯 자에 팔이 소나무 같으니, 나도 꾹 참고
입가에 애매한 웃음을 띠며 그냥 무시할 궁리를 하고 있었지. 그런데
스기타 화백은 제 흥에 겨워서, 대체 이 가게에는 뭐가 있는 거냐,
생포도주인가, 흠, 볼품없는 걸 마시고 자빠졌네, 아저씨, 나도 이 생포도
주 같은 걸 한 잔 따라줘라, 흠, 이게 생포도주인가, 퉤퉤, 썩은 식초
같은 거 아닌가, 이건 사양하겠다, 주인 계산하겠네, 얼마야, 라며 나를
조롱하려는 의도가 명백한 언사를 내뱉더니, 자리를 뜨면서는, 노인네
야, 조심해, 요즘 불량 학생들이 많이 모여들어서 호기를 부리며, 선생님
이네 뭐네 하는 말을 듣고 시시덕거리며 좋아하는 모양인데, 당신은
옆 동네의 요주의 인물이 됐어, 노파심에서 충고하는데……, 이런 얘기
를 빠른 말투로 말했는데, 이건 정말 일방적인 말이었지. 포장마차의
포렴을 젖히며 밖으로 나가려는 걸, 나는 바로, 기다려! 라고 외쳐서
그를 붙잡았지. 나는 옆 동네 반상회에서 정한 사항을 어긴 적이 단
한 번도 없고, 매월 할당된 채권은 솔선하여 구입하고, 또 하치만구八幡宮
에서 매월 8일에 열리는 무운장구武運長久 기원제에는 너희와 함께 꼭
참가하는데, 무엇 때문에 내가 요주의 인물인가, 명예훼손이다, 원체
노파심에서 하는 충고란 예부터, 심중이 야비하고 추한 자가 마지막으로
써보는 견제의 무기로, 그 우지가와강 선진 다툼, 사사키의 속삭임[22]에

비춰봐도 그것은 명명백백하다, 네가 얼마나 비겁하고 미련한 노인인지, 특히 친애하는 학생 제군이 불량하다는 건 뭐냐, 의분을 억누를 수 없다, 지금이야말로 단호히 일어설 때다, 단 하루라고 해도 나는 이미 무술의 마음가짐이 있는 남자다, 오의 아몽[23]과는 다르다, 덤벼야 한다, 그가 아무리 전당풋포집 사나운 개를 차 죽인 장사라고 해도, 신께 기도하는 마음으로 덤비면, 그냥 속 빈 강정 같은 것이다. 순간, 덤비자는 각오를 굳히고는, 기다려! 하고 외쳤네. 상대는, 뭔가 미심쩍다는 듯 얼간이 같은 표정으로 슬쩍 나를 돌아보고는, 훗 하고 웃으며 포장마차 바깥으로 나가려 했는데, 그 등 뒤에 대고 또 다시 외쳤네. 늙은이 기다려! 라고 외치며, 나도 뒤이어 포장마차 밖으로 뛰쳐나갔지. 포장마차 밖에는 꽃잎이 흩날리고 있었네. 나도 바로 마음을 가다듬으며 채비를 했지. 우선 위 틀니를 빼고 길 한편에 놓았네. 이 채비에 대한 얘기를 들으면 쓴웃음이 나올 법도 하지만, 내 윗니는 알다시피 전부 틀니라, 이걸 만드는 데 두 달이라는 시간과 삼백 엔이라는 큰돈이 들었으니, 소나무 같은 괴력의 팔과 싸워 흠집이 나기라도 하면 안 된다는 냉정한 생각으로, 우선 틀니를 빼어 길가에 놓았네. 그러고는, 눈앞의 장사를 올려다보며, 요즘 당신 건방지네, 옆 동네 사람끼리는 사이좋게 지내야 하는데, 사람의 결점만 찾아서 비웃으려는 마음가짐은 천하고 무례하기 짝이 없다, 좋아, 오늘 밤엔 하늘을 대신하여 너를, 이런 얘기를 하는데 틀니를 뺐으니 발음이 무척 어눌했지. 내가 생각해도 싫어서, 여기까지

..

22_ 일본의 고전 『헤이케모노가타리平家物語』(13세기에 쓰인 것으로 추정)의 우지가와센진宇治川先陣 중에, 서로 경쟁하던 사사키佐々木四郎高綱와 가지와라梶原源太景季라는 무장이 있었는데, 사사키가 말안장이 찢어졌다는 거짓말을 하여 선진先陣으로 나아갔다는 내용이 있다.

23_ 후한 말의 무장, 오吳나라의 여몽呂蒙(178~219)에 관련된 고사에서 비롯된 말로, 진보가 없고 보잘것없는 인물을 뜻하는 말이다.

만 말하자 생각하고 팔을 뻗어 노화백의 검붉게 빛나는 왼뺨을 툭툭툭 세 번 때렸는데, 화백은 어이가 없다는 표정으로 입을 조금 벌리고, 가만히 서서 보고만 있었네. 김빠지는 싸움이었지. 상대도 말이 없었고, 나도 말없이 물러서서 앞에서 말한 틀니를 주우려 했는데, 아아, 하늘의 장난인가, 계시인가. 꽃잎이 끊임없이 흩날려서, 어느샌가 길가에 흰 눈처럼 쌓여서는 내 틀니를 뒤덮었는지, 모든 곳이 흰 꽃잎에 뒤덮였는지 라 나는 쩔쩔매며, 있을 것 같은 곳을 여기저기 짚어가며 기다시피 해서 틀니를 찾아다녔네. 어안이 벙벙했던 내 적수는 이때, 꿈에서 깨어난 표정으로 내게 무슨 일이냐고 묻기에, 나는 기어 다니며, 이상하다, 제 틀니가 말이지요, 분명 이쯤에 있는데, 라고 중얼거렸는데, 그 쑥스러움이란. 동서고금을 통틀어, 이렇게 비참한 경험을 한 무예자武芸者는 아마 한 명도 없을 거라는 생각이 들어 더욱 더 슬펐지. 아무튼 그건 삼백 엔이라는 늙은이의 저속한 푸념도 무심코 튀어나와서, 꽃잎이 수북이 쌓인 어둠 속을 홀로 기어 다니는 광경을 보고는, 나의 적수도 측은한 마음이 든 모양이네. 나와 함께 기어 다니며, 이 근처가 확실한가요, 삼백 엔이라니 비싸네요, 라고 하며 수북이 쌓인 벚꽃 잎 여기저기로 손을 넣어가며 고분고분하게 함께 틀니를 찾는 상황이 되었네. 고맙습니다, 라는 내 목소리는 짐승이 울부짖는 소리 같아서 우수憂愁를 달랠 길이 없었는데, 그 틀니를 잃어버린다면 나는 또 두 달간 치과에 다녀야 하고 그사이에는 아무것도 씹을 수 없고, 죽만 먹으며 목숨을 연명해야 하는 것이었지. 또한 이가 없을 때는 내 외모도 지금과는 달리 이십 년은 더 늙어 보이고, 웃음도 추하기 짝이 없으니, 아아, 내일부터 내 인생은 지옥 같겠구나 싶어, 울고 싶어도 울 수 없는 애달픈 심정이었네. 스기타 노화백은 영리한 사람이라, 결국 포장마차에서 작은 빗자루를 빌려오더군. 여전히 끊임없이 흩날리고 쌓여가는 꽃잎을, 여기쯤인가요, 여기쯤인가요, 라고 하며 척척 좌우로 쓸어내더니, 갑자기 환희에 찬 목소리로, 아! 여기 있네요! 하고 소리를 질렀네. 방금 자기 뺨을 탁탁탁 세 번이나 때린 남자의 틀니를 찾았다고 악의 없이 진심으로 기뻐해주는 노화백의 기개가, 무엇보다도 기쁘고 고마워서, 나는 틀니 따위 어찌 되든 상관없다는 기분마저 들었는데, 그렇다고 해서 틀니를 찾아서 안 좋을 리는 없으니, 나는 두 배 세 배 기쁜 마음으로 스기타 노화백으로부터 그 틀니를 받아 바로 입 안에 넣었는데, 틀니에는 엄청나게 많은 벚꽃 잎이 붙어 있었는지, 씹으니까 어렴풋이 떫은맛이 느껴졌네. 스기타 씨, 저를 때려주세요, 하고 웃으며 볼을 내밀었더니, 노화백도 어지간하지, 좋아, 하고 손바닥에 침을 뱉더니 내 왼쪽 볼을 퍽 하고 때리고는 의기양양하게 자리를 떴네. 힘을 적당히 조절해줄 거라고 생각했건만, 그 소나무 같은 팔 힘을 한껏 발휘해서 때렸는지 내 두 눈에는 수많은 별이 흩날렸고, 한순간 실신할 지경이었네. 그 사람도 어지간한 바보란 말이지. 이상이 내 무용담의 개략인데, 오늘 곰곰이 생각하니, 무술은 동포에게 쓰는 것이 아니며, 무기는 바다 저 먼 곳으로 날려야만 하네. 나도 앞으로 마음을 더욱 단련하여, 이웃을 미워하지 않고, 깔보지 않고, 꺼져가는 등불이 다시 밝아진다는 백 씨의 말처럼[24] 더욱 빛나는 희망을 가지고 무술의 묘책을 깨닫기 위해 끊임없이 정진하기로 결심했는데, 자네들 젊은 후배들도, 나의 짧은 생각으로 인한 이번 실패를 타산지석으로 여기며, 심신의 단련을 위해 더욱 노력하고 지지 말게. 건투를 비네.

. .
24_ 백거이의 시 야우夜雨에 나오는 구절로, 원문은 殘燈滅又明.

大宰治

「수상한 암자」

    1943년 10월 『문예세기文藝世紀』 창작란에 발표되었다. 설명은 「오손 선생 언행록」 노트 참고.

더위에 문안 인사를 겸하여, 저의 근황을 말씀드리고자 합니다. 제가 말씀드리려는 근황이란 다른 게 아니라, 요즘 다시 다도茶道 수련에 빠졌다는 것입니다. 다시, 라는 말은 당돌하고 허식이 들어찬 말처럼 들려서, 언제나처럼 쓴웃음을 터뜨리실 거라 짐작되오나, 다 말씀드리지요. 저는 어려서부터 다도를 좋아하여 다도를 전수받고자 저의 친아버지이신 마고자에몬 님을 수년에 걸쳐 찾아뵈었으나, 애석하게도 저의 성품이 우둔하여 그 참된 정취를 알지 못했습니다. 더구나 저의 일거수일투족이 거칠고 천박하여 보기 흉했기에, 저도 그렇고 아버지도 포기한 상태였고, 마고자에몬 님 서거 후에는 제가 다도를 좋아한다고는 해도 가르침을 구할 방도가 없었지요. 또한 신변에 세속의 잡다한 용무가 차츰 많아져 부득이하게 점점 다도에서 멀어졌고, 선조님들께 물려받은 다도용구를 조금씩 팔아 치우기까지 했습니다. 지금은 다도와 완전히 절연하고 한심한 처지가 되었습니다만, 근래에 조금 깊이 느낀 바가 있어, 정말 수십 년 만에 남몰래 다도를 독학하여, 다도의 놀라운 비법을 어느 정도 깨달았습니다.
　하늘과 땅 사이에 조야朝野를 막론하고, 사람은 모두 각자의 천직에 마음을 다하여 애쓰되, 그 노력을 위로받을 오락 또한 없으면 안 되는 것은, 본연의 이치라고 생각합니다. 그리하여 인간의 오락에는 풍류의 취향, 또는 고상한 노력이 없다면 하등동물들이 음식을 먹고 목을 울리는 천박한 꼴과 다름이 없으니, 각자가 자신이 좋아하는 것을 찾아서, 시가詩歌나 관현악, 혹은 장기나 꽃꽂이, 요곡謠曲이나 무도舞踏 등 이런저런 재미를 더하기 위해 애쓰는 것은, 만물의 영장인 까닭이라는 것이 제 생각입니다. 하지만 서로 신분의 귀천, 빈부의 격차를 뛰어넘어 진정한 벗으로서 친분을 다지고, 일상생활의 예를 잃지 않고 담화의 리듬을 흩뜨리지 않으며, 검소함을 추구하고 사치를 물리치는 것, 그리고 음식 또한 도를 지키며 주객 모두 청아한 일본의 멋을 즐기는 것은, 실로 다도에 비할 바가 없다고 생각합니다. 그 옛날, 전란戰亂으로 혼란스러운 가운데 무용武勇을 겨루느라 풍류가 완전히 없어졌었던 때도, 다도 하나만은 남아 영웅의 마음을 누그러뜨려서, 어제는 적이었던 사람들이 다도 덕택에 후에는 형제처럼 친해졌다는 이야기도 적잖이 들려옵니다. 실로 다도는 겸손함과 양보의 덕을 가장 중요시하며 호사스러움을 절제하니, 적어도 다도를 이해한다면, 자신을 삼가며 남을 얕보지 않고, 진정한 벗과의 교우를 유지하며, 주색에 빠져 일신一身을 그르쳐서 일가를 망하게 할 우려도 없습니다. 이 때문에 궁중의 고관들 혹은 고귀한 뜻을 품은 무장武將들은 모두 다도를 익혔던 흔적이, 관련 서적에도 매우 상세하게 나와 있습니다.

무릇 다도는, 오래전 가마쿠라 막부 초기에 이르러 오산五山의 승려가 중국에서 배워왔다는 게 정설에 가깝습니다. 또한 아시카가足利 씨 초기[1],

1_ 1100년경에 해당.

404  정의와 미소

교토의 사사키 도요[2] 등, 크고 작은 군주들이 모여 차를 마시는 모임을 열었다는 것은 전기伝記에서도 볼 수 있는데, 그들은 기이한 물건과 명품을 늘어놓고, 진미가효를 대접하면서 화려한 아름다움을 겨루며 공연히 사치스러움을 자랑하는 데 지나지 않았으니, 이것으로는 아직 진정한 다도를 이해한 것이라고 말하기는 어렵습니다. 시대를 내려가 요시마사[3] 공 시대에 이르러 주코[4]라는 사람이 처음으로 다도의 다이스 진행台子真行법[5]을 강구하여, 이것을 조오[6]에게 전하고, 조오는 이것을 리큐[7] 대사에게 전수했다는 사실이 어떤 책에 나와 있습니다. 이 리큐 대사는, 도요토미 히데요시 님을 모시며 비로소 일반인의 다도를 성립시켜, 이때부터 다도가 일본 전역에 전해졌습니다. 명문 가문들은 앞을 다투어 이것을 음미하려 하였지만, 그 취지는 진귀한 보물 같은 그릇을 무작정 늘어놓고 호화스러움을 뽐내는 흉내를 내는 것이 아닙니다. 한적한 암자에 자리를 만들어 낡고 새로움, 정교하고 엉성함에 상관없이 정성스레 그릇을 놓고 소박하고 청결함과 예의를 중시하며 최대한 간소하고 우아하게 주인과 손님 간의 법도를 지키는 것입니다. 부귀하다고 해서 사치를 부리는 법 없이, 또한 가난하다고 해서 비천해지지 않도록 하면서 각자의 분수에 맞게 즐기는 것이 그 참된 뜻이니, 이 성전聖戰 중에 가장 적절한 취미가 아닐까 하는 생각에 근래 들어 다도를

· ·
2_ 佐々木 導譽(1296~1373). 가마쿠라시대 말기~남북조시대의 무장.
3_ 아시카가 요시마사足利 義政(1436~1490). 무로마치시대 8대 쇼군.
4_ 무라타 주코村田 珠光(1422~1502). 무로마치시대 중기의 다인茶人. 승려.
5_ 다도에서 차를 마시기 전의 준비 방법 중 하나로, 다이스는 다도에 필요한 용구를 놓은 선반을 의미한다.
6_ 다케노 조오武野 紹鷗(1502~1555). 오사카의 사카이에 살던 상인이자 다인.
7_ 센 리큐千利休(1522~1591). 상인이자 다인으로, 다도의 대성자.

익히고 있는데, 그러던 중에 문득 다도의 참뜻을 깨닫게 되었습니다. 이 기쁨을 저 혼자서만 간직하고 있는 것은 의미가 없고 아까운 일이니, 내일모레 오후 두 시에 친한 젊은 친구 두세 명을 초대하여 조촐한 다회茶會를 열고자 합니다. 당신도 시간을 내어 참석해주시기를 바랍니다. 흐르는 물이 탁해지지 않으며 여울은 썩지 않듯, 당신처럼 예술가를 지망하는 사람은 마음가짐을 매일 새로이 할 필요가 있습니다. 다회에 참석하면 마음가짐을 새로이 할 수 있으니, 이는 절대로 쓸데없는 일이 아닐 것이기에, 기꺼이 응해주시기를 바랍니다. 이만 실례합니다.

나는 올여름, 예전에도 말했던 그 오손 선생님으로부터 이런 편지를 받았다. 오손 선생님이 어떤 인물인지에 대해서는 이전에도 종종 소개드렸을 터이니, 지금 되풀이해서 말하지는 않겠다. 우리 후배들에게 항상 큰 교훈을 주시고, 가끔 실패할 때도 있지만, 어쨌든 비통한 이상주의자라고 해도 별 무리는 없을 것으로 생각된다. 나는 그런 오손 선생님으로부터, 차를 마시자는 초대를 받았다. 초대라고는 해도 거의 명령에 가까울 정도로 강경한 권유다. 좋든 싫든, 나는 출석하지 않으면 안 되었다.

하지만, 촌스러운 나는 태어나서 단 한 번도 차를 마시는 우아한 자리에 가본 적이 없다. 오손 선생님은 차 마시는 모임에 그런 멋없는 나를 초대하여, 내 꼴사나운 일거수일투족을 얼씨구나 하고 조소하고, 꾸중하고, 설교를 할 생각일지도 모른다. 방심하면 안 된다. 나는 선생님의 편지를 읽고, 바로 나가서 근처에 사는 어떤 고상한 친구네 집에 찾아갔다.

"자네, 차에 관련된 책 가진 거 없어?" 나는 가끔 이 고상한 친구에게서 책을 빌린다.

"이번엔 차에 대한 책인가? 아마, 있을 거야. 자네도 꽤 다양한 책을 읽는구먼. 이번엔, 차라니." 친구는 의아하다는 표정을 지었다.

나는 『다도 독본』이라든가 『다도 손님의 마음가짐』 같은 책을 네 권이나 빌려 와서는 닥치는 대로 읽어댔다. 다도와 일본정신, 한적한 멋을 즐기는 심경, 다도의 기원, 다도 발달의 역사, 주코, 조오, 리큐의 다도. 다도도 꽤 대단한 것이다. 다실茶室, 다정茶庭, 다기茶器, 족자, 술자리용 요리 메뉴, 읽으면 읽을수록 나도 흥미를 느꼈다. 다회茶會라는 건, 그냥 얌전히 차를 한 잔 대접받는 것일 뿐이라고 생각했는데, 그렇지가 않다. 훌륭한 요리가 다양하게 나온다. 술도 나온다. 설마하니 성전聖戰 중에 이런 사치를 부릴 수 있을 리가 없고, 더불어 이런 얘기를 하기는 죄송스럽지만, 그리 유복해 보이지는 않는 오손 선생님의 다회에 가도 이런 대접은 받을 리가 없으니, 뭐 기껏해야 묽은 차 한 잔을 주는 정도일 거라고 생각하면서도, 이런 맛있어 보이는 메뉴는 보는 것만으로도 충분히 즐겁다. 자 이제, 마지막 부분에 있는 것은 다회 손님의 마음가짐이다. 이게 지금 내게 가장 중요한 항목이다. 차를 마시는 자리에서 큰 실수를 해서 선생님께 꾸중을 듣는 일이 없도록, 세심하게 공부해둬야 한다.

우선 초대를 받았을 때는 바로 초대해 준 것에 대한 감사 인사를 하지 않으면 안 된다. 이건 주최자의 집으로 찾아가 감사 인사를 하는 게 원칙인데, 편지로 해도 지장은 없다. 단, 그 감사 편지에는 당일에 꼭 참가하겠다는 말, 특히 꼭이라는 글자를 잊어서는 안 된다. 꼭이라는 글자는, 리큐가 지은 『손님 마음대로』에 나오는 중요한 부분이기도 하다. 나는 선생님께 속달우편으로 감사장을 보냈다. 꼭 이라는 글자를 굉장히 크게 썼는데, 그렇게 크게 쓸 필요는 없었다. 다회 당일에는 우선 주최자의 집 현관에 손님들이 모여 자리를 정하는데, 항상 정숙해야 하고 큰 소리로 잡담을 하거나 거리낌 없이 크게 웃는 건 당치 않은 행동이다. 그리고 주인이 마중을 나와 주인의 안내를 받으며 차를 마시는 자리에 조심조심 무릎걸음으로 들어가는데, 자리에 앉으면 가장 먼저 차를 끓이는 주전자 앞으로 가서 화로와 주전자를 유심히 보며 조용히 탄성을 내뱉은 후, 장식대 앞에 무릎걸음으로 가서 장식대의 족자를 올려다보고 다시 내려다보며 더 큰 탄성을 내뱉고, 일부러 그러는 게 아닌 것처럼 작은 목소리로 참으로 훌륭하다고 말한다. 주인을 돌아보며 족자에 대해 웃지 않고 진지하게 물어보면, 주인은 더욱 기뻐한다. 물어보더라도 너무 깊이 파고드는 질문은 삼가야 한다. 어디에서 샀는가, 가격은 얼마인가, 가짜 아닌가, 빌려온 거겠지, 라는 식으로 너무 의심 많고 끈덕진 질문을 하면 싫어한다. 화로와 주전자와 장식대를 칭찬하는 것. 이게 가장 중요하다. 이것을 잊은 자는 손님 자격이 없는 것으로 간주되어 낭패를 본다. 여름에는 화로 대신 풍로風爐를 구비해두게 되어 있는데, 풍로라고 해도 목욕통을 설치하는 것은 아니다. 입욕설비까지 되어 있지는 않다. 뭐, 흙으로 만든 고급 풍로라고 생각하면 되겠지. 풍로와 차 끓이는 솥과 장식대, 이런 것들을 보며 감탄하고, 다음에는 화로에 숯을 넣는 것을 구경한다. 무릎걸음으로 다가가 주인이 화로에 숯을 넣는 것을 구경하고, 또 다시 감탄한다. 옛날에는 과연, 이라고 말하며 무릎을 치며 감탄하는 사람도 있었지만, 그건 너무 과장된 행동이 라 지금은 그렇게까지 하지는 않는다. 작은 탄성만 내도 된다. 그러고 나서 향을 칭찬하기도 하다 보면 드디어 술자리용 요리가 나오는데, 오손 선생님은 아마 이걸 생략하고 바로 묽은 차를 주지 않을까? 성전聖戰 중에 사치스러운 걸 바라면 안 된다. 선생님도 틀림없이, 극도로 검소한 다회를 열어서 우리 후배들에게 교훈을 주실 생각일 것이다. 나는 술자리

요리와 예절에 대한 공부는 적당히 하고, 묽은 차를 마시는 법만 열심히 공부해두었다. 그리고 나의 그러한 예상은 과연 적중했지만, 그렇다 쳐도 지나치게 검소한 다회였기 때문에, 정말 엄청난 사건이 일어났다.

다회 당일, 나는 딱 한 켤레밖에 없어서 아껴뒀던 감색 다비<sup>일본식</sup> 버선를 신고 집을 나섰다. 다도 손님의 마음가짐에 복장은 허름하더라도 다비는 반드시 새것을 신을 것, 이라고 쓰여 있었다. 국철 아사가야 역에서 내려 남쪽 개찰구를 나왔을 때, 누군가 내 이름을 불렀다. 대학생 두 명이 서 있다. 둘 다 오손 선생님의 제자인 문과 대학생으로, 나와는 이미 서로 얼굴을 아는 사이다.

"오, 자네들도 왔구먼."

"네," 나보다 더 젊은 세오 군은 입을 삐죽이며 끄덕였다. 몹시 기가 죽은 모습이었다. "큰일 났어요."

"오늘도 호되게 꾸중을 들을 것 같아서 말이죠." 올해 대학을 졸업하고 바로 해군에 지원한다는 마쓰노 군도 몹시 침울한 모습이었다. "다도라 니, 그런 어처구니없는 걸 하다니. 정말 못 말려."

"아니, 괜찮아." 나는 울적해 하고 있는 이 대학생들에게 용기를 주고 싶었다. "괜찮아. 내가 어느 정도 공부해왔으니까, 오늘은 뭐든 내가 하는 대로 행동하면 괜찮아."

"그래요?" 세오 군은 약간 기운을 차린 표정으로 말했다. "실은 저희 도, 당신만 믿고 아까부터 여기에서 기다리고 있었습니다. 당신도 틀림 없이 초대받았을 거라고 생각했으니까요."

"이런, 그렇게까지 믿으면 나도 곤란해지는데."

우리 셋은 힘없이 웃었다.

선생님은 언제나 별채 쪽에 계신다. 별채에는 정원을 마주보고 있는 다다미 여섯 장 크기 방과 그 방에 붙어 있는 세 장 크기 방, 이렇게 두 개의 방이 있는데 선생님은 이 방 두 개를 독점하고 계신다. 가족분들은 모두 안채 쪽에 계셔서, 우리를 위해 가끔 차나 호박찜 같은 것을 가지고 오실 때 말고는 거의 얼굴을 보이지 않으신다.

오손 선생님은 그날, 정원 바로 앞에 있는 다다미 여섯 장 크기의 방에 훈도시[8] 한 장만 걸친 채 아무렇게나 뒹굴며 책을 읽고 계셨다. 조심조심 마루 끝으로 걸어오는 우리 셋을 보고 벌떡 일어나시더니,

"오, 왔는가. 덥지 않아? 올라와. 입고 있는 거 벗고, 다 벗으면 시원할 거야." 차를 마시는 모임이고 뭐고 다 잊은 듯 보였다.

하지만 우리들은 방심하지 않는다. 선생님의 마음속에 어떤 계략이 있을지 모른다. 우리는 마루 끝에 나란히 서서 말없이 머리를 숙이며 공손히 인사했다. 선생님은 순간 미심쩍다는 듯한 표정을 지었다. 우리들은 그것에 개의치 않고 한 명씩 마루에 무릎걸음으로 들어가서 방을 둘러봤지만, 풍로도 없고 주전자도 없었다. 평소와 다름없는 방이었다. 나는 약간 당황했다. 목을 빼서 옆의 다다미 세 장 크기 방을 봤는데, 방 한구석에 부서져가는 풍로가 놓여 있고 그 위에 그을음이 너저분하게 묻어 있는 알루미늄 주전자가 있었다. 이거라는 생각이 들었기에 느린 무릎걸음으로 그 방으로 갔고, 학생들도 늦으면 안 된다는 긴장된 표정으로 내게 딱 붙어 무릎으로 걸었다. 우리는 화로 앞에 나란히 앉아 두 손으로 바닥을 짚고, 그 화로와 주전자를 유심히 바라봤다. 예기치 않게 세 명에게서 동시에 탄성이 나왔다.

"그런 건 안 봐도 돼." 선생님은 불쾌하다는 말투로 말했다. 하지만

8_ 성인 남성이 입는 일본의 전통 속옷.

선생님께 어떤 꿍꿍이가 있을지 알 수 없다. 방심할 수 없다.

"이 주전자는," 내가 그 주전자의 유서를 물으려 했지만, 뭐라고 말하면 좋을지 감이 안 왔다. "꽤 오래 쓴 거죠?" 말을 잘못했다.

"시시한 얘기 하지 마." 선생님은 더더욱 심기가 언짢아졌다.

"하지만, 시대가 꽤……."

"쓸데없는 인사는 관둬. 그건 역 앞 철물점에서 사오 년 전에 이 엔에 사온 거야. 그런 걸 칭찬하는 녀석이 있을까."

어쩐지 상황이 다르다. 하지만 나는 어디까지나 『다도독본』을 보며 익힌 올바른 예절을 지키려 했다.

주전자 구경 다음은 장식대 구경이다. 우리들은 다다미 여섯 장 크기 방의 장식대 앞에 모여 족자를 바라보았다. 여전히 사토 잇사이[9] 선생님의 글씨다. 오손 선생님에게는 족자가 이거 하나밖에 없는 것 같다. 우리들은 족자 문구를 낮은 목소리로 읊었다.

한서영고寒暑榮枯는 천지의 호흡이며, 고락총욕苦樂寵辱은 인생의 호흡이 니라. 숙련된 사람이라면 그 작은 변화에 놀라지 않을 것이니라.

이건 얼마 전에 선생님께서 읽는 법을 가르쳐주신 참이라, 나는 아무 어려움 없이 읽을 수 있다.

"정말 좋은 글귀네요." 나는 또 어설픈 발림 말을 했다. "필적에도 기품이 있어요."

"무슨 소리 하는 거야. 자네가 가짜 아니냐면서 트집 잡았었잖아."

"그랬지요." 나는 부끄러움에 얼굴을 붉혔다.

"차 마시러 온 거지?"

<hr />

9_ 佐藤 一齋(1772~1859). 에도시대 저명한 유학자.

"네."

우리는 구석으로 물러나 정좌했다.

"그럼, 시작하자고." 선생님은 일어서서 옆의 다다미 세 장 크기의
방으로 가서는 장지문을 꼭 닫아버렸다.

"앞으로 어떻게 되는 건가요?" 세오 군은 작은 목소리로 내게 물었다.

"저도 잘 모르겠지만," 어쨌든 상황이 생각과는 다르게 흘러가서
나는 몹시 불안했다. "보통 다회라면, 이제부터 숯 넣는 걸 구경하든가
향을 칭찬하고서 음식이 나오고, 술이 나오고, 그리고 또……."

"술도 나와요?" 마쓰노 군의 표정이 밝아졌다.

"아니, 그건 때가 때인 만큼 생략할 것 같은데, 이제 곧 묽은 차가
나오겠지요. 뭐, 이제 선생님의 묽은 차 예법을 보게 되지 않을까요?"
나도 별로 자신이 없었다.

옆방에서 철벙철벙 하는 기괴한 소리가 들려왔다. 거품을 이는 도구로
차를 젓고 있는 듯한 소리였는데, 그렇다고 해도 어쩐지, 지나치게
거칠고 소란스러운 소리였다. 나는 그 소리에 주의를 기울이며 말했다.

"어, 벌써 예법이 시작된 건가? 예법은 꼭 봐야만 하는 건데."

마음이 불안해졌다. 장지문은 꼭 닫혀 있었다. 선생님께서는 대체
어떤 일을 저지르고 계신 건지, 끊임없이 철벙철벙 하는 소리만 시끄럽게
들려왔고, 가끔 으음, 하는 선생님의 신음소리도 섞여 들려와서, 우리는
너무 불안한 나머지 일어났다.

"선생님!" 나는 장지문을 사이에 두고 선생님을 불렀다. "다도 예법을
보고 싶은데요."

"아, 열면 안 돼." 몹시 당황한 듯한 선생님의 쉰 목소리가 들려왔다.

"왜죠?"

"지금 그쪽으로 차를 가지고 갈게." 그리고 한층 더 목소리를 높여 다시 말했다. "장지문을 열면 안 돼!"

"그래도, 끙끙거리고 계시잖아요." 나는 장지문을 열어 옆방 모습을 확인하고 싶었다. 장지문을 슬쩍 열려고 했지만, 뒤에서 선생님이 문을 꼭 잡고 있는지, 장지문은 꿈쩍도 하지 않았다.

"열지 그러세요?" 해군에 지원한 마쓰노 군이 나서서 자기가 해보겠다고 했다.

마쓰노 군은 있는 힘을 다해 장지문을 당겼다. 안에 있는 선생님도 필사적인 모양이다. 약간 열렸다가도, 다시 쾅 닫혔다. 네댓 번이나 옥신각신하던 중에 장지문이 덜컥 빠져서 우리 셋은 장지문과 함께 우르르 밀려났다. 선생님은 넘어지는 장지문을 피해 슬쩍 벽 쪽으로 물러섰는데 그 순간 풍로를 찼다. 주전자가 쓰러져서 자욱한 열기가 방 안에 가득 찼고, 선생님은 "앗뜨뜨뜨뜨" 하고 소리를 지르며 펄쩍펄쩍 뛰고 있었다. 우리는 바로 풍로에서 쏟아진 불을 치우고, 무슨 일이신가요 선생님, 다치진 않으셨나요, 하고 저마다 물었다. 선생님은 다다미 여섯 장 크기 방 한가운데에 훈도시 한 장 차림으로 양반다리를 하고는 가쁜 숨을 몰아쉬고 있었다.

"이 다도 모임은 정말 엉망진창이었어. 자네들은 정말 너무 난폭해. 예의를 몰라." 무척 언짢은 모습이었다.

우리는 다다미 세 장 크기의 방을 정리한 다음, 선생님 앞으로 쭈뼛쭈뼛 다가가 나란히 서서 다 함께 용서를 빌었다.

"그래도, 신음소리를 내시기에 걱정이 되어서 말이죠." 내가 약간 변명을 하니까 선생님은 못마땅한 듯 말했다.

"음, 아무래도 내 다도는 아직 경지에 이르지 않은 것 같아. 차 거품기를 아무리 휘저어도 거품이 제대로 안 나서 말이지. 대여섯 번을 다시 했는데, 한 번도 성공하지 못했어."

선생님은 있는 힘껏 차 거품기를 저은 듯, 다다미 세 장 크기의 방은 묽은 차가 튄 흔적투성이였고 실패한 것은 세숫대야에 쏟아버렸는지, 방 한가운데에 세숫대야가 놓여 있었는데 거기엔 녹색의 싸구려 찻잎이 한가득 쌓여 있었다. 그렇구나, 이 꼬락서니로는 장지문을 닫고 남의 눈을 피해야만 했겠구나, 하고 그제야 선생님의 고충을 깨달았다. 하지만 이렇게 어설픈 실력으로 '주인과 손님 함께 청아한 일본의 즐거움을 느끼'려는 일을 도모하는 것도 정말 무모한 일이라는 생각이 들었다. 원래 이상주의자는, 일을 실행하는 데 있어 서투른 사람이 흔하다는데, 오손 선생님처럼 모든 일에서 뜻을 그르쳐 바보 같은 실수로 체면을 구기는 분도 드물다. 생각하건대 선생님은 이번 다도 모임을 통해, 그 센 리큐의 교훈이라는 '찻물이란 그저 물을 끓여 차를 넣고 마시는 것일 뿐임을 알아야 한다.'라는 시의 뜻을 몸소 보여주려고 하신 거겠지. 훈도시 하나만 걸친 모습도, 리큐 7개조 중에 있는,

하나. 여름은 시원하게.

하나. 겨울은 따뜻하게.

라는 말을 인상 깊게 읽고, 일부러 옷을 시원하게 입은 것인지도 모르지만, 이런저런 차질로 인해 다도 모임이 이렇게 엉망이 되어버렸으니, 딱한 일이다.

찻물이고 뭐고 아무것도 필요 없고, 목이 마를 때는 바로 부엌으로 달려가 물독에 든 물을 국자로 떠서 소처럼 꿀꺽꿀꺽 마시는 게 제일이며, 이것이 리큐가 말하는 다도의 뜻과 같네.

오손 선생님은 그로부터 며칠 후, 내게 위와 같은 편지를 보내오셨다.

# 다자이 오사무와 성서

최혜수

## 들어가며

제5권에는 1942년 1월부터 1943년 10월에 걸쳐 발표된 소설 열다섯 편을 실었다. 수록 순서는 발표 시기 순을 원칙으로 했으나, 「귀거래」, 「고향」, 「오손 선생 언행록」, 「꽃보라」, 「수상한 암자」에 한해서는 추정되는 집필 시기 및 작품 간의 연관성을 고려하여 발표순서와 무관하게 함께 묶어 배치했다.

제5권의 표제작 「정의와 미소」에는 성서 문구가 빈번히 인용되어 있는데, 다자이는 이 작품 외의 작품에도 성서 문구를 자주 인용했고, 성서를 모티프로 한 작품도 많이 남겼다. 그래서 그를 크리스트교 신자로 오해하는 사람들도 적지 않다. 하지만 그는 크리스트교를 하나의 종교로 받아들이고 믿은 것이 아니며, 오로지 '성서' 내용에만 접근했다고 보는 편이 옳다. 다자이의 중기 작품 중 「신햄릿」(다자이 오사무 전집(이하, 전집) 제4권, 도서출판 b, 수록)에는 다음과 같은 문장이 있다.

'우리들에게 가장 처음으로 신의 존재를 확실히 가르쳐준 것은, 말이 아닌가? 복음이 아닌가?'

이 구절은 다자이가 자신의 크리스트교 이해를 간명하게 드러낸 부분이라고 할 수 있는데, 다자이는 오로지 '말'로서의 크리스트교, 즉 성서에만 관심을 보였다. 그는 조직 종교로서의 교회를 비판하는 입장에 있었는데, 그가 가졌던 교회에 대한 비판 의식은 수필은 물론이고 소설 작품 속에도 그려져 있다. (『석별』(전집 제6권 수록) 「일문일답」(전집 제10권 수록) 등 참고.)

다자이가 크리스트교를 종교로서 받아들인 것이 아님에도 불구하고, 다자이와 친분이 있었던 문학자 가메이 가쓰이치로는 '성서와 다자이 문학과의 관계를 무시한다면 다자이 문학을 이해하는 것은 불가능하다'는 말을 했는데, 다른 연구자들도 이에 대해서는 전혀 이견이 없을 정도로 그 상관관계를 인정하고 주목해왔다.

본 해설에서는 ①다자이가 성서를 접하게 된 계기 ②좌익운동 경험과 성서 ③제5권 수록작인 「신랑」, 「정의와 미소」에서 성서 내용을 인용 또는 표현한 방식, 이상 세 가지 측면을 중심으로 다자이와 성서의 관계를 살펴보고자 한다.

# 1

다자이가 성서를 읽게 된 시기는 명확하지 않아서, 작품 내용을 기반으로 판단하는 수밖에 없다. 우선 다자이가 처음으로 성서 구절을 인용한 작품은, 1935년 『일본낭만파』 10월호에 게재된 「난해難解」라는 수필이다. 이 수필의 첫 부분에는 요한전서 1장 1~5절이 인용되어 있다. 하지만 성서 내용을 자신의 문제로 받아들여 보다 적극적으로 다루게 된 것은 그로부터 세 달 뒤인 1936년 1월 『문예통신』에 게재된 수필 「최후의 스탠드플레이」부터이다.

　　다빈치의 평전을 훑어보는데, 삽화 한 장이 눈에 확 들어왔다. 최후의 만찬 그림이었다. 눈이 번쩍 뜨였다. 그것은 마치 지옥 그림 같다. 천지가 뒤흔들리는 난장판이다. 아니지. 사람이 사는 세상에서 가장 애달픈 아수라장이다.
　　틀림없이 19세기 유럽의 문호들도, 어려서부터 이 그림을 보며 무서운 설명을 들었을 것이다.
　　'이 중에 나를 팔아넘기는 자 한 명이 있을 것이다.' 예수는 이렇게 말했고, 그의 모든 희망을 버렸다. 그 찰나의 모습을 너무나 잘 포착했다. 다빈치는 예수의 깊디깊은 우수와, 자신과 자신의 몸을 조용히 내던진 뒤의 끝없는 자애慈愛를 알고 있었다. 그리고 열두 제자들의 이기적인 숭경崇敬의 마음 또한 알고 있었다.

　　다자이는 위의 수필에서 '최후의 만찬' 내용을 소재로 한 작품을 쓰고 싶다고 하면서 예수의 제자 한 명 한 명이 그 순간 어떤 역할을 하고 있는지에 대해 논한다. 그리고 그 마지막 부분에서 유다에 주목하여 다음과 같은 문장을 쓴다. '유다. 왼손은 무언가 무서운 것을 숨기고 있고, 오른손에는 돈주머니를 꼭 쥐고 있다. 이보게, 그 역할을 내게 양보해주게나.'
　　『평전 다자이 오사무』의 저자 소마 쇼이치는, 다자이가 이미 이 시기에 당시 친구였던 야마기시 가이시를 통해서 상당히 자의적으로 성서를 읽고 있었을 것이라고 하면서, 위의 글은 마태복음 26장의 내용을 떠올리며 쓴 것이라고 평했다. 즉, '그 사람은 차라리 태어나지 않았더라면 더 좋았을 것이다.'(마태복음 26장 24절)라는 말이 다자이의 원죄의식에 큰 충격을 주었고, 이 구절이 뇌리 깊이 박혀 있었기에 유다의 역할을 자청하게 되었을 것이라는 분석이다. 성서 체험을 통해 더욱 커진 다자이의 원죄의식은 다음 해의 작품인『이십세기 기수』의 '태어나서 죄송합니다.', '죄는, 태어난 시각에 있으니.' 등의 문장과, 「유다의 고백」(1940년)처럼 유다를 주인공으로 내세운 작품으로도 이어지게 된다.

여기에서 다자이의 '원죄의식'이라는 것이 무엇인지 알아보기 위해, 소마 쇼이치의 논고를 인용해보기로 한다.

나는 다자이가 성서에 접근하게 된 동기를, 다음과 같은 두 가지로 보고 있다. 하나는, 사랑하는 가족들을 배신하면서 '방탕한 자식'이라는 딱지가 붙은 것이고, 또 다른 하나는 야마기시 가이시와의 만남이다. 가마쿠라에서 동반자살을 하려 했지만 여자만 죽었던 일에 대한 죄책감과 마르크스주의 운동에서 손을 떼게 되었을 때 느낀 꺼림칙함. 이러한 감정들이 '의절' 이후에도 이어진 집을 배신하는 행위와 더불어 견디기 힘들 정도의 자학적인 죄악감을 다자이 내부에 형성시켰고, 그것이 야마기시와의 만남에 의해 자연히 성서와 연결된 것으로 보이기 때문이다. 동인지『푸른 꽃靑い花』의 창간을 계기로 야마기시를 알게 된 것은 1934년 가을 이후의 일이다. 특히 이듬해인 1935년 3월, 『푸른 꽃』이『일본 낭만파』에 합류할 무렵 다자이와 야마기시의 관계는 더욱 긴밀해져서, 거의 숙명의 라이벌이라고 할 수 있을 정도로 플러스와 마이너스가 만난 것처럼 불꽃을 튀기는 일상이 시작되었다.

−소마 쇼이치, 『국어와 국문학 해석과 감상』, 1969년 5월호.

　윗글에 언급된 야마기시 가이시는 도쿄제대 철학과에서 서양철학을 전공하고 있던 인물로, 다자이와는 1935년 무렵 자주 만나 술을 마시고 문학, 예술, 인생 등을 주제로 논쟁을 펼쳤다. 당시 성서에 대한 지식이 전혀 없었던 다자이는 풍부한 성서 지식을 무기로 논쟁하는 야마기시 앞에서 그저 '얘기를 듣고만' 있었다고 한다. 야마기시 외에도 친분이나 작품을 통해 다자이의 성서 체험에 영향을 끼친 인물로는 히레자키 준, 가메이 가쓰이치로, 우치무라 간조, 아쿠타가와 류노스케 등이 있다. 이들의 성서 수용 형태와 작품에 대한 비교 분석은 상세하게 이루어지고 있는데, 이에 관해서는 생략하기로 한다. 중요한 것은 이들이 공통적으로 조직 종교로서의 크리스트교를 믿었다기보다, 자신의 심경이나 사회관을 논하기 위한 '수단'으로써만 성서를 이용하며, 그 내용을 상당히 자의적으로 해석하고 있었다는 점이다.


## 2


　다자이가 성서를 읽고 느낀 '원죄의식' 중에서 특히 언급하고 넘어가야 할 부분은 좌익운동 경험이다. 도서출판 b 전집 2권에 수록된 「유다의 고백」의 작품 노트에도 잠시 언급이 있었지만, 「유다의 고백」에서 유다 = 다자이라는 공식이 성립한다면, 그것은 배신자 = 다자이라는 공식도 성립된다는 것을 의미한다. 따라서 다자이가 다수의 사람을 '배신'한 경험은 좌익운동에서 이탈한 것밖에 없기에, 이를 좌익운동에서 이탈하게 된 다자이의 변명으로 해석하는 작품론들도 나온 것이다. 그 작품에 그려진 유다, 그리고 다자이가 느낀 유다에 대한 공감을 그렇게 일원적으로 해석하는 것이 과연 타당한지에 대해서는 논의의 여지가 있지만, 다자이가 성서에 접근하는 과정에서 지니고 있었던 죄의식 중에, 좌익운동에서 이탈한 경험이 차지하는 비중은 상당히 컸을 것으로 보인다. 일본의 대표적인 다자이 연구자인 오쿠노 다케오는 다자이의 죄의식을 다음과 같이 설명한다.

자신의 모든 것에 절망한 그는, 운동의 육체적 정신적 피로의 한계에 달했을 때, 가마쿠라 바닷가에서 함께 죽어준다는 여자와 동반자살을 시도했습니다. 자신을 가장 어리석은 방식으로 버리려 한 것입니다. 그런데, 여자는 죽었지만 그는 죽지 못하고 살아남았습니다.

다자이는 이 어리석은 행동으로 인해 엄청난 윤리적 죄책감에 시달려야 했습니다. 사상, 조직, 동지, 그리고 자신의 윤리관을 배신했다는 것이 그에게 씻을 수 없는 상처를 남겼습니다. 이때부터 그는 평생, 배신자라는 죄의식을 지고 살게 된 것입니다. 자신의 모든 것을 걸고 믿었던 사상과 입장을, 자신의 나약함 때문에 버리게 되었다는, 어찌할 수 없는 죄의식을 가지게 된 것입니다.

만약 이것을 전향이라고 한다면, 진정한 의미에서 전향을 자신의 문제로 삼으며 죄의식을 가지고 있었던 문학자는, 쇼와시대[1926~1989년]의 문학자 중에서는 다자이 한 명뿐입니다. 그는 마지막까지 코뮤니즘 사상이 옳다는 것을 믿고 있었습니다.

-오쿠노 다케오, 『다자이 오사무론』

오쿠노는 위와 같이 '배신자라는 죄의식'을 설명한 뒤에, 다자이가 성서를 읽고 해석한 행위를 '성서를 이단자처럼 읽음으로써 신과 대결'한 행위로 풀이했다.

가메이 가쓰이치로도 비슷한 지적을 했는데, 그는 다자이의 모든 작품의 근저에 성서의 그림자가 드리워져 있다고 하면서, 그것은 청년시대에 했던 좌익운동에서 이탈함으로써 느낀 '도망자'의 고뇌, '배신'에 따른 가책과 밀접한 관계가 있다고 지적했다. 그리고 다자이와 성서의 관계에 대해 다음과 같이 서술했다.

> 즉 다자이는 쇼와시대, 일본 특유의 프로테스탄트였다. 이것은 다자이 문학을 논하는 데 있어 가장 중요한 점이라고 해도 좋을 것이다. 물론 그는 교회에 다니지도 않았고, 세례를 받지도 않았다. 자기 멋대로 성서를 읽고, 예수라는 인간 자체를 종교로 받아들이려 했다. 이러한 사실은, 가톨릭의 입장으로는 허용할 수 없을 것이고, 프로테스탄트로서 세례를 받은 사람들로부터는 '이단'으로 받아들여지는 측면이 있었을지도 모른다. 하지만 그가 성서를 접할 때의 태도는 처음부터 끝까지 진지한 것이었다. 진심 어린 기도이기도 했고, 작품에 있어 실천의 기준이었다고 해도 좋다.
>
> -가메이 가쓰이치로, 「다자이 오사무 연구를 위해서」

이상 두 연구자들의 평론에서 보이는 공통점은, 다자이가 성서에 관심을 가지게 된 근본적인 이유를 좌익운동에서 이탈하면서 생긴 '죄의식'에서 찾고 있다는 점과, 그 죄의식이 다자이의 성서 이해에 있어 모종의 굴절을 가져왔다고 해석하고 있다는 점이다. 성서를 처음

접했을 시기의 다자이에게 그러한 의식이 있었다는 점은 결코 부정할 수 없지만, 이것만으로 이후 작품에서의 성서 인용과 활용을 설명하기에는 다소 부족한 점이 있다. 왜냐하면, 성서 이해의 흔적이 작품과 시기에 따라 각각 다른 양상을 띠고 있기 때문이다.

성서가 다자이에게 미친 영향을 연구한 연구자 다나카 요시히코는 다자이가 성서에 접근한 시기를 1936~37년, 1941~42년, 1946~48년의 세 시기로 나누어 보면서, 다자이의 성서 수용을 명확하게 분석하기 위해서는 각각의 시기에 대한 분석이 별개로 이루어져야 한다고 주장한다. 다나카 씨의 분석에서 제5권에 실린 작품들이 쓰인 시기는, 다자이가 성서에 접근한 두 번째 시기에 해당한다. 그의 논고를 참고해가며, 이제부터는 제5권에 수록된 「신랑」 등의 작품에 성서가 활용된 방식을 간단히 고찰해보기로 하겠다.


### 3


1941~42년 무렵의 다자이와 성서의 관계를 생각할 때, 쓰카모토 도라지가 주재한 잡지 『성서지식聖書知識』에 대해 언급하지 않을 수 없다. 다자이는 1941년부터 이 잡지를 구독하기 시작하는데, '다자이가 자진해서 돈을 내가며 정기구독을 한 잡지는 오로지 『성서지식』뿐'(쓰시마 미치코, 『회상의 다자이 오사무』, 진분서원, 1978)이라고 한다. 또한, '일본에서 유일하게 믿을 만한 신학자는 쓰카모토 도라지 씨'(「누구」, 1941)라고 평가할 만큼 그 잡지에 대한 신뢰가 두터웠다는 것도 알 수 있다.

다자이에게 성서를 매개한 이 잡지의 흔적을 가장 간단히 확인할 수 있는 작품은 「신랑」이다. 아카시 미치오에 의하면 이 작품은 마르코복음 2장 19, 20절에 의거하여 구상된 작품이라고 한다. 마르코복음 2장 19, 20절은 다음과 같다.

예수님께서 그들에게 이르셨다. "혼인 잔치 손님들이 신랑과 함께 있는 동안에 단식할 수 없지 않으냐? 신랑이 함께 있는 동안에는 단식할 수 없다. 그러나 그들이 신랑을 빼앗길 날이 올 것이다. 그때는 그들도 단식할 것이다."

그리고 당시의 전쟁이 '신랑을 빼앗길 각오'를 하게 만들었고, 그 긴장감 때문에 '하루하루를, 충실하게 살아갈 수밖에는 없다'는 비장한 다짐을 하게 만들었다는 것이 아카시 씨의 분석이다.

마르코복음 2장 19, 20절은 「신랑」이 발표되기 이 년 전인 1940년 10월 『성서지식』에 실린 상태였다. 그리고 「신랑」이 발표되기 세 달 전인 1941년 11월, 쓰카모토 도라지는 『성서지식』에 '하루하루를 힘껏 살아가자. 내일은 신께 맡기자.'라는 선언문(「내일은 내일(어느 독자에게 보내는 편지)」)을 쓰는데, 이 말은 다자이의 '하루하루를, 충실하게 살아가는 수밖에 없다'라는 문장과 궤를 같이 하고 있다. 시간 순서상, 다자이가 쓰카모토의 그 선언문에 큰 감동을 느끼고 작품을 구상하게 된 것으로 보인다.

한편, 같은 구절이 인용되어 있기도 한 「정의와 미소」에 보이는 성서의 영향은 다소 그 성질이 다르다. 「정의와 미소」에는 잡지 『성서지식』의 영향관계만으로 설명할 수 없을 만큼 많은 성서 구절이 인용되어 있다. 작품노트에 밝힌 바와 같이, 이 작품은 제자의 남동생의 일기장을 기초로 쓴 작품으로, 원래 일기에 있는 마르크스주의 관련 내용을 모두 성서 인용으로 바꿨다고 한다. (일본 치쿠마쇼보 판 전집 월보 5 참고) 그러나 이 시기에 마르크스주의에서 성서로의 변환을 매개한 것이 앞에서 논한 죄의식이라고 보기는 힘들다. 이 작품에 인용되어 있는 성서 구절은, 소년의 이상과 희망, 잡념과 관련된 밝은 내용 일색이기 때문이다. 예를 들어, 소년이 극단 시험을 보러 갈 때 형과 나누는 대화 장면에는 다음과 같이 루카복음 13장 18, 19절이 인용되어 있다.

> "뭐야, 벌써 가? 신의 나라는 무엇에 비할까?"라고 말하고는 웃었다.
> "겨자씨 한 알과 같다."라고 대답했더니,
> "자라서 나무가 되어라."라고, 애정을 담은 어투로 말했다.
> 앞날에 대한 축복의 말로 쓰기에는 아까울 정도로 좋은 말이다. 형은 역시 나보다 백배는 뛰어난 시인이다. 너무나 적절한 말을 순식간에 잘 골라낸다.

위의 인용에서 알 수 있듯, 이 작품에서 성서 상의 문맥은 전혀 중요하지 않다. 오로지 소년의 생활 상황에 맞춰서 적절한 말을 따서 붙이고 적절한 말이라고 자평하는 등, 감정적인 요소가 짙은 인용이 많다. 한 가지 예를 더 들자면, 주인공 소년의 5월 11일 일기에는 구약성서 신명기 14장의 내용이 길게 인용되어 있는데, 소년은 이 부분을 접하고 '모세가 민중의 음식까지 챙겼다'는 점에 흥미를 느꼈다고 하면서, '모세는 새들과 낙타, 타조류까지 일일이 먹어보고 싶었는지도 모른다. 아마 낙타는 맛없었을 것이다. 천하의 모세도 얼굴을 찌푸리고 이건 안 돼, 라고 말했을 것이다.'라는, 다소 유머러스한 해석까지 내리고 있다.

또한, 이야기 서두와 말미에 인용된 찬미가 가사를 보면, 찬미가 특유의 신에 대한 찬미는 다 빠지고, 오로지 꿈을 이루기 위해 정진하는 소년의 심상 풍경을 그려내기 위한 목적으로 쓰인 것을 확인할 수 있다. 이상의 예에서 살펴본 바와 같이, 「정의와 미소」에 나타난 성서 인용의 특색은 성서에 대한 자유분방한 해석과 활용에 있다.


## 맺으며

위에서 언급한 작품 외에도, 제5권에 실린 작품 중에 성서가 이야기 구조상의 소재나 계기가 된 작품으로 「리쓰코와 사다코」가 있는데, 이는 「유다의 고백」이나 「신햄릿」과 같은 인물 차용 소설들과 성격이 비슷하다고 볼 수 있다. 지면 관계상 다른 다자이의 작품에 성서의 영향이 어떤 식으로 드러나 있는지를 일일이 논할 수는 없지만, 위에 쓴 설명과 예만 보아도 개괄적인 이해에는 무리가 없을 것으로 판단된다. 위에서 살펴봤듯, 다자이는 같은 시기에 쓴 작품에서도 작품에 따라 성서에 대한 다면적인 관심과 이해를 보였고, 그것을 표현한 방식도 워낙 다양했기에 성서가 다자이에게 미친 영향에 대해 일률적인 평가를 내리는 것은 불가능하다. 하지만 '성서'가 다자이에게 삶의 목적과 근거를 찾는 데 있어 큰 수단을 제공해주었으며, 그 해석과 활용에는 다자이식 '굴절'이 있다는 것이, 성서의 영향 하에 쓰인 다자이의 모든 작품에서 보이는 공통적인 특징이라고 할 수 있다.

* 참고문헌 *

· 『評伝太宰治 1』, 相馬正一, ちくま書房, 1982.
· 「マルキシズム・キリスト教双極の中の太宰治」, 相馬正一, 『国文学』1969年 5月
　号.
· 『太宰治論』, 奥野健男, 新潮社, 1984.
· 「太宰治研究のために」, 亀井勝一郎, 『太宰治研究』(新潮社, 1956年 10月).
· 「太宰治とキリスト教」, 田中良彦, 『国文学解釈と鑑賞』1996年 6月号.
· 「太宰治とキリスト教」, 田中良彦, 『国文学解釈と鑑賞』1985年 11月号.
　· 「太宰治とキリスト教──昭和13年～20年における諸相」, 赤司道雄, 『国文学解
　　釈と鑑賞』1987年 6月号.

# 옮긴이 후기

다자이 오사무가 내게 말을 걸기 시작했다.

다자이의 대표작 『인간실격』을 비롯한 몇몇 유명한 작품들을 읽다보면, 다자이는 내게 너무도 특별한 작가라는 생각에 빠지게 된다. 다자이의 팬들이 블로그에 올려놓은 게시물을 보면, 이런 생각은 나뿐만 아니라 다들 가지고 있는 것 같다. 그는 어째서 특별한 작가일까? 다자이의 대표적인 연구자 오쿠노 다케오는 그 이유를 다자이의 화법에서 찾는다. 즉, '당신', '자네', '독자 여러분', '제군들' 등으로 독자에게 직접 말을 거는 부분도 많지만, 그런 이인칭이 직접적으로 사용되지 않았더라도 문장 자체가 '당신'이라는 특정 이인칭을 겨냥하고 있으며, 다자이는 거기에 대고 이야기를 속삭이고 있다는 것이다. 그런 이유로 오쿠노 다케오는 다자이의 문학이 '잠재적 이인칭 문학'이며, 다자이는 진정한 의미에서 소설가라기보다는 '이야기꾼'이라고 평한다. 그런 이유에서인지 다자이의 독자는 다자이가 자신에게만 말을 걸고 비밀을 털어놓고 있다고 생각하게 되고, 스스로도 그에게 마음의 비밀을 털어놓고 속삭이며 '우리는 동지'라는 생각에 빠진다. 아니, '특별한 작가'나 '동지'를 넘어서, 다자이는 나 자신이 아닌가 하는 착각을 일으킨다.

전집 2권의 번역이 끝나자마자 바로 5권 번역 작업에 착수하면서, 내가 느낀 '작가 다자이'의 변화는 상당했다. 시련기를 거치며 작가로서의 재생을 꿈꾸던 시절의 다자이는, 자신의 시련을 완전히 떨쳐내지 못한 채 거의 모든 작품에 과거의 그림자를 드리우고 있었다. 주인공은 다 달라도, 그 주인공들에게는 과거를 회상하는 다자이의 복잡한 심정이 투영되어 있었던 것이다. 그런데, 그렇게 자기 자신을 중심에 놓고 가만히 서서 이야기를 들려주었던 다자이가, 다채로운 작품을 집필하며 안정기로 접어들더니, 소설 본문 중에 '독자'라는 말을 자주 쓸 만큼 독자에게 말을 걸며 다가오는 작가가 되었다. 5권을 번역하면서, 나는 이야기꾼 다자이가 현란한 말솜씨를 뽐내는 바로 그 자리에서 그의 얘기를 받아 적고 있는 듯한 착각을 일으킬 정도였다. 다자이 전집을 순서대로 읽으며, 독자들이 다자이의 이런 변화를 함께 즐기고 계시리라 믿는다.

서로의 번역을 돌려 읽으며, 우리 번역팀과 함께 정말 많은 밤을 지새우고 있다. 다자이와 함께 동반자살을 시도했던 여자들이 세 명이고 우리도 세 명이니까, 우리는 그 여자들의 환생이 아니겠느냐는 얘기를 하기에 이르렀을 지경인데, 정말 그렇지 않을까 싶을 정도로 힘들면서도, 즐겁다. 앞으로도 지금처럼 즐겁게, 그리고 최선을 다해 번역을 마무리 짓고 싶다.

마지막으로, 철없는 옮긴이의 잦은 수정 요구도 너그러운 마음으로 포용해주시는 도서출판 b 여러분께 진심으로 감사드린다. 또한 다자이 전집의 번역 작업은 평생 남는 일이라며 연구자로서의 내게 휴가를

주신, 다카하시 도시오 교수님께도 좋은 번역과 좋은 연구로 보답하고
싶다.


2012년, 도쿄의 맑은 여름날에

최혜수

# 다자이 오사무 연표

| | |
|---|---|
| 1909년<br>출생 | • 6월 19일, 아오모리 현 북쓰가루 군 가나기에서 아버지 쓰시마 겐에몬津島源右衛門과 어머니 다네タ子의 열 번째 아이이자, 여섯 번째 아들로 태어났다. 호적상 이름은 쓰시마 슈지津島修治. |
| 1916년<br>7세 | 1월, 함께 살던 이모이자 숙모인 기에キエ 가족이 고쇼가와라로 이사하면서, 슈지도 2개월가량 그곳에서 함께 산다.<br>4월, 가나기 제1소학교에 입학한다. |
| 1922년<br>13세 | 3월, 가나기 제1소학교 졸업.<br>4월, 메이지고등소학교 입학. 아버지가 귀족원의원에 당선된다. |
| 1923년<br>14세 | 3월, 아버지 사망.<br>4월, 아오모리중학교 입학. 아쿠타가와 류노스케, 기쿠치 간 등의 소설을 탐독. 이부세 마스지井伏鱒二의 「도롱뇽」을 읽고, '가만히 앉아서 읽을 수 없을 만큼 흥분'한다. |
| 1925년<br>16세 | 8월, 친구들과 함께 잡지 『성좌星座』를 창간하나 1호만 발행하고 폐간. 그해 「추억」의 등장인물인 미요의 모델이 된 미야기 도키宮城トキ가 쓰시마 집안에 하녀로 들어온다.<br>11월, 동인지 『신기루』 창간한다. |
| 1926년<br>17세 | 9월, 동인지 『아온보青んぼ』를 창간하나 2호까지 발행하고 폐간. 도키에게 함께 도쿄로 가서 살자고 제안하지만 도키는 신분의 차이가 너무 많이 난다면서 쓰시마 집안을 떠난다. |
| 1927년<br>18세 | 2월, 동인지 『신기루』 12호까지 발행하고 폐간.<br>3월, 아오모리중학교 졸업.<br>4월, 히로사키고등학교 문과 입학.<br>7월, 아쿠타가와 류노스케의 자살에 충격을 받는다. |
| 1928년<br>19세 | 5월, 동인지 『세포문예』 창간, 9월, 4호까지 발행하고 폐간.<br>12월, 히로사키고교 신문잡지부 위원에 임명된다. |
| 1929년<br>20세 | • 창작 활동을 하는 한편, 게이샤 오야마 하쓰요小山初代를 만난다.<br>12월, 수면제 과다복용으로 의식불명 상태에 빠진다. |

| 1930년 | 3월, 히로사키고등학교 졸업. |
| 21세 | 4월, 도쿄제국대학교 불문과 입학. |
| | 5월, 이부세 마스지를 찾아가 이후 오랫동안 스승으로 삼는다. 적극적으로 사회주의 운동에 가담한다. |
| | 10월, 고향에서 하쓰요가 다자이를 만나기 위해 상경. |
| | 11월, 하쓰요의 일로 큰형 분지<sup>文治</sup>와 다투다가 호적에서 제적당한다. |
| | 11월 26일, 긴자의 술집 여종업원 다나베 시메코<sup>田部シメ子</sup>를 만나 이틀 동안 함께 지내다가, 28일 밤 가마쿠라 고유루기미사키<sup>小動岬</sup> 절벽에서 함께 자살을 시도한다. 시메코는 죽고 슈지는 요양원 게이후엔<sup>恵風園</sup>에서 치료를 받는다. |
| | 12월, 자살방조죄로 기소유예. 아오모리 이카리가세키<sup>碇ヶ関</sup> 온천에서 하쓰요와 혼례를 올린다. |
| 1931년 | 12월, 동료의 하숙집에서 마르크스의 『자본론』 스터디를 시작한다. |
| 1932년 | 7월, 큰형과 함께 아오모리 경찰서에 출두하여 좌익운동에서 손을 뗄 것을 |
| 23세 | 맹세한다. 창작에 전념하면서 낭독 모임을 갖는다. |
| 1935년 | 3월, 대학 졸업시험에 낙제. 미야코 신문사 입사시험에도 떨어진다. 가마쿠라 |
| 26세 | 에서 목을 매지만 자살미수에 그친다. |
| | 4월, 급성맹장염으로 입원, 진통제 파비날에 중독된다. |
| | 5월, 잡지 『일본낭만파』에 합류. |
| | 8월, 「역행」이 제1회 아쿠타가와상 후보에 오르나 차석에 그친다. 사토 하루오<sup>佐藤春夫</sup>를 찾아가 가르침을 받는다. 크리스트교 무교회파 학자 쓰카모토 도라지<sup>塚本虎二</sup>와 접촉, 잡지 『성서 지식』을 구독한다. |
| | 9월, 수업료 미납으로 학교에서 제적당한다. |
| 1936년 | 2월, 파비날 중독 치료를 위해 병원에 입원했다가 10일 후 퇴원. |
| 27세 | 6월, 첫 창작집 『만년』을 출간한다. |
| | 8월, 제3회 아쿠타가와상 낙선. |
| | 10월, 중독증세가 심해져 도쿄 무사시노병원에 입원했다가 한 달 뒤 퇴원한다. |
| 1937년 | • 다자이와 사돈 관계이자 가족과 다름없이 지냈던 화가 고다테 젠시로<sup>小館善四郎</sup> |
| 28세 | 와 부인 하쓰요의 간통 사실을 알고 분노. |
| | 3월, 다니가와다케<sup>谷川岳</sup>산에서 하쓰요와 둘이서 수면제를 먹고 동반자살을 시도하나 미수에 그친 후 이별한다. |
| | 6월, 작품집 『허구의 방황』, 7월, 단편집 『이십세기 기수』를 출간한다. |

| 1938년 29세 | 9월, 후지산 근처에 있는 여관 덴카차야$^{天下茶屋}$에서 창작 활동을 하던 중, 이부세 마스지의 소개로 이시하라 미치코$^{石原美知子}$를 만난다. |
|---|---|
| 1939년 30세 | 1월, 미치코와 혼례를 올린 후 안정적으로 작품 활동에 전념한다.<br>7월, 『여학생』을 출간한다. |
| 1940년 31세 | 5월, 「달려라 메로스」 발표.<br>6월, 작품집 『여자의 결투』 출간.<br>12월, 『여학생』으로 기타무라 도코쿠 상 부상을 수상한다. |
| 1941년 32세 | 5월, 『동경 팔경』 출간.<br>6월, 장녀 소노코$^{園子}$가 태어난다.<br>8월, 10년 만에 쓰가루로 귀향한다. |
| 1942년 33세 | 1월, 사비로 『유다의 고백』 출간.<br>6월, 『정의와 미소』 출간. 어머니가 위독하다는 소식에 귀향.<br>12월, 어머니 사망. |
| 1943년 | 1월, 『후지산 백경』, 9월 『우대신 사네토모』를 출간한다. |
| 1944년 | 5월, 고야마서방에서 소설 『쓰가루』를 의뢰하여 쓰가루 여행, 11월 출간한다. |
| 1947년 38세 | 1월, 옛 연인이었던 작가 오타 시즈코$^{太田靜子}$를 찾아가 소설 『사양』의 소재가 될 일기장을 넘겨받는다.<br>4월, 큰형이 아오모리 지사로 당선.<br>12월, 『사양』 출간. 몰락한 귀족을 그린 이 작품이 패전 후 혼란에 빠진 젊은이들 사이에서 '사양족'이라는 유행어를 낳을 정도로 큰 호응을 얻으면서 인기작가가 된다. |
| 1948년 39세 | 6월 13일 밤, 연인인 야마자키 도미에$^{山崎富榮}$와 함께 무사시노 다마가와 상수원$^{玉川上水}$에 몸을 던진다.<br>6월 19일, 만 서른아홉 번째 생일에 사체가 발견된다.<br>7월, 『인간 실격』, 『앵두』 출간. |
| 1949년 | • 6월 19일, 다자이의 친구들이 그의 무덤을 찾아(미타카 젠린지$^{禪林寺}$) 기일을 앵두기$^{桜桃忌}$라고 이름 짓고 애도한다. 앵두기는 그를 사랑하는 독자들에 의해 현재까지 매년 행해지고 있다. |

# 『다자이 오사무 전집』 한국어판 목록

## 제1권 만년

잎 | 추억 | 어복기 | 열차 | 지구도 | 원숭이 섬 | 참새새끼 | 어릿광대의 꽃 | 원숭이를 닮은 젊은이 | 역행 | 그는 예전의 그가 아니다 | 로마네스크 | 완구 | 도깨비불 | 장님 이야기 | 다스 게마이네 | 암컷에 대하여 | 허구의 봄 | 교겐의 신

## 제2권 사랑과 미에 대하여

창생기 | 갈채 | 이십세기 기수 | 한심한 사람들 | HUMAN LOST | 등롱 | 만원 | 오바스테 | I can speak | 후지산 백경 | 황금 풍경 | 여학생 | 게으름뱅이 카드놀이 | 추풍기 | 푸른 나무의 말 | 화촉 | 사랑과 미에 대하여 | 불새 | 벚나무 잎과 마술 휘파람

## 제3권 유다의 고백

팔십팔야 | 농담이 아니다 | 미소녀 | 개 이야기 | 아, 가을 | 데카당 항의 | 멋쟁이 어린이 | 피부와 마음 | 봄의 도적 | 세속의 천사 | 형 | 갈매기 | 여인 훈계 | 여자의 결투 | 유다의 고백 | 늙은 하이델베르크 | 아무도 모른다 | 젠조를 그리며 | 달려라 메로스 | 고전풍 | 거지 학생 | 실패한 정원 | 등불 하나 | 리즈

## 제4권 신햄릿

귀뚜라미 | 낭만 등불 | 동경 팔경 | 부엉이 통신 | 사도 | 청빈담 | 복장에 대하여 | 은어 아가씨 | 치요조 | 신햄릿 | 바람의 소식 | 누구

## 제5권 정의와 미소

부끄러움 | 신랑 | 12월 8일 | 리쓰코와 사다코 | 기다리다 | 수선화 | 정의와 미소 | 작은 앨범 | 불꽃놀이 | 귀거래 | 고향 | 금주의 마음 | 오손 선생 언행록 | 꽃보라 | 수상한 암자

## 제6권 쓰가루

작가수첩 | 길일 | 산화 | 눈 내리던 밤 | 동경 소식 | 쓰가루 | 지쿠세이 | 석별 | 맹인독소

# 『다자이 오사무 전집』을 펴내며

한 작가를 온전히 이해하기 위해서는 대표작 몇 권을 읽는 것에 그치지 않고 전집을 읽는 것이 필요하다. 일본의 대문호 오에 겐자부로는 평생 2~3년마다 한 작가의 전집을 온전히 읽어왔다고 고백한 바 있는데, 이는 라블레 번역자로 유명한 스승 와타나베 가즈오의 충고 때문이었다고 한다. 한 작가가 쓴 모든 글을 읽는다는 것은 그 작가의 핵심을 들여다보는 작업으로, 이만큼 공부가 되는 것도 없다는 이유에서다.

하지만 이런 이야기는 어디까지나 외국의 이야기일 뿐, 우리는 그렇게 하고 싶어도 그렇게 할 수 있는 형편이 아니다. 우리의 경우 국내 유명작가들조차 변변한 전집을 가지고 있지 못하다. 사정이 이러하니 외국작가는 굳이 말할 필요도 없을 것이다. 물론 몇몇 외국작가의 경우 전집이 나와 있기는 하지만, 대부분 창작물만 싣고 있어서 엄밀한 의미에서 '전집'이라고 보기 어렵다.

이에 도서출판 b는 한 작가의 전모를 만날 수 있는 전집출판에 뛰어들면서 그 첫 결과물로 『다자이 오사무 전집』을 펴낸다. 이 전집은 작가가 쓴 모든 소설은 물론 100여 편에 달하는 주요 에세이까지 빼곡히 수록하여 그야말로 '전집'이라는 이름에 걸맞은 형태를 갖추고 있다.

다자이 오사무는 그동안 우울하고 염세적인 작가나 청춘의 작가 정도로만 알려져 왔다. 하지만 이 전집을 읽으면 때로는 유쾌하고 때로는 전투적인 작가의 모습을 발견할 수 있을 뿐만 아니라, 왜 그가 오늘날까지 그토록 많이 연구되는지, 작고한 지 60년이나 흐른 지금도 매년 독자들이 참여하는 앵두기桜桃忌라는 추모제가 열리는지 알 수 있다.

『다자이 오사무 전집』을 성서로까지 표현한 작가 유미리의 표현을 빌리자면, 이 전집을 읽는 독자들은 매일 작고 아름다운 기적과 만나게 될 것이다.

마지막으로 『다자이 오사무 전집』을 양장본으로 다시 펴내면서 기존의 부족한 점을 모두 수정·보완했음을 덧붙이고 싶다.

― &lt;다자이 오사무 전집&gt; 편집위원회

한국어판 ⓒ 도서출판 b, 2013, 2021

■ 다자이 오사무 太宰治

1909년 일본 아오모리현 북쓰가루에서 태어났다. 본명은 쓰시마 슈지(津島修治). 1936년 창작집 『만년』으로 문단에 등장하여 많은 주옥같은 작품을 남겼다. 특히 『사양』은 전후 사상적 공허함에 빠진 젊은이들 사이에서 '사양족'이라는 유행어를 낳을 만큼 화제를 모았다. 1948년 다자이 문학의 결정체라 할 수 있는 『인간 실격』을 완성하고, 그해 서른아홉의 나이에 연인과 함께 강에 뛰어들어 생을 마감했다. 일본에서는 지금도 그의 작품들이 베스트셀러에 오르거나 영화화되는 등 시간을 뛰어넘어 많은 사랑을 받고 있다.

■ 최혜수

고려대학교 통계학과를 졸업한 뒤, 일본 와세다대학교 대학원 문학연구과에서 석사과정을 마치고 박사과정을 수료했다. 옮긴 책으로 다카하시 도시오의 『호러국가 일본』(공역), 마이조 오타로의 『쓰쿠모주쿠』, 가라타니 고진의 『세계사의 구조를 읽는다』, 다자이 오사무 전집 중 『사랑과 미에 대하여』, 『정의와 미소』, 『쓰가루』, 『사양』 등이 있다.

다자이 오사무 전집 5

# 정의와 미소

초판 1쇄 발행  2013년 01월 25일
재판 1쇄 발행  2021년 03월 15일

지은이   다자이 오사무
옮긴이   최혜수
펴낸이   조기조
인  쇄   주)상지사P&B
펴낸곳   도서출판 b | 등록  2003년 2월 24일 제2006-000054호
주  소   08772 서울특별시 관악구 난곡로 288 남진빌딩 302호
전  화   02-6293-7070(대) | 팩시밀리  02-6293-8080
이메일   bbooks@naver.com | 홈페이지  b-book.co.kr/

ISBN  979-11-87036-37-1(세트)
ISBN  979-11-87036-45-6    04830

값  22,000원